ROMY FÖLCK

Blut

Weitere Titel der Autorin:

Totenweg
Sterbekammer

Titel auch als Hörbuch erhältlich

ROMY FÖLCK

BLUT HAUS

KRIMINALROMAN

lübbe

Dieser Titel ist auch als Hörbuch und E-Book erschienen

MIX
Papier aus verantwortungsvollen Quellen
FSC® C014496
FSC
www.fsc.org

Vollständige Taschenbuchausgabe
der bei Bastei Lübbe erschienenen Hardcoverausgabe

Textredaktion: Ulrike Brandt-Schwarze, Bonn
Titelillustration: © Plainpicture/Stephen Sheperd
Umschlaggestaltung: Tanja Østlyngen
nach einer Vorlage von www.buerosued.de
Satz: hanseatenSatz-bremen, Bremen
Gesetzt aus der Stempel Garamond
Druck und Verarbeitung: GGP Media GmbH, Pößneck
Printed in Germany
ISBN 978-3- 404-17717-2

2 4 5 3 1

Sie finden uns im Internet unter
www.luebbe.de
Bitte beachten Sie auch: www.lesejury.de

Für meine Schwester
Katrin Fölck

Ostseeküste, Herbst 1997

Der Verrat fühlt sich so eisig an wie das Wasser, das um ihre Beine spült. Wellen schlagen hart am Ostseestrand auf. Sie hat Mühe, in der aufschäumenden Brandung das Gleichgewicht zu halten, aber sie bleibt stehen. Der Wind ist kalt und peitscht ihr die nassen Haare ins Gesicht. Sie wischt sich Meerwasser und Tränen von den Wangen, dreht sich um und läuft los. Auf dem sandigen Untergrund rutscht sie weg, fängt sich wieder und läuft weiter. Sie sieht kaum etwas, stolpert über Geröll und angewehte Zweige. In der Dunkelheit wird sie den Weg zum Haus nicht finden. Sie nimmt den Rucksack von ihren Schultern. Der Wind reißt ihn ihr beinahe aus der Hand. Sie findet die Taschenlampe, schaltet sie ein und läuft weiter. Das schwache Licht leuchtet ein paar Meter den menschenleeren Strand aus. Bald erkennt sie die Stelle, die sie sucht, klettert einen Trampelpfad an der Düne hinauf und erreicht eine Treppe, die zu einem Reetdachhaus führt. Flackerndes Licht erhellt die Fenster in der unteren Etage.

Wahrscheinlich haben ihre Eltern die halbe Nacht auf sie gewartet, obwohl sie sich beim Abendessen so heftig mit ihnen gestritten hat wie noch nie. Harte Worte hat sie ihnen an den Kopf geworfen. *Ich hasse euch! Ihr macht mein Leben kaputt! Ich will euch nie wieder sehen!* Mama hat geweint. Papa hat sie mit traurigen Augen angeschaut und auf ihr Zimmer geschickt. Einen Moment hat sie gedacht, er habe sie verstanden. Dennoch hat sie ihren Rucksack gepackt und ist aus dem Fenster gestiegen. Sie wollte nie mehr zurückkommen.

Welche Sorgen und Vorwürfe ihre Eltern sich gemacht hätten, wenn sie heute Nacht mit Kelly abgehauen wäre, will sie sich nicht vorstellen.

Alles ist anders gekommen. Sie ist wieder hier.

Geräuschvoll öffnet sie die Tür und wirft den nassen Rucksack vor sich auf den Boden. Sollen sie doch kommen! Sollen sie sie anschreien und bestrafen. Es ist ihr egal. Nichts kann sie mehr verletzen, keine Ohrfeige, kein Walkman-Entzug, kein Hausarrest. Die schlimmste Strafe ist, dass Kelly nicht am Treffpunkt erschienen ist. Dass sie gekniffen hat, obwohl sie es war, die vorgeschlagen hat abzuhauen. Weg von ihren streitenden Eltern und von deren Vorhaltungen, weg von ihrem nervigen kleinen Bruder, weg von diesem schrecklich dunklen Haus, das sie von der Stunde an gehasst hat, als sie hier angekommen sind.

Nichts rührt sich in den Räumen. Niemand kommt zur Tür und schreit sie an. Sie will hinaufgehen in ihr Zimmer, will nur schlafen und vergessen. Aber sie bleibt stehen. Etwas stimmt nicht. Warum ist es so still?

Sie geht zum Wohnzimmer, in dem der Fernseher tonlos flimmert. Nur das Quietschen ihrer nassen Turnschuhe ist zu hören. Ihre Jeans hinterlassen Wasserlachen auf dem alten Eichenparkett.

Papa sitzt im Sessel. Er muss eingenickt sein, während er auf sie gewartet hat, sein Kopf liegt auf der Lehne. Mama ist nicht zu sehen. Wahrscheinlich ist sie schon schlafen gegangen.

»Paps?« Sie geht einen Schritt auf ihn zu. Warum wacht er nicht auf? »Paps?«

Er rührt sich nicht.

Sie zittert plötzlich, aber nicht vor Kälte. Ihr Herz schlägt laut. Schritt für Schritt tastet sie sich vor.

Sie steht vor ihm, sieht das Loch in der Stirn ihres Vaters, seinen starren Blick, all das Blut auf Gesicht und Sessel.

Sie will schreien, aber kein Ton kommt über ihre Lippen. Ihr Blick fliegt zur Couch. Darauf liegt Mama wie hingestürzt auf dem Bauch. Die blonden Haare und ihr T-Shirt sind dunkel verklebt. Aber das Schlimmste ist die kleine Hand, die unter ihrem Körper hervorragt.

Sie greift danach, will sie hervorziehen, dem Tod entreißen. Aber die Hand ihres Bruders ist leblos und kalt.

1

Frida kuppelte aus und gab Gas. Die Räder des Treckers drehten im Schlamm durch, der Deutz bewegte sich nicht. Sie sah ihren Vater ein Zeichen mit der Hand geben. Sein Daumen zeigte nach unten. Sie stellte den Motor ab und kletterte aus dem Fahrerhaus. »Mist!«

»Das hat keinen Sinn. Du fährst ihn nur weiter fest«, sagte er und wischte sich ein paar Schlammspritzer aus dem Gesicht.

»Was machen wir jetzt?«

Fridtjof, ihr Vater, schwieg und sah nachdenklich auf den Trecker, der mit den Rädern im Morast eingesunken war. Einer der polnischen Arbeiter, die auf seinem Obsthof arbeiteten, war am Morgen in dieses Schlammloch gefahren. Er hatte sich die Drainage ansehen sollen, da der Apfelhof durch den anhaltenden Regen der letzten Wochen an einigen Stellen unter Wasser stand, und war zu weit in den verschlammten Bereich hineingefahren, wo der Trecker schnell versackt war.

»Ich hole eine Fuhre Mutterboden. Wir müssen ihn auf festen Untergrund bekommen, sonst sinkt er noch mehr ein.«

Sie nickte. »Okay, ich warte hier.«

Fridtjof Paulsen ging zu seinem Pick-up, stieg ein und fuhr weg. Frida sah auf ihre Uhr. Die Bergung des Treckers würde mehr Zeit brauchen, als sie eingerechnet hatte. Vor Mittag würden sie hier nicht fertig werden. Dabei hatte sie nach Hamburg fahren wollen, um die letzten persönliche Dinge aus ihrer Wohnung zu holen, die sie ab nächster Woche untervermietet hatte.

Frida hatte entschieden, einige Monate in der Marsch auf

dem Hof ihrer Eltern zu bleiben und in ihr altes Kinderzimmer zu ziehen. Sie hatte sich einige Zeit vom Polizeidienst beurlauben lassen. In den ersten Wochen, nachdem sie von einem Gewaltverbrecher verschleppt und beinahe mit ihrer eigenen Dienstwaffe erschossen worden war, hatte sie die posttraumatische Belastungsstörung nicht wahrhaben wollen. Aber schon bald hatte sie die Symptome nicht mehr ignorieren können: Nervosität, Konzentrationsschwierigkeiten, Schlaflosigkeit und Albträume. Sie fühlte sich in großen Menschenansammlungen nicht wohl, konnte nicht mehr mit dem Rücken zu einer Tür sitzen, reagierte bei Knallgeräuschen schreckhaft, ja fast panisch. Trotzdem stellte sie sich immer wieder die Frage, wie es in Zukunft mit ihr weitergehen würde. Wollte sie irgendwann in den Polizeidienst zurückkehren? Die Abschlussprüfung der Polizeiakademie hatte sie mit guten Noten bestanden. Das hieß, sie könnte endlich die kriminalistische Laufbahn einschlagen, die sie lange Zeit angestrebt hatte, und irgendwann zur Mordkommission gehen, was immer ihr Traum gewesen war.

Frida spürte einen Tropfen im Gesicht. Sie zog sich die Kapuze der Regenjacke über den Kopf, ging zu ihrem Jeep und öffnete die Tür. Vom Beifahrersitz nahm sie eine verschrammte Thermoskanne, goss sich Tee in einen Metallbecher und lehnte sich an die Motorhaube. Es regnete stärker, und ein leichter Dunst stieg zwischen den Apfelbäumen hoch. Die Luft war feucht. Es roch nach Erde und Moder.

Das Frühjahr war vollkommen verregnet gewesen. Ihr Vater sprach es nicht aus, aber das Wetter bereitete ihm Sorgen. Tag für Tag hoffte er darauf, dass es endlich trocken blieb und das Ausschwärmen der Hummeln zur Baumblüte nicht durch weitere Regenfälle gefährdet wurde. Wenn das passierte und dieses Jahr ein Großteil der Apfelernte ausfiele, würde sein Obsthof, der sich in den letzten Monaten von der drohenden Insolvenz erholt hatte, das nicht überleben.

Frida trank einen Schluck Tee. Hier draußen im Apfelhof fühlte sie sich frei. Und diese Freiheit war es, die sie in ihrer derzeitigen Situation am meisten brauchte. Sie trank aus, setzte sich hinter das Steuer und zog die Tür zu, um den Wolkenbruch abzuwarten, der immer heftiger wurde. Sie stützte sich mit den Unterarmen auf dem Lenkrad auf, während der Regen seinen monotonen Beat auf das Jeepdach trommelte.

Mordkommission. Sie fragte sich, ob sie das überhaupt noch wollte. Ihre Leidenschaft für den Beruf war in Gleichgültigkeit umgeschlagen. In jenem Moment, als sie in die Mündung ihrer Waffe und dem Tod ins Auge geblickt hatte, hatte sich alles verändert. Ihr altes Leben gab es nicht mehr.

Die Frau stand plötzlich vor ihr im Regen, starrte sie einen Moment durch die Windschutzscheibe an. Sie trug eine enge Motorradjacke und eine Hose aus Leder, die ihre schlanke Figur betonte. Die Füße steckten in schweren Bikerstiefeln. Sie ging zur Seite, öffnete die Tür zum Jeep und schwang sich neben Frida auf den Beifahrersitz. Erst hier nahm sie ihren Motorradhelm ab, auf dem der Regen abperlte.

»Jo?«, fragte Frida ungläubig. Sie wusste nicht, was sie zu diesem Überraschungsbesuch sagen sollte.

Johanna Arndt war auf dem Internat in Süddeutschland ihre Mitbewohnerin gewesen. Sie hatten sich mit dreizehn kennengelernt und jahrelang in einem winzigen Zimmer zusammenrücken müssen.

»Wie hast du mich gefunden?«, fragte Frida.

»Deine Mutter hat mir gesagt, wo du bist.« Jo schüttelte ihre dunklen Haare auf und legte den Helm in den Fußraum. »Hier draußen hast du dich also verkrochen.«

»Verkrochen?« Frida trank den Tee aus und stellte den Becher auf die Ablage hinter dem Lenkrad.

Jo überhörte den Sarkasmus in ihrer Stimme. Denn sie war es gewesen, die sich nach ihrer letzten Begegnung im Herbst nicht mehr gemeldet hatte. »Mistwetter!« Sie zog den Reißverschluss ihrer Jacke auf.

»Trotzdem bist du mit der Harley unterwegs?«

Jo zuckte die Schultern. »Gute Regenkleidung. Da kommt nichts durch.«

»Und heute hast du dir gedacht, du machst einen kleinen Ausflug in die Marsch und besuchst mich mal?«

Jo sah sie an. Ein sanfter Zug um ihren Mund, ihre Lippe zuckte, aber sie lächelte nicht. »So ähnlich.«

Frida fühlte sich schon wieder unsicher unter ihrem Blick. Die toughe und schöne Jo, die alles im Griff hatte. Die sich ihren Erfolg in der Detektei, deren Inhaberin sie war, hart erarbeitet hatte. Und sie, Frida, die Polizistin, die mit psychischen Problemen hier auf dem Land in Wartestellung gegangen war, die sich vor der Entscheidung, wie es weitergehen sollte in ihrem Leben, drückte.

»Geht es dir gut?«, fragte Jo, und Frida hörte ehrliche Sorge darin. »Ich hab's in der Presse verfolgt, was dir passiert ist. Sorry, dass ich mich nicht früher gemeldet habe.«

Frida musste diese Entschuldigung erst einmal verdauen. Sie hätte damals im Herbst gern mit Jo gesprochen, aber sie hatte nie auf ihre Anrufe reagiert. Die Freude, die Freundin wiederzusehen, war stärker als Fridas Enttäuschung.

»Ja, hier draußen geht es mir gut. Hamburg war mir zu eng. Ich habe keine Luft mehr bekommen.«

»Kann ich verstehen. Gemütlich hier …« Jo wies nach draußen. »Im Schlamm.«

Sie blickten einen Moment schweigend hinaus auf die Apfelbaumreihen. Der Regen trommelte seine beruhigende Melodie aufs Dach.

Frida sah Jo an. Ihre Haare waren länger als bei ihrem letzten Treffen. Diese Frisur machte sie weicher, auch wenn Jo immer ein Hauch von etwas Dunklem umwehte. Es war das Geheimnisvolle, das sie ausstrahlte, was die Menschen in ihrer Umgebung anzog, obwohl sie die Gefahr spürten. Wer sich mit Jo einließ, musste auf der Hut sein. Aber Frida mochte diese aufgeladene Stimmung zwischen ihnen beiden. Die kleinen Rangeleien, ihr unterschwelliges Kräftemessen, das nie nachgelassen hatte, auch wenn sie heute befreundet waren.

Frida fragte sich plötzlich, warum sie sich nach dem Internat fast ganz aus den Augen verloren hatten. »Warum bist du hier?«

Ein langer Blick, der mit einer Gegenfrage endete. »Hast du einen Kaffee für mich?«

»Nein, nur Tee.« Frida füllte ihren zerbeulten Becher und reichte ihn ihr.

Jo trank nachdenklich. »Du hast mir gefehlt«, sagte sie schließlich.

Frida stieß langsam die Luft aus. Ein warmes Gefühl brach sich in ihr Bahn und ließ den Ärger, der sich wochenlang bei dem Gedanken an Jo aufgestaut hatte, zerplatzen wie eine Seifenblase. »Dafür kommst du hier raus? Das hättest du mir auch am Telefon sagen können.«

»Wollte ich aber nicht.« Sie hielt den alten Metallbecher mit beiden Händen, trank noch einen Schluck Tee. »Ich wollte dich sehen. Wollte wissen, wie es dir wirklich geht. Ein Telefon kann Lügen nicht filtern.«

Ja, sie hatte recht. Natürlich hätte Frida behauptet, alles sei in Ordnung, wenn Jo angerufen hätte. Sie wusste, dass Jo ihr ansah, dass nichts in Ordnung war. Dass diese Nacht in der

Marsch, in der der Tod nur einen Flügelschlag entfernt gewesen war, alles verändert hatte.

»Du bist ein hartes Mädchen, aber nicht hart genug, um mich anzulügen. Ich merke doch, dass es dir nicht gut geht«, sagte Jo.

Frida schluckte. Jo schaffte es immer, tief zu ihren Zweifeln durchzudringen und sie an die Oberfläche zu befördern. »Ich weiß nicht, ob ich das noch kann«, sagte sie schließlich. »Polizistin sein, meine ich. Irgendwas ist in mir zerbrochen. Ich spüre nichts mehr von der Leidenschaft, die ich mal für den Job hatte.«

Jo stellte die Tasse ab und kreuzte die Arme. »Dem Tod so nahe zu kommen, verändert Menschen.«

Frida sah sie an. »Du meinst, ich habe Angst, in meinen Beruf zurückzugehen?«

»Natürlich hast du Angst. Aber das ist völlig normal! Frida, du bist eine Kämpferin. Du hast es drei Jahre mit mir in einem Zimmer ausgehalten. Und ich habe dich hart rangenommen, ich weiß.«

»Du warst ein richtiges Miststück. Ich hab dich gehasst.«

Jo lachte, ein dunkles Glucksen, das Frida viel zu selten bei ihr hörte. »Du aber auch. Du hast Juckpulver in meine Schlafanzughose gekippt. Ich habe mich tagelang zwischen den Beinen gekratzt.«

»So was hätte ich nie getan!« Frida fiel in ihr Lachen ein. Die Tüte Juckpulver. Die hatte sie schon wieder vergessen gehabt. »Dafür hast du ein gebrauchtes Kondom in meinem Bett versteckt. Ich habe mich draufgelegt, habe eine Ekelblase an der Lippe bekommen.«

»Sah echt aus, oder?« Jo gluckste vor Schadenfreude. »Dabei war das nur gequirltes Eiweiß aus der Küche. Aber du warst noch grün hinter den Ohren und hast es nicht gecheckt.«

»Ich habe mich so davor geekelt, in meinem Bett zu schlafen. Und die Bettwäsche durfte ich erst eine Woche später wechseln.«

Sie lachten, bis ihnen die Tränen kamen, und dieses Lachen radierte alles aus, was zwischen ihnen im letzten halben Jahr in Schieflage geraten war.

Frida wischte sich die Augen. Es war eine harte, aber auch wichtige Zeit in ihrem Leben gewesen. Sie hatten beide tiefe Verluste verarbeiten müssen, als man sie in diesem kleinen Kabuff zusammengesteckt hatte.

»Woran denkst du?«, fragte Jo.

»An damals.«

»Wir waren keine Kinder mehr und trotzdem nicht erwachsen. Und wir waren allein mit unserem Schmerz zwischen all den Menschen. Vielleicht sind wir deshalb heute bindungsunfähig.«

»Sind wir das?«

Ihre Blicke trafen sich.

Jo zuckte die Schultern. »Hast du etwa jemanden?«

Frida schwieg. Sie hatte recht. Sie waren beide nicht für die Liebe geschaffen, tiefe Gefühle machten ihnen Angst. Aus diesem Grund hielten sie jeden auf Abstand, der ihnen zu nahe kam. Vielleicht war Jo deshalb im Herbst abgetaucht. Weil selbst ihre Freundschaft zu eng geworden war und sie überfordert hatte.

Der Regen hatte aufgehört. Das Schweigen zwischen ihnen war wohlig wie eine warme Decke. Und jetzt?, dachte Frida. Wie würde es weitergehen? Würde Jo wieder wegfahren und sich erneut monatelang nicht melden?

»Du brauchst dir keine Sorgen um mich zu machen. Ich komme klar.«

»Ich weiß. Du bist zäh.«

»Hm.« Da war sich Frida nicht so sicher.

Jo wirkte angespannt. Ihr Kommen hatte einen ganz anderen Grund. Sie wollte etwas von ihr. Frida kannte sie lange genug, um zu wissen, was für einen Kraftakt es für sie bedeutete, jemanden um etwas zu bitten. Sie schwieg und wartete.

»Du hast also momentan keinen Kontakt zu deiner Dienststelle und zu deinen Kollegen?«

Frida war überrascht, dass sie ausgerechnet auf ihren alten Job zu sprechen kam. »Nein, ich bin seit Monaten raus.«

Jo schien unzufrieden. Warum war ihr das so wichtig?

»Brauchst du Hilfe?«, fragte Frida. »Steckst du in Schwierigkeiten?«

»Nein, lass mal. Unwichtig.«

»Ich kann Jan Hansen anrufen. Er ist ein Hamburger Kollege, ich vertraue ihm. Das kannst du auch!«

Jo schwieg einen Moment, schien das Angebot abzuwägen. »Nein, ist okay. Komm du erst mal wieder auf die Beine. Und melde dich, wenn du reden willst.«

»Okay.«

Jo zog den Reißverschluss ihrer Lederjacke zu und nahm ihren Helm. »Pass auf dich auf, Frida.« Sie sah sie lange an, aber für eine Umarmung war sie zu stolz. Sie stieg aus und setzte den Helm auf.

Frida beobachtete sie im Rückspiegel. Die Harley-Davidson stand in der Einfahrt am Tor. Jo stieg auf und fuhr los. Das Bollern der schweren Maschine war noch einige Sekunden zu hören. Dann war es wieder still im Apfelhof. Nur die Leere blieb, die Jo immer in ihr hinterließ, wenn sie fort war.

Am Mittag hatten Frida und ihr Vater den Trecker endlich auf festen Untergrund gebracht. Durch den feinen Regen klebten Fridas Haare an ihrem Kopf. Sie wollte raus aus ihren durchgeschwitzten Klamotten, wollte sich den Schlamm von den Stiefeln spülen.

»Fahr schon vor!«, sagte ihr Vater. »Ich komme bald nach. Mutter soll das Essen warm halten.«

Sie stieg in ihren Jeep und verließ die Apfelanlage. Nach ein paar Minuten erreichte sie Deichgraben, das Dorf, in dem sie aufgewachsen war. Wenige hundert Meter hinter dem Ortsschild bog sie in den Obsthof ihrer Familie ein. Der Regen hatte die Schlaglöcher auf dem Hof mit Wasser gefüllt. Sie parkte den Wagen vor dem großen Reetdachhaus.

Nichts wünschte sie sich so sehr, als zu Geld zu kommen und in dieses alte Gebäude investieren zu können, das seit Generationen ihrer Familie gehörte. Im Herbst war das Reetdach notdürftig repariert worden, aber in absehbarer Zeit musste es komplett saniert werden, wenn es die nächsten Stürme überstehen sollte. Bröckelnde Fugen und Salpeterausblühungen im Backstein zeigten, dass auch das Mauerwerk angegriffen war. Das Haus verfiel, und Frida konnte nichts dagegen tun. Der Innenhof musste neu gepflastert werden, und auch die anderen Hallen und Gebäude hielt nur noch Fridtjofs Flickschusterei zusammen.

Dieser Obsthof war ihr Erbe. Und sie wollte es erhalten. Aber wie? Wenn sie wieder den Polizeidienst anträte, würde sie sicherlich ein Darlehen bekommen. Das wäre ein Anfang. Aber was, wenn sie sich dagegen entschied?

Sie dachte an Jos Worte, dass ihre Angst vor der Rückkehr in den Dienst ganz normal war, aber dass sie zäh genug wäre, es zu schaffen. Jammern war etwas für Schwächlinge. Das war ihre unterschwellige Botschaft gewesen.

Frida stieg aus dem Wagen und lief zum Haus, sprang über ein paar Pfützen. Der ungarische Hütehund Arthur stand schwanzwedelnd an der Tür. Sie kraulte ihn hinter den Ohren und zog Regenjacke sowie Gummistiefel in der Diele aus.

»Schlepp mir den Dreck nicht in die Küche!«, hörte sie Marta, ihre Mutter, schimpfen. »Dein Vater war schon hier, um einen Schlüssel zu holen. Die Diele sah danach aus, als wäre das ganze Dorf hier durchgetrampelt.«

»Ich habe die Stiefel ausgezogen. Papa braucht noch ein paar Minuten, warten wir mit dem Essen?«

»Wat mut, dat mut«, brummte ihre Mutter.

Frida ging zur Küche und blieb in der Tür stehen. Sie mochte diesen gemütlichen Raum. Backsteinwände, dunkle Holzbalken unter der Decke, weiße Fensterrahmen mit Holzkreuzen, ein Gasherd, über dem gusseiserne Töpfe hingen. Und an der Wand der Tisch mit der rustikalen Sitzbank, auf der sie schon als Kind gesessen hatte. Was aus der Zeit fiel, waren zwei IKEA-Stühle, die Frida aus ihrer Hamburger Wohnung mitgebracht hatte. Die wackeligen Küchenstühle hatte sie auf den Speicher geräumt, wo niemand sie vermisste.

In diesem Raum saß ihre Familie seit Generationen zum Essen, Feiern, Streiten, Aussöhnen. Hier wurde die Arbeit besprochen und der Schnaps ausgeteilt. »An diesem Tisch spuckt niemand ins Glas«, pflegte ihr Vater oft zu sagen, was hieß, dass nur Freunde hier mit ihnen tranken. Die Narben im Holz des Tisches waren wie sichtbare Marken ihrer Kindheit. Die Küche war ein Raum voller Erinnerungen, guten wie schlechten, der jedem offen stand, der mit den Paulsens zusammensitzen wollte.

»Es riecht gut, Mama! Was gibt es?« Sie stellte sich an den Herd und hob einen Topfdeckel an. Kartoffelstampf. Frida schob einen Löffel hinein und kostete. Der mit Karotten, Milch und Butter gestampfte Kartoffelbrei schmeckte wie in ihrer Kindheit. So kochte ihn nur ihre Mutter.

»Frische Stinte gibt's dazu«, sagte Marta und schob ihre Tochter vom Herd weg, die den Pfannendeckel über den kleinen gebratenen Elbfischen angehoben hatte. »Du kannst im Keller was zu trinken holen. Wir essen jetzt. Wenn Fridtjof zu spät kommt, hat er Pech. Dann sind die Stinte kalt.«

Frida lief in den Keller und kam mit Apfelsaft und Wasser zurück in die Küche. Sie warf Arthur einen Kauknochen zu.

»Du sollst den Hund nicht so verwöhnen. Er läuft nicht mehr so viel in seinem Alter. Wenn er fett wird, bist du schuld.«

Frida seufzte, sagte jedoch nichts. Arthur verzog sich unter den Tisch und fing an, an dem Knochen zu nagen.

Auf dem Hof war Traktorenlärm zu hören. Fridtjof stellte den Deutz vor die Ruine der Technikhalle, die nach einem Brand im Herbst nicht wieder aufgebaut worden war. Kurz darauf stand er mit seinen schmutzigen Stiefeln in der Küche. »So, ich bin da.«

Marta wurde blass vor Wut. »Nicht schon wieder …!«

Fridtjof sah ihren Blick und lief hinaus, hinterließ noch mehr Schlammreste auf dem Boden.

Frida lächelte. Dass ihr Vater auch in jeden Fettnapf trat, der für ihn bereitstand. Manche Dinge änderten sich nie.

2

Bjarne Haverkorn stöhnte, als das Klingeln seines Diensttelefons ihn aus dem Schlaf riss. Schlaftrunken setzte er sich auf und schaltete die Nachttischlampe an. Er war früh ins Bett gegangen, weil er sich schon seit Wochen müde und abgeschlagen fühlte. Dies war der zweite nächtliche Einsatz, obwohl er erst vor wenigen Tagen zur Mordkommission zurückgekehrt war. Er griff nach dem Handy. »Klaus, was haben wir?«, fragte er verschlafen.

»Eine Leichensache in einem unbewohnten Gehöft nahe Seester. Die Mannschaft ist schon unterwegs.« Sein Kollege Klaus Behrens nannte ihm die Adresse.

»Gut, bis gleich.« Haverkorn sah auf die Uhr. Es war kurz nach Mitternacht. Ihm war klar, dass er in dieser Nacht keinen Schlaf mehr bekommen würde.

Er zog sich an, trank durstig ein paar Schlucke aus einer Wasserflasche, nahm seine Regenjacke vom Haken und verließ die Wohnung. Gut, dass Ursula noch immer in der Klinik war. Seine Frau hatte diese nächtlichen Einsätze in all den Jahren nie verkraftet. Anfangs hatte sie ihm offene, schließlich stumme Vorwürfe gemacht, wenn er in der Nacht aus dem Bett geholt worden war. Das Alleinleben hatte auch seine Vorteile.

Es regnete in Strömen, als er hinaus in die Marsch fuhr. Die Scheinwerfer seines Wagens leuchteten die Wasserfäden aus, die ihn blendeten, und er musste die Augen zusammenkneifen, weil die Müdigkeit ihn immer wieder zu übermannen drohte. Er fluchte leise. Zu Hause hätte er sich wenigstens noch die Zeit nehmen sollen, einen Kaffee zu kochen.

Welche menschliche Tragödie würde ihn auf diesem abgelegenen Gehöft erwarten? Sein Kollege hatte ihn am Telefon nur informiert, dass es eine Leichensache gab. Für Einzelheiten war keine Zeit gewesen. Weitere Details würde Haverkorn erst vor Ort erfahren.

Er bremste plötzlich und schlitterte ein Stück über die nasse Fahrbahn. Kurz vor dem Straßengraben kam der Wagen zum Stehen. Beinahe hatte er die Abzweigung nach Seester verpasst. Der Schreck machte ihn hellwach. Er setzte zurück und bog ab.

Haverkorn fand das Gehöft zwischen ein paar überschwemmten Feldern. Auf der anderen Straßenseite reihten sich in einer Anlage Apfelbäume wie eine stumme Armee aneinander. Der Hof schien seit vielen Jahren verlassen, war der Natur und dem Verfall preisgegeben worden. Haverkorn fragte sich, was geschehen war, dass sein Besitzer ihn aufgegeben hatte. War der Bauer verstorben? Hatten seine Kinder den Betrieb nicht weiterführen können oder wollen, weil sie längst einen anderen Lebensweg eingeschlagen hatten? Denn wer wollte schon hier rausziehen in diese Einöde, wollte abseits der Ortschaft wohnen und Landwirtschaft betreiben?

Er parkte hinter dem Transporter der KTU und stieg aus. Sein Kollege Klaus Behrens kam ihm in Gummistiefeln entgegen. Er sah übernächtigt aus. »Moin, Bjarne.«

»Moin, Klaus. Wie ist der Stand?«

»Eine tote Frau um die fünfzig. Laut einer Zeugin hat sie noch gelebt, als sie sie gefunden hat. Schwere Stichverletzungen in Brust- und Bauchbereich. Dadrinnen …«, er wies auf das Haus, »… sieht es aus wie in einem Schlachthaus.«

Haverkorn war überrascht. »Sie ist lebend gefunden worden? Hier draußen?«

»Ja, von einer Motorradfahrerin. Die war am Abend hier unterwegs.«

»Hm«, brummte er. »Hinweise auf den Täter?«

Behrens schüttelte den Kopf. »Bisher nichts. Henning und Udo suchen nach der Tatwaffe. Aber der Hof ist groß, und bei diesem Sauwetter können sie heute Nacht nicht viel ausrichten.«

»Und die Zeugin? Könnte sie was mit der Tat zu tun haben?«

»Eher unwahrscheinlich. Sie hat den Notarzt gerufen und das Opfer versorgt, bis es verstarb. Sie steht unter Schock. Der Notarzt hat ihr was zur Beruhigung gegeben.«

»Gut, gehen wir rein.« Haverkorn folgte Klaus Behrens. Seine Kollegen begrüßten ihn kurz oder nickten ihm einfach zu. Haverkorn blieb an der offenen Haustür stehen und ließ das Bild im Inneren auf sich wirken.

Die Diele war ein langer Gang. Feuchte, teilweise abgerissene Tapete zeugte vom einsamen Verfall dieses Wohnhauses. Das grelle Licht eines mobilen Scheinwerfers leuchtete den Raum aus. Auf den braunen Reliefﬂiesen, einem Relikt der Siebzigerjahre, lag rücklings die Tote. Ihr Kopf war zur Seite gekippt. Jemand hatte ihre Augen geschlossen. Die Kleidung war geöffnet, der Oberkörper umwickelt von zahlreichen durchgebluteten Verbänden und Stofffetzen. Unter der Leiche hatte sich eine dunkle Lache gebildet. Haverkorn schluckte trocken. Sein Magen meldete sich mit einem dumpfen Unwohlsein. Klaus hatte recht, hier sah es aus wie in einem Schlachthaus. Unzählige blutige Schuhabdrücke waren wie bizarre Tanzschritte um die Leiche auf den Boden gestempelt und begannen bereits zu trocknen. Wahrscheinlich die Abdrücke der Frau, die sie gefunden hatte, und die der Rettungssanitäter, dachte Haverkorn.

An der Wand sah er die typischen Spritzmuster, die bei einer brutalen Messerattacke entstanden. Auf dem lackierten

Türrahmen klebte der einzelne Abdruck einer Hand. Wie der letzte Hilferuf der Toten.

Übelkeit stieg seine Speiseröhre hoch. Er schluckte erneut, um sie zu unterdrücken. Der metallische Geruch von Blut ließ ihn würgen. Oder war es der kaum merkliche Geruch von Schimmel in diesem Raum? Ihm wurde schwindelig, und er hielt sich am Türrahmen fest.

Klaus Behrens stellte sich neben ihn. »Pass auf, dass du nicht ausrutschst, wenn du zu ihr willst. Die Sanitäter haben alles breitgetreten. Lauf über die Trittplatten. Ich habe noch ein paar Überzieher im Wagen.«

»Lass gut sein …« Haverkorn drängte sich an ihm vorbei nach draußen und atmete tief durch.

Sein Kollege war ihm gefolgt und warf ihm einen fragenden Blick zu. »Alles okay mit dir?«

»Ja, danke. Ich hab alles gesehen.« An der frischen Luft verflüchtigte sich der Schwindel. Aber die Übelkeit blieb. »Wo ist die Zeugin?«, fragte er gepresst.

»Sitzt bei Anja im Transporter. Komm, ich bringe dich zu ihr.«

Haverkorn atmete tief durch, als er Klaus Behrens folgte. Was war nur mit ihm los? In den dreißig Jahren bei der Mordkommission hatte er eine Menge Tote gesehen: aufgedunsene Wasserleichen, unkenntliche Brandopfer, strangulierte Selbstmörder, ermordete Kinder. Routine war es nie gewesen, neben einer Leiche zu stehen, aber nach seinem ersten Jahr im Morddezernat hatte er gelernt, diesem Anblick mit dem nötigen emotionalen Abstand zu begegnen. Nun kehrte er nach einem halben Jahr zur Mordkommission zurück, und sein Körper reagierte wie der eines blutigen Anfängers?

Natürlich hatte er, nachdem er im Dienst einen Mann erschossen hatte, viele schlaflose Nächte und Albträume gehabt.

Aber er hatte schnell Kontakt mit dem Psychologischen Dienst aufgenommen, um das Erlebte zu verarbeiten. Die Gespräche mit der Psychologin hatten gut angeschlagen, und die Versetzung zum Betrugsdezernat hatte ihr Übriges beigetragen. Inzwischen hatte er verinnerlichen können, dass es die einzige Möglichkeit gewesen war, das Leben seiner Kollegin zu retten. Was also war los mit ihm? War er zu früh zurückgekommen? Haverkorn ging zu seinem Wagen, nahm eine Flasche Wasser heraus und trank sie halb leer.

Neben einem Polizeitransporter, der in der Auffahrt stand, wartete Behrens ungeduldig auf ihn. Er ging zu ihm hinüber. Den Kollegen von der Streife, die rauchend unter einem Vordach standen, nickte er zu. Das war heute kein normaler Einsatz gewesen. Er sah ihre angespannte Haltung. Den Anblick von da drin mussten sie sicherlich erst einmal verarbeiten.

»Ihr könnt gleich Schluss machen, meldet euch in der Wache, und schickt uns morgen den Bericht rüber«, sagte er im Vorbeigehen.

»Machen wir!« Der junge Beamte warf die Zigarette weg und trat sie im Schlamm aus.

»Heb die mal lieber wieder auf«, warnte ihn Haverkorn. »Sonst besucht dich morgen die KTU und fragt dich, warum du einen Tatort verunreinigst.«

Der junge Polizist sah ihn erschrocken an und klaubte die Zigarettenkippe vom Boden auf.

»Bjarne!« Eine seiner Kolleginnen stieg aus dem Bus. »Sie sagt nichts«, flüsterte sie und warf einen Blick ins Wageninnere. Dort saß eine dunkelhaarige Frau in einem übergroßen Sweatshirt und hatte die Arme um sich geschlungen. Sie starrte auf die Tischplatte, auf der ein leerer Block lag. »Der Notarzt hat sie stabilisiert. Er nimmt sie gleich noch mit ins Krankenhaus und behält sie eine Nacht dort. Morgen früh können wir sie befragen.«

»Hat sie sich ausgewiesen?«

»Nein, sie hatte keine Papiere bei sich. Ich habe das Kennzeichen ihres Motorrades abgefragt. Wenn sie die Halterin ist, haben wir ihren Namen: Johanna Arndt, Wohnsitz Hamburg. Aber das ist auch schon alles. Als wir hier ankamen, trug sie nur ihren BH und die Lederhose. Mit ihrem Pullover hatte sie versucht, die Blutung der Frau zu stoppen.« Sie warf Haverkorn einen langen Blick zu. »Sie braucht schnellstens eine Dusche, wenn die KTU mit ihr durch ist.«

»Dann sollen die sich beeilen.«

»Ihre Kleidung haben wir sichergestellt. Jens hat ihr ein Kapuzenshirt gegeben, das er im Wagen hatte.« Sie seufzte. »Hoffen wir, dass sie uns morgen erzählen kann, was passiert ist.«

Haverkorn stieg in den Bus und setzte sich der Zeugin gegenüber. Sie blickte nicht auf.

»Frau Arndt, ich bin Kriminalhauptkommissar Bjarne Haverkorn.«

Dunkle Strähnen fielen ihr ins blasse Gesicht. Sie sah ihn an, hielt seinem Blick einen Moment stand, bevor sie sich wieder auf das Notizbuch konzentrierte.

»Der Notarzt wird Sie ins Krankenhaus bringen. Dort bleiben Sie heute Nacht. Morgen sehen wir weiter.«

Sie schwieg.

Haverkorn lehnte sich zurück und betrachtete sie. War sie wirklich nur eine Zeugin, die zufällig in dieser Nacht hier draußen vorbeigekommen war? Schwer vorstellbar an diesem abgelegenen Ort in der Marsch. Aber wenn sie selbst die Täterin war, warum hätte sie den Notarzt verständigen und auf die Polizei warten sollen? Das machte ebenfalls keinen Sinn.

Die Frau blickte wieder auf. Dunkle Augen musterten ihn. Sie mochte Anfang bis Mitte dreißig sein. Blutspritzer trockneten auf ihrer Wange. Die Lippen formten ein paar Worte, die Haverkorn nicht verstand. Er lehnte sich zu ihr nach vorn. »Wie bitte?«

»Ich hab alles versucht«, sagte sie, »aber ich konnte sie nicht retten.«

†

Sie rennt durch die Dunkelheit. Jemand ist vor ihr, aber sie hört nur seine schnellen Schritte. Ihre Schusswaffe hält sie fest in der Hand. Lichter flackern hinter ihr auf. Sie wendet sich um. Die Kollegen sind hinter ihr. Weiter! Sie blickt nach vorn und stolpert, stürzt zu Boden. Ihre Waffe hat sie beim Fallen verloren. Panik kommt in ihr auf. Sie will aufstehen, weiterlaufen. Aber als sie in die Mündung der Waffe blickt, weiß sie, dass sie sterben wird.

Frida wachte auf. Wie jedes Mal, wenn sie im Traum mit einer Waffe bedroht wurde. Schweißnass lag sie im Bett und versuchte, ihre Emotionen in den Griff zu bekommen. Der Traum war nur ein Traum. Aber die Todesangst war echt. Sie griff nach der Wasserflasche neben ihrem Bett und trank mit großen Schlucken. Ihr Herzschlag beruhigte sich. Sie stellte die Flasche ab, lehnte sich zurück und blieb einige Minuten mit geschlossenen Augen im Bett liegen. Wie lange sollte das so weitergehen? Wann würde sie endlich wieder durchschlafen können?

Irgendwann stand sie auf, öffnete das Fenster und sah, dass es schon wieder regnete. Die Blätter der Kastanie auf dem Hof troffen vor Nässe. Sie nahm ihr Smartphone vom Schreibtisch. Drei Anrufe in Abwesenheit und eine Mailboxnachricht wurden angezeigt. Sie wischte über das Display und sah, wer sie angerufen hatte: Jo.

Frida war überrascht. Nicht nur, dass Jo versucht hatte, sie kurz nach sieben Uhr anzurufen, sondern auch, dass sie es innerhalb von wenigen Minuten dreimal probiert hatte.

Frida hörte ihre Mailbox ab, aber mehr als ein kurzes Seufzen von Jo war darauf nicht zu hören.

Frida wählte Jos Nummer. Es klingelte mehrfach, aber sie ging nicht an ihr Handy. Frida beendete den Anruf und setzte sich aufs Bett.

Frida tippte nochmals auf Jos Nummer und ließ es länger klingeln. Was wollte sie von ihr? Sicherlich keinen Small Talk. Das war nicht ihre Art.

»Frida!« Jo klang erleichtert.

»Entschuldige! Ich habe mein Telefon nicht gehört …«

»Du musst etwas für mich tun!«

»Okay.«

»Fahr in die Detektei, und komm dann nach Itzehoe.« Jos Stimme ließ keine Widerrede zu.

»Was ist los?«

»Eine Frau ist tot. Ich glaube, die wollen mir was anhängen!« Jo räusperte sich. »Hol bitte in der Detektei meine Papiere. In meiner Geldbörse im Schreibtisch. Ausweis und Führerschein!«

»Wo bist du jetzt?«

»In diesem Polizeihochhaus, zehnte Etage. Sie verhören mich gleich.«

»In der Bezirkskriminalinspektion?«

»Genau.«

»Was ist passiert?«

Jo schwieg einige Sekunden, schien zu überlegen, wo sie beginnen sollte. »Ich kann jetzt nicht reden. Hol meine Papiere und komm her, ja? Ich muss rein.«

»Klar, ich …« Sie sah auf dem Display, dass Jo sie schon weggedrückt hatte.

Frida hatte die Freundin noch nie so aufgelöst erlebt. Zehnte Etage in der BKI, hatte sie gesagt. Dort befand sich die Mordkommission. In was war Jo da hineingeraten?

Frida stand auf, zog sich an und lief hinunter in die Küche, wo ihre Mutter Karotten putzte. »Kaffee ist noch in der Kanne!«

»Keine Zeit, ich muss los.«

»Ohne Frühstück? Was ist denn so eilig?«

»Erkläre ich dir später!« Frida lief in die Diele, nahm sich den Jeepschlüssel vom Brett und stolperte beinahe über Arthur, der sie hatte begrüßen wollen. Sie lief hinaus. Hoffentlich hatte Jo keinen Mist gebaut. *Sie wollen mir was anhängen*, hatte sie gesagt. Mit einem unguten Gefühl fuhr Frida vom Hof.

3

Bjarne Haverkorn blickte müde aus seinem Bürofenster im zehnten Stock der Bezirkskriminalinspektion auf die Stadtkirche St. Laurentii, die hinter den Schlieren der Regenfront verschwand. Er drückte eine Kopfschmerztablette aus dem Blister und schluckte sie mit etwas Wasser hinunter. Er war gegen fünf Uhr morgens zu Hause gewesen, hatte geduscht und sich umgezogen. Gleich würde er Johanna Arndt befragen, die er im Krankenhaus abgeholt und mit zur Mordkommission gebracht hatte.

Er setzte sich an seinen Schreibtisch, wo er sich völlig fehl am Platze vorkam. Das war sein Büro, und doch fühlte er sich noch immer wie ein Fremder. Er schlug die Ermittlungsakte auf. Darin lagen einige handschriftliche Notizen, der Spurenbericht und der Bericht der Schutzpolizisten, die in der Nacht vor Ort gewesen waren. Haverkorn trank einen Schluck Kaffee und las aufmerksam, welche Spuren und Erkenntnisse sie bisher hatten.

Um 22.23 Uhr war von Johanna Arndt per Handy ein Notruf an die Rettungsstelle abgesetzt worden. Sie meldete, dass sie auf einem unbewohnten Gehöft eine schwer verletzte Frau gefunden habe. Als der Rettungswagen dort eintraf, war die Verletzte bereits an den schweren Verletzungen verstorben. Der Notarzt hatte daraufhin die Polizei verständigt, denn augenscheinlich war das Opfer von einer unbekannten Person mit mehreren Messerstichen in Bauch und Brustbereich lebensgefährlich verletzt worden und laut der Zeugin innerhalb weniger Minuten verblutet. Die Schutzpolizisten hatten das

Gelände durchsucht, jedoch keine weitere Person ausfindig gemacht. Sie hatten den Hof gesichert und auf die Kollegen der Mordkommission gewartet.

Die Tatwaffe war, trotz intensiver Suche, bisher nicht im Gehöft gefunden worden. Die Suche wurde heute Morgen fortgesetzt.

Auch der Bericht der erkennungsdienstlichen Behandlung der Toten war der Akte bisher nicht beigefügt, sodass die Identität der toten Frau weiterhin ungeklärt blieb. Nach der Befragung der Zeugin würde er bei den Kollegen beim Erkennungsdienst nachhaken, beschloss Haverkorn.

Auf einem gelben Klebezettel stand in der Schrift von Klaus Behrens: »Auf dem Gehöft ist von Beamten der Schutzpolizei ein Fahrrad entdeckt worden. Die KTU hat es mitgenommen. Könnte sein, dass das Opfer am Abend damit dorthin gekommen ist. Kläre ich ab.«

Haverkorn atmete tief durch. Noch war die Akte löchrig wie ein Schweizer Käse. Die Obduktion war auf vierzehn Uhr festgesetzt worden. Vielleicht brachte diese einige Erkenntnisse zum Tathergang. Er nahm den Telefonhörer und wählte eine Nummer in Hamburg. »Moin, Torben, Bjarne hier.«

»Bjarne! Das ist ja eine Überraschung! Lange nichts von dir gehört. Wie geht's dir?«

Haverkorn seufzte leise. »Bin seit Montag wieder hier. Muss ja weitergehen. Und bei dir?«

»Immer der gleiche Wahnsinn. Manchmal frage ich mich, ob ich nicht den falschen Job habe.«

»Das frage ich mich seit dreißig Jahren«, brummte Haverkorn. »Weshalb ich anrufe: Ich habe die Leichensache von diesem Gehöft in der Marsch auf dem Tisch. Ich komme zur Obduktion, nicht Klaus. Er musste zum Zahnarzt. Wurzelbehandlung.«

Dr. Torben Kielmann lachte ins Telefon. »Seinen Zahn hätte ich vor der Obduktion auch hier erledigen können. Eine kleine Abwechslung kann ich immer gebrauchen.«

Haverkorn schmunzelte. Er mochte den schwarzen Humor des jungen Rechtsmediziners. »Vierzehn Uhr, bleibt es dabei?«, fragte er nach.

»Ich denke schon. Komm ein paar Minuten früher, und wir trinken noch einen Kaffee zusammen.«

»Klingt gut. Aber besorg einen richtigen, nicht diesen flüssigen Asphalt, den ihr so trinkt.«

»Halb zwei in meinem Büro?«

»Wenn ich es noch finde.«

»Folge einfach dem Geruch nach gemahlenen Bohnen«, sagte Dr. Kielmann lachend.

»Gut, Torben. Ich muss Schluss machen, die Zeugin wartet.«

»Du befragst die Frau, die heute Nacht versucht hat, die Blutung zu stoppen?«

»Genau.«

Der Rechtsmediziner seufzte leise. »Es war aussichtslos. Sechs Stiche im Abdomen. Wir werden es gleich sehen, wenn ich sie öffne, aber ganz sicher wurden wichtige Organe perforiert, vielleicht sogar die Lunge. Der Täter wollte, dass sein Opfer stirbt.«

†

Der Regen ließ nach, als Frida über die Brooksbrücke in die Speicherstadt fuhr. Sie mochte dieses historische Areal. Der Freihafen und die Speicherstadt zeugten noch immer vom unbändigen Freiheitswillen der Hamburger Kaufleute, die 1881 nach dem Zollanschlussabkommen mit dem Deutschen Reich diese kleine Enklave auf den Brookinseln errichtet hatten, um weiterhin zollfrei Waren lagern und verarbeiten zu können. Auch wenn die Lagerräume längst in Büros, Wohnungen, Restaurants und sogar Museen umgewandelt worden waren, spürte man hier noch den Hauch der Geschichte. Jos Detektei befand sich in einem der alten Speicher am Brooksfleet, einem Baudenkmal neugotischer Backsteinarchitektur.

Frida parkte den Jeep und lief am Sandtorkai entlang zur Adresse der Detektei. Sie öffnete die schwere Holztür und betrat das ehemalige Lagerhaus, dachte an Teppiche, Gewürze, Tee, Tabak und Kaffeebohnen, die hier in großen Säcken hineingetragen oder an den teils noch immer vorhandenen Seilzügen hochgezogen worden waren, um sie einzulagern.

Frida lief die ausgetretenen Stufen zum dritten »Boden« hinauf und klingelte an der Tür. Nichts passierte.

Warum hatte sie nicht vorher bei Jos Assistentin angerufen? Sie klingelte nochmals. Länger. Was, wenn sie nicht da war?

Im gegenüberliegenden Büro ging eine Tür auf. Eine Frau in Jeans und Blazer warf Frida einen ärgerlichen Blick zu. »Macht Nova wieder nicht auf?«

»Ist sie denn da?«

»Klar ist sie da. Aber wenn sie keine Lust hat, lässt sie die Leute Sturm klingeln.« Sie kam herüber und schlug mehrfach mit der flachen Hand auf die Metalltür der Detektei. »Nova, mach die Tür auf! Kundschaft!«

Ein blasses Gesicht erschien in der Tür. Jos Assistentin hatte raspelkurzes blondes Haar, Smokey Eyes und ein Lippenpiercing. Sie war kleiner, als Frida sie in Erinnerung hatte, und strahlte die drahtige Wendigkeit eines Wiesels aus. Aber auch dessen Verschlagenheit. »Was willst du, Gitta?«, fragte sie ruhig.

Die Frau ließ sie einfach stehen. Laut fiel die Bürotür auf der anderen Seite des Ganges zu.

»Und?«, fragte Nova und lehnte sich mit verschränkten Armen in den Türrahmen.

»Hallo, ich bin Frida Paulsen! Ich war letzten Herbst schon mal hier. Jo hat mich gebeten, ihre Geldbörse abzuholen.«

Novas graublaue Augen musterten sie und unterzogen sie einer genauen Kontrolle. »Kommen Sie rein!«, sagte sie schließlich. »Sie sind doch die Polizistin, mit der meine Chefin auf dem Internat war.«

Frida nickte und folgte ihr in die Räume der Detektei.

»Nova von Lübitz.« Sie reichte ihr die Hand und fing Fridas überraschten Blick auf. »Verarmter Landadel aus Vorpommern. Aber manchmal hilft der Titel bei einer Recherche.« Novas Händedruck war bemerkenswert fest.

Sie setzte sich auf den Stuhl hinter den Empfang, wo zwei überdimensionale Monitore standen, und zündete sich eine Zigarette an. Ihr Schreibtisch sah chaotisch aus, wilde Stapel von geöffneten Akten und Computerausdrucken lagen herum, umringt von schmutzigen Kaffeetassen und einer Fischdose, die als Aschenbecher herhielt. »Hat Jo gesagt, wo sie ist? Sie hat sich seit gestern Nachmittag nicht mehr gemeldet. Ich ersticke in Arbeit, und sie geht nicht mal ans Handy.«

»Sie steckt in Schwierigkeiten, hat mich heute Morgen aus Itzehoe angerufen.«

»Itzehoe? Was macht sie denn in dem Kaff?« Nova nahm einen tiefen Zug ihrer Zigarette.

»Sagen Sie es mir! Sie war kurz angebunden. Hat mir nur gesagt, dass sie ihre Papiere nicht dabeihat und ich sie hier abholen soll.«

Nova nickte. »Das ist wieder typisch. Wo liegen sie?«

»In ihrem Schreibtisch.«

Sie legte die brennende Zigarette in der Heringsdose ab. »Kommen Sie!«

Frida folgte Nova in Jos Büro, das sich seit dem Herbst nicht verändert hatte. Ein heller Raum mit Blick auf den Brooksfleet, Backsteinwände, ein aufgeräumter Schreibtisch, keine überflüssigen Accessoires. Der kühle Chic, den Jo mochte und ausstrahlte.

Nova ging zum Schreibtisch und zog ein Schubfach auf. Sie kramte darin herum. »Hier sind die Papiere nicht.«

Frida zog ein anderes Schubfach heraus. Die Geldbörse lag obenauf. Schwarzes Leder. Sie nahm sie heraus.

Nova griff nach einer Akte im Schreibtisch und blätterte darin herum. »Was soll das denn?«, flüsterte sie.

Frida horchte auf. »Stimmt was nicht?«

»Diesen Fall kenne ich nicht. Dabei lege ich alle unsere Akten an.« Sie hielt ein Foto hoch und betrachtete es wortlos. Frida erkannte ein altes Reetdachhaus, bevor Nova es wieder in die Akte legte, die sie sich unter den Arm klemmte. »Haben Sie alles?«

»Ja, klar. Ich fahre nach Itzehoe und bringe Jo die Papiere. Warum hat sie nicht *Sie* angerufen?«

Nova zuckte die Schultern. »Ich kann hier nicht weg. Hab keinen Führerschein.«

»In diesem Job? Müssen Sie nicht mal raus aus dem Büro?«

»Den Außendienst erledigt normalerweise Jo. Wir haben auch ein paar Freie für alle Fälle. Ich bin die Frau für … sagen wir, spezielle Recherchen.« Sie hielt die Hände hoch und bewegte die Finger.

Frida dachte an die beiden Monitore auf ihrem Schreibtisch und verstand. Die schnellste Recherche lief heute über das Internet.

Frida öffnete Jos Geldbörse und vergewisserte sich, dass Personalausweis und Führerschein darin waren.

Nova lehnte am Schreibtisch und knabberte an ihrem Lippenpiercing.

»Ich mache mir Sorgen um Jo. Sie hat sich verändert in den letzten Wochen.«

»Verändert?«

»Ja, sie hat sich zurückgezogen, redet kaum noch mit mir. Früher haben wir oft in der Küche zusammengesessen und über den Job gequatscht. Auch ab und an über was Privates. Aber seit einigen Wochen sehe ich sie kaum noch. Und wenn sie mal hier ist, spricht sie nicht mehr als drei Worte mit mir.«

»Vielleicht ist es nur eine Phase.«

»Ich kenne Jo schon seit ein paar Jahren. Sie hat ihre Launen, zieht sich auch mal zurück. Sie braucht ihren Freiraum, ich weiß. Aber sie hat noch nie ihr Geschäft schleifen lassen. Ich schiebe hier Nachtschichten, damit wir die Kunden nicht verprellen, und Jo tut so, als ginge sie das alles nichts an. Gestern war sie kurz hier und ist dann gleich wieder weg, um jetzt in Itzehoe aufzutauchen. Was macht sie da?«

»Ich weiß nichts Genaues. Aber sie muss eine Aussage bei der Mordkommission machen.«

Nova schüttelte langsam den Kopf. »Mordkommission?« Sie seufzte und verließ Jos Büro.

Frida folgte ihr. Die Zigarette qualmte noch immer in der Fischdose. Nova nahm sie, klopfte die Asche ab und inhalierte tief. Sie warf die blaue Akte auf den Stapel auf ihrem Schreibtisch.

»Sagen Sie Jo, wenn Sie sie sehen, dass sie mich hier hängen lässt und hinter meinem Rücken an einem Fall arbeitet, schmeckt mir überhaupt nicht!«

4

Die Zeugin war schon im Vernehmungsraum, als Haverkorn eintrat. Johanna Arndt saß bewegungslos da und blickte aus dem Fenster. Sie trug noch immer das viel zu große Kapuzenshirt, das ihr einer seiner Kollegen in der Nacht gegeben hatte. Haverkorn hatte eine gewisse Vorstellung davon, wie ihre Kleidung ausgesehen hatte, nachdem sie die stark blutende Frau medizinisch versorgt und bis zu ihrem Tod im Arm gehalten hatte.

Er setzte sich ihr gegenüber an den Tisch. »Können wir?«

Sie reagierte nicht, sah aus dem Fenster den ziehenden Wolken zu.

»Können wir mit der Befragung beginnen, Frau Arndt?« Er wartete einen Moment. »Möchten Sie etwas trinken? Wasser, Tee, Kaffee?«

Johanna Arndt schüttelte fast unmerklich den Kopf. Eine erste Reaktion. Haverkorn öffnete die Akte und schaltete das Diktiergerät ein, das auf dem Tisch lag. »Frau Arndt, ich fange mit ganz einfachen Fragen an. Können Sie mir bitte Ihre Personalien diktieren? Ausweisen konnten Sie sich ja bisher nicht.«

»Eine Freundin …« Sie räusperte sich. »Eine Freundin bringt meine Papiere her.«

Ihre Stimme war so tief, dass Haverkorn überrascht aufblickte. »Gut. Nennen Sie mir bitte für das Protokoll Ihren vollständigen Namen und Ihre Adresse.«

»Johanna Arndt, Hamburg, Sternstraße 15.«

»Geburtsort und -datum?«

»Dreiundzwanzigster März 1985 in Aachen.«

»Danke!« Haverkorn schrieb die Angaben auf, nahm sich Zeit. »Was machen Sie beruflich?«, fragte er, mehr aus Neugier. Er musterte die junge Frau. Sie schien die gestrige Nacht bisher gut zu verkraften. Da hatte er schon ganz andere Zeugen erlebt, die hysterisch waren oder vollkommen unter Schock standen. Sie wirkte gefasst. Beinahe schon routiniert im Umgang mit der Polizei.

»Ich bin selbstständig. Ich führe eine Detektei.« Endlich sah sie ihm in die Augen. Ihr Blick war beinahe eine Spur provokant.

Nein, er war ganz und gar nicht überrascht. Das vervollständigte sein Bild. Als Detektivin hatte sie sicherlich des Öfteren Kontakt zu Behörden und zur Polizei. »Waren Sie gestern beruflich in Schleswig-Holstein unterwegs?«

»Nein.«

Er blickte auf. »Nicht?«

»Wenn ich *nein* sage, meine ich es auch«, sagte sie ruhig.

»Gut. Also privat.« Er schrieb es auf. »Bitte beschreiben Sie mir die Ereignisse des gestrigen Abends.« Er lehnte sich zurück, sah sie aufmerksam an.

Sie atmete aus. »Darf ich doch etwas zu trinken haben?«

Haverkorn wusste, was diese Gegenfrage bedeutete. Sie wollte die Gesprächsführung an sich ziehen. Gut, er würde für diesen Moment ihr Spiel mitspielen. Mal schauen, welche Taktik sie verfolgte. »Wasser?«

Sie nickte. »Danke, still bitte.«

»Dann kann ich Ihnen leider nur Leitungswasser anbieten.« Haverkorn schaltete das Diktiergerät aus und stand auf.

»Kein Problem.«

Er verließ den Besprechungsraum, um Wasser und für sich selbst einen Kaffee zu holen. Als er zurückkam, saß sie genauso da und sah aus dem Fenster. Aber täuschte er sich oder war die Akte etwas verrückt worden? Er stellte die Getränke ab, ihr Glas in die Mitte des Tisches. So musste sie sich aus ihrer Sicherheitszone in seine Richtung bewegen. Ein Signal an sie. Es würde hier nach seinen Spielregeln ablaufen.

Sie sah ihn an, ihre Mundwinkel hoben sich leicht, dann beugte sie sich über den Tisch, griff nach dem Glas und trank. Haverkorn schaltete das Diktiergerät wieder an, sprach Namen und Uhrzeit darauf.

»Frau Arndt, bitte schildern Sie mir die Ereignisse des gestrigen Abends.«

Sie stellte das Glas hart auf den Tisch und ließ sich zurück in ihre Ausgangsposition fallen. »Ich war gestern Abend mit dem Motorrad unterwegs. Aber das wissen Sie ja bereits.«

Haverkorn nickte und überkreuzte die Arme.

»Ich wollte mal den Kopf freibekommen und bin am Vormittag von Hamburg zu einer kleinen Tour aufgebrochen. Ich war den ganzen Tag in der Marsch unterwegs. Am Abend auf dem Rückweg hat mich ein Gewitter überrascht, und ich wollte mich irgendwo unterstellen. Da war dieses verlassene Gehöft, irgendwo bei Seester.«

»Wie spät war es da?«

Ihr Blick ging nach oben, sie dachte nach. »Vielleicht zweiundzwanzig Uhr, ich weiß nicht mehr genau. Ich habe nicht auf die Uhr geschaut.«

Haverkorn schrieb es auf. Auch wenn das Diktiergerät lief, hinterließ er so den Eindruck, dass er die wichtigsten Fakten notierte. Dass sie nun schwarz auf weiß in seinem Notizbuch standen und somit nachprüfbar waren.

»Ich habe mich dort auf dem Hof unter ein Hallendach gestellt und mein Motorrad aufgebockt.« Sie drückte ihre Schultern durch, als müsse sie ihre verspannten Nackenmuskeln auflockern. Erst als sie sich zurücklehnte, sprach sie weiter. »Als ich den Helm abnahm, hörte ich ein Geräusch. Ich fand es seltsam, weil ich dachte, dass ich auf diesem verlassenen Gehöft allein wäre. Ich habe einen Moment gewartet, bis ich es wieder hörte. Ich konnte nicht zuordnen, ob der Laut von einem Mensch oder einem Tier kommt. Also habe ich den Scheinwerfer der Harley in die Richtung gedreht, wo ich es vermutete, und bin hingelaufen. Das Geräusch kam aus dem Wohnhaus. Die Tür war nur angelehnt, da bin ich rein.« Sie atmete durch, trank noch einen Schluck Wasser.

Nein, sie ist ganz und gar nicht so hart, wie sie es mir weismachen will, dachte Haverkorn. Da war ein leichtes Zittern in ihrer Stimme, als sie weitersprach.

»In der Diele lag eine Frau am Boden. Sie blutete stark …« Sie setzte erneut das Wasserglas an ihre Lippen und trank, hielt seinem Blick stand. Das Glas war leer, als sie es abstellte.

Haverkorn stand auf, ging um den Tisch und goss ihr aus einem Krug Wasser nach. »Wie ging es weiter?«

»Die Frau war am Leben. Sie hat mich angesehen. Ich habe ihr gesagt, dass ich Hilfe rufe, und sofort den Notruf gewählt. Dann habe ich das Erste-Hilfe-Set von der Harley geholt und die Frau verbunden, so gut es ging. Aber alles war gleich durchgeblutet. Ich habe meinen Pulli ausgezogen, in Streifen gerissen und damit weitergemacht.« Johanna Arndt schwieg. Sie presste die Augen zu und öffnete sie wieder, als müsse sie die Bilder loswerden. »Aber sie war zu schwer verletzt. Ich konnte die Blutung nicht stillen.« Sie sah Haverkorn an, wartete auf eine Erwiderung. Er schwieg und ließ sie allein mit ihren Erinnerungen. »Dann habe ich mich neben sie auf den Boden gesetzt und habe die Frau in den Armen gehalten, habe auf sie eingeredet, dass bald Hilfe kommt. Sie hat mich ganz ruhig angesehen.« Ihre Stimme flatterte. »Irgendwann … war es vorbei.«

»Sie starb, bevor der Notarzt da war?«

»Ja.«

»Frau Arndt, Sie hätten nichts für die Frau tun können. Die Verletzungen waren zu schwer, um sie zu retten. Sie haben alles richtig gemacht!«

Ihr trauriges Lächeln ließ sie weicher wirken. Sie hatte schöne Augen. Selten hatte er eine so dunkle Iris gesehen. Diese Frau war für ihn bisher in keine Schublade zu stecken. Sie wirkte stark und auf gewisse Weise unnahbar, aber in Momenten, wenn sie sich nicht beobachtet fühlte, auch verletzlich.

»Wie ging es weiter?«, fragte Haverkorn.

»Der Notarzt kam und hat den Tod der Frau festgestellt. Er hat auch die Polizei gerufen. Einer Ihrer Kollegen hat mir etwas zum Anziehen gegeben. Er hat mich dann zu diesem Transporter gebracht, in dem Sie mit mir geredet haben.«

»Haben Sie die Frau vor gestern Nacht schon einmal gesehen?«

Ihre Antwort kam umgehend, sie schüttelte den Kopf. »Nein.«

Haverkorn sah sie an. Diese vehemente Verneinung ließ ihn aufhorchen. Hatte sie sich die Antwort längst zurechtgelegt? »Ganz sicher?«, hakte er nach.

»Wie gesagt, ich kannte die Frau nicht.«

»Gut, haben Sie eine andere Person auf dem Gehöft bemerkt?«

»Nein, da waren nur sie und ich.«

»Dann ein Fahrzeug, das weggefahren ist? Vielleicht Motorengeräusch, Scheinwerfer …?«

Sie dachte kurz nach. »Nein, mir ist nichts aufgefallen.«

Er schrieb es auf, ließ sich dabei Zeit. »Was mich etwas verwundert …«, sagte er, während er weiterschrieb. »Gestern gab es tagsüber immer wieder Regenschauer. Trotzdem sind Sie zu einer Motorradtour in die Marsch aufgebrochen?«

Johanna Arndt zuckte die Schultern. »Ich fahre bei jedem Wetter mit der Harley. Ich habe gute Regenkleidung. Nur Sonntagsfahrer holen die Maschine ausschließlich bei schönem Wetter raus.«

»Wie lange fahren Sie schon Motorrad?«

Sie sah ihn überrascht an. »Seit ich achtzehn bin, warum fragen Sie?«

»Reine Neugier.« Er lächelte sie an, hatte sie mit dieser Frage für einen kleinen Moment aus der Fassung gebracht. Die Frage war völlig unwichtig gewesen, damit hatte sie nicht gerechnet.

»Wie lange waren Sie auf dem Hof, bis Sie die Frau hörten?«

»Schwer zu schätzen. Nur wenige Minuten.«

Haverkorn ließ den Stift wippen. Das was sie sagte, war alles plausibel. Dennoch hatte er das Gefühl, dass die Detektivin ihm etwas Entscheidendes verschwieg.

»Konnten Sie heute Nacht schlafen?«, fragte er.

»Tief und fest. Der Arzt im Krankenhaus hat mir ein Beruhigungsmittel gegeben.«

Es war nur ein Gefühl, er hatte diese Frage nicht geplant. Aber er stellte sie dennoch. »Das war nicht Ihre erste Tote, oder?«

Ihr Blick gefror. »In meinem Beruf bekomme ich so einiges zu sehen«, antwortete sie ausweichend. Sie stand auf und trat ans Fenster, drehte ihm den Rücken zu. »Vielleicht hätte ich sie retten können, wenn ich sie früher gefunden hätte.«

»Wahrscheinlich nicht, Frau Arndt. Der Rechtsmediziner sagte, jede der Wunden sei tödlich gewesen.«

Johanna Arndt drehte sich wieder zu ihm. Fast schien es, dass sie ihm dankbar dafür war.

»Hat das Opfer noch etwas zu Ihnen gesagt, bevor es starb?«

»Nein!« Sie setzte sich wieder ihm gegenüber. »Die Frau konnte nichts mehr sagen, sie war zu schwer verletzt. Blut quoll aus ihrem Mund. Sie gab nur noch gurgelnde Laute von sich, als sie etwas sagen wollte. Sosehr ich mich auch bemüht habe, ich konnte nichts verstehen.«

†

Oktober 1997

»Miriam, nimm deine Tasche und trag sie hoch ins Kinderzimmer!«

Sie verdreht die Augen. »Muss das sein? Hier drinnen riecht es so muffig. Ich will hier nicht schlafen. Wann fahren wir wieder nach Hause?«

Mama wirft ihr einen strengen Blick zu. »Hör auf zu meckern und schaff die Tasche hoch! Lukas stellt sich auch nicht so an. Und er ist erst acht!«

»Ja, ja ... das Engelchen Lukas.« Sie greift die Tasche und geht die ausgetretenen Stufen nach oben. Dieser Urlaub ist die reinste Pest! Gestern Abend ist Papa nach Hause gekommen und hat erklärt, dass sie wegfahren würden. In ein Ferienhaus an der Ostsee, sagte er und schwärmte vom herrlichen Altweibersommer, der sicherlich noch eine Weile halten werde. Eine Entschuldigung für die Schule habe er schon geschrieben.

»Ferien sind doch erst in zwei Wochen?«, rief sie erschrocken. »Dann verpasse ich ja die Klassenfahrt nach Amsterdam!«

Ihr Vater reagierte gereizt und verbot ihr weiterzureden. Der Urlaub sei fest geplant. Klassenfahrten gäbe es jedes Jahr. Ihre Mutter führte sie aus der Küche und packte hastig ein paar ihrer Sachen zusammen, während sie auf ihrem Bett lag und vor Enttäuschung heulte.

»Miri, das wird toll an der Ostsee«, hat ihre Mutter sie zu trösten versucht. »Es ist so warm. Vielleicht können wir noch baden gehen! Nach Amsterdam fahren wir nächstes Jahr alle zusammen.«

Dass es gar nicht darum ging, Amsterdam zu sehen, sagte Miriam nicht. Dass sie endlich mal ohne ihre Familie wegfahren wollte, ohne diesen Nervzwerg Lukas, der ständig an ihr dranhing. Dabei ist sie schon zwölf und hat sich seit Wochen auf die Klassenfahrt gefreut. Sie weinte sich in den Schlaf.

Gleich früh am nächsten Morgen brachen sie auf. In einem dunklen Transporter, den Miriam noch nie gesehen hat, wurden sie von einer blonden Frau abgeholt, die sie nicht kannte und die ihr Vater als »Catrin Schill, eine Freundin von uns«, vorstellte. Miriam quälte sich ein müdes »Hallo« ab und verzog sich auf die hintere Sitzbank. Sie setzte demonstrativ die Kopfhörer auf und stellte den Walkman auf maximale Lautstärke. Ihre Eltern ließen es ihr durchgehen. Sie flüsterten die ganze Fahrt mit ihrer Freundin. Selbst wenn Miriam die Kopfhörer abnahm, verstand sie nicht, was sie sagten. Lukas, dieser Spacko, schlief die ganze Zeit. Als sie die Ostsee erreichten, wachte er auf und wollte Miriam sofort den Walkman abluchsen. Sie begannen zu rangeln, bis ihr Vater eingriff und den Walkman an sich nahm. Miriam hat für den Rest der Fahrt geschmollt.

Das ach so tolle Ferienhaus ist furchtbar alt und das Schilfdach grün von Moos. Es riecht komisch in den Räumen. Das einzig Gute ist, dass direkt hinter dem Haus der Strand anfängt. Sie ist losgelaufen, als sie aus dem Bus ausstiegen, und hat sofort erkundet, dass es eine Treppe gibt, die den Hang hinab zum Wasser führt. Mama lief ihr hinterher und packte sie grob am Arm. Sie hat zwar gelächelt, als sie zurück zum Haus gingen, aber ihre Augen blickten todernst.

Miriam wirft ihre Tasche auf das Bett und öffnet das Fenster. Sie riecht die salzige Meeresluft und hört die Möwen kreischen. Unten am Strand steht ein Angler im Wasser. Auf der anderen Seite des Wassers sieht sie Land. Sie kann Häuser erkennen. Das muss Dänemark sein. Und dahinter liegt England. Irgendwann wird sie ganz allein all diese Länder bereisen.

Gesprächsfetzen dringen an ihr Ohr. Sie beugt sich weit aus dem Fenster, über die Dachkante aus Schilf. Unter ihr stehen Mama und Catrin. Sie rauchen und flüstern aufgeregt miteinander. Papa ist nicht zu sehen. Miriam versteht nur einzelne Worte. »… nicht lange … kümmern uns um euch … ruhig bleiben.« Sie sieht an der Haltung ihrer Mutter, dass sie sehr angespannt ist. Und seit wann raucht sie wieder?

Miriam schließt das Fenster und sieht sich in dem verwohnten Zimmer um. Sie hat eine erste Ahnung davon, dass dies kein gewöhnlicher Ostseeurlaub ist. Haben ihre Eltern Streit? Wollen sie sich etwa scheiden lassen? Ist deshalb Catrin dabei, damit sie sich nicht zanken? Irgendwas stimmt hier nicht. Miriam setzt den Walkman auf und drückt auf Play. Kurt Cobain schreit *Smells like Teen Spirit* in ihre Ohren. Ihr Bruder erscheint an der Tür und sagt etwas. Sie dreht die Musik lauter und schließt die Augen.

5

Frida stand in Itzehoe auf dem Parkplatz eines Supermarktes und blickte seit einigen Minuten auf das Hochhaus der Bezirkskriminalinspektion. Worauf wartete sie? Fiel es ihr so schwer, hinüberzugehen und Bjarne Haverkorn gegenüberzutreten? Oder war es, weil dieses Polizeigebäude sie daran erinnerte, dass sie noch immer keine Entscheidung getroffen hatte?

Sie überquerte die Straße und spürte ihre wachsende Nervosität. Im Erdgeschoss der BKI roch es nach einem aggressiven Reinigungsmittel. Beinahe wäre sie über einen Wischmopp gestolpert, der im Weg stand. Die Putzfrau zog ihn fort und entschuldigte sich, wischte dann weiter.

Frida meldete sich an der Rezeption. Der Mann hinter der Glasscheibe telefonierte, schickte sie daraufhin in die zehnte Etage. Sie fuhr mit dem Fahrstuhl nach oben.

Ob Bjarne Haverkorn in seinem Büro war? Sie hatte ihn seit Monaten nicht mehr gesehen, hatte ein schlechtes Gewissen, dass sie sich seit Wochen nicht mehr bei ihm gemeldet hatte.

Das *Bing* des Fahrstuhls riss sie aus ihren Gedanken. Sie betrat den Flur und sah sich um. Der Geruch nach Reinigungsmitteln war hier nicht so aufdringlich wie im Erdgeschoss. Linker Hand befanden sich, wenn sie sich richtig erinnerte, Besprechungs- und Vernehmungszimmer der Mordkommission. Auf einem der Besucherstühle saß eine Frau in einem weiten Kapuzenpullover. Sie hatte die Ellenbogen aufgestützt und das Gesicht in die Hände gelegt. Rechter Hand gingen die Türen zu den Büros der Beamten ab. Haverkorns Büro lag am Ende des Ganges.

»Frida? Endlich!«

Sie sah sich um. Die Frau im Kapuzenshirt war aufgestanden. Sie brauchte einen Moment, um Jo zu erkennen. Heute trug sie einen Pferdeschwanz. Ein paar lose Strähnen fielen ihr ins blasse Gesicht. Jo hatte immer einen elegant-lässigen Kleidungsstil bevorzugt. So wie sie heute aussah, musste etwas in ihrem Leben komplett aus den Fugen geraten sein.

Frida ging zu ihr. »Jo!«

Ihre Freundin nickte kurz, wahrte Distanz. Frida blieb vor ihr stehen. »Alles okay?«

Jo sah übermüdet aus. »Hast du meine Papiere?«

»Ja, klar.« Sie gab ihr die Geldbörse.

Sie steckte sie wortlos ein. »Danke fürs Herbringen.«

»Was ist denn eigentlich los?«

Ihre Freundin setzte sich. »Es ist alles so absurd. Die wollen mir was anhängen«, sagte sie wütend.

Frida setzte sich auf den Stuhl neben sie. »Was denn anhängen?«

»Eine Frau ist tot. Und dieser Idiot von Hauptkommissar denkt, ich war es.«

»Wurde schon ein Haftbefehl ausgestellt?«

»Nein, noch nicht. Aber er besorgt sicherlich gerade einen.« Sie sah Frida in die Augen. »Ich habe nichts mit dem Tod dieser Frau zu tun, glaubst du mir?«

»Natürlich glaube ich dir«, sagte Frida. Aber sie spürte einen Anflug von Unsicherheit. »Was ist passiert?«

Jo saß da und starrte auf die gegenüberliegende Wand. »Ich habe gestern Abend eine schwer verletzte Frau gefunden. Sie ist gestorben …«

»War es ein Unfall?«

»Nein, sie hatte tiefe Stichwunden, muss mit einem Messer traktiert worden sein.«

»Weißt du, wer sie angegriffen hat?«

»Keine Ahnung!«, antwortete Jo unwirsch. »Soll ich denen den Täter liefern, damit ich gehen kann?« Sie stand auf. »Frida, ich muss hier raus! Fährst du mich nach Hamburg?«

Frida stand ebenfalls auf. »Jetzt warte doch mal! Das wird sich alles klären!«

»Hier klärt sich gar nichts!«, sagte ihre Freundin. »Dieser Kriminalhauptkommissar wollte nur das Protokoll abtippen und ausdrucken lassen, damit ich es unterschreiben kann. Das dauert schon viel zu lange. Ich weiß doch, was gespielt wird. Er sitzt längst beim Ermittlungsrichter und besorgt einen Haftbefehl. Und ich hocke hier und warte, dass die Handschellen klicken. Was ist, fährst du mich?«

»Lass uns warten, und alles wird sich klären.«

Jo sah sie an und schüttelte vehement den Kopf. »Nein, wenn ich erst mal in U-Haft bin, klärt sich gar nichts. Ich muss weg hier. Ich habe kooperiert, habe ihnen alles gesagt, was ich weiß. Das muss reichen.«

Frida griff nach ihrem Arm und hielt sie fest. »Geh nicht, Jo!«

Langsam drehte sie sich um und streifte Fridas Arm ab. Bevor die automatische Etagentür hinter ihr zufiel, war der Schall ihrer Schritte auf der Treppe zu hören.

Frida stand stocksteif im Gang. Ihr Herz schlug vor Aufregung. Nähe und Abweisung. Das ewige Auf und Ab zwischen ihnen.

In diesem Moment war sie sich sicher, dass Jo bei dem Treffen im Apfelhof etwas von ihr gewollt hatte. Sie war nicht ohne Grund raus in die Marsch gekommen, hatte wissen wollen, ob Frida noch Kontakt zu ihrer alten Dienststelle hatte. Was hatte sie auf dem Herzen gehabt?

»Frida! Das ist ja eine Überraschung!« Haverkorn kam auf sie zu. Wenigstens er freute sich, sie zu sehen.

»Bjarne!« Sie schüttelte ihm die Hand. »Ich hatte gehofft, dass du da bist.«

»Leider habe ich gerade keine Zeit, aber wenn du warten kannst? Dauert nicht lange. Dann trinken wir einen Kaffee!«

»Gern!« Sie stöhnte leise. »Sag mal, wer hat bei euch den Fall auf dem Tisch, zu dem Johanna Arndt heute befragt wurde?«

Er hielt eine Akte hoch. »Ich, warum?«

Frida schluckte trocken. »Sie ist gerade gegangen.«

Haverkorns Blick verfinsterte sich. »Sie sollte noch unterschreiben.«

»Sie war als Zeugin hier?«

Er nickte. »Du kennst sie?«

»Wir kennen uns von früher, aus dem Internat. Johanna hat mich angerufen und gebeten, ihre Papiere in Hamburg zu holen.«

»Gib sie mir.«

»Sie hat sie mitgenommen.« Frida machte eine Geste, als sei ihr nichts anderes übrig geblieben. »Was ist denn passiert? Sie hat nur etwas von einer schwer verletzten Frau erzählt, die gestorben ist, und dass ihr ihr was anhängen wollt.«

»Anhängen!« Er räusperte sich und sah auf seine Uhr. »Komm, wir gehen in den Besprechungsraum! Ich koche uns einen Kaffee. Dann erzähl ich dir alles.«

Frida hielt ihn am Arm fest. »Bjarne, hat Johanna etwas mit dem Tod dieser Frau zu tun?«

Er sah ihr länger als nötig in die Augen, schien nicht zu wissen, wie er seine Antwort formulieren soll. »Ich wünschte, ich könnte es klar verneinen. Aber ich weiß es nicht.«

†

»Willst du damit andeuten, dass Jo diese Frau umgebracht hat?« Frida lehnte sich zurück und verschränkte die Arme. Sie saß mit Haverkorn am Tisch im Besprechungszimmer der Mordkommission. Ihren Kaffee hatte sie bisher nicht angerührt.

Es war ungeheuerlich, was Bjarne ihr soeben unter dem Siegel der Verschwiegenheit erzählt hatte. Sie war Polizistin, nur deshalb konnte er überhaupt über den Fall reden. Auf Ausschmückungen hatte er verzichtet. Dennoch hatte sie zwischen seiner routinierten Berichterstattung einen Anflug von Unsicherheit gespürt. Und die Zweifel, die Jo in ihrer Befragung bei ihm gestreut hatte.

Fridas Gedanken schweiften ab. War Jo gestern Nacht wirklich zufällig auf diesen verlassenen Bauernhof gestoßen, als sie sich vor dem Unwetter in Sicherheit bringen wollte? Haverkorn hatte recht, ein seltsamer Zufall.

Aber auf der anderen Seite: warum nicht? Gestern Abend hatte es einige Gewitter in der Marsch gegeben. Warum sollte Jo lügen?

»Gehen wir mal davon aus, dass alles stimmt, was Frau Arndt sagt …«, redete Haverkorn weiter und sah Frida an. Ihre Blicke trafen sich. »Warum ist sie dann einfach gegangen? Warum hat sie nicht noch die paar Minuten gewartet, um das Protokoll zu unterschreiben?«

»Weil sie denkt, dass du ihr ein Tötungsverbrechen in die Schuhe schieben willst.«

»Wie kommt sie eigentlich darauf?« Er setzte lautstark seine Tasse ab. »Ich habe sie nicht als Beschuldigte, sondern als Zeugin befragt. Ich habe nicht einmal angedeutet, dass wir sie verdächtigen.«

»Ich weiß auch nicht, Bjarne. Sie war durcheinander und wütend, als ich sie auf dem Gang getroffen habe. Gestern Nacht ist eine Frau in ihren Armen verblutet. Und jetzt diese Befragung. Das war ganz schön viel.«

»Ja, natürlich.« Er wischte mit seiner Hand den Kaffeefleck vom Tisch. »Das will niemand erleben. Aber wie kommt sie darauf, dass wir sie festnehmen wollen?«

Frida seufzte. »Vielleicht war es dein Ton, oder die Art und Weise, wie du die Fragen zu den Ereignissen gestellt hast.« Ihr Zeigefinger malte Kreise auf dem Rand der Kaffeetasse. Sie war selbst überrascht gewesen von Jos Reaktion. Hätte sie sie aufhalten sollen?

Nein, Jo stellte sich keiner in den Weg. Das hatte sie im Internat lernen müssen. Frida hatte im Zusammenleben mit ihr genug Federn lassen müssen. Jo ließ sich nicht in ihre Angelegenheiten hineinreden. Wenn man das akzeptierte, konnte man mit ihr auskommen.

»Wo steht eigentlich ihr Motorrad?«, fragte Frida.

»Die Harley ist noch auf dem Gehöft. Gestern Nacht konnten wir sie nicht mehr wegschaffen. Sie wird aber heute Vormittag sichergestellt.« Haverkorn nahm einen Stift und ließ ihn zwischen zwei Fingern hüpfen. »Wie gut kennst du sie. War sie in deiner Klasse?«

Frida blickte kurz auf. »Ja, einige Kurse hatten wir zusammen.«

Er nickte und ließ den Stift weiter hüpfen.

Frida griff danach und legte ihn auf den Tisch. »Aber wir waren auch im selben Zimmer untergebracht. Es war nicht leicht, wir waren dreizehn und hatten beide was Schlimmes zu verarbeiten. Ich den Verlust meiner besten Freundin, und Jo …«, sie atmete aus, »… hatte ihre Familie verloren. Sie sind bei einem Hausbrand ums Leben gekommen. Ihre Großeltern sind wohl nicht mit ihr klargekommen und haben sie ins Internat gesteckt.«

»Schlimme Geschichte.«

»Sie war sehr wütend damals und tieftraurig. Sie hat nie darüber gesprochen. Niemand kam an sie heran. Anfangs haben wir uns regelmäßig bis zur Weißglut getrieben. Irgendwann haben wir akzeptiert, dass wir uns dieses Zimmer teilen mussten und dass es leichter sein würde, wenn wir unser Revierverhalten aufgäben. Nach unserem Schulabschluss ist jede von uns ihrer Wege gegangen.« Sie dachte an Jo und ihr erstes Wiedersehen nach langer Zeit. »Letztes Jahr haben wir uns in Hamburg wiedergesehen. Sie hat in der Speicherstadt eine Detektei eröffnet, und ich bin zu ihr gefahren. Seither ist wieder so etwas wie eine alte Vertrautheit aufgekommen.« Sie schwieg einen Moment. »Wir waren uns so nah wie nie. Aber Jo hat nach einer Meinungsverschiedenheit nicht mehr auf meine Anrufe reagiert.«

Haverkorn gähnte verhalten und wischte sich den Schlaf aus den Augen. »Tut mir leid. War eine lange Nacht. Kaffee hilft auch nicht mehr. Ich muss gleich dem Erkennungsdienst Dampf machen, damit sie uns endlich den Bericht rüberschicken. Kann ja nicht so ewig dauern, die Fingerabdrücke des Opfers auszuwerten. Danach geht's zur Obduktion.«

»Du steckst also wieder voll drin? Keine Nachwehen?«, fragte Frida.

Haverkorn warf ihr einen langen Blick zu. Er wusste genau, dass sie auf die Nacht anspielte, in der er ihr das Leben gerettet hatte. »Das D.I.E. hat mich entlastet.«

»Ich meine nicht das Dezernat für Interne Ermittlung.«

Er schwieg einen Moment. »Ich war ein paar Monate im Betrugsdezernat. Hat mir gutgetan, mal nichts mit Toten zu tun zu haben.«

»Und wie geht es deiner Frau?«

»Ganz gut. Manchmal denke ich, sie hat den Selbstmordversuch besser verkraftet als ich. Sie ist noch in der Klinik in Schleswig. Da blüht sie richtig auf.«

»Und du? So als Strohwitwer?«

Haverkorn schien der Themenwechsel gutzutun, er wirkte endlich entspannt. »Ach, das ist gar nicht so übel. Ich könnte mich dran gewöhnen. Und was ist mit dir? Soll ich mich nach einem Job für dich umhören? Vielleicht bekommst du meinen Stuhl, und ich kann früher in Pension gehen.«

»Diesen ausgesessenen Stuhl kannst du gern behalten. Die brauchen dich hier. Und ich weiß gar nicht, ob ich überhaupt in den Polizeidienst zurückgehe.«

»Was willst du dann machen? Obstbau betreiben?«

»Wenn es nach meinem Vater ginge, sicherlich. Er würde mir lieber heute als morgen den Hof überschreiben. Aber um einen landwirtschaftlichen Betrieb zu führen, fehlen mir Ausbildung und Leidenschaft.« Sie sah einen Moment aus dem Fenster, hing ihren Gedanken nach. »Ich habe manchmal die verrückte Idee, auf dem Hof meiner Eltern ein kleines Café zu eröffnen.« Sie sah ihn wieder an und wartete auf seine Reaktion. »Am Wochenende sind viele Hamburger bei uns draußen in der Marsch. Kaffee, Kuchen, vielleicht selbst gekochte Marmelade. Meine Eltern wären bestimmt glücklich, wenn ich bliebe.«

Haverkorn hob die Augenbrauen. »Klingt nach einem … Plan.«

Frida lachte ihn offen an. »Du musst mir nichts vormachen. Du findest die Idee furchtbar.«

»Die Idee mit dem Café ist gut. Ich wäre der erste Stammgast. Dennoch, Frida, du würdest dein Talent vergeuden. Du bist eine großartige Polizistin. Und du wirst eine noch bessere Kriminalistin sein!«

Sie seufzte und trank den Kaffee aus, schaffte es nicht, ihm in die Augen zu sehen.

»Überleg es dir, und zieh keine voreiligen Schlüsse. Du hast etwas Schreckliches erlebt. Aber das wird wieder. Du bist jung, du steckst das weg. Vielleicht fragst du dich mal, wo du stehen willst, wenn du in meinem Alter bist. Willst du dann immer noch Kaffee und Kuchen in einem Marschcafé verkaufen?«

»Es gibt Schlimmeres.«

»Ich will dich gar nicht überreden. Der Polizeidienst ist kein Beruf. Er ist eine Berufung. Du musst das wirklich wollen, wirst viel Leid sehen, wenn du den Weg zur Mordkommission wählst. Aber du bist aus dem richtigen Holz geschnitzt. Du hast den Biss dafür!«

»Jetzt nicht mehr.«

Sie schwiegen einen Moment. »Meine Tür steht dir jederzeit offen«, sagte er. »Egal, wie du dich entscheidest. Ich lege beim BKI-Leiter ein gutes Wort für dich ein, wenn du hier draußen arbeiten willst. Den Wechsel von Hamburg nach Schleswig-Holstein kriegen wir schon hin. Aber ich komme bei dir auch Kuchen essen, bis ich Speck angesetzt habe wie ein Seehund.«

»Danke, Bjarne. Ich brauche noch Zeit. Jetzt muss ich mich erst einmal um meine Freundin kümmern.«

»Sag ihr, sie soll sich kurzfristig bei mir melden. Dann vergessen wir ihren Abgang.«

6

Dieses Mal öffnete Nova sofort. Sie telefonierte mit einem Headset und gab Frida mit einer Kopfbewegung zu verstehen, dass sie hereinkommen solle.

»Ja, die Chefin ist nächste Woche wieder im Haus. Natürlich wird Ihr Auftrag zu Ihrer Zufriedenheit ausgeführt. Wie immer!« Sie hörte zu und verdrehte die Augen. »Ich melde mich, sobald wir die Auswertung Ihrer Daten und den Abschlussbericht haben.« Nervös kaute sie an ihrem Lippenpiercing und nickte. »Natürlich, Herr Brandt. Sie können sich auf uns verlassen! Schönen Tag für Sie!«

Nova drückte den Gesprächspartner weg und riss sich das Headset vom Kopf. »Das war der fünfte Mandant, der Jo sprechen wollte. Mittlerweile kann ich nur noch lügen.« Sie ließ sich auf ihren Bürostuhl fallen. »Espresso?«

»Nein danke!« Frida hatte mehrfach versucht, Jo anzurufen, aber lediglich die Mailbox erreicht. »Hat Jo sich hier gemeldet?«

»Nein, bisher nicht.« Nova sah übernächtigt aus. »Die ersten Mandanten sind schon abgesprungen.«

»Sie müssen noch ein bisschen durchhalten. Jo wird wohl ein paar Tage ausfallen. Sie hat gestern Nacht etwas Schlimmes durchgemacht.«

Nova seufzte und zündete sich eine Zigarette an. »Das ist ja nichts Neues.«

Während Frida von ihrer Begegnung mit Jo erzählte, rauchte die Assistentin und fächelte mit einer Hand den Rauch weg. Ihre Füße landeten auf dem Schreibtisch. »Aber wenn sie nur eine Zeugin ist, warum ist sie einfach abgehauen?«, fragte sie schließlich.

Frida zuckte die Schultern. »Eine Frau ist tot, und Jo musste ihr beim Sterben zusehen. Das hat sie sicher aus der Bahn geworfen.«

Nova rauchte nachdenklich. »Das ist echt Scheiße!«

»Kann ich doch einen Espresso haben?«

Novas Füße fielen auf den Boden. Sie legte die Zigarette in den provisorischen Aschenbecher und stand auf. »Klar, kommen Sie!«

Frida folgte ihr in die Büroküche. Ein helles Küchenboard mit Spüle und Espressomaschine vor der Backsteinwand, ein Tisch und drei Stühle am Fenster, das auf den Brooksfleet zeigte. Klein, aber gemütlich.

»Den Kaffee holen wir nebenan in der Kaffeerösterei«, erklärte Nova, während sie die Bohnen ins Kaffeefach füllte. »Jo hat im Winter diese italienische Maschine ersteigert. Sie meinte, unser Kaffee schmecke den Mandanten nicht. Ich fand ihn gut.«

Frida erinnerte sich an die bittere Brühe, die sie im Herbst von ihr serviert bekommen hatte. Sie überging Novas Bemerkung und setzte sich auf einen der Stühle.

Jos Assistentin stellte eine Tasse in die Maschine. Das Zischen von Wasserdampf war zu hören. Dann wurde der Espresso durch die feinen Düsen gepresst. Nova stellte Frida die Tasse Espresso hin. Die Crema sah perfekt aus.

»Milch, Zucker?«

»Weder noch.« Frida trank den Espresso, während Nova sich auch einen Kaffee zubereitete. »Wie habt ihr euch eigentlich kennengelernt?«

Nova setzte sich zu ihr und schüttete sich aus einer Streudose Zucker in den Espresso. »Sie hat mich vor dem Knast gerettet.«

»So?«, Frida trank einen Schluck.

Nova warf ihr über die Tasse einen nachdenklichen Blick zu, sagte aber nichts.

Frida wartete ab. Entweder würde sie es erzählen oder das Thema wechseln.

»Ich war mit neunzehn in so eine Geschichte reingeraten. Habe mich in die Daten einer Anwaltsfirma gehackt. Wollte einem Freund helfen.« Sie nippte nachdenklich. »Jedenfalls dachte ich, er sei ein Freund. Er hat sich verpisst, als es brenzlig wurde, und alles abgestritten. Jo hat mich erwischt, weil ich zu schlampig gewesen war und meine Spuren im Netz nicht richtig verwischt hatte. Sie stand eines Abends neben mir im Internetcafé. Sie hat mir 'ne Cola spendiert und die Pistole auf die Brust gesetzt. Entweder würde ich für sie arbeiten und zukünftig diesen Scheiß lassen, oder mein Name stünde in ihrem Bericht und ginge an die Kanzlei und dann an die Bullen. Seitdem bin ich hier.«

»Hast du's bereut?«, fragte Frida. »Oh, sorry, das Du ist mir so rausgerutscht …«

»Das geht klar«, sagte Nova und lächelte. »Im Gegenteil. Es war das Beste, was mir passieren konnte. Ich habe den ganzen Sumpf hinter mir gelassen, kann endlich legal im Netz recherchieren. Super Job, ehrlich!«

»Ist Jo eine gute Chefin?«

»Eigentlich schon. Manchmal ist sie etwas einsilbig, aber mit ihr kann man auf'm Kiez auch mal richtig schön abstürzen. Sie ist cool.« Sie seufzte. »Aber ich glaube, sie ist einsam.«

»Wie kommst du darauf?«

»Ja, sie hat immer mal wieder jemanden am Start, aber nichts Festes.«

»Vielleicht mag sie es lieber locker?«

»Wer will schon ewig allein sein?«

In diesem Moment stand Jo in der Küche. Unbemerkt war sie in die Detektei gekommen und warf Frida einen überraschten Blick zu. Einige Haarsträhnen waren aus ihrem Zopf gerutscht und hingen ihr ins Gesicht. Sie strich sie fahrig zurück. Noch immer trug sie das übergroße Sweatshirt, das sie von der Polizei bekommen hatte. Sie sah Nova und Frida an und wirkte in diesem Moment völlig erschöpft.

»Die Polizei ist gleich hier. Ihr habt mich nicht gesehen!« Ohne eine Antwort abzuwarten, ging sie ins WC und schloss die Tür hinter sich ab.

Nova tauschte einen ungläubigen Blick mit Frida. »Was war das denn?« Es klingelte an der Tür. Nova erhob sich und ging aus der Küche.

Frida blieb sitzen und lauschte. Sollte sie Jo überreden, mit der Polizei zu sprechen? Aber was, wenn sie wieder die Nerven verlor? Das war ihr oft genug im Internat passiert, wenn man sie an die Wand gedrängt hatte, wenn sie keinen anderen Ausweg mehr sah. Frida wusste, dass Jo tiefe Narben aus ihrer Kindheit zurückbehalten hatte, die sie zu dieser harten Einzelgängerin machten. Und dass sie, in welchen Schwierigkeiten sie auch steckte, nicht um Hilfe bitten würde.

Nova kam mit zwei Schutzpolizisten zurück und gab ihr mit einem Blick zu verstehen, dass sie überfordert war.

Sie stand auf. »Polizeihauptmeisterin Frida Paulsen. Wie kann ich helfen?«

»Bretz und Haas von PK 14. Wir suchen Johanna Arndt.«

»Sie ist nicht hier.« Die Lüge kam ganz leicht über ihre Lippen. Aber sie fühlte sich furchtbar an.

»Frau Arndt hat ein Asservat von einem Tatort in Schleswig-Holstein entwendet.«

Frida stockte. »Sie hat *was?*«

»Sie hat eine Harley-Davidson entfernt, die als Beweismittel sichergestellt wurde.«

»Aber die gehört ihr doch!«, mischte Nova sich ein.

»Dennoch ist das Motorrad ein Beweisstück in einer Mordermittlung und wurde gestern beschlagnahmt.«

Frida seufzte. Dann war die Maschine noch nicht zum Verwahrplatz der Polizei verbracht worden, und Jo hatte sie sich einfach vom Gehöft geholt. Sie manövrierte sich immer tiefer in die Misere.

»Wir haben hier außerdem noch eine Vorladung für Frau Arndt. Sie soll sich morgen Vormittag in der Bezirkskriminalinspektion in Itzehoe bei Kriminalhauptkommissar Haverkorn melden. Zu Hause haben wir sie nicht angetroffen, deshalb lassen wir die Vorladung hier.« Er drückte Nova ein amtliches Schreiben in die Hand, die ein Gesicht zog, als habe man ihr einen Strafbefehl übergeben. Der Schutzpolizist legte seine Hand an die Mütze. »Wir finden allein raus.«

Jo kam aus dem WC. »Sag nichts!«, sagte sie, als sie Fridas Gesicht sah. Sie ging zum Kühlschrank, nahm einen Tetrapack Milch heraus und trank ein paar Schlucke direkt aus dem Karton. »Meine Harley da wegzuholen war eine blöde Idee, ich weiß! Ich bin so eine Idiotin!«

»Du reitest dich immer weiter in die Scheiße! Denkst du auch mal nach, bevor du etwas tust? Ich stehe hier und lüge meinen Kollegen ins Gesicht. Eigentlich hätten sie dich gleich mitnehmen sollen!« Frida war aufgebracht, dass sie sich von Jo wieder hatte vor den Karren spannen lassen. »Du bist lediglich eine Zeugin in diesem Mordfall. Das hat mir Bjarne Haverkorn bestätigt. Aber du führst dich auf, als würden sie dich bereits per Interpol suchen.« Sie hatte gar nicht so laut werden wollen.

Jo stellte verärgert den Milchkarton ab und drängte sich an ihr vorbei. In ihrem Büro öffnete sie ein Fach ihres Schreibtisches und wühlte darin herum. »Wo ist die Akte?«, rief sie.

»Welche Akte?«, fragte Frida, die ihr gefolgt war.

»Nova!«, rief Jo laut.

Ihre Assistentin erschien im Büro.

»Wo ist die Akte, die hier drin lag?«

»Auf meinem Schreibtisch. Ich wollte sie im System anlegen.«

»Ich habe dich nicht darum gebeten«, sagte Jo und ging an ihr vorbei.

Nova verdrehte die Augen. Dicke Luft in der Detektei. Dabei war Jo erst seit einigen Minuten hier. Frida folgte Nova zu ihrem Schreibtisch. Dort fingerte Jo in den Papieren herum. Akten und Papiere fielen auf den Boden, sie fluchte.

»Hier ist sie.« Nova zog die gesuchten Unterlagen von einem Stapel und drückte sie Jo in die Hand. »Vielleicht sagst du mir mal, was mit diesem Fall ist. Soll ich nicht zuerst die Kundenstammdaten anlegen?«

»Kümmere dich um deine Fälle, Nova. Und räum endlich deinen Schreibtisch auf! Hier sieht es aus wie auf der Müllkippe!«

Nova ging in die Küche und warf die Tür hinter sich zu.

»Du tust ihr unrecht«, sagte Frida. »Sie hat einige Nachtschichten eingelegt, um das Geschäft am Laufen zu halten. Vielleicht sollten wir alle mal durchatmen.«

Jo drehte sich um. Ihr Gesicht war noch blasser als am Vormittag in Itzehoe. Sie sah vollkommen erledigt aus. »Ich habe keine Zeit zum Durchatmen. Ich stecke in riesigen Schwierigkeiten.«

»Rede mit mir!«, forderte Frida sie auf. »Lass uns in dein Büro gehen und nachdenken, was wir tun können.«

Jo wischte sich mit den Händen über die Augen, als könnte sie so ihre Müdigkeit loswerden. »Ich bin heute Morgen in einem Albtraum aufgewacht.« Sie atmete tief durch. »Frida, ich weiß, dass du und Nova mir helfen wollt. Aber ich muss erst mal den Kopf freibekommen. Ich weiß nicht, was ich denken soll. Und wem ich noch vertrauen kann.« Sie nahm einen Rucksack aus dem Schrank und steckte die Akte hinein. Schließlich zog sie sich das übergroße Sweatshirt über den Kopf und warf es in den Papierkorb neben Novas Schreibtisch. »Entschuldige meinen Abgang vorhin. Aber ich musste da weg.« Jo streifte sich einen schwarzen Pullover über, den sie mit einer Bikerjacke aus dem Schrank genommen hatte.

»Jo, mach keinen Scheiß! Melde dich bei Bjarne Haverkorn und entschuldige dich! Er hat mir gesagt, dass er deinen Abgang dann vergisst.«

»Das bringt gar nichts, glaub mir. Der will doch nur diesen Fall schließen und schnell einen Täter präsentieren.«

»Das ist totaler Quatsch! Haverkorn ist einer von den Guten.«

Jo sah sie resigniert an. »Das ist klar, dass du das so siehst. Du bist auch nur ein Bulle, Frida. Auch wenn du gerade nicht im Dienst bist.« Flüchtig umarmte sie Frida, zog die Lederjacke über, warf sich den Rucksack über eine Schulter und ging zur Tür. »Vertrau mir! Ich habe diese Frau nicht umgebracht. Und ich werde es beweisen.« Sie ging hinaus, ohne Fridas Antwort abzuwarten.

†

Dr. Torben Kielmann hatte sich sein Büro gemütlich eingerichtet. Wenn man denn innerhalb des Rechtsmedizinischen Instituts am Universitätsklinikum Eppendorf von Gemütlichkeit reden konnte. Der Raum wirkte hell, obwohl über Hamburg dichte Regenwolken Richtung Nordsee trieben. Der Schreibtisch des Rechtsmediziners war aufgeräumt. Haverkorn hatte in diesem Institut schon ganz andere Büros gesehen. Zeig mir deinen Schreibtisch, und ich sage dir, wie du arbeitest, war das Credo eines seiner früheren Vorgesetzten gewesen. Wenn das Chaos in seinem eigenen Büro überhandnahm, kam ihm dieser Leitsatz in den Sinn, und er fing an, sofort aufzuräumen. Denn es stimmte: Ordnung schuf Freiräume, auf dem Schreibtisch und im Kopf.

Haverkorn saß auf einem der Besucherstühle am Tisch, auf dem schon eine Thermoskanne Kaffee und Tassen bereitstanden. Er sah sich interessiert um. Die Fachbücher in den Regalen standen wahllos nebeneinander, jedenfalls konnte er weder eine alphabetische noch eine thematische Ordnung feststellen. Aber was wusste er schon von Dr. Kielmanns Fachgebiet?

Der junge Rechtsmediziner saß an seinem Schreibtisch und tippte mit flinken Fingern einen Bericht fertig, da Haverkorn zu früh war und Dr. Kielmann mit der Fertigstellung seines Berichts überfällig. Haverkorn machte es nichts aus zu warten.

Das war nicht immer so gewesen. In seinen Anfangsjahren bei der Polizei war er ungeduldig vorgeprescht, war in Situationen wie dieser ruhelos hin- und hergelaufen, bis sein Gesprächspartner ihm endlich die gewünschte Aufmerksamkeit schenkte. Irgendwann hatte er gelernt, dass das Warten ein Teil des Lebens war, dass Ruhephasen ihn entschleunigten und nötig waren, um nachdenken zu können. Das stetige Klappern von Kielmanns Tastatur störte ihn nicht. Es war wie das Rattern des Motors in seinem Kopf, der sich warmlief. Er nutzte die Zeit, um den Fall noch einmal gründlich durchzugehen.

Bevor er nach Hamburg gekommen war, hatte der Erkennungsdienst ihm die Informationen zur Identifikation der Toten aus der Marsch zugestellt. Die Fingerabdrücke waren ein Treffer gewesen. Das Opfer hieß Catrin Conradi, war einundfünfzig Jahre alt und früher Polizeibeamtin gewesen. Eine ehemalige Kollegin! Conradi hatte bis 1997 beim LKA in Düsseldorf gearbeitet. Deshalb waren ihre Fingerabdrücke in der Datenbank gespeichert gewesen.

Eine tote Ex-Polizistin und eine Detektivin, die sie vor ihrem Tod zufällig auf einem abgelegenen Gehöft entdeckte? Nein, die Informationen des Erkennungsdienstes verstärkten Haverkorns Gefühl, dass Johanna Arndt nicht zufällig am Tatort gewesen war.

Er hatte daraufhin mit dem Deutschen Wetterdienst telefoniert. Keine zwei Minuten später wusste er, dass es zwar am gestrigen Abend starke Gewitter in der Marsch gegeben hatte, aber nicht zu der Zeit, als Johanna Arndt die Schwerverletzte gefunden hatte. Um 22.23 Uhr war ihr Notruf beim Rettungsdienst eingegangen, nur wenige Minuten zuvor hatte sie Catrin Conradi auf dem Gehöft entdeckt, war kurz vorher dort angekommen, um sich – wie sie behauptete – vor einem Gewitter in Sicherheit zu bringen. Doch laut Aussage des Meteorologen hatte sich die Gewitterfront zu diesem Zeitpunkt schon viel weiter nördlich befunden, war mindestens eine Stunde vorher über die Marsch bei Seester gezogen. In diesem Punkt hatte die Detektivin ihn angelogen. Was also hatte sie abends zu diesem abgelegenen Gehöft geführt?

Haverkorn war sich sicher, dass die Begegnung der beiden Frauen keine zufällige gewesen war und dass Johanna Arndt die ehemalige LKA-Beamtin gekannt hatte. Ob sie etwas mit ihrem Tod zu tun hatte, konnte er noch nicht einschätzen.

Wenn sie morgen früh bei ihm im Büro erschien, würde er bei der Befragung anders vorgehen. Er würde sie mit den Fakten konfrontieren und ihr Lügengerüst Stück für Stück demontieren.

Aber vorher wollte er genau wissen, wie der Angriff auf Catrin Conradi abgelaufen war. Das würde er hoffentlich bei seinem Termin mit Dr. Kielmann erfahren. Er konnte sich nicht erinnern, bei wie vielen Obduktionen er schon zugesehen hatte. Die ersten Male waren wirklich unschön gewesen, aber irgendwann hatte er die Leichenschau als notwendigen Bestandteil seines Jobs gesehen, der wichtige Erkenntnisse für die Ermittlungen brachte.

»Warum hast du dir noch keinen Kaffee eingeschenkt?«, fragte der Rechtsmediziner und kam zu Haverkorn an den Tisch. Er sah auf seine Armbanduhr. »Sorry, viel Zeit haben wir nicht mehr.« Er goss zwei Tassen ein, stellte seinem Gast einen Kaffee hin und setzte sich zu ihm.

Dr. Torben Kielmann war Anfang dreißig. Er war groß, blond und strahlte eine jugendliche Unbeschwertheit aus, die an den Surferstränden Fehmarns zu finden war, aber hier im Rechtsmedizinischen Institut so fehl am Platze wirkte wie ein Skalpell in der Hand eines Klempners.

»Kein Problem«, sagte Haverkorn und probierte den Kaffee. »Der ist wirklich gut!«

Kielmann trank einen Schluck. »Hier hat sich einiges getan im letzten halben Jahr. Wir haben nicht nur eine neue Kaffeemaschine bekommen.« Er stellte die Tasse ab. »Wie geht's dir, Bjarne?«

»Ganz gut.«

»Du warst hier nach deinem Schuss eine Woche lang das Gesprächsthema.«

»Auf diese Art Promistatus kann ich gern verzichten.«

Sein Gegenüber schmunzelte. »Gibt es was Neues in deiner Leichensache?«

»Ja, sie war mal eine Kollegin. Bis siebenundneunzig.«

Der Rechtsmediziner pfiff leise. »Die Brutalität bei der Beibringung der Wunden ist sehr auffällig. Der Täter hat die Stichwaffe bis zum Schaft hineingestoßen. Dessen Abdrücke helfen dir sicherlich, das Messer zu analysieren. Wollen wir runtergehen?«

Haverkorn trank aus und stand auf. »Los geht's!«

Dr. Kielmann trat an seinen Schreibtisch, griff nach einigen Akten und nahm sein Smartphone in die Hand.

Ein paar Minuten später standen sie im Sektionssaal neben dem Edelstahltisch, auf dem die Leiche von Catrin Conradi für die Obduktion vorbereitet wurde. Der Sektionsassistent entkleidete sie in ihrem Beisein. Dr. Kielmann verschaffte sich einen ersten äußeren Eindruck und diktierte die Informationen für den Obduktionsbericht auf sein Smartphone. Er begann mit Geschlecht, Alter, Konstitution, Körpergröße, Gewicht und Ernährungs- sowie Pflegezustand der Toten. Anschließend beschrieb er die Totenstarre – die Lage der Totenflecke, Farbe, Intensität und Wegdrückbarkeit. Er ging über zur Verunreinigung der Leiche mit Blut und anderen Sekreten. Als er diese diktierte, musste Haverkorn sich abwenden.

Er trug einen OP-Kittel und Handschuhe, stand etwas abseits und atmete angestrengt durch den Mund. Ihm war übel, seit er den Sektionssaal betreten hatte. Er schluckte trocken. Aber die Übelkeit wurde schlimmer, je länger der Rechtsmediziner an der Leiche arbeitete.

Als der Sektionsassistent begann, den toten Körper zu waschen, und das blutige Wasser auf den Metalltisch floss, lief Haverkorn los. Er schaffte es rechtzeitig zu einem kleinen Waschbecken im Vorraum und übergab sich mehrfach, bis er nur noch Galle spuckte. Kalter Schweiß stand ihm im Gesicht. Er stützte sich ab und spuckte bitteren Magensaft ins Becken.

»Alles okay, Bjarne?« Dr. Kielmann stand mit sorgenvollem Gesicht neben ihm.

»Geht schon.« Sein Auftritt war ihm peinlich. Das war ihm in seinen dreißig Jahren noch nie passiert. Er ließ Wasser ins Becken und über seine Hände laufen, schöpfte sich etwas davon ins Gesicht.

»Du siehst aus wie ein weißes Laken. Und ich habe die Leiche noch nicht mal geöffnet. Was ist los mit dir?«

Haverkorn nahm einen Schluck Wasser und spuckte ihn wütend ins Becken. »Was los ist?«, fragte er ärgerlich. »Ich bin ein verdammter Mordermittler, der kein Blut mehr sehen kann!«

†

Frida stützte die Arme auf der Kante des Hochstandes ab und spähte über das Feld zum Waldrand. Dort äste ein Reh. Es blickte immer wieder hoch und nahm Witterung auf. Aber der Wind stand gut. Er kam von Nordost. Das Reh bemerkte Frida nicht.

An diesen Ort in der Marsch hatte sie sich schon als Kind zurückgezogen, wenn sie allein sein wollte, wenn sie nachdenken musste. Und heute musste sie nachdenken und entscheiden, was sie für Jo tun konnte. Sie hatte ihr mehrfach auf die Mailbox gesprochen und sie gebeten, zurückzurufen. Sie wollte noch einmal mit ihr sprechen. Sie musste sie einfach davon überzeugen, morgen den Termin bei Haverkorn wahrzunehmen. Aber Jo meldete sich nicht. Ihre Sturheit würde sie noch Kopf und Kragen kosten.

Haverkorn hatte Frida im Auto erreicht und ihr ans Herz gelegt, ihrer Freundin zuzureden, dass sie sich am nächsten Morgen um neun Uhr bei ihm im Büro einfinden solle, wenn sie Ärger vermeiden wolle. Frida hatte ihn gefragt, ob es weitere Erkenntnisse gäbe, doch Haverkorn hatte sich bedeckt gehalten.

Frida probierte es nochmals bei Jo. Wieder die Mailbox. »Jo, melde dich bitte bei mir! Es ist wichtig!« Sie ließ das Smartphone in ihre Jackentasche gleiten. Das Reh hob den Kopf und sah lange in ihre Richtung. Dann lief es los und sprang davon. Frida sah seinen weißen Spiegel im Wald verschwinden.

Wieso vertraute Jo ihr nicht?

Das Smartphone spielte eine Melodie, riss sie aus ihren Gedanken. Der Name *Jo* erschien auf dem Display. Endlich!

»Wo bist du denn?«, fragte sie ohne Begrüßung.

»… ida! … ich ha …« Das Gespräch riss ab.

»Jo?«

»… eine Sorg …«

»Hallo?«

»… unter … Harley, i …«

»Jo, du bist im Funkloch. Ich verstehe dich nicht!«

»… treffen uns …«

»Ja?«

»… nach drei …«

»Okay, aber wo?«

»… ida?« Es knackte erneut. Ein sonores Piepen folgte. Das Gespräch war endgültig unterbrochen.

Frida zitterte vor Aufregung. Sie wählte Jos Nummer. Wieder war nur die Mailbox erreichbar. »Jo! Ich habe kaum etwas verstanden. Wo treffen wir uns um drei? Schreib mir bitte eine Nachricht, wenn die Verbindung schlecht ist.«

Sie sah hinüber zum Wald und versuchte, ihr Zittern in den Griff zu bekommen. Es war zwanzig Minuten nach zwei. Jo wollte sie in vierzig Minuten treffen. Sie würde sich wieder melden.

Frida wartete. Aber nichts geschah. Nochmals wählte sie Jos Nummer. Mailbox. Sie sah das Reh aus dem Wald treten. Dieses Mal war es nicht allein. Zwei weitere Tiere folgten ihm und begannen, friedlich zu äsen. Frida saß da und beobachtete das Wild. Sie spürte, dass sie unruhig wurde. Immer wieder sah sie auf ihr Smartphone. Kein Anruf. Keine Nachricht von Jo. Zehn Minuten nach drei wusste sie, dass Jo sich nicht mehr melden würde. Frida steckte das Smartphone ein und stieg vom Hochsitz mit dem untrüglichen Gefühl, dass die Sache für ihre Freundin nicht gut ausgehen würde.

7

Der Barolo schmeckte ihm heute nicht. Haverkorn verschloss die Flasche mit dem Korken und stellte sie in den Kühlschrank. Er setzte sich an den Küchentisch am Fenster, spülte mit dem letzten Schluck Rotwein eine Kopfschmerztablette herunter und vertiefte sich in die Notizen, die er sich beim Telefonat mit Dr. Kielmann gemacht hatte.

Nach seinem »Aussetzer« während der Obduktion war er zurück zum Büro gefahren. Der Rechtsmediziner hatte ihm ein paar Stunden später die wichtigsten Informationen am Telefon durchgegeben.

»Perforationen von Milz, Magen und Lunge. Todesursache war ein Spannungspneumothorax. Das heißt, dass die eingeatmete Luft nicht mehr entweichen konnte und sich im Brustfellraum sammelte, dadurch Herz, Gefäße und der zweite Lungenflügel zusammengepresst wurden. Binnen weniger Minuten hat das Herz des Opfers versagt«, hatte Dr. Kielmann ihm erläutert. »Aber auch die übrigen Stichverletzungen wären höchstwahrscheinlich tödlich gewesen. Die Frau wäre noch vor dem Eintreffen des Notarztes verblutet.« Der Rechtsmediziner hatte eine Pause gemacht, bevor er weitersprach. »Da ist noch was. Das Opfer war zum Zeitpunkt des Todes nicht nüchtern. Den Alkoholtest habe ich zweimal gemacht. Die Frau hatte 2,5 Promille im Blut. Wenn sie damit noch Fahrrad gefahren ist, dann hat sie sehr regelmäßig getrunken. Vielleicht ist das ein Ansatz für euch. Alkoholiker sind keine angenehmen Mitmenschen.«

Conradi war Alkoholikerin gewesen. War sie deshalb als Polizeibeamtin aus dem Dienst ausgeschieden?

Die Klinge, mit der mehrfach auf Catrin Conradi eingestochen worden war, war achtzehn Zentimeter lang gewesen, hatte Dr. Kielmann auf Haverkorns Nachfrage geantwortet. Bei den Stichen in den Unterleib waren auf der Haut der Toten Hämatome in Form des Messerschaftes zurückgeblieben, so kraftvoll hatte der Täter zugestoßen. Der Rechtsmediziner hatte ihm ein Foto eines gut sichtbaren Abdrucks per E-Mail ins Büro geschickt. Der Schaft der Tatwaffe war demnach oval und besaß zwei kreisförmige Aussparungen an den schmalen Enden. Die Klinge hatte außerdem eine Sägezahnung auf dem Rücken. Mit diesen Erkenntnissen ließ sich sicherlich eine Spezifizierung durchführen. Haverkorn hatte sofort an ein Jagdmesser gedacht. Bei der Länge der Klinge vielleicht sogar ein Militärmesser.

Der Täter hatte die Klinge von unten geführt. Er oder sie musste etwas größer als Catrin Conradi sein. Eins siebzig bis eins achtzig, hatte Dr. Kielmann gemäß dem Stichwinkel eingeschätzt.

Haverkorn seufzte und lehnte sich zurück. Johanna Arndt war einen Meter fünfundsiebzig groß. Dennoch, er konnte sich beim besten Willen nicht vorstellen, dass sie mit einem solchen Messer auf Catrin Conradi eingestochen hatte. Aber er wusste auch, dass er niemals etwas von vornherein ausschließen durfte, auch wenn es noch so absurd erschien. Denn dass die Detektivin ihm nicht die Wahrheit gesagt hatte, war offensichtlich. Weshalb war sie wirklich am gestrigen Abend zu diesem abgelegenen Gehöft gefahren? Hatte sie Catrin Conradi treffen oder beschatten wollen?

Er räusperte sich und stand auf, um sich einen Tee zu kochen. Verflixte Erkältung! Seit Wochen spürte er den Infekt, aber er brach nie richtig aus. Halsschmerzen, Abgeschlagenheit, Kopf- und Gliederschmerzen wechselten sich ab. Da hätte er lieber mal zwei Tage richtig flachgelegen, als dieses stetige Unwohlsein über Wochen mit sich herumzuschleppen.

Haverkorn nahm den Wasserkocher und füllte ihn. Die Türklingel schrillte und ließ ihn in der Bewegung innehalten. Er überlegte, wer der späte Gast sein konnte und ob er überhaupt um diese Zeit öffnen musste. Vielleicht ein Nachbar, der sich etwas ausleihen wollte? Er sah auf die Küchenuhr. Zehn nach acht. Er stellte den Wasserkocher auf die Anrichte, ging in den Flur und stopfte beim Gehen sein Hemd in die Hose.

Haverkorn schloss auf und öffnete die Tür. Vor ihm stand eine Frau um die sechzig mit kinnlangen braunen Haaren. Sie sah ihn schweigend an, als erwartete sie, dass er sie begrüßte. Eine Nachbarin? Nein, die hatte er mittlerweile alle kennengelernt. Vielleicht die Angehörige eines Mordopfers? Er fischte in seinen Erinnerungen, aber er bekam den richtigen Hinweis nicht zu fassen. Fragend sah er sie an. »Ja, bitte?«

»Bjarne?«

Lange sah er ihr ins Gesicht. Er kannte ihre Augen, hatte sie schon einmal gesehen. Da waren sie jung gewesen. Sehr jung.

»Ich bin's. Jutta.« Ihre Stimme zitterte leicht.

Er deutete ein Nicken an. Das Erinnerungskarussell war stehen geblieben. »Bist du's wirklich?«

»Entschuldige, dass ich dich nach so langer Zeit einfach so überfalle, aber …«

»Jetzt komm doch erst mal rein!« Er schob die Tür weit auf und machte ihr den Weg frei. Was für eine Überraschung! Jutta! Wie lange mochten sie sich nicht mehr gesehen haben? Er ging voraus in die Küche und nahm die Ermittlungsakte vom Tisch, schob sie in seine Aktentasche. »Entschuldige, ich lebe seit einigen Monaten allein. Da schimpft niemand, wenn ich abends arbeite.« Er bot ihr einen Stuhl an.

Sie sah sich um und setzte sich. »Du musst dich doch nicht entschuldigen!«

»Ich wollte mir gerade einen Tee machen, willst du auch einen?« Warum war er plötzlich so nervös? »Oder willst du lieber ein Glas Wein? Ich habe einen Barolo im Kühlschrank.«

»Ein Tee wäre nett.«

Er setzte den Wasserkocher auf und stellte Teetassen bereit. »Wie hast du mich überhaupt gefunden?«

»Ich habe vor einigen Monaten Ulrich getroffen. Er hat mir gesagt, dass du hier wohnst.«

»Ulrich!« Haverkorn nahm Teebeutel aus einer Packung. »Ich habe ihn auch ewig nicht mehr gesehen. Das muss kurz nach seiner Scheidung von Edith gewesen sein. Vor fünf Jahren?«

Sie nickte abwesend, knetete ihre Hände.

Haverkorn setzte sich zu ihr an den Tisch. »Wie lange ist das jetzt her? Unser letztes Gespräch in der kleinen Pizzeria am Markt?«

»Herbst 1977.«

»Wirklich?« Der Wasserkocher klackte. Haverkorn stand auf, füllte Wasser in die Tassen. Vorsichtig balancierte er sie an den Tisch. »Pfefferminztee.«

Jutta nickte und rührte mit dem Löffel schweigend darin herum. »Ich bin aus einem bestimmten Grund hier. Es gibt etwas, was ich dir schon längst hätte sagen sollen.«

Er warf einen Würfelzucker in seine Tasse. Wenn schon Tee, dann wenigstens süß. »Ja?«, hakte er nach.

Sie atmete tief durch, ihre Blicke trafen sich. »Wir haben eine gemeinsame Tochter.« Sie wartete auf seine Reaktion, aber Haverkorn war nicht fähig, etwas zu sagen. »Henrikje ist letzte Woche vierzig Jahre alt geworden. Und sie braucht deine Hilfe.«

†

Hetfield schabte sich an Frida, als sie ihn striegelte. Er hatte sie vermisst. Den Hengst hatte sie von ihrem Vater zum zwölften Geburtstag geschenkt bekommen. Sie hatte ihn nach James Hetfield, dem Sänger von Metallica, benannt. Weil sie in ihrer Pubertät nicht nur Metallica, sondern auch Nirvana verehrt hatte, hieß der Esel, den sie gekauft und Hetfield im letzten Winter zur Gesellschaft in die Nachbarbox gestellt hatten, Cobain. Und er machte seinem Namen alle Ehre, denn er benahm sich bockig und übte den Aufstand wie ein richtiger Punkrocker.

»Hast du morgen Zeit?«, fragte ihr Vater, der neben der Box des Esels stand. »Ich könnte deine Hilfe beim Ölwechsel brauchen.«

»Das machst du selbst?«

Er zuckte die Schultern. »Denkst du, ich hatte in den letzten Monaten Geld, um mit dem Fuhrpark in die Werkstatt zu fahren?«

Frida seufzte im Stillen. Hoffentlich schrieb der Hof bald wieder schwarze Zahlen. Die Geldsorgen waren nicht gut. Vor allem nicht im Alter ihrer Eltern. »Klar helfe ich dir.«

»Du striegelst Hetfield meistens dann, wenn du Sorgen hast. Was ist los, mein Mädchen?« Er gab dem Esel einen Apfel, der seinen Kopf über die Tür der Box hängte und sich von ihm streicheln ließ.

»Eine Freundin hat Probleme.«

Sein Blick wurde weich. »Hast du nicht selbst genug davon?«

»Nein, mir geht es gut.« Sie legte den Striegel weg. »Wirklich! Es tut mir gut, hier bei euch zu sein.«

»Warum bleibst du nicht ganz?« Fridtjof gab Cobain einen leichten Klaps, und der Esel bleckte seine großen Zähne.

»Weil ich noch gar nicht weiß, wo ich in Zukunft arbeiten will. Vielleicht gehe ich ja zurück nach Hamburg.«

»Vielleicht auch nicht?« Fridtjof lehnte sich an die Tür zu

Cobains Box und verschränkte die Arme. »Der Hof gehört bald dir, Frida. Ich wünschte, du würdest ihn in Zukunft bewirtschaften.«

»Papa! Mir fehlt nicht nur die Ausbildung dafür, sondern auch die Erfahrung.« Und der Wille, dachte sie, sprach es aber nicht aus. Ihre Blicke trafen sich.

»Denk doch erst mal drüber nach. Deine Mutter und ich würden die Arbeiterunterkunft für das Altenteil ausbauen. Dann bekommst du das Haus und kannst hier richtig einziehen.«

»Selbst wenn ich das täte, Papa. Ich habe keine Ahnung vom Obstbau!«

»Alles, was du wissen musst, kannst du von mir lernen.« Er sah sie lange an. »Nebenan, den Hof von Paul Brink hat der Jan übernommen. Der jüngste Sohn vom Markwart.«

»Er kann das ja auch! Er ist auf dem Obsthof seines Vaters aufgewachsen!«

»Und er ist frei.«

Frida starrte ihren Vater an. Sie lachte kurz auf. »Du willst mich verkuppeln?«

»Beide Höfe liegen nebeneinander. Er hat die Ahnung vom Geschäft und genug Geld, beide Höfe wieder aufzubauen. Und er ist fleißig.«

»Das sind die nötigen Voraussetzungen, die ein Schwiegersohn für dich haben muss?«

»Natürlich nicht!« Fridtjof kraulte dem Esel die Ohren, der seinen Kopf an der Tür schabte. »Er ist auch als Mann nicht verkehrt.«

Frida warf ihm einen ärgerlichen Blick zu und drehte sich zu Hetfield. Sie fuhr ihm mit beiden Händen durch die Mähne. »Ich suche mir meine Männer immer noch selbst aus. Außerdem habe ich jemanden in Hamburg.«

»Ach wirklich? Wer ist es?«

»Ein Kollege«, log Frida.

Fridtjof schwieg. Der Esel beschwerte sich laut, weil der Bauer ihm keine Aufmerksamkeit mehr schenkte. »Ein Polizist?«

»Genau.«

Ihr Vater sog hörbar Luft ein. Das war nicht das, was er hatte hören wollen. »Es wäre trotzdem schön, wenn du Jan mal kennenlernst. Er ist jetzt unser neuer Nachbar, und es ist gut, wenn man sich versteht.«

Frida nickte. »Okay. Solange du nicht gleich das Aufgebot bestellst, wenn ich ihm die Hand gebe?«

Ihr Vater schmunzelte. »Ist angekommen.« Er schob Cobains Kopf weg, der an seinem Hemd knabberte. »Und deine Freundin, was hat sie für Probleme? Kannst du ihr helfen?«

Frida verließ die Box und legte den Riegel um. »Ich würde gern, aber sie will sich nicht helfen lassen.«

»Lass ihr Zeit. Sie wird es lernen.« Er hakte Frida unter und ging mit ihr zum Ausgang. Cobain schrie enttäuscht hinter ihnen her. »Manche Menschen müssen erst richtig viel Dreck fressen, bevor sie die Hilfe anderer annehmen können.«

Frida dachte an Jo und nickte. »Hoffentlich ist es dann nicht zu spät.«

†

Das Haus der Conradis lag in Seester am Ende einer Sackgasse. Es war ein Klinkerbau aus den Achtzigern, gut gepflegt und mit einem modernen Wintergarten, der offensichtlich erst in den letzten Jahren angebaut worden war. Ein Raum zum Lesen und Musikhören, dachte Haverkorn mit einem Anflug von Melancholie.

Er blickte auf das Haus und gähnte verhalten. Die Nacht war kurz gewesen. Nicht Juttas Besuch war schuld, sondern das, was sie ihm gestern Abend eröffnet hatte. All die Jahre hatte sie ihm verschwiegen, dass sie von ihm schwanger gewesen war, als er sich von ihr getrennt hatte. Dass sie ohne sein Wissen ihr Kind bekommen und aufgezogen hatte.

Sie waren blutjung gewesen damals, gerade einmal neunzehn. Jutta war seine erste Liebe gewesen, oder vielmehr ein Strohfeuer, das ein paar Wochen heiß loderte. Mit neunzehn weiß man noch nicht, was Liebe ist. Er hatte sich alles offenhalten und sich nicht fest binden wollen. Es gab so viel zu entdecken in dem Leben da draußen, er hatte sich austoben wollen. Und das hatte er ihr gesagt an jenem Abend 1977 in der Pizzeria, als er mit ihr Schluss gemacht hatte. Da war sie bereits schwanger gewesen und hatte fast die ganze Zeit geschwiegen. Wie die folgenden vierzig Jahre auch.

Und gestern hatte sie ihm endlich davon erzählt, weil ihrer beider Tochter an einer Leberzirrhose erkrankt war. Weil ihr nur noch eine Lebertransplantation helfen konnte. Und weil er, ihr Vater, vielleicht als Spender für eine Teillebendspende in Frage kam. Nur aus diesem Grund hatte sie nach all der Zeit ihr Schweigen gebrochen.

Wie ein Ersatzteillager war er sich vorgekommen und hatte Jutta vor die Tür gesetzt. Das war an einem Tag wie gestern einfach zu viel für ihn gewesen. Er, der sich immer sehnlichst ein Kind gewünscht hatte, der damit hatte leben müssen, dass Ursula – über seinen Kopf hinweg – entschieden hatte, mit vierzig eine Abtreibung vornehmen zu lassen. Er, der den Verlust seines ungeborenen Kindes die letzten zwanzig Jahre hatte verarbeiten müssen, bekam bei einem Pfefferminztee gesagt, dass er längst Vater war. Vater einer Tochter, von der er nichts weiter wusste, als dass sie vierzig Jahre alt war und todkrank.

Er ächzte und öffnete das Handschuhfach, zog die Tablettenschachtel heraus und nahm zwei Stück auf einmal. Diese verfluchten Kopfschmerzen waren heute noch schlimmer als sonst. »Du kannst mich hassen, Bjarne«, hatte Jutta zum Abschied gesagt. »Aber bitte, bestrafe Henni nicht dafür. Sie liegt im UKE in Hamburg. Ich habe ihr all die Jahre gesagt, dass du tot bist. Sie weiß erst seit gestern, dass ihr Vater noch lebt. Glaub mir, sie ist genauso wütend auf mich wie du.« Haverkorn hatte die Tür hinter ihr zugezogen und sich über die Augen gewischt.

Nun saß er im Wagen vor diesem Haus und würde gleich Vater und Sohn treffen, die gerade Frau und Mutter unter schrecklichen Umständen verloren hatten. Und da jammerte er über sein Leben.

Er stieg aus und straffte die Schultern, als er zur Gartenpforte schritt. Die Zeitung steckte noch im Zeitungsrohr. Und es schien nicht nur die Ausgabe von heute Morgen zu sein. Er drückte auf die Klingel. Es blieb ruhig im Haus. Er hatte sein Kommen nicht angekündigt, denn es war besser, wenn die Familie nicht auf seine Fragen vorbereitet war. Die Nachricht vom Tod Catrin Conradis hatten gestern Morgen schon zwei seiner Kollegen mit einer Psychologin des Kriseninterventionsteams der Familie überbracht. Sie hatten Haverkorn erzählt, dass ihr Mann und ihr Sohn es mit Fassung aufgenommen hatten. Fast so, als hätten sie erwartet, dass irgendwann die Polizei auftauchen und eine Todesnachricht überbringen würde.

Haverkorn klingelte nochmals, und erst jetzt öffnete sich die Haustür für einen Spalt. »Ja?«, rief eine männliche Stimme. Haverkorn klinkte den Riegel des Gartentors auf und ging den Weg hinauf zum Haus. Er zog seinen Dienstausweis aus der Jacke. »Kriminalhauptkommissar Bjarne Haverkorn. Herr Conradi, darf ich Ihnen noch ein paar Fragen stellen?«

Der Mann sah auf den Ausweis, dann zog er die Tür auf. »Kommen Sie bitte herein. Die Presse war schon hier. Deshalb frage ich lieber nach.«

»Ja, natürlich.«

»Harald Conradi.« Sein Händedruck war fest. Tiefe Schatten lagen unter seinen Augen. Sein ergrautes Haar war ungekämmt. Er schien eine ähnlich kurze Nacht gehabt zu haben wie Haverkorn selbst. »Lassen Sie die Schuhe an!« Er führte ihn in ein großes Wohnzimmer mit Fischgrätparkett und Kamin, dessen Verlängerung der Wintergarten war, den Haverkorn von der Straße bewundert hatte. »Mein Sohn ist oben. Er will mit niemandem reden. Aber ich kann ihn rufen.«

»Später vielleicht«, sagte Haverkorn und setzte sich in einen Korbsessel, den der Ehemann von Catrin Conradi ihm zuwies.

»Wollen Sie einen Kaffee? Ist gerade frisch durchgelaufen.«

»Sehr gern. Milch, kein Zucker.«

Harald Conradi ging aus dem Zimmer. Die Küche schien nebenan zu sein, denn Haverkorn hörte Schranktüren schlagen und das Klirren von Kaffeetassen. Er sah sich um. Der Raum war gemütlich und hell. Eine Couch in U-Form, Bücherregale, ein Klavier vor dem Fenster. Kein Fernseher, wie Haverkorn bemerkte.

Harald Conradi stellte ein Tablett auf den Glastisch und schenkte Kaffee ein. »Ich kann noch immer nicht fassen, dass sie nicht wiederkommt«, sagte er und setzte sich.

»Mein tiefes Beileid«, sagte Haverkorn.

Der Witwer nickte und trank einen Schluck Kaffee.

»Wissen Sie, warum Ihre Frau vorgestern Abend mit dem Fahrrad zu diesem abgelegenen Gehöft gefahren ist?«

Er schüttelte den Kopf. »Keine Ahnung! Ich war gar nicht da. Sie ist abends immer mal eine Runde mit dem Fahrrad gefahren. Um den Kopf freizubekommen. Aber was sie da draußen auf diesem alten Hof wollte? Und dann noch bei diesem Unwetter …«

»Und ihr Sohn? War er zu Hause, als sie losfuhr?«

»Ja, er war oben in seinem Zimmer.«

Haverkorn nickte, aber er fragte nicht, was er seinem Vater erzählt hatte. Er wollte ihn direkt dazu befragen.

»Wie alt ist Ihr Sohn?«

»Siebzehn. Er macht Abitur und stand seiner Mutter sehr nahe, wissen Sie. Er redet nicht darüber, und er weint nicht. Aber er ist am Boden zerstört.«

»War Ihre Frau in den letzten Tagen anders als sonst, war sie unruhig, reizbar oder vielleicht ganz anders: in sich gekehrt und schweigsam?«

Harald Conradi starrte durch die Glasfront des Wintergartens. »Sie sollten etwas wissen, Herr Hauptkommissar. Meine Frau ist seit Jahren schwere Alkoholikerin. Sie war viele Jahre in Behandlung, nachdem sie den Dienst beim LKA quittiert hat. Wir sind deshalb auch hier aufs Land gezogen. Eine Zeit lang war sie trocken, dann fing sie wieder an zu trinken. Erst heimlich, dann hat sie die Flaschen nicht mal mehr versteckt. Sie hatte ihre Phasen, und wir nannten sie nur Licht und Schatten. Je nachdem, wie es ihr ging. Die letzten Tage waren wieder sehr dunkel. Sie zog sich zurück, saß viele Stunden im abgedunkelten Schlafzimmer, weinte und trank. Sie hat mir nie erzählt, welche Dämonen sie mit sich herumschleppte. Aber mir war klar, dass sie den Kampf gegen sie irgendwann verlieren würde. In Form von Alkohol oder Tabletten.« Er schluckte aufgewühlt. »Dass sie auf diese Weise von uns gehen würde, haben wir beide nicht erwartet. Aber vielleicht hat es ihr einen langen Leidensweg erspart.«

Haverkorn nickte. Er wusste, was es hieß, mit einer kranken Frau zusammenzuleben. Ursula war eines Tages im Schuldienst zusammengebrochen und hatte danach monatelang mit ihrer Depression zu Hause auf ihn gewartet. Die Launen kannte er, wenn auch nicht so schlimm wie Harald Conradi sie schilderte. Ursula hatte sich lange gewehrt, in eine Klinik zu gehen, hatte bestritten, krank zu sein. Bis sie sich eines Abends in der Badewanne die Pulsadern geöffnet hatte. Ihre Nachbarin hatte sie gefunden. Seitdem war sie in einer psychiatrischen Klinik in Schleswig. Und endlich ging es ihnen beiden wieder gut. Ursula blühte richtiggehend auf, und er selbst genoss sein Strohwitwer-Dasein.

»Darf ich fragen, wie Ihre Ehe in letzter Zeit lief?«

Conradi schwieg und trank nachdenklich den Kaffee. »Wie die Ehe mit einer Alkoholikerin eben ist«, sagte er schließlich. »Es gab viele Fallstricke, oft Streit und Abweisung.«

Haverkorn wusste, was er meinte. Aber er kommentierte es nicht.

»Wie oft habe ich sie gebeten, in eine Entzugsklinik zu gehen, sich helfen zu lassen. Ihre Saufeinlagen wurden so schlimm, dass an manchen Tagen sogar Jonas Angst vor seiner eigenen Mutter hatte. Der Junge hat viel durchgemacht.«

»Das tut mir sehr leid.« Er ließ diesem Satz die nötige Pause, um zu unterstreichen, dass er ihn ernst meinte. Diese Familie hatte kein falsches Mitleid, sondern ehrliches Mitgefühl verdient. »Ich muss diese Frage leider stellen, Herr Conradi.« Er wartete, bis er ihn ansah. »Gab es eine andere Frau in Ihrem Leben?«

Er wich ihm nicht aus. »Ja«, sagte er. »Ich hatte eine Affäre. Sexuell lief mit Catrin schon seit Jahren nichts mehr. Aber verlassen wollte ich sie nicht. Schon wegen des Jungen.«

Auch das verstand Haverkorn. Er bat Harald Conradi um Namen und Adresse seiner Geliebten.

»Ist das wirklich nötig?« Der Witwer lehnte sich zurück

und kreuzte die Arme vor der Brust. »Ich sage Ihnen alles, was Sie wissen wollen. Aber Ellen hat mit alledem nichts zu tun.«

»Es tut mir leid, Herr Conradi. Ich muss in alle Richtungen ermitteln.«

»Sie ist verheiratet. Und ich möchte nicht, dass sie in Schwierigkeiten kommt.«

»Das verstehe ich. Ich werde sie mit der nötigen Diskretion befragen. Ihr Mann wird davon nichts erfahren.«

Conradi seufzte, stand auf und ging in die Diele. Er kam mit einer Visitenkarte zurück.

Haverkorn nahm sie ihm aus der Hand. Ellen Martens, Immobilienmaklerin in Hamburg. Nah genug, um sich treffen zu können, fern genug, um nicht ins Gerede zu kommen.

»Ich war oft geschäftlich in Hamburg.«

»Was arbeiten Sie?«

»Ich bin im Außendienst einer Zulieferfirma für Solaranlagen.«

»Papa?« Die Stimme kam aus der Diele. »Wer ist da?«

»Jonas! Komm mal kurz zu uns. Das ist Kriminalhauptkommissar Haverkorn von der Mordkommission. Er möchte dir noch ein paar Fragen stellen.«

Catrin Conradis Sohn war blond und sportlich. Er trug Laufhosen, Kapuzenshirt und Sneakers. »Ich wollte gerade joggen gehen.«

»Das kannst du gleich noch. Es dauert nicht lange«, sagte Haverkorn und stand auf, um ihm die Hand zu geben.

Jonas Conradi kam ins Wohnzimmer und lehnte sich lässig an das Klavier. Sein Vater ließ sie allein und schloss die Tür hinter sich.

Haverkorn sprach dem Jungen sein Beileid aus. Jonas Conradi nickte, sagte jedoch nichts. Fragend sah er ihn an. Der Kriminalhauptkommissar entschied, direkt die Alkoholsucht seiner Mutter anzusprechen. Conradis Sohn antwortete recht einsilbig. Haverkorn spürte, wie sehr ihn die Krankheit belastet und ihr plötzlicher Tod ihn erschüttert hatte.

»An dem Tag, als deine Mutter mit dem Fahrrad weggefahren ist …« Er wartete einen Moment, bis er die volle Aufmerksamkeit von Jonas hatte. »Hat sie dir gesagt, wohin sie wollte?«

Er schüttelte den Kopf. »Ich habe oben Musik gehört. Sie ist einfach los, ohne sich zu verabschieden.«

»Hat sie vorher telefoniert oder war jemand an der Tür?«

Er zuckte die Schultern. »Ich hatte Kopfhörer auf. Keine Ahnung.«

»War sie in den Tagen vorher anders als sonst?«

Jonas sah ihn fragend an.

»War sie reizbarer als sonst oder ruhiger?«

»Sie stand mal wieder völlig neben sich, hat nur noch im Schlafzimmer gesoffen, wenn Sie das meinen. In ihrem Zustand hätte man sie gar nicht auf ein Fahrrad aufsteigen lassen sollen.« Wut stand in seinem Gesicht. Wut auf seine Mutter, dass sie ohne Abschied gegangen war und nie wiederkommen würde. Und auf sich selbst, dass er nicht auf sie aufgepasst hatte.

»Ist dir hier mal eine dunkelhaarige Frau mit einer Harley aufgefallen?«

Sein Blick sprach Bände. »Hat sie was damit zu tun?«

»Das wissen wir noch nicht. Wann war das, Jonas, und wo hast du sie gesehen?«

Er brauchte einen Moment. »Ungefähr eine Woche, bevor Mama …« Er schluckte. »Die Harley parkte vor dem Haus. Coole Maschine. Schon beim Reinkommen habe ich Mama mit der anderen streiten gehört. Ich habe mich gleich in mein Zimmer verzogen. Ich habe sie oben vom Fenster aus gesehen, als sie rausgekommen und weggefahren ist.«

»Würdest du sie wiedererkennen?«

»Ich weiß nicht, ich hab sie mehr von hinten gesehen.«

»Jonas, das ist wichtig. Hat diese Frau bemerkt, dass du nach Hause gekommen bist?«

Er schüttelte den Kopf. »Denke ich nicht. Die Küchentür war zu, und ich bin gleich die Treppe hoch.«

»Worum ging es in dem Streit?«

»Mama hat geschrien, sie solle gehen und hier nie wieder auftauchen.«

»Und was hat die Frau geantwortet?«

»Dass sie eine Lügnerin wäre, so was in der Art.« Er warf Haverkorn einen langen Blick zu.

»Was hast du noch gehört?«

»Nichts mehr.«

»Hast du deine Mutter auf den Streit angesprochen?«

»Nein. Sie sollte nicht denken, dass ich sie belausche.«

Haverkorn seufzte leise. »Gut, danke!«

Jonas sah ungeduldig nach draußen. »Mehr weiß ich wirklich nicht. Kann ich jetzt laufen gehen? Es soll gleich wieder regnen.«

†

Frida schleppte die letzten Einweckgläser, die ihre Mutter aus den Regalen im Keller aussortiert hatte, nach oben. Der weiße Belag auf dem eingemachten Obst zeigte, dass sie schon einige Jahre über dem Verfallsdatum lagen. Sie schüttete den Inhalt der Gläser auf den Bioabfall am Pumpenhaus und brachte die Gläser in die Küche.

Ihre Mutter stand an der Spüle und reinigte sie mit einer Bürste. »Stell sie da rüber. Ich muss erst mal das Wasser wechseln.«

Frida setzte die Gläser auf die Anrichte und wischte sich mit dem Ärmel ein paar Spinnweben aus dem Gesicht. Das Splittern von Glas ließ Frida herumfahren. Ihr Herz raste. Sie lockerte ihren erstarrten Körper, als sie Scherben am Boden sah.

»Es ist mir einfach aus der Hand gerutscht«, entschuldigte sich Marta und kniete sich hin, um die Scherben aufzusammeln.

»Lass, Mama! Du schneidest dich noch. Ich hole Kehrschaufel und Besen.« Frida ging in die Abstellkammer neben der Küche und lehnte sich für einen Moment an ein Regal. Ihre Hände zitterten. Es war lediglich ein Glas zu Bruch gegangen. Wie lange würde ihr Unterbewusstsein jedes Knallgeräusch für den Schuss einer Waffe halten?

Sie ging zurück und kehrte die Scherben auf, warf sie in den Abfalleimer unter der Spüle. Die Küchenuhr zeigte einige Minuten vor elf. Am Morgen hatte sie Hetfields Stall ausgemistet, unter dem beleidigten Geschrei von Cobain, den sie beim Arbeiten links liegen ließ. Danach hatte sie ihrem Vater geholfen, den Ölwechsel bei zwei Treckern durchzuführen.

Immer wieder hatte sie zwischendurch auf ihr Smartphone geschaut. Aber Jo meldet sich nicht, obwohl sie ihr gleich am Morgen noch einmal auf die Mailbox gesprochen hatte.

»Hier ist jemand für dich, Frida.«

Ihr Vater stand plötzlich im Raum. Hinter ihm betrat Bjarne Haverkorn die Küche. Fridtjof ging wieder nach draußen und zog die Tür hinter sich ins Schloss.

»Bjarne! Was machst du denn hier?«, fragte Frida.

»Lange her, dass ich bei euch auf dem Hof war.« Er ging zu Marta, die sich die Hände abtrocknete, bevor sie ihm erfreut die Hand schüttelte. »Das ist ja eine Überraschung!« Sie rückte die Kissen auf der Bank zurecht. »Setzen Sie sich, Herr Haverkorn! Ich mache uns einen Tee. Oder wollen Sie lieber Kaffee? Müde sehen Sie aus.«

»Ein Tee klingt prima, Frau Paulsen.« Er legte seine Jacke ab und setzte sich an den Küchentisch, auf dem auf Trockentüchern die ausgewaschenen Einweckgläser standen. Frida stellte sie in einen Korb, um sie später zurück in den Keller zu bringen.

Marta brachte die alte blaue Teekanne und Tassen zum Tisch, dazu Kandis und Sahne. Sie fragte Haverkorn dies und das, bis sie Fridas Wink verstand und aufstand. »Komm, Arthur. Du musst endlich mal vor die Tür.«

Frida wartete, bis ihre Mutter die Tür geschlossen hatte. »War Jo heute Morgen bei dir im Büro?«

Haverkorn schüttelte den Kopf und unterdrückte ein Gähnen. »Entschuldige bitte, ich hatte eine lange Nacht. Nein, sie war nicht da.«

Frida schwieg und rührte in ihrem Tee. Der Kandis am Tassenboden klirrte.

»Ich denke, wir haben beide nicht erwartet, dass sie erscheint, oder?«

»Ich habe sie gestern noch einmal kurz in ihrer Detektei gesehen. Sie stand ziemlich neben sich. Gib ihr ein paar Tage, Bjarne.«

Haverkorn musterte Frida lange. »Wie gut kennst du Johanna Arndt wirklich? Eure gemeinsamen Jahre im Internat, okay. Aber danach habt ihr euch aus den Augen verloren. Was hat sie all die Jahre gemacht? Wo hat sie gelebt?« Er beobachtete ihre Reaktion. »Würdest du für sie die Hand ins Feuer legen?«

Frida schwieg und starrte in ihren Tee.

»Deine Freundin hat das Opfer gekannt. Sie hat die Frau vor gut einer Woche zu Hause aufgesucht. Ihr Sohn ist früher aus der Schule zurückgekommen und hat beide in der Küche streiten hören.«

Fridas Auge zuckte nervös. »Und worüber haben sie gestritten?«

»Das hat ihr Sohn nicht genau verstanden.« Er seufzte. »Ich habe heute Nachmittag einen Termin beim Ermittlungsrichter. Ich werde einen Haftbefehl für Johanna Arndt beantragen.«

»Du machst einen Fehler«, sagte Frida und versuchte, ihr Zittern zu unterdrücken. Sie dachte an die letzten Worte von Jo in der Detektei. Sie hatte bei ihrer Unschuldsbeteuerung aufrichtig geklungen. Und Frida glaubte an ihre Unschuld. Oder war es eher ihr Wunsch, ihr zu glauben?

»Mag sein, aber den ersten Fehler hat sie gemacht, als sie uns angelogen hat. Sie hätte sofort mit offenen Karten spielen sollen. Auch wenn sie der Frau lediglich zum Gehöft gefolgt ist und tatsächlich nichts mit ihrem Tod zu tun hatte, rechtfertigt es nicht diese Lügen und die Entwendung ihres Motorrades vom Tatort. Sie reitet sich immer tiefer rein, und du verteidigst sie noch.«

»Was soll ich denn tun?«, fragte Frida verärgert.

»Wenn sie sich bei dir meldet, solltest du ihr mit Nachdruck klarmachen, dass sie sich sofort stellen soll.« Haverkorn trank seinen Tee aus. »Ich werde die Durchsuchung ihrer Wohnung und Detektei beantragen.«

Ihr war klar, dass er so vorgehen musste. »Ich möchte dabei sein.«

Er sah ihr in die Augen. »Du weißt, dass eine Freundin als Durchsuchungszeugin nicht in Frage kommt.«

»Ja, ich weiß. Dann lass mich als Kollegin dabei sein. Ich störe niemanden, versprochen.«

Haverkorn atmete nachdenklich aus. Dann deutete er ein Nicken an. »Okay, aber du hältst dich im Hintergrund! Verstanden?«

Er gab ihr die Chance, dabei zu sein, wenn sie bei Jo etwas Kompromittierendes fanden. Oder auch nicht. »Natürlich! Du denkst immer noch, Jo hat diese Frau umgebracht?«

Haverkorn ächzte. »Du müsstest mich besser kennen. Ich bin erst zufrieden, wenn alle Zweifel ausgeräumt sind.« Er stemmte sich von der Bank hoch und taumelte, stützte sich mit den Händen auf dem Tisch ab und verharrte einen Moment.

»Alles in Ordnung?«, fragte sie erschrocken.

Er atmete tief durch. »Geht schon wieder. Danke für den Tee, und grüß bitte deine Eltern.«

Er ging hinaus, und Frida dachte zum ersten Mal, dass Haverkorn gebeugt ging wie ein alter Mann.

†

Oktober 1997

»Miriam, kommst du endlich? Wir warten alle auf dich.«

Sie sitzt im Bikini auf dem Bett. Schon wieder so ein Familienausflug. Sie will nicht mitgehen, will lieber hierbleiben und Musik hören. Dieser ganze Urlaub ist ein riesiger Schwindel. Mama weint, wenn sie sich nicht beobachtet fühlt. Und sie versucht, Papa alles recht zu machen. Der ist mit den Gedanken ganz woanders. Er ist angespannt und launisch, geht bei der kleinsten Sache an die Decke. Immer müssen sie leise sein, und ständig ist Catrin dabei. Nie sind sie mal allein. Heute steht ein Tag Strand auf dem Programm. Wahrscheinlich soll sie mit Lukas auch noch Sandburgen bauen.

»Kommst du endlich?« Mama steht in der Tür und sieht verärgert aus. »Lukas ist längst unten. Nur dir muss ich immer eine Extraeinladung schicken. Los jetzt!« Sie greift sie am Arm und zieht sie vom Bett.

»Aua! Du tust mir weh!«

»Zieh das Kleid an und dann komm!« Sie geht hinaus.

Miriam zieht Shorts und ein Top an. Kleider mag sie nicht. Das hat sie Mama tausendmal gesagt, aber immer wieder kauft sie ihr welche. Am besten noch in Pink oder Rosa. Peinlich! Sie läuft die Treppe hinunter. Baden gehen ist sicherlich besser, als den ganzen Tag hier im Haus abzuhängen. Und vielleicht sind noch ein paar andere Kinder in ihrem Alter am Strand. Lukas nervt sie total. Er will immer in ihrem Zimmer spielen, will ihren Walkman haben und plappert sie pausenlos voll. Dabei will sie einfach nur ihre Ruhe haben!

Sie gehen hinter dem Haus die Treppe zum Strand hinunter und laufen am Wasser entlang, bis sie eine Stelle finden, wo sie die Handtücher ausrollen. In einiger Entfernung spielen ein paar ältere Kinder mit einer Frisbeescheibe.

»Darf ich mal da rübergehen? Ich möchte gern zusehen.«

Mama sieht Catrin an. Die lächelt und nickt.

»Okay, aber bleib immer in Sichtweite! Eine halbe Stunde, dann bist du wieder hier.«

»Darf ich auch mit?« Lukas hat bemerkt, was sie vorhat.

»Och nö! Kann ich nicht auch mal was allein machen?«

»Du nimmst deinen Bruder mit, Miri.«

»Mama! Er nervt ...«

»Miriam! Entweder ihr geht beide oder keiner.«

Sie läuft los. »Komm jetzt, ich habe nicht ewig Zeit!«

Lukas läuft ihr hinterher wie ein Hündchen. Womit hat sie das verdient?

Sie setzt sich neben das Spielfeld und sieht den Mädchen und Jungen zu, die sicherlich zwei, drei Jahre älter sind als sie. Wahrscheinlich ein Klassenausflug.

»Guck mal, Miri. Die Muschel.« Lukas steht ihr im Weg. Sie schiebt ihn zur Seite. »Lass mich in Ruhe!«

Er schaut sie traurig an. Sie bereut, dass sie ihn so angefahren hat. »Die ist sehr schön, deine Muschel. Zeig sie Mama!«

Er stapft davon, und sie setzt sich die Kopfhörer auf, hört laut Musik, während sie die Schulklasse beobachtet. Ein Mädchen fällt ihr auf. Sie sitzt ein Stück entfernt von den anderen im Sand und trägt einen langen Pullover, obwohl es ziemlich warm ist. Sie fängt ihren Blick auf und schaut weg. Warum verunsichert dieses Mädchen sie so?

Wieder schaut Miriam zu dem Mädchen hinüber.

Ihre Mutter zieht ihr die Kopfhörer vom Kopf. »Geh mit Lukas ans Wasser, Miri! Du kannst dich ruhig mal ein bisschen um deinen Bruder kümmern.«

Miriam verdreht genervt die Augen.

Die Ohrfeige überrascht sie mehr, als dass sie schmerzt. »Spinnst du?« Sie springt auf. »Nur weil ich nicht mit deinem Liebling ans Wasser will, schlägst du mich?«

Ihre Mutter ist rot geworden und sieht sie sprachlos an.

Miriam läuft los, will zum Wasser und wird mit einem harten Ruck am Arm zurückgerissen. Catrin steht plötzlich neben ihr und hält sie fest. »Miriam, wir bleiben alle zusammen hier, oder wir gehen gleich zurück. Willst du das?«

Sie macht sich von ihr los und setzt sich wieder auf das Handtuch, wirft Catrin einen bösen Blick zu. Sie hasst diese blöde Kuh. Aber sie hat auch Respekt vor ihr.

†

Jos Wohnung befand sich im Hamburger Stadtteil Sternschanze. Sie lag in einem ergrauten Altbau in der zweiten Etage. Frida mochte dieses Viertel, das durch die gewaltsamen Auseinandersetzungen um das Autonome Zentrum Rote Flora eine traurige Berühmtheit erlangt hatte. Sie war bisher nur in der Detektei gewesen und kam sich nun in Jos privaten Räumen vor wie ein Eindringling. Als der Hausmeister Haverkorn und dessen Kollegen die Tür geöffnet hatte, wäre sie am liebsten wieder die ausgetretenen Steinstufen hinabgelaufen.

Haverkorn stand mit ein paar Beamten im Wohnzimmer und inspizierte die Schränke. Der Hausmeister als Durchsuchungszeuge war bei ihnen. Auch im Schlafzimmer und in der Küche durchsuchten Polizisten jeden Winkel. Frida wollte sich gar nicht vorstellen, wie Jo sich fühlen musste, wenn sie zurückkam und erfuhr, dass Fremde all ihre Sachen durchsucht hatten.

»In der Küche bin ich fertig«, sagte eine uniformierte Polizistin mit Pferdeschwanz. »Da sind nur ein paar Küchenutensilien in den Schränken und ein leerer Kühlschrank. Ich glaube, sie war hier eher auf Durchreise«, umriss sie Jos private Situation mit einem Satz.

»Ich habe auch nichts gefunden«, sagte die Beamtin im Schlafzimmer.

Haverkorn kam aus dem Wohnzimmer und stellte sich zu Frida. »Das ist sehr unschön, ich weiß. Aber wir müssen wissen, in welcher Beziehung Johanna Arndt zu Catrin Conradi stand. Ob sie geschäftlicher oder privater Natur war.«

Frida lehnte mit gekreuzten Armen neben ihm und schwieg. Warum hatte sie unbedingt bei der Durchsuchung sein wollen? Weil sie selbst nach Antworten suchte, die Jo ihr nicht hatte geben wollen. Haverkorn ging zurück zu seinen Kollegen, und Frida zog ihr Smartphone aus der Tasche. Das Display zeigte nichts an. Keinen Anruf, keine Nachricht. Warum meldete sich Jo nicht mehr? Wo war sie überhaupt?

Am Morgen waren bereits die Räume der Detektei durchsucht worden. Nova hatte blass und übernächtigt danebengestanden, als mehrere Polizeibeamte mit dem Durchsuchungsbeschluss in die Detektei geströmt waren, alles durchwühlt, Akten sowie PCs beschlagnahmt und in großen Kisten nach unten gebracht hatten.

»Was mach ich denn jetzt?«, hatte sie wie ein verlorenes Kind gefragt, das jemand am Bahnsteig vergessen hatte.

»Erst mal ein paar Tage Urlaub«, hatte Frida geantwortet. »Du hast ihn dringend nötig.«

Nova hatte ihre Tasche genommen, nachdem eine Polizistin einen Blick hineingeworfen hatte, und war nach Hause gegangen. Nicht, ohne vorher ihre Nummer mit Frida zu tauschen. Wahrscheinlich waren sie die einzigen Freunde, die Jo noch hatte.

Frida ließ die Wohnung auf sich wirken. Zwei Zimmer, Bad, Küche und ein kleiner Südbalkon. Die Räume waren schön, aber eher spartanisch als wohnlich eingerichtet. Keine Bilder, keine Fotos, keine persönlichen Andenken. Diese Wohnung hatte keine individuelle Note, keine Seele. Was für ein Mensch war Jo außerhalb der Detektei? Auch wenn sie ihre Familie sehr früh verloren hatte, wo waren ihre Wurzeln? Was trieb sie an, wann war sie traurig, wann glücklich? Sie musste an Novas Worte denken, dass Jo einsam war. Hier in ihrer Wohnung verstand sie das.

Frida ging in die Küche und trank am Wasserhahn ein paar Schlucke Wasser. Hoffentlich waren sie hier bald fertig. Sie ging zurück in die Diele. Ihr Blick blieb an einem Spiegel neben der Küche hängen. Dort steckte ein Foto im Rahmen. Sie erkannte es sofort. Diese Fotografie hatte in der Akte gelegen, die Nova in Jos Schreibtischschublade gefunden hatte. Es zeigte ein altes Reetdachhaus, im Hintergrund schimmerte Wasser. Frida sah sich um. Die Beamten hielten sich in den anderen Räumen auf. Sie nahm das Foto vom Spiegel und drehte es um. »Drei«, stand handschriftlich darauf geschrieben. Sie konnte nicht sagen, ob es Jos Handschrift war. Vier Buchstaben, die etwas in ihrer Erinnerung klingen ließen. Aber sie bekam nicht zu fassen, was es war. Frida wollte das Foto wieder an den Spiegel heften. Aber sie hielt es fest. Sie kannte Jo. Ihr war klar, dass es einen Grund gab, dass sie es dort so gut sichtbar an den Spiegel gesteckt hatte. Dieses Foto fühlte sich an wie ein Schlüssel, nur dass sie das passende Schloss dafür noch nicht gefunden hatte.

Frida sah sich um. Sie war allein im Flur, niemand beachtete sie. Sie durfte nichts von hier mitnehmen, das wusste sie. Trotzdem öffnete sie ihre Tasche und ließ das Foto hineingleiten.

»Wir sind hier durch. Nur ein paar alte Schulzeugnisse und ein Impfausweis. Sonst nichts«, sagte eine Kollegin zu Haverkorn, die ebenfalls Zivil trug wie er. Sie kamen aus dem Wohnzimmer und blieben neben Frida stehen.

»Kein Laptop, Tagebuch oder Kalender?«

»Nichts! Könnte auch ein Hotelzimmer sein, so wenig persönliche Dinge sind hier.«

»Gut, dann machen wir Schluss!« Er ließ den Hausmeister das Durchsuchungsprotokoll lesen und gegenzeichnen.

»Konzentrieren wir uns auf die Akten und Dateien aus der Detektei.«

Frida konnte ihm nicht in die Augen sehen. Ihr war nicht wohl dabei, dass sie ohne Haverkorns Wissen etwas eingesteckt hatte. Es ist nur ein Foto, redete sie sich ein. Niemand hat sich während der Durchsuchung dafür interessiert.

Als alle die Wohnung verlassen hatten und die Tür hinter ihr ins Schloss fiel, war es zu spät, ihren Alleingang zu korrigieren.

8

Haverkorn konnte Krankenhäuser nicht ausstehen. Er machte seit Jahren einen großen Bogen darum. Das letzte Mal, als er eine Klinik betreten hatte, war vor knapp zwanzig Jahren gewesen. An jenem Tag hatte er Ursula ins UKE gebracht. Er hatte lange um ihr gemeinsames Kind gekämpft, für ihn war es mit Anfang vierzig ein Wunschkind gewesen, für Ursula war die späte Schwangerschaft jedoch eine zu große Hürde im Leben. Seine Frau hatte die Macht besessen, für sie beide zu entscheiden. Und nun stand er hier, an einem Samstagnachmittag, und kam sich vor wie ein Schiffbrüchiger, der ausgerechnet an die Küste gespült worden war, die er beim Ablegen verflucht hatte.

Es war der erste Tag seit Wochen, an dem es nicht regnete. Als er nach der Wohnungsdurchsuchung in Sternschanze losgefahren war, war der Himmel aufgerissen. Die ersten warmen Sonnenstrahlen hatten Hamburgs regengraues Kostüm in eine bunte Tunika verwandelt: Die Stadt war voll, die Menschen hatten ihre Jacken abgelegt, tranken Coffee to go in den Parks und saßen schwatzend auf Bänken, während in den Bäumen die Vögel lärmten.

Haverkorn hatte gewusst, dass der Moment gekommen war. Dass er sich nicht weiter hinter seinem Diensteifer verstecken konnte. Er war zum UKE gefahren, hatte dort auf dem Parkplatz zehn Minuten im Wagen gesessen und auf die Fassade der Klinik gestarrt. Hier hatte er sein Kind verloren. Und hier sollte er seiner fremden erwachsenen Tochter das Leben retten.

Er ging hinein und verhandelte mit einer unfreundlichen Empfangsdame um die Zimmernummer.

»Nein, Henrikje Köster gibt es im System nicht.«

»Ich weiß ganz sicher, dass sie hier liegt.« Er seufzte. Warum hatte er Jutta nicht gefragt, ob seine Tochter auch ihren Nachnamen trug? »Sie wartet auf eine Lebertransplantation.«

»Sie ist Patientin der Transplantationschirurgie?«

Haverkorn bestätigte es mit einem Nicken. Er spürte, dass ihm der Schweiß ausbrach. Er lockerte seinen Hemdkragen.

»Nein, eine Patientin mit dem Namen Köster liegt zurzeit nicht bei uns.«

»Vielleicht hat sie einen anderen Nachnamen.«

»Ach?« Die Empfangsdame zog ihre Augenbraue nach oben.

»Hören sie, Henrikje ist meine Tochter. Ich habe sie aber seit vierzig Jahren nicht gesehen …«

Ihr Blick sprach Bände. Sie hielt offenbar nicht viel von Rabenvätern.

»Es ist dringend. Ich bin möglicherweise ein Spender«, schob er nach.

Die Empfangsdame griff zum Telefonhörer. »Ja, hier ist Heidi. Sag mal, habt ihr auf der Station eine Patientin mit dem Vornamen Henrikje, die auf eine Lebertransplantation wartet?« Sie warf Haverkorn einen Blick zu. »Nein, den Nachnamen weiß er nicht. Hier steht ihr Vater. Er ist möglicherweise ein Lebendspender.«

Mit unbewegter Miene sah sie ihn an. »Ach, okay. Ich schicke ihn rauf.«

»Sie müssen zum Bereich G. Zweites Obergeschoss. Schwester Claudia erwartet Sie.« Haverkorn ließ sich den Weg erklären und eilte davon. Er wischte sich mit dem Ärmel seiner Jacke den Schweiß von der Stirn und stieg in den Fahrstuhl.

Ein blasses, unrasiertes Gesicht glotzte ihn im Spiegel an. Grau bist du geworden, Bjarne. Du siehst aus, als hättest du eine Woche nicht geschlafen. Und so willst du deiner todkranken Tochter unter die Augen treten?

Die Fahrstuhltür öffnete sich, und er ging den Gang hinunter.

Schwester Claudia war das Gegenteil ihrer Kollegin am Empfang. Sie lächelte ihm entgegen. »Hallo, Herr Haverkorn.«

Er sah sie überrascht an.

»Jutta Köster hat uns Bescheid gegeben, dass Sie nach Ihrer Tochter fragen werden.«

»Hat sie das.« Er wischte sich über die Stirn. »Wie geht es Henrikje?«

»Sie ist stabil. Alles Weitere besprechen Sie bitte mit Dr. Ahrendt. Er ist ihr behandelnder Arzt.«

»Gut. Wo finde ich ihn?« Er räusperte sich. Sein Hals fühlte sich schon wieder entzündet an.

»Ich sage ihm Bescheid, dass Sie hier sind.«

Sie ging voraus zu einem Krankenzimmer. »Hier liegt sie.«

Am Türschild stand *Henrikje Kallus*. Dieser Name sagte ihm nichts. War sie verheiratet? Er wusste so wenig von seiner Tochter. Er starrte auf das Schild und hatte plötzlich das Gefühl, keine Luft mehr zu bekommen. Er räusperte sich. »Ich brauche noch einen Moment.«

Schwester Claudia nahm die Hand von der Türklinke. »Gut, Herr Haverkorn. Gehen Sie einfach rein, wenn Sie so weit sind. Ich denke, sie ist wach. Ich informiere in der Zwischenzeit Dr. Ahrendt, dass Sie hier sind.« Sie ging eilig davon und ließ ihn allein.

Haverkorn atmete tief durch, aber seine Anspannung blieb. Ihm war heiß, und er zog die Jacke aus. Was, wenn sie sich ihren Vater all die Jahre ganz anders vorgestellt hatte? Was, wenn sie enttäuscht war? Er hatte sich noch nie so alt und grau gefühlt wie in diesem Moment.

Sein Handy klingelte in der Jackentasche. Er holte es heraus, um den Anrufer wegzudrücken. Er zögerte, nahm das Gespräch dann doch an. Wenn der Leiter der Mordkommission anrief, hatte das seine Gründe.

»Andreas, was gibt es?«

»Bjarne, die KTU hat endlich die Tatwaffe gefunden.«

»Wo war das Messer?«

»Es lag quasi in der Scheiße.« Haverkorn hörte ihn lachen. »In der alten Jauchegrube auf dem Hof.«

»Konnten die Kollegen daran Spuren sichern?«

»Ich habe noch nichts gehört, sie sind gerade dran.« Er atmete aus. »Weshalb ich dich angerufen habe, Bjarne. Ich habe die von dir angeforderte LKA-Akte von Catrin Conradi vor mir liegen.«

»Und?«

»Erzähle ich dir besser, wenn du hier bist.«

»Ich fahre jetzt in Hamburg los.«

»Okay. Bis später.«

Haverkorn steckte das Handy weg. In diesem Moment öffnete sich die Tür zum Krankenzimmer. Eine junge Frau kam heraus. Sie lächelte, aber in ihren Augen standen Tränen. »Tschüss Henni! Ich komme nächste Woche wieder vorbei.« Sie ging an ihm vorbei, nickte zum Gruß und ließ die Tür offen, die sich langsam automatisch hinter ihr schloss.

Haverkorn schaute zu der Frau, die im Zimmer lag. Sie war schmal und krankenhausblass. Braune Haare fielen auf dem Kissen weich um ihr Gesicht. So wie bei ihrer Mutter früher. Trotz ihrer Blässe war sie schön, und sie lächelte. Ihre Blicke trafen sich. Haverkorn schluckte trocken, aber er bewegte sich nicht, bis die Tür ins Schloss fiel. Reglos stand er da. Als er Schritte hörte, drehte er sich um und eilte den Gang hinunter zum Fahrstuhl.

†

Die Tische vor der Eckkneipe in St. Pauli waren alle besetzt. Sie hatten den letzten freien Tisch bekommen. Nova trug eine spiegelnde Fliegersonnenbrille, die für ihr schmales Gesicht viel zu groß war. Sie saugte am Trinkhalm, der in einer Colaflasche steckte. »Und was machen wir jetzt?«

Frida beobachtete ein Paar am Nachbartisch, das lange Küsse tauschte. Ihr ging es gut allein, sie wollte keine Beziehung. Und schon gar nicht solch intime Bekenntnisse in der Öffentlichkeit.

»Frida?«

»Sorry, was hast du gesagt?«

»Was machen wir jetzt?«

»Du machst erst mal frei.«

»Ich kann doch hier nicht rumsitzen, während meine Chefin per Haftbefehl gesucht wird.«

»Du hast recht. Es wäre gut, wenn wir sie vor der Polizei finden.«

Jos Assistentin sah sie über den Rand der Sonnenbrille an. »Du bist auch bei der Polizei.«

»Momentan nicht.«

Das Paar am Nachbartisch zahlte und stand auf. Die beiden schlenderten Hand in Hand die Gasse hinunter. Sie sahen sehr verliebt aus. Aber Liebe machte verletzlich. Das hatte Frida mehr als einmal erfahren. Genug, um die Finger davon zu lassen. »Kannst du von zu Hause aus etwas recherchieren?«

»Was soll ich recherchieren?«

»Kannst du herausfinden, ob Jo ihre EC- oder Kreditkarte benutzt hat?«

Nova verdrehte die Augen. »Meinst du, das hätte ich nicht längst gemacht?« Sie kaute auf dem Trinkhalm herum.

»Nichts gefunden?«

Sie schüttelte den Kopf. »Jo ist ja nicht blöd. Wenn sie abtauchen will, dann tut sie das auch.«

Frida nippte an ihrer Cola. Sie dachte an das Foto, das sie aus Jos Wohnung mitgenommen hatte. »Die Akte, die du in Jos Schreibtisch gefunden hast …«

»Ja?«

»Hast du sie dir mal genauer angeschaut?«

Sie zuckte die Schultern. »Nur kurz durchgeblättert. Da war kaum was drin. Ein paar Ausdrucke, Fotos. Irgendwie gab es darin kein richtiges System.«

»Was für Ausdrucke waren das?«

»Eine Landkarte. Ich glaube, ein Auszug aus dem Melderegister war auch dabei.«

»Um wen ging es dabei?«

»Keine Ahnung.«

»Und die Fotos?«

»Ein Haus, alte Familienfotos, Überwachungsfotos einer Frau …«

»Wie sah sie aus?«

Nova dachte nach. »Mittleres Alter, dunkelblonde oder brünette Haare, gepflegte Kleidung …«

»Konnte man sehen, wo die Bilder aufgenommen waren?«

»Nein, keine Ahnung. Das kann überall gewesen sein.«

»Weißt du noch wie die Mandantin hieß?«

»Klar, Miriam Wössner. Namen vergesse ich nie!« Stolz lag in ihrem Lächeln.

»Hast du in diese Richtung schon mal recherchiert?«

Nova nahm ihre Sonnenbrille ab und legte sie auf den Tisch. »Du meinst, die Frau aus der Akte hat was mit Jos Verschwinden zu tun?«

»Warum hat sie gerade diese Akte mitgenommen?«

Nova sah sie an. »Scheiße, aber klar doch!«

Frida zog das Foto aus der Tasche. »Dieses Bild hing in Jos Wohnung. Ich versuche herauszufinden, wo es aufgenommen wurde.«

Nova nahm es ihr aus der Hand. »Das ist doch das Foto aus der Akte!«

Frida nickte. Sie lehnte sich nach vorn und drehte es um.

Nova sah sie verständnislos an. »Drei? Was bedeutet das?«

Frida zog die Schultern hoch. »Sag du es mir!«

»Gibt es noch zwei andere Häuser wie dieses?«

»Wäre möglich. Ich versuche, das herauszufinden.«

»Und ich checke Miriam Wössner. Möglicherweise ist Jo ja bei ihr untergekommen.«

Frida warf einige Münzen auf den Tisch. »Ruf mich an, wenn du was gefunden hast. Hoffen wir, dass wir Jo finden, bevor der Haftbefehl vollstreckt wird.«

†

Wie ein Feigling kam er sich vor. Warum war er ohne ein Wort gegangen? Eine Stunde hätte er ganz sicher für seine Tochter erübrigen können. Wie ein Vollidiot hatte er sich verhalten. Die junge Krankenschwester und der Arzt, Dr. Ahrendt, hatten Henrikje ganz sicher in der Zwischenzeit erzählt, dass er da gewesen war. Seine Tochter musste denken, dass sie ihm rein gar nichts bedeutete. Dass er sie sterben ließ.

In seinem Büro wechselte er sein durchgeschwitztes Hemd. Er fixierte das Telefon auf seinem Schreibtisch. Sollte er im UKE anrufen und sagen, dass er hatte gehen müssen, weil es einen Notfall gab? Er knöpfte wütend das Hemd zu. Vielleicht war er ein Feigling, aber ein Lügner war er ganz sicher nicht!

Er schob das Hemd in die Hose und verließ das Zimmer.

Andreas Vollmer saß in seinem Büro und telefonierte. Er machte ein Zeichen, dass Haverkorn sich setzen sollte. Dieser zog sich einen der Besucherstühle heran und wartete, während sein Vorgesetzter telefonierte.

»Kollege, wir stecken hier in einer Mordermittlung!«, sagte Vollmer nachdrücklich. Er hörte einen Moment zu. »Was heißt, der Teil der Akte ist geschlossen? Die Frau hat vor zwanzig Jahren die Polizei verlassen. Da muss doch der Rest der Akte mittlerweile einsehbar sein!« Er ließ den anderen zu Wort kommen. »Ich spreche mit dem BKI-Leiter. Ihr hört von uns.« Er legte verärgert auf. »Das LKA NRW hat uns nur einen Teil von Conradis Dienstakte geschickt. Der andere Teil ist geschlossen.«

Haverkorn horchte auf. »Geschlossen?«

»Der Kollege sagte, er könne darauf nicht zugreifen. Aber wenn wir ihm eine schriftliche Anfrage für diesen geschlossenen Teil von unserem Chef zustellen, will er diese weiterleiten und sehen, was er erreichen kann.«

»Was steht in der Akte, die wir von ihr haben?«, fragte Haverkorn.

»Das Übliche. Conradis Ausbildung, Werdegang im Dienst, Einschätzungen und zwei Zeilen zum Ausstieg. Sie war eine großartige Schutzpolizistin. Eins-a-Noten auf der Akademie, sehr gute Schützin, exzellente Bewertungen ihrer Vorgesetzten.«

»Wann ist sie zum LKA gewechselt?«

»1995.«

»Welche Abteilung?«

»Kann ich dir nicht sagen, dieser Teil der Akte ist geschlossen.«

»Dann fordere diesen Teil an!«

»Das habe ich bereits, aber ich höre nur Ausflüchte in Düsseldorf.«

Haverkorn dachte nach. Warum stellte sich das LKA quer, wenn es um eine ehemalige Beamtin ging, die fast zwanzig Jahre nicht mehr bei der Polizei arbeitete? »Warum ist sie damals aus dem Dienst ausgeschieden?«

»Das wissen wir auch nicht. Ich weiß nur, dass das Dienstverhältnis zum 31. Dezember 1997 endete. Ein paar Monate, nachdem sie eine Krankschreibung eingereicht hatte.«

»Wegen einer psychischen Erkrankung?« Haverkorn dachte an Conradis Alkoholprobleme, die offensichtlich nach ihrer Kündigung bei der Polizei begonnen hatten.

Vollmer zog eine Bescheinigung aus der Akte. »Nein, der Diagnoseschlüssel weist auf einen Magen-Darm-Virus hin. Nichts Psychisches.«

»Conradi war Alkoholikerin.«

»Ich hab deinen Bericht gelesen.«

»Vielleicht fing das damals an, und sie hat ihren Hut nehmen müssen.«

»Möglich. Aber deshalb hält man keine Personalakte unter Verschluss.«

»Nein, wohl eher nicht.« Haverkorn stand auf und trat ans Fenster. Der Blick aus dem zehnten Stockwerk auf Itzehoe war wie immer überwältigend. Manchmal wünschte er, in seinen Fällen so schnell den Überblick zu gewinnen, wie er es hier oben am Fenster konnte. Nicht selten waren sie zu nah dran, um das große Ganze zu erkennen.

Worum ging es beim Tod von Catrin Conradi? Was war das

Motiv der Tat gewesen? Wer hatte sie tot sehen wollen? »Und die Tatwaffe? Kommen wir da weiter?«, fragte er schließlich.

»Ein Bajonett M 9, Type II.« Vollmer zog ein Blatt mit dem Foto des Messers unter der Akte hervor und blickte darauf. »Eine solche Waffe nimmt man mit, wenn man im Dschungel überleben will. Aber wer trägt hier ein Bajonett mit einer achtzehn Zentimeter langen Klinge mit sich herum?«

»Die Tat war geplant. Und der Täter wollte auf Nummer sicher gehen«, mutmaßte Haverkorn. »Konnten DNA-Spuren am Messer gesichert werden?«

»Nein, nichts. Das Messer war sauber.« Vollmer sah Haverkorn an. »Was ist mit dieser Detektivin? Ist sie wieder aufgetaucht?«

»Nein. Der Haftbefehl ist an alle Dienststellen raus.«

»Weißt du schon, woher sie und das Opfer sich kannten?«

»Bisher nicht. Klaus und Anja werten die Mandantenakten der Detektei aus. Ihre Wohnung war sauber. Auch Conradis Familie kann uns nicht weiterhelfen. Wobei ...« Er ging zurück zu Vollmers Schreibtisch. »Ihr Sohn hat Johanna Arndt im Haus mit seiner Mutter streiten hören.«

»Worüber haben sie gestritten?«

Haverkorn setzte sich wieder. »Das konnte mir der Junge nicht sagen. Er hat nichts verstanden.«

»Bleib da dran, sprich noch mal mit dem Sohn. Vielleicht fällt ihm noch mehr ein.«

»Gut, mach ich.«

»Ich versuche, den Rest von Conradis Akte zu bekommen.«

Haverkorn stand auf und ging zur Tür. »Die Fahndung nach Johanna Arndt läuft auf Hochtouren. Irgendwann muss sie uns ins Netz gehen.«

Zurück am Schreibtisch nahm Haverkorn eine Kopfschmerztablette und spülte sie mit einem Schluck Kaffee vom Morgen herunter. Nach dem Gespräch mit seinem Vorgesetzten hatte er kurz bei seinen Kollegen vorbeigeschaut, die die Akten der Detektei durchforsteten. Er hatte ihren Gesichtern sofort angesehen, dass ihre Suche bisher erfolglos geblieben war.

»Es gibt keinen Hinweis, dass Catrin Conradi eine Klientin war oder in irgendeinem anderen Zusammenhang mit der Detektei von Johanna Arndt gestanden hat«, hatte Klaus Behrens missmutig gesagt. »Wir haben noch nicht alle durch, aber ich glaube nicht, dass wir noch was finden.«

Auch der IT-Spezialist vom LKA in Kiel, der die beschlagnahmten Computer und Laptops untersuchte, hatte bisher nichts Brauchbares für ihre Ermittlungen zu vermelden.

Woher kannte Johanna Arndt die ehemalige Polizistin aus Düsseldorf? Haverkorn schlug den Aktenordner auf, den er von Klaus Behrens bekommen hatte. Darin lagen die einzigen persönlichen Dokumente aus Johanna Arndts Wohnung: mehrere Schulzeugnisse und ein Impfausweis.

Haverkorn sah sich die Zeugnisse von der achten bis zwölften Klasse an. Sie bewiesen, dass er es mit einer intelligenten Schülerin zu tun hatte, die nach einigen Schwierigkeiten in der achten Klasse stetig besser geworden war und ein hervorragendes Abitur abgelegt hatte. Frida hatte ihm erzählt, dass Johannas Familie bei einem Brand ums Leben gekommen war. Wahrscheinlich waren ihre Schulzeugnisse bis zur siebten Klasse und der alte Impfausweis den Flammen zum Opfer gefallen. Er blätterte durch das Dokument, in dem die ärztlichen Eintragungen 1999 begannen. Im Jahre 2001 hatte sie einige Impfungen auffrischen lassen.

Er legte den Ausweis zurück und trank den kalten Kaffee aus. Bitter lag er ihm auf der Zunge. Wie die Erkenntnis, dass sie keine Ahnung hatten, was die beiden Frauen in einer Gewitternacht auf einem abgelegenen Hof zusammengeführt hatte.

Haverkorn schlug sein Notizbuch auf, sah sich seine Notizen an. *Internat Freising, 1998 bis 2005*, stand dort. *Detektei, Eintragung im Gewerbezentralregister März 2012, Sitz bis 2014 in München, danach in Hamburg.* Wo war Johanna Arndt in den Jahren nach dem Internat gewesen? Hatte sie eine Ausbildung gemacht? Hatte sie studiert?

Haverkorn öffnete das Polizei-Auskunftssystem POLAS und suchte nach Johanna Arndt. Er fand sie schnell und sah, dass sie per Haftbefehl gesucht wurde. Alle Eintragungen waren erst kürzlich gemacht worden und auf aktuellem Stand. Nichts, was er nicht schon wusste. So kam er nicht weiter. Er beantragte eine Melderegisterauskunft zu ihrer Person. Dann lehnte er sich zurück und griff zum Telefonhörer, um ihr ehemaliges Internat anzurufen. Vielleicht lebten ihre Großeltern noch, und die Schule hatte die Kontaktadresse. Die Auskunft verband ihn mit dem Internat in Freising, aber niemand nahm das Gespräch an. Haverkorn erinnerte sich, dass es Samstagnachmittag war. Er ließ sich die Nummer diktieren und legte auf.

Das Telefon klingelte. Seine Hand lag noch auf dem Hörer. Eine Hamburger Nummer. »Haverkorn.«

»Dr. Ahrendt, UKE Hamburg.«

Haverkorn schluckte. »Herr Dr. Ahrendt ...« Woher hatte der Arzt seine Nummer?

»Frau Köster sagte mir, wo Sie arbeiten. Entschuldigen Sie, dass ich Sie so überfalle.«

»Kein Problem, ich wollte mich noch selbst bei Ihnen melden.«

»Schwester Claudia sagte mir, dass Sie heute Mittag Ihre Tochter besuchen wollten und ...«, er zögerte einen Moment, »den Besuch vorzeitig abgebrochen hätten.«

Haverkorn schloss die Augen. Er fühlte sich unbehaglich bei diesem Gespräch, aber das hatte er sich selbst zuzuschreiben. »Ich muss mich entschuldigen, aber ich habe es einfach nicht geschafft hineinzugehen. Sie müssen wissen, Henrikje und ich, wir kennen uns bisher nicht.«

»Darauf hat mich Frau Köster schon vorbereitet. Niemand macht Ihnen einen Vorwurf, Herr Haverkorn. Und wenn es nicht so dringend wäre, würde ich Sie nicht drängen, Ihre Tochter zu treffen.« Er atmete aus. »Aber sie hat nicht mehr viel Zeit. Wir brauchen unbedingt einen Spender, sonst können wir leider nichts mehr für sie tun.«

†

Oktober 1997

Mama hat sich nach der Ohrfeige bei ihr entschuldigt. Sie hat ihr versprochen, sie nie mehr zu schlagen. Dann hat sie sie ganz fest umarmt.

»Der Urlaub hier ist so blöd«, sagt Miriam. »Wann können wir wieder nach Hause?«

»Noch ein paar Tage, Miri. Wir machen es uns hier richtig schön.« Diese alte Leier wieder. »Komm, wir kochen Spaghetti mit Thunfisch und Kapern, das magst du doch so gern.«

Sie kochen gemeinsam. Lukas darf Käse reiben und ist glücklich, dass Miriam ihn mitmachen lässt. Catrin ist mit Papa weggefahren. Sie kommt allein zurück, lange nach dem Essen, macht ein ernstes Gesicht. Mama geht nach draußen und flüstert mit ihr, während sie heimlich raucht. Die Zigaretten hat sie in einer Mauernische gebunkert, damit Papa sie nicht sieht. Miriam hat sie natürlich gleich gefunden.

»Paps kommt morgen erst wieder«, sagt Mama, bevor sie Lukas ins Bett bringt. Ihr Atem riecht nach Rauch.

»Was ist denn mit Papa? Hat er Sorgen?«

»Nein, alles in Ordnung! Er hat nur einen wichtigen Termin. Danach kommt er gleich zurück.«

Miriam kann lange nicht einschlafen. Der neugierige Blick des Mädchens vom Strand geht ihr nicht aus dem Kopf. Warum war sie nicht bei den anderen gewesen?

Nach dem Frühstück dürfen sie wieder zum Wasser. Dieses Mal ist Miriam als Erste fertig. Ob die Schulklasse und das Mädchen heute wieder am Strand sind? Ihr Herz flattert vor Aufregung.

Sie hört die Stimmen der Kinder schon von Weitem.

»Darf ich mit Lukas da drüben zuschauen gehen?«

»Geht nur«, sagt Catrin und zwinkert ihrer Mutter zu, die heute Morgen fahrig und nervös ist.

»Komm, Lukas!« Sie lächelt ihm zu. »Nimm Schaufel und Eimer mit.«

Er freut sich über die Aufmerksamkeit seiner großen Schwester und trottet mit seinem Sandspielzeug hinter ihr her.

Das ältere Mädchen sitzt wieder allein in einiger Entfernung von ihren Mitschülern. Miriam spürt ihren Blick, während sie näher kommt. Sie setzt sich ein paar Meter neben dem Mädchen in den Sand und konzentriert sich auf das Spiel der Klasse. Strandvolleyball. Sie haben Stangen aufgestellt und ein altes Netz daran befestigt. Ihre Rufe und Pfiffe gellen über den Strand. »Los, Pit, spring hoch!«, schreit ein Junge.

»Na? Spielst du Babysitter?« Das ältere Mädchen sitzt plötzlich neben ihr. Kurze Haare, langer Pullover, abgerissene Jeans. Und ein Lederband mit einer Muschel um den Hals.

Sie zeigt auf Lukas, der den Sand nach Muscheln durchsiebt. »Große Schwester, hm?« Sie lächelt und reicht ihr die Hand. »Hi!« Ihr Händedruck ist fest. »Und, wo wohnt ihr hier?«

»Dahinten. So ein altes Haus mit Schilfdach.«

»Reetdach heißt das.« Sie schaut sie belustigt an. »Du kommst nicht aus dem Norden?«

»Nein, aus Köln.«

»Großstadtgirl.« Sie holt eine zerknitterte Schachtel Marlboro aus ihrer Hose, zündet sich eine an und zieht. »Willst du auch?«

Miriam verneint. Sie sieht hinüber zu ihrer Mutter, die mit Catrin redet.

»Du bist unter Beobachtung, verstehe.« Sie raucht und blickt zum Wasser. Miriam sieht den dunklen Flaum in ihrem Nacken. Er sieht weich aus. Sie möchte ihn gern berühren.

»Wenn du abends mal rauskannst, komm rüber zum Campingplatz. Wir hängen da jeden Abend ab und haben Wein da. Und Kippen.«

»Klar!«

»Heute Abend, wenn es dunkel wird? Lauf am Strand lang, und da, wo du Musik hörst, gehst du einfach rauf. Wir sind die Einzigen da oben. Nebensaison.«

Miriam nickt. »Okay. Und wie heißt du?«

Das Mädchen zwinkert ihr zu und steht auf. »Kelly.«

Miriam fühlt einen Stich, als Kelly zu den anderen geht und einem Mädchen die Hand auf den Arm legt.

†

Haverkorn kam sich im Beisein des Chirurgen vor wie ein Schüler, der zum Direktor zitiert worden war. Sein Stuhl war etwas niedriger als der des Arztes, der unbeweglich hinter dem Schreibtisch saß und eine Patientenakte studierte. Haverkorn musste gerade sitzen und seine Schultern durchdrücken, um nicht zu seinem Gegenüber aufblicken zu müssen. Die Schreibtischlampe blendete ihn, er lehnte sich zurück.

»Es ist gut, dass Sie gleich hergekommen sind«, sagte Dr. Ahrendt. Endlich sah er Haverkorn in die Augen. Der Arzt mochte Ende vierzig sein. Seine Schläfen waren ergraut, tiefe Falten an den Augen und der ungesunde Teint ließen auf sein überdurchschnittliches Arbeitspensum schließen.

»Wie geht es meiner Tochter?«, fragte Haverkorn.

»Sie ist stabil, aber …« Dr. Ahrendt räusperte sich und lehnte sich zurück. »Ihre Leber ist nicht mehr zu retten. Die Leberzirrhose ist zu weit fortgeschritten. Eine Transplantation ist unsere letzte Option.«

»Leberzirrhose«, wiederholte Haverkorn. »Ist sie …?«

»Alkoholikerin, meinen Sie?« Der Arzt schüttelte leicht den Kopf. »Nein, auch wenn das die weithin bekannteste Ursache für eine Leberzirrhose ist. Bei Ihrer Tochter war es eine chronische Hepatitis-C-Erkrankung, die nicht erkannt wurde.«

»Hepatitis C? Hier in Deutschland?«

»Sie hat sich höchstwahrscheinlich vor einigen Jahren im Ausland angesteckt.« Er hielt einen Moment inne. »Es ist besser, wenn sie Ihnen die Umstände selbst erzählt. Wichtig ist, dass wir sofort einige Tests machen, ob Sie als Teillebendspender in Frage kommen. Welche Blutgruppe haben Sie?«

»A Rhesus positiv.« Er kramte seinen Nothilfepass hervor und legte ihn auf den Schreibtisch.

Der Arzt warf einen Blick darauf und gab ihn zurück. »Gut. Sehr gut sogar. Können Sie morgen um acht Uhr bezüglich der Blutabnahme wieder herkommen?«

»Natürlich.«

»Nüchtern bitte. Wenn Sie etwas trinken wollen, dann Wasser.«

»In Ordnung.« Haverkorn wollte aufstehen, lehnte sich jedoch noch einmal zurück. »Kann ich sie sehen?«

Dr. Ahrendt schien unschlüssig. »Die Besuchszeit ist längst

vorbei, aber …« Er sah Haverkorn an, dann auf seine Armbanduhr. »Wenn sie noch wach ist, können Sie zehn Minuten zu ihr.« Er nahm den Hörer ab. »Schwester Brigitte, ist Frau Kallus noch wach?« Er hörte einen Moment zu. »Das ist eine Ausnahme, die ich genehmige. Schauen Sie bitte nach und informieren mich. Danke!« Er legte auf.

»Wie würde eine solche Transplantation ablaufen?«

Der Arzt lehnte sich im Stuhl zurück. »Zuerst führen wir ein mehrtägiges Untersuchungsprogramm durch, um festzustellen, ob Sie und Ihre Leber gesund sind und für die Transplantation in Frage kommen.« Er stockte, sah Haverkorn direkt an. »Sie sind für einen Lebendspender leider schon etwas alt mit sechzig Jahren. Normalerweise sollte der Spender nicht älter als fünfundfünfzig sein. Aber da Sie momentan unsere einzige Option sind, testen wir Sie natürlich.«

Haverkorn nickte. Er war der sprichwörtliche letzte Strohhalm, an den sich der Arzt nun klammerte.

»Wir machen zuerst ein großes Blutbild. Wenn die Werte in Ordnung sind, folgen weitere Tests, Belastungs-EKG, Lungenfunktionstest und Röntgenbild vom Thorax sowie MRT des Oberbauches mit Volumetrie. Wenn Sie körperlich zu einer Lebendspende in der Lage sind, werden Sie der Ethik-Kommission vorgestellt. Da Sie der Vater der Empfängerin sind und somit ein Verwandter ersten Grades, wird es dort sicher kein Problem geben.«

»Gut. Wie viel meiner Leber würde entnommen?«

»Die gesamte rechte Leberhälfte.«

Haverkorn schluckte trocken, nickte jedoch.

»Das klingt erst einmal viel, aber Ihre Leber würde sich innerhalb kurzer Zeit wieder ausbilden und fast die Ausgangsmasse erreichen.«

»Wird Henrikje überleben?«

»Wenn die Transplantation erfolgreich ist, hat sie sehr gute Chancen.«

Das Telefon klingelte. Der Arzt nahm ab, hörte zu und bedankte sich. Haverkorn sah ihn an und spürte seine Anspannung. »Ihre Tochter ist wach. Und sie möchte Sie gern kennenlernen.«

Haverkorn folgte dem Arzt in das Einzelzimmer. Henrikje las, als sie eintraten. Sie legte das Buch weg und versuchte mühsam, sich aufzusetzen.

»Warten Sie, ich helfe Ihnen!« Dr. Ahrendt brachte seine Patientin in eine angenehme Sitzposition, warf Haverkorn einen aufmunternden Blick zu und ließ sie allein.

Haverkorn sah sich um. Das Zimmer war in einem gelben Pastellton gestrichen. Eine weitere Tür führte wahrscheinlich in das anliegende Bad. Er trat näher ans Bett, schluckte. »Hallo ...« Sollte er sie duzen? Was sollte er zur Begrüßung sagen? Hier bin ich, Bjarne, dein Vater?

»Setz dich doch bitte!«

Er zog einen Stuhl ans Bett und nahm Platz. Sie sahen sich an. Ein vorsichtiges Abschätzen, das dieser eigenartigen Situation geschuldet war.

Henrikje war groß und schmal. Ihre dünnen Arme lagen auf der Bettdecke. Sie war blass, hatte tiefe Augenringe. Dennoch wurde er von ihrem Gesicht angezogen, das ihn an die junge Jutta erinnerte. Und auch an ihn selbst. Die Nase kam eindeutig von seiner Familie.

Sie lachte plötzlich. »Diesen verwegenen Zinken habe ich also von dir?«

Ihr Lachen steckte an. Er lachte ebenfalls, beugte sich nach vorn und ergriff in einer plötzlichen Sentimentalität ihre Hand. Auch durch die Wegwerfhandschuhe, die Dr. Ahrendt ihm vor der Tür gegeben hatte, spürte er, wie kalt sie war. »Henrikje … ich …«

»Ich weiß. Sie hat es mir erzählt. Sie hat uns beide vierzig Jahre lang angelogen.« Ihre Hand drückte die seine. »Aber jetzt bist du hier.«

»Ja, nachdem ich heute Mittag abgehauen bin, ich Feigling.«

Sie nickte. »Ich habe sofort gewusst, dass du es bist, als ich dich sah.« Sie sah ihm in die Augen. »Ich wusste, dass du wiederkommst.«

»Dein Arzt sagte, es war eine verschleppte Hepatitis-C-Erkrankung.«

»Ja, ich habe zu spät gemerkt, dass etwas nicht stimmt.«

»Du hast dich im Ausland angesteckt?«

»Wahrscheinlich vor sechs Jahren in Mali.«

»Mali? Was machst du in Westafrika?«

»Ich war als Helferin des Roten Kreuzes dort.«

Haverkorn schwieg. Er hatte eine erwachsene Tochter und wusste überhaupt nichts von ihr. Aber das würden sie nachholen. Er wollte alles wissen, von ihrer Kindheit angefangen.

»Es sind lediglich Mutmaßungen. Eine chronische Hepatitis C kann man jahrelang mit sich herumtragen, ohne dass sie ausbricht. Und ich bin viel gereist in den letzten zehn Jahren.«

Er streichelte ihre Hand. »Warum erst jetzt?«, fragte er plötzlich. »Ich habe mir immer ein Kind gewünscht. Jetzt liegst du hier und …« Er brach ab.

Sie wischte sich über die Augen. »Aber ich werde überleben! Jetzt, wo ich endlich meinen Vater gefunden habe, werde ich ganz sicher nicht sterben!«

Er wäre gern aufgestanden, um sie zu umarmen. Aber der Arzt hatte ihm weiteren Körperkontakt verboten.

Er saß hier, am Bett seiner erwachsenen Tochter. Und er genoss die Nähe zu ihr. »Dr. Ahrendt sagte, meine Blutgruppe ist kompatibel. Morgen früh macht er ein großes Blutbild, in den nächsten Tagen die anderen Tests. Wir haben eine gute Chance, dass du bald nicht nur meine Nase, sondern auch ein Stück meiner Leber hast.«

Sie lachte und schluchzte gleichzeitig auf. »Ich kann gar nicht sagen, wie dankbar …«

»Das musst du nicht.« Er versuchte ein Lächeln. »Ich möchte, dass du so schnell wie möglich wieder auf die Beine kommst.«

Die Tür öffnete sich, und die Nachtschwester kam herein. »Herr Haverkorn, es wird Zeit. Frau Kallus braucht jetzt Ruhe.«

Er stand auf. »Schlaf jetzt! Ich komme wieder.«

Henrikje sah ihm lange in die Augen und ergriff seine Hand. »Ich weiß, dass jetzt alles gut wird.« Sie ließ ihn los und lehnte sich erschöpft in die Kissen.

Er ging hinaus und streifte die Handschuhe ab. Er schwankte zwischen Hoffnung und Angst. Aber sein alter Schmerz begann zu heilen.

9

Am Abend saß Frida mit einem Becher Tee in einem gemütlichen Ledersessel in ihrem früheren Kinderzimmer. Sie fühlte sich wohl hier oben neben dem Arbeitszimmer ihres Vaters. Beim Einzug hatte sie das Zimmer neu gestrichen und die alten Bodendielen abgeschliffen und lackiert. Allein diese Arbeiten hatten sie eine Woche, viel Mühe und Schweiß gekostet. Aber die körperliche Anstrengung war gut gewesen, um die alten Geister loszuwerden, die sich seit langer Zeit in diesem Zimmer eingenistet hatten.

Die Jugendzimmermöbel hatte sie auf den Sperrmüll geworfen. Alter Ballast, der das Zimmer erdrückt hatte. Im Baumarkt hatte sie sich die Wandfarbe im Farbton Taupe mischen lassen. Er machte sich gut als Hintergrund für die weißen Holzregale. Nur ihren alten zerschlissenen Boxsack hatte sie nicht wegwerfen können. Eine der wenigen Erinnerungen an ihre Kindheit, die bleiben durften.

Den Ledersessel hatte sie aus ihrer Hamburger Wohnung mitgebracht, weil sie ihn nicht dem neuen Untermieter überlassen wollte. Sie hatte die Füße hochgezogen und sah hinaus in den Regen, der vor einigen Minuten eingesetzt hatte. Das gleichmäßige Trommeln der Tropfen am Fenster erinnerte sie an das Gespräch mit Jo in ihrem Jeep. An den Tag, als sie sich nach Monaten das erste Mal wiedergesehen hatten.

Warum war Jo zu ihr gekommen? Gut, sie hatte wissen wollen, wie es ihr ging, aber das war nicht der eigentliche Grund gewesen. Die Frage nach ihrem Job, ihren alten Kollegen bei der Polizei. Frida versuchte, sich genau an ihre Worte zu erinnern, bekam sie aber nicht mehr zusammen. Hatte sie Hilfe gebraucht? Oder waren es vielmehr Informationen gewesen, die Frida hatte beschaffen sollen? Sie würde sie fragen, sobald sie wieder Kontakt mit Jo hatte. Sie hob ihr Smartphone hoch. Das Display war dunkel. Was hatte sie anderes erwartet?

Sie machte sich Sorgen um die Freundin, sie vermisste sie. Warum meldete sie sich nicht mehr bei ihr? Wo war sie jetzt? Oder hatte die Polizei sie längst verhaftet? Nein, in diesem Fall hätte Haverkorn sie sicherlich informiert.

Frida trank den letzten Schluck Tee. Fast hätte sie den leeren Becher auf das Foto des alten Hauses gestellt, das auf dem kleinen Beistelltisch lag. Sie nahm es in die Hand, drehte es herum. *Drei.* Sie strich mit der Fingerspitze über den Schriftzug. Hatte Jo das Wort darauf geschrieben?

Frida setzte sich überrascht auf. Plötzlich wusste sie, woran *Drei* sie erinnerte. Es waren Jos letzte Worte am Telefon gewesen. »… treffen uns … nach drei …«, hatte sie gesagt, bevor das Gespräch abgebrochen war. Hatte Jo gar nicht die Uhrzeit gemeint, sondern dieses Haus?

Sie starrte es an. Reetdachhäuser gab es hier im Land zwischen den Meeren viele, aber das Wasser im Hintergrund hatte eindeutig einen Horizont. Stand das Haus an der Nordsee oder der Ostsee?

Sie öffnete auf ihrem Smartphone Google Maps und gab in der Suchfunktion »Drei, Nordsee« ein. Die Suche dauerte einen Moment. Kein Treffer. Sie änderte die Suchparameter in »Drei, Ostsee«. Die App arbeitete langsam. Hier draußen auf dem Land hatte sie kaum Internetempfang. Endlich stellte sich der Fokus scharf. Sie sah eine Landkarte, rechter Hand lag die Ostsee. Frida atmete langsam aus.

Drei war ein kleiner Ort auf der Halbinsel Holnis. Frida versuchte, ihren Herzschlag zu beruhigen. War es möglich, dass Jo den Ort, an dem dieses Reetdachhaus stand, auf dem Foto notiert hatte? Was bedeutete ihr dieses Haus? War es möglich, dass sie sich dort bei ihrer Klientin Miriam Wössner versteckte?

Frida stand auf und packte ein paar Sachen und die Waschtasche in ihren Rucksack. Sie stellte sich ans Fenster, sah hinaus in die Nacht und rieb ihre eiskalten Hände. Auch wenn Drei sich als Sackgasse entpuppen sollte – Frida hatte das Gefühl, endlich ein Stück zu Jo aufzuschließen.

†

Haverkorn fand keinen Schlaf. Das Gesicht von Henrikje schwirrte ihm im Kopf herum. Ihr Lachen, ihre Zerbrechlichkeit und ihr eiserner Überlebenswille. Seine Gefühle wechselten von grenzenloser Freude, eine Tochter zu haben, hin zu tiefer Angst, sie doch noch zu verlieren. Schon bevor der Wecker klingelte, stand er auf. Er fühlte sich kraftlos und leer. Auch wenn es Sonntag war und er einen freien Tag gut hätte brauchen können, um seine Erkältung auszukurieren, wollte er nach der Blutabnahme im Krankenhaus noch ins Büro fahren. Die Ablenkung würde ihm guttun. Außerdem wollte er in Erfahrung bringen, ob seine Kollegen in den Akten der Detektei gestern doch noch etwas gefunden hatten. Wenn er Andreas Vollmer in der BKI anträfe, würde er ihn sofort darüber in Kenntnis setzen, dass er kurzfristig ein paar Wochen ausfallen würde. Nach der Teilentnahme seiner Leber würde er einige Zeit im Krankenhaus bleiben müssen. Wenn er für die Lebendspende in Frage kam, konnte alles sehr schnell gehen.

Haverkorn packte eine Tasche für das Krankenhaus, die er vorsorglich ins Auto legte, und fuhr ohne Frühstück nach Hamburg. Schwester Claudia erwartete ihn.

»Ich habe schon gehört, dass Sie Henrikje gestern Abend noch besucht haben.« Sie lächelte ihn an. »Das freut mich wirklich sehr für Sie beide.«

Er setzte sich und krempelte den rechten Hemdsärmel nach oben. »Danke. Das war keine ganz einfache Situation für uns.«

»Das kann ich mir vorstellen.« Die Schwester legte einen Stauschlauch um seinen Oberarm und zog ihn straff. »Machen Sie bitte eine Faust.« Sie desinfizierte die Haut, zog sich Handschuhe über und suchte einen Zugang für die Kanüle. »Aber wichtig ist, dass Sie sich nun endlich kennenlernen können. Machen Sie das Beste daraus.« Sie stach zu.

Haverkorn hielt die Luft an. Als er sein Blut durch den Plastikschlauch fließen sah, flatterte sein Magen. Er drehte den Kopf weg und atmete konzentriert.

»Alles in Ordnung, Herr Haverkorn?«

Er nickte angestrengt und starrte auf einen Kunstdruck an der Wand. Er erkannte das Bild *Frauen am Fluss* von Paul Gauguin. Vor einigen Jahren hatte er die Biographie eines schwedischen Autors über den Maler gelesen, der seinen Lebensabend in der Südsee verbracht hatte und dessen romantischer Traum vom Südseeparadies, den er farbenprächtig den Europäern in seinen Bildern vorgaukelte, tatsächlich nur eine Legende gewesen war. Wirklich glücklich war der von Syphilis geplagte und geschwächte »Koke«, wie die Eingeborenen den schwierigen Namen Gauguin aussprachen, in seiner neuen Heimat nie gewesen. Er hatte den Schein wahren müssen, um den Wert seiner Bilder nicht zu gefährden, und starb, ohne dass sein Wunsch, seine europäische Heimat wiederzusehen, erfüllt wurde. Gab es eigentlich nur unglückliche Geschichten über große Maler? Haverkorn seufzte mitleidig.

»Noch ein Röhrchen, dann ist es geschafft.«

Er nickte und konzentrierte sich aufs Atmen.

»Wir sind fertig.« Schwester Claudia löste den Stauschlauch, zog die Kanüle heraus und legte einen Tupfer über die Einstichstelle. »Bitte fest draufdrücken.«

Sie stand auf und ging zu einem Regal, um ein Pflaster zu holen. In einem Holzständer standen mehrere mit Blut gefüllte Laborröhrchen. Haverkorn spürte Magensäure aufsteigen und schluckte. Gut, dass er nicht gefrühstückt hatte.

Die Krankenschwester öffnete das Fenster, nahm die Laborröhrchen an sich und ließ Haverkorn ein paar Minuten allein im Zimmer sitzen. Er verlor sich in den prächtigen Farben Gauguins, und sein Magen beruhigte sich endlich. Er beschloss, sich für seine Tapferkeit zu belohnen und sein Lieblingsbild von Paul Gauguin, *Die Siesta*, als Kunstdruck zu erwerben.

Als Schwester Claudia zurück war, maß sie seine Körpergröße und sein Gewicht. Haverkorn erschrak, dass er zwei Zentimeter geschrumpft war und fünf Kilo zugenommen hatte. Er überspielte, wie unwohl er sich fühlte.

»Das war's für heute, Herr Haverkorn. Sobald wir die Ergebnisse haben, meldet sich Dr. Ahrendt bei Ihnen«, versprach die Schwester.

Haverkorn genehmigte sich in der Cafeteria ein belegtes Brötchen und einen Tee und fuhr nach Itzehoe. Den Besuch bei Henrikje verschob er auf den Nachmittag.

Die Bezirkskriminalinspektion wirkte an diesem Sonntagvormittag menschenleer, auch wenn ein paar wenige Büros besetzt waren und der Rezeptionist ihn schläfrig grüßte. Er mochte diese stillen Tage, an denen er die verwaisten Gänge entlangging.

In der zehnten Etage war es ruhig. Er sah, dass hier alle Büros leer waren, bog ab in den Besprechungsraum und setzte die Kaffeemaschine in Gang. Auf seinem Schreibtisch entdeckte er einen gelben Notizzettel an der Tastatur. *Wir haben die Akten aus der Detektei alle durch. Kein Hinweis auf Catrin Conradi. Klaus.*

Enttäuscht knüllte Haverkorn den Zettel zusammen und warf ihn in den Papierkorb. Eine weitere Sackgasse!

Er überflog den bisherigen Spurenbericht, den ein anderer Kollege, der die Akte führte, ihm täglich auf den Schreibtisch legte. Es hatte eine Menge Fußspuren am Tatort gegeben, die momentan der Blutspurenanalytiker des LKA in Kiel auswertete. Keine daktyloskopischen Spuren, Haare und Faserspuren an der Leiche, außer denen von Johanna Arndt. Die Tatwaffe war gereinigt und in der Jauchegrube versenkt worden. Alles wies auf die Detektivin hin, die ebenso wenig auffindbar war wie das Motiv dieser Bluttat.

Er stand auf, drückte seinen Rücken durch und trat ans Fenster. Der Tag war wolkenverhangen, aber noch regnete es nicht. Itzehoe lag grau und verschlafen unter ihm. Noch zwei Jahre, dann ginge er in Pension und würde endlich wegziehen von hier. Irgendwohin aufs Land, weit weg von Autolärm und dem Gefühl, nie allein sein zu können. Er sehnte sich nach der Weite der Elbmarsch, Vogelschwärmen und Tagen ohne Zeitstruktur, die er mit Spazierengehen und Lesen verbringen konnte. Er sah sich plötzlich mit Henrikje in einem Garten mit alten Apfelbäumen sitzen. Dieses Bild war so real, dass es wehtat, weil die Zukunft so wenig planbar war.

Sein Blick wanderte zum Telefon. Sollte er Dr. Ahrendt anrufen und nachfragen? Nein, der Arzt würde sich sofort melden, wenn er die Testergebnisse hatte. Er konnte nichts tun, als zu warten.

»Moin moin, Bjarne.« Sein Vorgesetzter hielt eine Bäckereitüte hoch. »Franzbrötchen. Möchtest du?«

»Moin, Andreas. Klar, gern!« Haverkorn folgte ihm zum Besprechungsraum. »Der Kaffee müsste schon fertig sein.«

»Ich habe dem restlichen Team heute Vormittag freigegeben. Sie haben bis nachts noch die Akten durchgesehen.« Der Leiter der Mordkommission schüttete das süße Plundergebäck in eine Schüssel. »Greif zu!«

»Danke, später. Ich muss kurz was mit dir besprechen.«

Andreas Vollmer nahm die Kaffeetasse in die Hand, die er sich eingegossen hatte. »Ich muss ebenfalls mit dir reden. Lass uns in mein Büro gehen.«

†

Oktober 1997

Es ist ruhig im Haus. Mama und Lukas schlafen. Nur Catrin sitzt immer die halbe Nacht unten in der Küche und liest. Papa ist weggefahren. Zwei Männer standen nach dem Mittagessen plötzlich in der Küche, haben ihn mitgenommen. Ein geschäftlicher Termin, hat Papa gesagt. Ganz nervös hat er gewirkt, als er seine Tasche gepackt hat. Morgen Abend will er zurück sein. Die Männer haben ernste Gesichter gemacht und aufgeregt mit Mama und Catrin geflüstert.

Als sie mit Papa in den dunklen Transporter gestiegen sind, hat Mama in der Küche geweint. Ihre Freundin hat sie getröstet.

Miriam hat oben auf der Treppe gesessen und gelauscht. Sie hat nur Bruchstücke aufgeschnappt. »Bald vorbei … keine Sorgen … alles wird gut … wenige Tage …« Sie glaubt nicht mehr, dass ihre Eltern die Scheidung wollen. Sie verheimlichen ihr und Lukas etwas. Vielleicht hat Papa auf der Arbeit Mist gebaut und muss das jetzt ausbügeln. Warum holen sie ihn sonst aus dem Urlaub weg?

Miriam hat ihren Lieblingspulli und eine Jeans angezogen. Sie öffnet das Fenster und klettert hinaus. Sie hat einen Gürtel von Papa am Fensterkreuz befestigt und hält sich daran fest. Ihre Füße rutschen auf dem Schilf. Nein, auf dem Reet. Das hat ihr Kelly erzählt. Wenn sie an das ältere Mädchen mit der Muschelkette denkt, schlägt ihr Herz schneller. Sie kann es kaum abwarten, Kelly wiederzusehen.

Ihre Füße finden Halt in der Regenrinne. Hoffentlich hält sie ihr Gewicht aus. Miriam lässt den Gürtel los und setzt einen Fuß neben den anderen. Die Hände krallt sie ins Reet und klettert am Dach entlang bis an den Rand, wo der Ast eines Baumes heranreicht. Das hat sie sich heute Nachmittag schon angesehen. Er müsste sie auf jeden Fall halten. Sie greift danach, bekommt den Ast zu fassen und schwingt sich in die Baumkrone. Jetzt ist es ein Kinderspiel. Sie klettert vom Baum, knipst die Taschenlampe an und leuchtet sich den Weg zur Treppe aus, die an den Strand führt.

Das Meer rauscht ruhig. Es riecht nach Fisch und Algen. Sie mag diesen Geruch und atmet tief ein. Unten am Wasser hält sie sich in Richtung des Dorfes. Ein paar Minuten später weht leise Musik zu ihr herüber. Als diese lauter wird und sie oben Lichter sieht, geht sie hinauf.

Das Camp liegt hinter der geteerten Straße, die den Ort vom Strand trennt. Miriams Herz klopft aufgeregt. Sie steckt die Taschenlampe in ihre Hosentasche und schiebt das Tor auf. Es quietscht leise. Die Musik kommt von einem Bungalow am Ende der Reihe. Sie erkennt *I'll be missing you*, in der modernen Puff-Daddy-Version. Ein paar Kids sitzen auf der kleinen Terrasse vor dem Bungalow. Sie lachen, einige rauchen hinter vorgehaltener Hand. Sie sieht Kelly und geht dichter heran. »Hi.«

Kelly schaut auf. Ihre Augen sind schwarz umrandet. Sie lächelt, als sie sie erkennt. »He, Großstadtgirl. Da bist du ja.« Sie steht auf. »Leute, schaut mal, das ist Miriam. Sie kommt aus Köln.«

Einige murmeln eine Begrüßung und kümmern sich nicht weiter um den späten Gast. Es ist ihr nicht wichtig. Hauptsache, Kelly freut sich, dass sie da ist. Ihr Herz klopft bis zum Hals.

»Willst du Wein?«

Sie hat noch nie Wein getrunken. »Klar.«

»Komm!« Kelly nimmt sie an der Hand und zieht sie hinter sich in den Bungalow.

10

Die Autobahn in Richtung Norden war überraschend leer an diesem Sonntag. Frida trat aufs Gaspedal. Ihr alter Jeep hatte zwanzig Jahre auf dem Buckel, eine Menge Beulen und Roststellen, aber sein Motor lief ohne Probleme.

Sie hatte ihren Eltern beim Frühstück erzählt, dass sie für ein oder zwei Tage eine Freundin an der Ostsee besuchen würde. Ihr Vater hatte ihr einen eigenartigen Blick zugeworfen, als hätte er gewusst, dass sie ihnen nicht die Wahrheit sagte. Aber er hatte nur stumm sein Brötchen gegessen, bevor er hinausgegangen war, um Hetfield und Cobain zu versorgen.

Marta hatte ihr ein paar Brote geschmiert und die Thermoskanne mit Tee gefüllt wie früher, wenn sie mit der Schule einen Ausflug gemacht hatte. Ihre Fürsorglichkeit rührte Frida, und sie nahm ihre Mutter, die ihr gerade bis zum Kinn reichte, in den Arm.

»Ich bin bald zurück«, sagte sie.

»Es tut dir sicherlich gut, mal rauszukommen«, erwiderte Marta.

In diesem Moment hatte es Frida leidgetan, dass sie ihren Eltern den wahren Grund verheimlichte, der sie an die Ostsee führte. Aber sie wollte erst einmal herausfinden, ob es dieses geheimnisvolle Haus in Drei tatsächlich gab, und wenn ja, was es damit auf sich hatte.

Frida hatte in der Nacht noch etwas über Holnis recherchiert. Sie war bereits auf Usedom gewesen, auf Rügen, Fehmarn und dem Darß. Aber Holnis hatte ihr gar nichts gesagt.

Die Halbinsel erstreckte sich einige Kilometer in die Flensburger Förde, war der nordöstlichste Punkt Deutschlands. Wikipedia berichtete von einer Steilküste und einer Salzwiese, die eine bedeutende Brutkolonie von Seevögeln war. Einhundertdreißig Arten lebten dort. Ein Teil der Halbinsel war als Naturschutzgebiet ausgewiesen. Aber auch für Urlauber war sie ein Ausflugspunkt. In Drei gab es einen Bade- und Kurstrand, der als einer der schönsten an der Flensburger Förde galt.

Hatte Jo sich an diesem Ort ein Ferienhaus gekauft, von dem niemand sonst etwas wusste und das ihr als Rückzugsort diente oder als Versteck? Oder gehörte das Haus Miriam Wössner, die für Jo eine bedeutende Rolle zu spielen schien?

Frida dachte kurz daran, Nova anzurufen und ihr von ihrem Vorhaben zu erzählen. Sie entschied sich dagegen. Auch Nova schien bei ihrer Recherche noch nicht weitergekommen zu sein. Sie hatte sich seit ihrem Treffen in St. Pauli nicht mehr gemeldet.

Kurz vor Flensburg fuhr Frida von der Autobahn ab. Die Wolken rissen auf, und kurzzeitig blendete sie die Sonne. Auf der rechten Seite lag das Wasser der Ostsee wie ein blau-grauer Spiegel unter der Wolkendecke, die sich wieder geschlossen hatte. Keine Boote, nur ein paar Punkte weit hinten am Horizont, zu denen die riesigen Schiffleiber aus der Entfernung geschrumpft waren. Die Zeit der weißen Segel war noch nicht gekommen.

Ein Kurzurlaub am Meer kam ihr in den Sinn, einer der wenigen mit ihren Eltern, die den Hof nur selten hatten verlassen können. Frida dachte plötzlich an ihre blaue Gießkanne mit den gelben Punkten, die sie irgendwo am Strand gekauft hatten. In jenen Tagen hatten sie Eis am Meer gegessen und Bernstein gesucht. Sie lächelte bei der Erinnerung an den aufgesetzt entrüsteten Blick ihres Vaters, den sie im Sand eingebuddelt hatte, bis nur noch der Kopf herausschaute. Nach der Befreiung hatte sie ihn mit ihrer Kindergießkanne abgeduscht. Ein Anflug von Melancholie, Frida wischte ihn fort und konzentrierte sich. Es war nun nicht mehr weit bis zu ihrem Ziel.

Wie sollte sie nach dem Haus vom Foto suchen? Sie konnte den ganzen Ort abfahren und danach Ausschau halten. Oder sie zeigte den Einheimischen das Foto. Sie entschied sich dafür, mit den Menschen vor Ort zu sprechen. Wer fragte, bekam Antworten.

Frida bog in Richtung Drei ab und fuhr zwischen nassen Weideflächen entlang. Sturmmöwen stiegen neben ihr auf und glitten kreischend in Richtung Wasser. Zwei Austernfischer trippelten über die Wiese. Ihre roten Schnäbel leuchteten im Gras, das der Regen zerzaust hatte.

Vor dem Ortsschild des kleinen Küstenorts drosselte Frida die Geschwindigkeit. Rechter Hand lag verlassen der Strand, Wellenkronen auf dem Wasser. Sie fuhr an der Einzäunung eines Campingplatzes vorbei, wo ein Mann das Zufahrtstor reparierte. Im Ort selbst säumten Einfamilienhäuser die Straße. Fridas Blick fiel auf ein gemütlich wirkendes Hotel mit großer Terrasse, die durch eine Glaswand vor dem Seewind geschützt war. Aber es war zu früh und zu kalt im Jahr, niemand saß dort und genoss den Ausblick. Neben einer verwaisten Strandbar stapelten sich ungenutzte Surfbretter. Ein Versprechen an den Sommer.

Sie hielt an und stieg aus. Der auflandige Wind war kräftig und kühl, roch nach Salz und Algen. Sie schloss ihre Steppjacke und ging hinunter zum Strand. Ein paar vereinzelte Strandkörbe standen dort, einsam und verschlossen. Lachmöwen segelten kreischend über ihr. Frida trat ans Wasser und sprang vor einer anrollenden Welle zurück.

Wie lange war sie nicht mehr an der Ostsee gewesen? Sie konnte es nicht sagen. Es war viel zu lange her, dabei liebte sie die baltische See, ihre ungestüme Wildheit an Tagen wie diesen und das Gefühl der Freiheit, das sie in ihr aufkommen ließ. Sie drehte sich um und sah hinauf zu den Häusern. War Jo hier in diesem hübschen kleinen Küstenort untergekrochen?

Der Strand war leer. Ein paar hundert Meter weiter sah sie ein Paar mit einem Hund am Wasser laufen. Viel zu weit weg, um es einzuholen und das Foto zu zeigen.

Frida ging zurück, stieg wieder in den Jeep und fuhr weiter. Sie kam an einem weiteren Campingplatz vorbei, dessen Werbeschild dem Camper eine große Stellplatzfläche am Meer offerierte. Daneben ein Foto: weiße Campingschlachtschiffe in Reih und Glied. Privatsphäre gab es kaum bei einem solchen Urlaub auf fünf Quadratmetern. Aber die Ostsee war nur einen Steinwurf entfernt.

Frida verließ Drei, wollte noch den Rest der Halbinsel erkunden. Sie fuhr an großen Wiesen entlang, auf denen Ponys grasten, neben denen Seevögel am Wasser staksten. Im Westen gelangte sie zur Steilküste, die fast vollständig von Vegetation bedeckt war. Sie parkte den Jeep, stieg aus und stemmte sich dem Seewind entgegen. Am Rand eines ansteigenden Trampelpfads hob sie einen Stein auf und warf ihn weit hinaus ins Meer. Möwen schaukelten unter ihr im Wasser. Die feuchte Seeluft schmeckte nach Salz. Als ihr kalt wurde, ging sie zurück zum Auto und rieb ihre verfrorenen Hände. Welch schönes Fleckchen Erde! Sie hätte es verstanden, wenn Jo sich hier ein Haus gekauft hätte.

Zurück in Drei hielt Frida an einer kleinen Pizzeria neben dem gemütlichen Hotel, die an diesem Sonntagmittag geöffnet war. Sie hatte Hunger und hoffte, den Betreiber oder Gäste nach dem Haus auf dem Foto befragen zu können. Sie setzte sich an die große Panoramascheibe mit Blick aufs Wasser und bestellte sich Pasta und Salat.

»Entschuldigung, darf ich Sie noch etwas fragen?«

Der dunkelhaarige Kellner wirkte unschlüssig, kam dennoch zurück zum Tisch.

Frida zog das Foto aus der Tasche. »Kennen Sie dieses Haus?«

Er sah kurz darauf. »Leider nein. Ich komme nicht von hier.«

Zwei weitere Tische im Lokal waren besetzt. Aber die anderen Gäste waren Wochenend-Touristen, die ihr ebenfalls nicht weiterhelfen konnten.

Die Pasta wurde serviert, und Frida aß, ohne den Blick vom Wasser abzuwenden. Vielleicht sollte sie ein paar Tage hier bleiben, auch wenn sie Jo nicht in Drei fand. Sie würde im Hotel nach einem Zimmer fragen.

Sie zahlte und ging zu ihrem Wagen. Das Smartphone spielte die Anrufmelodie. Ihr Herz schlug schneller, weil sie für einen Moment dachte, dass es Jo wäre, die sie hier auf der Halbinsel entdeckt hatte.

»Hallo, Nova, was gibt's?« Sie drehte sich vom Wind weg, schützte das Smartphone mit der Hand, um Nova zu verstehen.

»Hi, Frida. Hat ein bisschen gedauert, aber ich habe Miriam Wössner gefunden.«

†

Andreas Vollmer war niemand, der gern um den heißen Brei herumredete. »Ich möchte, dass du morgen nach Düsseldorf fliegst.«

Haverkorn war perplex, obwohl er sofort wusste, worauf sein Vorgesetzter abzielte. Er sollte beim LKA Druck machen, damit sie endlich die geschlossene Akte von Catrin Conradi bekamen. »Das geht nicht«, sagte er nach kurzem Zögern.

»Weil?«

»Weil ich wahrscheinlich operiert werden muss.«

Vollmer lehnte sich zurück und verschränkte die Arme hinter dem Kopf. »Bist du krank?«

Er erzählte Andreas Vollmer von seiner bisher unbekannten Tochter und der Teillebendspende.

Vollmer nickte. »Das sind ja Neuigkeiten! Gratuliere! Ich meine, zu deiner erwachsenen Tochter.« Er holte Luft, sah Haverkorn an. »Dass sie so krank ist, tut mir wirklich leid. Aber du wirst ihr bestimmt helfen können.«

»Wenn ich ein Stück Leber spende, werde ich wohl ein paar Wochen ausfallen.«

Vollmer nickte, dachte nach. »Das werden wir schon schaffen. Ich frage mal bei den Kollegen in anderen Abteilungen, ob jemand in der Zeit zu uns in die Mordkommission wechseln kann. Weißt du schon, wann du operiert wirst?«

»Der Arzt will mich heute noch über die Testergebnisse informieren. Dann könnte es wohl schon in den nächsten Tagen losgehen.«

Der Leiter der Mordkommission schrieb etwas auf. »Gut, dann fliegt Klaus nach Düsseldorf. Auch wenn er bei Weitem nicht so überzeugend ist wie du.«

»Ich würde Anja schicken.«

»Anja?«

»Sie hat den Biss, um sich beim LKA durchzusetzen. Sie ist tough und lässt sich keinen Bären aufbinden.«

Vollmer schmunzelte. »Vielleicht hast du recht. Wir müssen Conradis ehemalige Kollegen befragen. Einige arbeiten noch beim LKA. Ihr ehemaliger Vorgesetzter, Ludger Preuss, ist seit einigen Jahren pensioniert. Mit dem müssen wir anfangen.«

»Ich würde gern selbst hin, aber …« Haverkorn presste die Lippen zusammen. Henrikje hatte jetzt Priorität.

»Gut, ich leite alles in die Wege. Sag mir Bescheid, wenn du mehr weißt. Ich hoffe, deiner Tochter geht es bald besser.«

Vollmer hatte selbst eine Tochter, die er nach der Scheidung von seiner Frau viel zu selten sah. Seine Anteilnahme war echt.

»Danke dir. Sie hat einen starken Überlebenswillen.« Er griff in die Jacketttasche, weil sein Handy klingelte. Es war die Nummer vom UKE. Er machte seinem Vorgesetzten ein Zeichen, dass der Anruf wichtig war, und ging hinaus auf den Gang.

»Haverkorn.«

»Hier ist Dr. Ahrendt. Herr Haverkorn, ich habe die Ergebnisse Ihrer Bluttests soeben bekommen.« Der Arzt stockte einen Moment. »Leider kommen Sie als Spender nicht in Frage.«

Haverkorn brauchte einen Moment, um die Absage zu verdauen. »Warum nicht? Die Blutgruppe passt doch!«

»Wir haben einen erhöhten Langzeitblutzuckerwert festgestellt, Herr Haverkorn.«

»Was bedeutet das?«

»Ich spreche von einem beginnenden Diabetes Typ 2.«

Er stockte. »Diabetes?«

»Kommen Sie bitte ins Krankenhaus. Dann erkläre ich Ihnen alles in Ruhe.«

»Was heißt das jetzt für meine Tochter?«

»Wir setzen sie noch heute auf die Warteliste.«

»Warteliste?«, fragte er, obwohl er genau wusste, dass der Arzt von einem Spenderorgan sprach.

»Die Warteliste für Totspenden.«

»Aber da hat sie doch kaum eine Chance, schnell eine Leber zu bekommen, oder?«

Er hörte den Arzt atmen. »Kommen Sie ins Krankenhaus, Herr Haverkorn. Dann können wir in Ruhe über den nächsten Schritt sprechen.«

Haverkorn spürte Wut und Verzweiflung. Wie konnte es sein, dass er schon wieder versagte? Er hatte Henrikje versprochen, ihr zu helfen. Ihr das Leben zu retten. Nun war sie auf die Spende eines Toten angewiesen, die vielleicht nie erfolgte, weil es zu viele Patienten wie Henrikje gab und zu wenige Organe. Und das alles nur, weil er in den letzten Jahren viel zu ungesund gelebt hatte und nun eine Fettleber hatte. Seine Enttäuschung ließ seinen Körper schwer werden. »Gut, ich komme.« Er drückte das Gespräch weg und ließ das Handy sinken.

Haverkorn ging in sein Büro, setzte sich an den Schreibtisch, zog ein Schubfach auf und nahm eine Schachtel Zigaretten heraus. Seine Hände zitterten. Er zündete sich eine Zigarette an, obwohl das Rauchen in den Räumen verboten war, und nahm einen tiefen Zug.

†

Frida suchte sich eine windstille Ecke hinter einer Mauer, an der Mülltonnen wie bunte Soldaten in einer Reihe standen. Wenigstens konnte sie Nova hier verstehen. »Wie hast du sie gefunden?«, fragte sie.

»Ich bin nach dem Ausschlussverfahren vorgegangen«, sagte Nova. »Ich habe im Netz jede einzelne Frau mit diesem Namen überprüft. Am wahrscheinlichsten ist Miriam Wössner aus Bad Bramstedt. Anfang vierzig, Filialleiterin bei Netto.«

»Warum sie?«

»Weil sie seit etwa zwei Wochen vermisst wird.«

Frida spürte ihr Herz schlagen. »Erzähl mir mehr!«

»Miriam Wössner ist zeit ihres Lebens Opfer häuslicher Gewalt gewesen. Sie ist in einer Familie aufgewachsen, in der ihr Vater ihre Mutter schlug. Irgendwann ist sie als Pflegekind zu einer Familie gekommen, die schon einen Jungen aufgenommen hatte. Sie blühte auf, hatte gute Noten in der Schule, machte schließlich eine Ausbildung zur Einzelhandelskauffrau, die sie als Beste ihrer Klasse abschloss. Sie ging zu Netto. Der

Karrieresprung zur Filialleiterin mehrerer Läden ließ nicht lange auf sich warten.«

»Woher hast du all diese Informationen?«

»Ich habe in ihrer Nachbarschaft einige Leute befragt. Du glaubst gar nicht, was deine Nachbarn alles über dich wissen und vor allem erzählen, wenn sie nett angesprochen werden.«

Frida konnte es sich vorstellen. Auf dem Dorf war der Klatsch noch schlimmer als in der Stadt.

»Und wie ist es mit ihr weitergegangen?«

»Sie hat den falschen Mann geheiratet. Auch der war ein Schläger.«

Frida erinnerte sich an diese Fälle aus ihren Jahren bei der Schutzpolizei. Wie oft waren sie gerufen worden, wenn es Opfer häuslicher Gewalt gab? Und wie selten waren die Täter wirklich belangt worden. »Kinder von geschlagenen Frauen binden sich recht häufig wieder an gewalttätige Männer«, sagte sie.

»Versteh ich nicht«, entgegnete Nova.

»Gewalt ist das, was diese Frauen kennen. Oft denken sie sogar, sie hätten die Schläge verdient.«

»Absurde Welt! Bei Miriam Wössner gab es mehrere Anzeigen von Nachbarn. Aber sie hat nie gegen ihren Mann ausgesagt, hat ihn geschützt, mit Ausreden, die wir tausendmal gehört haben. Bis sie eines Tages ins Frauenhaus geflüchtet ist. Ein Jahr danach wurde sie geschieden.«

Frida wusste, was Nova jetzt sagen würde. »Ihr Mann hat sie nicht in Ruhe gelassen?«

»Nein. Sie hat ihn mehrfach angezeigt. Er hat ihr zu Hause und auf der Arbeit aufgelauert, hat ihr lautstarke Szenen gemacht. Aber die Polizei unternimmt nichts gegen ihn. Er hat sie nie in der Öffentlichkeit angerührt.«

»Und wann ist sie verschwunden?«

»Sie hat abends vor zwei Wochen in einer ihrer Filialen die

Abrechnung gemacht und den Laden abgeschlossen. Danach hat sie niemand mehr gesehen.«

Der Vermisstenfall einer misshandelten Frau. Es gab so viele davon, dachte Frida. Wie gut passte er zu Jos Verschwinden? »Versuch, noch mehr über Miriam Wössner und ihren Ex-Mann herauszufinden. Möglicherweise gibt es eine Verbindung zur Toten in der Marsch. Vielleicht kannte das Opfer den Ex-Mann von Miriam Wössner oder sogar sie selbst.«

»Denkst du, dass sie noch lebt?«

Frida atmete gedehnt aus. Hatte Jo den Fall dieser Frau übernommen und sie irgendwo vor ihrem gewalttätigen Ehemann versteckt? Vielleicht sogar in einem Haus an der Ostsee? Sie sprach es nicht aus. Sie musste dieses Haus finden! »Nova, ich will nicht spekulieren. Bitte versuche mehr Informationen zu finden. Wenn ich zurück bin, treffen wir uns.«

Nova stockte. »Wo bist du denn?«

»An der Ostsee.«

Sie schwieg einen Moment. »Machst du Urlaub?«

»Nein.« Frida entschied sich dagegen, Nova in ihre Pläne einzuweihen. »Ich recherchiere hier etwas, bin bald zurück.«

Frida hörte das Klicken eines Feuerzeuges. Nova nahm einen tiefen Zug an ihrer Zigarette. »Wann kommst du wieder?« Sie atmete aus.

»Ich weiß es noch nicht. Ruf mich an, wenn du noch was Wichtiges findest«, sagte Frida.

»Und du? Sagst du mir dann mehr über deine Recherchen?«

»Sobald ich was gefunden habe.«

Nova schwieg und rauchte. Frida spürte ihre Enttäuschung.

»Ich muss los. Ich melde mich bei dir.« Frida legte auf und steckte das Smartphone ein. Erst jetzt merkte sie, dass die Mülltonnen einen widerlich süßen Geruch verströmten. Sie ging zurück zur Straße.

Ein paar Meter weiter harkte eine Frau Laub vom Gehweg.

»Entschuldigung, können Sie mir vielleicht sagen, ob Sie dieses Haus kennen?« Frida zog das Foto hervor, hielt es mit beiden Händen fest, damit der Wind es ihr nicht aus der Hand riss.

Die Frau warf einen Blick darauf. »Geht das schon wieder los?«, sagte sie, nahm die Harke und wandte sich zum Haus. »Habt ihr nicht genug im Dreck gewühlt? Lasst uns endlich mit dieser alten Geschichte zufrieden!«

»Alte Geschichte, was meinen Sie damit?«, rief Frida.

Die Frau warf ihr einen abschätzigen Blick zu und verschwand im Haus.

Frida sah lange auf die geschlossene Tür. Warum war die Frau so wütend geworden? Für wen hatte sie sie gehalten? Wer hatte bei einer »alten Geschichte im Dreck gewühlt«?

Sie überlegte, ob sie klingeln und nachhaken sollte. Vielleicht später. Sie ging zum Jeep zurück, stieg ein und fuhr los. Vor einem Einfamilienhaus trat eine weißhaarige Frau aus einem Grundstück und zog Werbeflyer aus der Zeitungsrolle am Zaun. Ihr dünnes Haar wurde vom Wind zerzaust. Sie blickte auf, als Frida anhielt und ausstieg.

»Guten Tag! Entschuldigen Sie bitte, darf ich Sie etwas fragen?«

»Aber natürlich.« Sie sah Frida neugierig entgegen.

Frida zog erneut das Foto aus der Tasche. »Kennen Sie dieses Haus?«

Die Anwohnerin holte eine Brille unter ihrer Strickjacke hervor und setzte sie auf. Sie sah lange auf das Bild und nickte. »Dat Bluthus!« Überraschung lag in ihren Augen, als sie Frida das Foto zurückgab.

»Sie kennen das Haus?«

»Jeder hier kennt dat Bluthus.« Ihre Stimme war brüchig

vom Alter. Aber Frida hörte noch etwas anderes darin. Entsetzen.

Bluthus. Ein eiskalter Schauer rieselte ihren Rücken hinab. »Wo finde ich es?«

Die Frau sah Frida an, als hadere sie mit sich, ob sie der Fremden helfen sollte. Dann wies sie den Strand hinunter, weg vom Dorf. »Anner Küste.« Sie drehte sich um und ging ohne einen Abschiedsgruß zurück zu ihrem Haus.

Bluthus. Frida sah das Foto an, das in ihrer Hand flatterte. Was war dort vorgefallen, dass die Frau es so nannte? Und warum hatte Jo ein Bild davon?

Sie lief runter zum Strand. Ihre Schritte beschleunigten sich und mit ihnen Fridas Herzschlag.

Bald ließ sie die Strandkörbe hinter sich. Der feine Sandstrand endete am Dorfrand, ging über in einen Kieselstrand. Der eine der beiden Campingplätze tauchte in ihrem Blickfeld auf, verschwand ein paar Meter weiter hinter der Düne, die von Strauchwerk bewuchert war.

Dieser Strandabschnitt hatte nichts mehr von der Strandkorbidylle unterhalb des Dorfes. Die Kiesel waren feucht und rutschig unter ihren Stiefeln. Zweige und verrottete Algen erschwerten ihr Fortkommen. Der Wind drückte von der See, wehte ihr die Haare ins Gesicht.

Frida war kalt, und sie schlang die Arme um sich. Vielleicht war es auch ihre innere Anspannung, die sie frösteln ließ. Rechter Hand am Strand zog sich die Düne mit Wildwuchs entlang. Wo sollte hier draußen noch ein Haus stehen? Sie kletterte die Düne hinauf, sah sich um. Oberhalb zog sich eine wintergelb welke Wiese hinter einem verwitterten Holzzaun entlang. Keine Häuser. Nur Gras und Sträucher.

Frida rutschte an der Düne hinab zum Strand, lief weiter, stolperte über Steine und angewehte Äste. Sie war mittlerweile einige hundert Meter vom Dorf entfernt, blieb unschlüssig stehen. Hatte die alte Frau sich getäuscht? Oder hatte sie sie absichtlich in die Irre geführt, um sie loszuwerden? Frida spürte ihren trocknen Gaumen. Aber ihre Flasche Wasser hatte sie im Wagen gelassen. Nein, es war aussichtslos, hier weiterzusuchen. Sie würde umkehren und andere Anwohner nach dem Standort des Hauses befragen, das die alte Frau Bluthus genannt hatte. Frida sah sich um. Sollte sie den beschwerlichen Weg über den Strand zurückgehen oder versuchen, oberhalb der Düne zurückzufinden? Sie entschied sich für den Weg über die Wiese zur Straße, suchte ein Durchkommen durch das Gestrüpp.

Ein langer Stein am Boden der Düne erregte ihre Aufmerksamkeit. Als sie näher kam, bemerkte sie ihren Irrtum. Das war kein Stein, sondern eine Stufe, die fast vollständig von der Natur überwuchert war. Frida bog die Zweige zur Seite, entdeckte noch mehr Stufen. Sie kletterte hinauf. Plötzlich schimmerte ein Dach durch die Blätter, die der Wind schüttelte. Ihr Herz pumpte. Sie stieg die von Gras und Gestrüpp fast ganz verdeckten Steinstufen bis zum Ende hinauf und verharrte an der Rückwand eines Hauses. Das verwitterte Reetdach war von einem Teppich aus Moos überzogen, der Garten wild und überwuchert.

Sie umrundete das Haus. Die Mauern des Gebäudes waren von Wind und Wetter ausgelaugt, die Fenster mit Brettern vernagelt. Schließlich stand sie an der Vorderfront und wusste, dass sie das Haus vom Foto gefunden hatte.

Keine Klingel, kein Namensschild. Frida rüttelte an der Eingangstür, deren Holz unter dem abblätternden Lack aufgequollen war. Am Schloss war das Holz gesplittert, als habe jemand versucht, sich mit einem Stemmeisen Zutritt zu verschaffen. Aber die Tür war mit Metallriegel und Vorhängeschloss gesichert. Hier hatte Jo sich ganz bestimmt nicht versteckt. In diesem Haus lebte schon lange niemand mehr.

11

Die Sucht in seinem Inneren bellte nach einer Zigarette. Er ignorierte ihr wütendes Geheul. Dr. Ahrendt hatte ihm vor dreißig Minuten nachdrücklich geraten, das Rauchen aufzugeben. Seine Untersuchungsergebnisse waren – auch ohne den erhöhten Langzeitzuckerwert – nicht berauschend gewesen. »Wenn Sie noch viele gute Jahre haben möchten, sollten Sie Ihre Lebensgewohnheiten radikal ändern«, hatte er gesagt. »Keine Zigaretten, gesunde Ernährung, kein Stress, mehr Schlaf.« Auch das Wort Sport war gefallen, das er seit Jahren aus seinem privaten Wortschatz verbannt hatte.

»Es tut mir leid!« Haverkorn sah an Henrikjes Blick, dass sie es schon wusste. Dabei hatte er ihr die schlechte Nachricht persönlich überbringen wollen.

Sie schenkte ihm ein halbes Lächeln. Ihre Lippen waren rissig von der trockenen Krankenhausluft. »Nicht!« Sie griff nach seiner Hand, die hinter der künstlichen Haut der Wegwerfhandschuhe steckte. »Ich werde nicht sterben, Bjarne.«

Sie nannte ihn zum ersten Mal Bjarne, nicht Vater. Dafür war es zu spät. Oder zu früh.

»Nein, das wirst du nicht.« Zum Glück sah sie sein verunglücktes Lächeln unter dem Mundschutz nicht. »Deine Mutter wartet draußen.«

Er hatte Jutta angerufen, noch bevor er mit Dr. Ahrendt gesprochen hatte. Dass sie ihn vierzig Jahre lang angelogen und sein Kind vor ihm verheimlicht hatte, würde er irgendwann noch einmal zum Thema machen. Aber nicht heute. Es ging um das Leben von Henrikje. Natürlich musste auch ihre Mutter an den weiteren Entscheidungen beteiligt werden.

»Du musst dir keinen Vorwurf machen! Es soll eben nicht sein. Mehr als deine dominante Nase verträgt mein Körper wohl nicht.«

Sie lächelte, zeigte Zuversicht und Stärke, dabei hätte sie es sein müssen, die klagte. Feine Falten zogen sich um ihre Augen. Sie hatte warme, intelligente Augen, die schon viel gesehen hatten, bevor sie sich kennenlernten. Sie war ein Freigeist, ein Globetrotter. So viel hatte er schon in Erfahrung gebracht. Er konnte und wollte nicht glauben, dass ihr Leben hier in diesem Krankenhausbett endete.

Er stand auf. »Es wird eine andere Lösung geben.«

»Dr. Ahrendt hat mir schon gesagt, dass sie mich auf die Liste setzen.«

»Das ist nicht genug. Die Chance ist gering, auf diese Weise eine neue Leber zu bekommen.« Haverkorn trat ans Fenster, das verdreckt von Regenschlieren war. »Wir werden einen anderen Lebendspender finden.«

»Die ethischen Bedingungen dafür sind sehr eng gesetzt. Mama und du, ihr könnt nicht spenden, Ilka will nicht. So viele Möglichkeiten gibt es nicht mehr in unserer Familie.«

Haverkorn drehte sich um. »Wer ist Ilka?«

»Meine Halbschwester. Sie ist drei Jahre jünger als ich.«

Von ihr hatte Jutta nicht gesprochen. Hatte er sie überhaupt richtig zu Wort kommen lassen, als sie ihm an jenem Abend von seiner Vaterschaft erzählt hatte?

»Deine Schwester hat es abgelehnt, dir zu helfen?«, fragte er.

Henrikje atmete langsam aus. »Ich kann es ihr nicht verübeln. Wir haben uns nie wirklich gut verstanden.« Sie sah ihn an. »Es ist ein großer Eingriff, die Hälfte der Leber zu spenden. Sie hat sich dagegen entschieden. Das muss ich akzeptieren.«

»Deine Schwester lässt dich sterben?«

»Wir hatten kaum Kontakt in den letzten Jahren. Ich war viel auf Reisen.«

»Das ist doch kein Grund!« Haverkorn knetete seine Hände, um sich zu beruhigen. »*Wir* haben uns gar nicht gekannt. Dennoch war es keine Frage für mich, ob ich dir helfe oder nicht. Du bist mein Kind.«

Henrikje sah ihn lange an. »Sie hat sich entschieden, und ich akzeptiere das. Tu das bitte auch.«

Haverkorn schwieg und drehte sich wieder zum Fenster. In dieser Angelegenheit war das letzte Wort noch nicht gesprochen. Aber das sagte er nicht. »Soll ich deine Mutter reinholen?«

Ihre Antwort ließ einige Sekunden auf sich warten. »Ich weiß nicht, ob ich sie sehen möchte.«

Haverkorn wandte sich erneut um, lehnte sich ans Fensterbrett. »Ich habe Jutta angerufen und hergebeten. Wir sollten jetzt zusammenhalten und uns nicht mit gegenseitigen Vorwürfen belasten.«

Henrikje wirkte müde. »Ja, gut.« Sie seufzte leise, als sie ihren Kopf auf das Kissen zurücksinken ließ.

Haverkorn hörte ihre Erschöpfung heraus. Er drückte sich vom Fensterbrett hoch. »Schlaf dich erst mal aus. Ich spreche allein mit Jutta. Wir kommen morgen wieder, in Ordnung?«

Henrikje nickte schwach.

Er ging zu ihr ans Bett. »Wir stehen das gemeinsam durch.«

Ihre Blicke trafen sich. »Ich habe mir als Kind immer meinen Vater vorgestellt. Manchmal war er Kapitän, dann Pilot. Aber meistens war er Polizist und hat mich vor den bösen Jungs gerettet, die mich geärgert haben.« Eine Träne löste sich in ihrem Augenwinkel. »Und jetzt bist du hier bei mir.« Sie wischte die Träne weg und lächelte kraftlos. »Ja, wir schaffen das. Gemeinsam.«

†

Frida sah an der Fassade nach oben. Unter dem Dach hingen kugelförmige Schwalbennester. Verkrustete Kotablagerungen klebten am Backstein. Entweder war es dem Eigentümer egal, dass das Haus verkam, oder er war ein Vogelfreund. Sie ging um das Haus herum, fand aber kein offenes Fenster, durch das sie hätte einen Blick werfen können. Wie nun weiter? Zurückfahren oder doch noch im Dorf in Erfahrung bringen, was es mit diesem Bluthus auf sich hatte und warum die Anwohner so seltsam darauf reagierten?

Sie machte ein paar Bilder mit ihrem Smartphone. Was hatte dieses unbewohnte Haus mit Jo zu tun? Warum hatte sie gerade dieses Foto aus der Akte an ihren Wohnungsspiegel gepinnt?

Die Anrufmelodie ihres Smartphones riss sie aus ihren Gedanken. Schon wieder Nova. »Was gibt's?«

»Ich weiß, wo sich Miriam Wössner aufhält.«

»Du hast sie gefunden?«

»Zumindest den Ort, wo sie sein müsste.«

»Wo?«

»In Seestermühle.«

»Seestermühe, nicht -mühle. Ein kleiner Ort in der Elbmarsch.« In der Nähe des alten Gehöftes, wo Jo die schwer verletzte Frau gefunden hatte, dachte Frida, sprach es jedoch nicht aus. Gab es wirklich solche Zufälle? »Den Ort kenne ich. Warum denkst du, dass sie sich ausgerechnet dort aufhält?«

»Bei ihrer Kreditkarte hatte ich kein Glück. Bei ihrer Krankenkassenkarte schon. Die hat sie in diesem Ort bei einem

Hausarzt benutzt. Normalerweise geht man ja da zum Arzt, wo man sich aufhält.«

»Außer, man will eine falsche Spur legen.«

»Sie war vor anderthalb Wochen in dieser Praxis und hat sich ein Rezept ausstellen lassen. Propranolol, ein verschreibungspflichtiges Migränemittel. Der Arzt heißt Dr. Bernd Holst.«

»Ich frag lieber nicht, woher du diese Information hast?«

Nova hustete aufgesetzt.

»Gut, wenn Miriam Wössner in Seestermühe untergekrochen ist, dann findest du sie, oder?«

»Ich soll hinfahren?«, fragte Nova entrüstet. »Ich hab keinen Führerschein, schon vergessen? Wie soll ich zu diesem Kaff kommen? Mit dem Fahrrad?«

»Du hast doch von den freien Mitarbeitern der Detektei erzählt. Schnapp dir einen von ihnen und fahr mit ihm raus nach Seestermühe. Befrag den Arzt und die Bewohner des Ortes. Eine fremde Frau fällt da auf. Wir müssen sie finden! Wo Miriam Wössner ist, ist vielleicht auch Jo.«

»Gut, okay. Wann kommst du zurück?«

Frida sah an der Hauswand hoch, folgte den Kotablagerungen zu den Schwalbennestern, aus denen alle Vögel ausgeflogen waren. Dennoch hatten sie sichtbare Spuren hinterlassen. Wie die letzten Bewohner dieses Hauses sicherlich auch. »Ich bleibe über Nacht, muss morgen hier noch etwas erledigen.«

†

Oktober 1997

Miriam liegt wach. Sie starrt ins dunkle Zimmer und lauscht dem Knarren der Dachbalken. Das Wetter ist seit dem Morgen regnerisch und windig. Lukas hat den ganzen Tag geheult, weil sie nicht an den Strand konnten. Mama hat mit ihm Brettspiele gemacht, und sogar Miriam hat ein paar Mal mitgespielt. Nicht mal, als sie verloren hat, hat das ihr die Laune verdorben. Den ganzen Tag hat sie an die Fete mit Kelly gedacht. Sie hatten Rotwein aus der Flasche getrunken. Er war sauer, beim ersten Schluck hat sie den Mund verzogen, aber sie hat ihn dennoch getrunken. Mehrmals hat sie auch an einer Zigarette gezogen, bis sie so stark gehustet hat, dass Kelly sie ihr lachend wegnahm. Aber es war kein Spott in ihren Augen gewesen, eher Sorge.

»Kelly«, flüstert sie und denkt an den feinen Flaum in ihrem Nacken, den sie gestern Nacht gestreichelt hat. Kelly hat sie lange angesehen und gelächelt, aber nichts gesagt. Sie hat ein unglaubliches Prickeln im Bauch gespürt, als hätte sie zu viel Brausepulver gegessen. Sie spürt es immer, wenn sie an das ältere Mädchen denkt.

Früh am Morgen hat sie sich nach der Fete zurück in ihr Zimmer geschlichen. Zum Glück hatte sie den Hausschlüssel mitgenommen und musste nicht über das Dach klettern. Aber sie war beschwipst und hat so viel Lärm gemacht, dass Catrin wach geworden ist. Sie hat Miriam geschüttelt und laut zurechtgewiesen, dass niemand allein vor die Tür gehen dürfe, schon gar nicht in der Nacht. Davon sind auch Mama und Papa wach geworden. Es gab eine lange und laute Aussprache. Mama hat ihr einen Vortrag gehalten, was da draußen alles passieren kann mit einem jungen Mädchen und dass es hier keine Alleingänge gäbe. Miriam hat starr zum Fenster hinausgeschaut und an Kelly gedacht. Erst als Papa allein mit ihr im Zimmer blieb und ruhig mit ihr redete, hat sie angefangen zu weinen. Da hat er sie fest in den Arm genommen.

Nun liegt sie im Bett, lauscht dem Heulen des Windes und sehnt sich danach, Kelly wiederzusehen. Aber unten sind die anderen, da kommt sie nicht ungesehen vorbei. Und der Weg aus dem Fenster ist bei diesem Sturm viel zu gefährlich. Sie hat es probiert. Aber schon als sie das Fenster öffnete, hat sie eine Böe erfasst, und sie hat ihren Plan aufgegeben. Morgen, denkt Miriam. Morgen sehe ich Kelly wieder.

†

Das Hotel *Lodge am Meer* hatte noch ein freies Zimmer. Das gemütliche Flair des Hauses gefiel Frida. Korbmöbel, gedämpfte Farben, Leinenstoffe im maritimen Muster, verspielte Accessoires. An einer kleinen Kaffee- und Minibar im Erdgeschoss, an der sich jeder Gast selbst bedienen konnte, holte sie sich einen Espresso und trank ihn auf der Terrasse, wo sie windgeschützt durch eine Glaswand auf die Ostsee schauen konnte.

Ihr Zimmer befand sich im Erdgeschoss und bot einen seitlichen Blick über den Parkplatz aufs Wasser.

Frida duschte ausgiebig, um sich aufzuwärmen. Danach legte sie sich im Bademantel aufs Bett. Ihr Körper wurde schwer. Sie schloss die Augen und dachte an die letzten Stunden, an die seltsame Reaktion der beiden Frauen, als sie ihnen Jos Foto gezeigt hatte, und an das einsame Strandhaus. Welche Geschichte verbargen diese Mauern vor ihr? Warum hatten die beiden Frauen so emotional reagiert, als sie sich danach erkundigt hatte? Sie würde morgen versuchen, mit ein paar weiteren Anwohnern ins Gespräch zu kommen und sich mehr Informationen zu besorgen. Vielleicht sollte sie bevorzugt mit Männern reden, die oft rationaler, wenn auch wortkarger als Frauen reagierten. Aber ein paar gezielte Fragen würden sie sicherlich weiterbringen.

Vor ihrem geistigen Auge sah Frida die mit einem zusätzlichen Schloss gesicherte Haustür und die vernagelten Fenster. Sollten diese Maßnahmen lediglich Einbrecher abhalten oder vielmehr neugierige Blicke? Was war hinter diesen Mauern geschehen? Und warum hatte sich Jo dafür interessiert? War sie in den letzten Tagen hier gewesen? Und wo war sie jetzt?

Frida ließ sich fallen und schlief ein. Sie träumte, dass sie in dem Haus am Strand stand. Kein Lufthauch, kein Geräusch. Sie tappte durch dunkle Gänge, stieg eine Treppe hinauf. Möbel waren mit Laken verhängte Schemen. Plötzlich spürte sie, dass sie nicht allein an diesem Ort war. Eine Gestalt lief vor ihr, aber so schnell sie auch ging, sie erreichte sie nicht. »Jo!«, rief sie laut und streckte ihre Hand aus. »Jo, bleib stehen!«

Frida erwachte und brauchte einen Moment, um sich im Hotelzimmer zurechtzufinden. Ihr Herz schlug heftig. Sie blieb liegen, bis das Gefühl, dass sie Jo nahe gewesen war, sich verflüchtigte.

Mittlerweile war es dunkel geworden. Sie setzte sich auf und sah aus dem Fenster. Der Wind hatte zugelegt. Ein Mann in Regenjacke hastete über den Parkplatz. Eine Straßenlampe warf ihr milchiges Licht auf den Asphalt. Die Blinker eines Autos leuchteten auf. Der Mann öffnete die Tür, stieg ein und fuhr weg. Neben ihrem Jeep stand nur noch ein weiterer Wagen da draußen. Frida sah auf ihr Smartphone, das auf dem Nachttisch lag. Kurz vor neun. Sie hatte mehrere Stunden geschlafen. Sie zog sich an und föhnte die Haare trocken. Sie wollte zur Pizzeria, um etwas zu essen, und danach noch ein wenig am Strand spazieren gehen.

Frida zog Stiefel an und streifte ihre Jacke über. Ihr Blick ging zum Fenster. Eine Bewegung auf dem Parkplatz hatte ihre Aufmerksamkeit erregt. Eine Gestalt im Mantel mit Kapuze stand neben ihrem Jeep und machte sich an der Tür zu schaffen. Sie trat näher ans Fenster. Die Person rüttelte an der Fahrertür. Frida erstarrte, dann rannte sie los.

†

Haverkorn schloss die Wohnungstür hinter sich und blieb stehen. Die Stille in den Räumen hielt ihn davon ab, hineinzugehen. Es war das erste Mal seit Langem, dass er Ursula vermisste. Er hätte heute gern mit seiner Frau gesprochen. Über seine Tochter, ihre schwere Krankheit und darüber, wie hilflos er sich fühlte. Auch wenn sie als Paar schon lange nicht mehr funktioniert hatten, waren sie gute Gesprächspartner gewesen, bevor die Depression Ursula zu einem ängstlichen und launischen Menschen gemacht hatte. Bevor sie sich völlig auseinandergelebt hatten.

Haverkorn legte das Rezept von Dr. Ahrendt und die Broschüre zum Diabetes Typ 2 auf den Garderobenschrank. Er war an mehreren Apotheken vorbeigefahren, hatte sich aber nicht durchringen können, sich die Tabletten zu besorgen, die Dr. Ahrendt ihm verschrieben hatte. Er blieb stehen. Seine Erkrankung zu leugnen war wenig hilfreich. Das wurde ihm in diesem Moment bewusst. Er hatte schon lange gewusst, dass seine ungesunde Lebensweise sich irgendwann rächen würde. Aber dass er damit nun auch das Leben seiner Tochter gefährdete, war kaum zu ertragen. Er ging in die Küche und stellte den Wasserkocher an, setzte sich an den Küchentisch und starrte zum Fenster, in dem sich sein Gesicht spiegelte. Er sah einen einsamen alten Mann mit Doppelkinn, der sich selbst bemitleidete.

Haverkorn ächzte leise, als er aufstand und zum Küchenschrank ging. Dort lagen seine Zigaretten. Er nahm die Schachtel heraus und wiegte sie unentschlossen in der Hand. »Geben

Sie das Rauchen auf, Herr Haverkorn! Damit schenken Sie sich viele zufriedene Jahre«, hatte Dr. Ahrendt ihm geraten. Der Arzt hatte gut reden. Wahrscheinlich hielt er diese Ansprache jeden Tag, konnte sie nachts aus dem Effeff abspulen.

Haverkorns Nerven flatterten, die Sucht in seinem Inneren bäumte sich auf. Nur noch eine, dann hörst du auf, sagte er sich. Aber er wusste, dass er wie all diese Süchtigen klang, die nie aufhörten, sooft sie es sich und ihrer Umwelt auch versprachen.

Er öffnete den Mülleimer und warf die Schachtel hinein, starrte das Schockbild an, das mit schwarzen Zahnstummeln insbesondere Jugendliche davon abhalten sollte, zum Glimmstängel zu greifen. Er beugte sich vor und nahm die Schachtel wieder an sich. Zigarette für Zigarette klopfte er heraus, zerbröselte sie in der Hand und ließ sie in den Eimer fallen. Ein kleines Ritual. Bei der letzten Zigarette lächelte er. Ein erster Sieg.

Der Wasserkocher klackte, er goss sich den Tee auf und machte sich ein belegtes Brot. Das Brett mit seinem Abendbrot nahm er mit ins Wohnzimmer, wo ihn der dunkle Fernsehbildschirm wie ein fremdes Wesen anstarrte. Wie sollte er zwei Wochen in dieser stillen Wohnung sitzen? Unvorstellbar! Haverkorn griff nach seinem Handy und suchte auf der Liste eine Nummer, die er seit vielen Jahren nicht gewählt, aber jedes Mal von einem Handy ins nächste übertragen hatte. Er spürte seine Anspannung, als er den Rufton hörte.

»Lohmann«, brummte eine tiefe Stimme.

»Hallo, Hans, hier ist Bjarne.«

Schweigen.

»Bjarne Haverkorn.«

Er hörte den anderen atmen. »Mensch, Bjarne, das ist ja eine Überraschung!«

»Tut mir leid, dass ich mich nie mehr gemeldet habe …«

»Lass den Quatsch! Wir sind beide nicht fürs Telefonieren geboren.« Sein ehemaliger Studienfreund klang ehrlich erfreut. »Wie geht es dir?«

»Der Kalk rieselt schon ein wenig, sonst geht's mir gut. Und selbst?«

Hans lachte. »Wahrscheinlich noch mehr Kalk als bei dir. Aber das Alter hat auch seine Vorteile. Mich bringt so schnell nichts mehr auf die Palme. Mittlerweile weiß ich, wie schwer es ist, wieder runterzukommen.«

Nun musste auch Haverkorn lachen. »Altersweisheit.«

»Wohl eher Altersstarrsinn.«

»Bist du noch in Köln?«, fragte Haverkorn.

Hans Lohmann war nach der Polizeischule der Liebe wegen nach Köln gezogen. Nach ein paar Jahren bei der Schutzpolizei war er zum LKA NRW gewechselt und hatte dort die Tatortgruppe geleitet. Haverkorn wusste nicht, ob sich daran mittlerweile etwas geändert hatte. Sie hatten sich mindestens zehn Jahre nicht mehr gesprochen.

»Klar, der Karneval würde mir fehlen. Warum fragst du?«

»Ich werde nach Köln kommen. Ich würde dich gern treffen.«

»Großartig! Brauchst du eine Bleibe? Meine Couch ist bequem.«

»Mach dir keine Umstände, meine Dienststelle zahlt mir ein Hotel.« Haverkorn zögerte einen Moment. »Bist du noch beim LKA, Hans?«

»Ja, warum fragst du?«

»Ich brauche … deinen Rat in einem Fall.«

»Schieß los!«

»Sagt dir der Name Ludger Preuss etwas?«

Schweigen.

»Er müsste schon seit einigen Jahren bei euch ausgeschieden sein.«

»Ja, der Name sagt mir was.« Hans Lohmanns Stimme klang gedämpft. »Was willst du über Preuss wissen?«

Haverkorn atmete tief durch und überlegte. Dann entschied er sich, Hans die Fragen persönlich zu stellen. »Nicht am Telefon. Lass uns das in Köln besprechen.«

»Wann?«

»Ich denke, ich fahre morgen früh hier los.«

»Sehen wir uns abends in der Kölsch-Kneipe bei mir ums Eck?«

»Die gibt es noch?«

»In Köln halten Kneipen länger als Ehen.«

Haverkorn verstand den Wink. »Du bist geschieden?«

Hans Lohmann seufzte leise. »Schon seit acht Jahren. Und du?«

»Wird nicht mehr lange dauern.«

»Dann sind wir wohl beide wieder am Markt, was?« Sein Lachen war ein dumpfes Poltern. »Gut, dann morgen gegen sieben in *Antons Eck?*«

»Alles klar. Freue mich, dich wiederzusehen. Ich gehe davon aus, du siehst nicht mehr ganz so solide aus wie damals, als du den Damen die Herzen gebrochen hast. Erkenne ich dich noch?«

Hans Lohmann lachte wieder. »Leg zwanzig Kilo drauf, und zieh die Hälfte der Haarpracht von damals ab.«

»Bei mir sind es wohl eher vierzig Kilo. Bin grau geworden, aber mein rechter Punch ist immer noch so hart wie früher.«

»Ich werde mich vorsehen! Bis morgen!«

»Bis morgen!« Haverkorn drückte das Gespräch weg und wählte erneut.

Andreas Vollmer ging sofort ran. »Gut, dass du dich noch

meldest. Wie sieht es aus bei dir? Muss ich mir Ersatz für dich suchen?«

»Nein. Ich bleibe im Team.«

Vollmer schien einen Moment zu überlegen, wie er fragen sollte, machte es ganz direkt. »Du kommst als Spender nicht in Frage?«

Haverkorn schluckte. »Nein. Lange Geschichte. Ich erspare dir die Details.«

»Das tut mir sehr leid, Bjarne. Gibt es eine Alternative?«

»Wir hoffen auf eine Totspende. Sie steht jetzt auf der Liste.«

Sein Vorgesetzter atmete langsam aus. Ihm war sofort klar, was das bedeutete.

Haverkorn wechselte das Thema. »Hast du mit Anja schon wegen der Fahrt nach Düsseldorf gesprochen?«

»Nein, wollte ich morgen früh machen.«

»Ich fahre zum LKA.« Er hörte eine Tastatur klappern. »Bist du etwa noch im Büro?«

»Ich fahre gleich nach Hause.« Vollmer gähnte verhalten. »Prima! Ich buche dir einen Flug für morgen Vormittag.«

»Nee, lass mal, fliegen ist was für Vögel. Ich nehme lieber den Wagen.«

Vollmer lachte verhalten. »Gut, ich reserviere dir den Passat. Sieben Uhr bei mir im Büro zum Briefing?«

»Okay.«

»Ich spreche mit den Kollegen vom LKA und melde dich für den Nachmittag an.«

»Alles klar. Schönen Feierabend!« Haverkorn legte das Handy weg, ging in den Flur, nahm seine Jacke und das Rezept vom Garderobenschrank. Er würde sich noch heute die Tabletten besorgen. Und wenn er dafür durch die halbe Stadt zur Notfallapotheke fahren musste.

12

Der Parkplatz war leer, als Frida ihn endlich erreichte. Sie lief zu ihrem Wagen und kontrollierte die Türen. Sie waren unversehrt und verschlossen. Wer zum Teufel war gerade hier gewesen, und was hatte diese Person an ihrem Wagen gewollt? Sie drehte sich um und suchte die Umgebung ab. Fehlanzeige. Sie ging nach vorn zur Straße. Auch dort war niemand zu sehen. Das Rauschen des Meeres hatte etwas Beruhigendes. Die Anspannung fiel von ihr ab. Wenn jemand ihren altersschwachen Jeep hatte klauen wollen, hatte er sich ziemlich blöd angestellt. Sie wandte sich zurück zum Hotel.

Plötzlich blieb sie stehen. Die Wellen am Strand überlagerte ein anderes Geräusch, einzelne Wortfetzen, die der Wind zu ihr trug. Aufmerksam lauschte sie. Ihr Herz schlug rasch vor Aufregung. Wer war bei diesem Mistwetter da unten am Strand? Sie nutzte die Taschenlampenfunktion ihres Smartphones und ging in die Richtung, wo sie den Sprecher vermutete. Der Lichtstrahl vermochte nur einen kleinen Abschnitt auszuleuchten. Es reichte aus, damit sie sah, wo sie hintrat.

Frida leuchtete nach links und entdeckte eine Person, die an einen verschlossenen Strandkorb gelehnt im Sand saß und unablässig redete. Sie trug ein dunkles Regencape mit Kapuze. Graue Haare fielen in ein faltiges Gesicht und klebten feucht an der Stirn. Es war eine Frau, Mitte bis Ende siebzig, schätzte Frida. Sie redete und gestikulierte ab und an mit den Händen, aber es war niemand bei ihr.

»… er will mich doch abholen, wie immer. Der Henner ist

da zuverlässig. Mein Junge kommt, wenn er es versprochen hat. Er ist ein guter Junge, mein Henner.«

»Guten Abend!«, sagte Frida und hockte sich neben die Frau. Sie legte das Smartphone neben sich, sodass die Lichtquelle sie beide nicht blendete. »Kann ich Ihnen helfen?«

Die Frau sah sie nicht an und brabbelte weiter vor sich hin. »Er wird noch kommen. Ganz sicher, ich kann mich auf ihn verlassen. Er kommt immer, der Henner …« Ein Beben ging durch ihren Körper, sie zitterte vor Kälte.

Die alte Frau war offensichtlich verwirrt. Frida kniete sich direkt vor sie in den Sand und sah ihr ins Gesicht. »Soll ich Ihren Sohn holen?«, fragte sie ruhig. »Sagen Sie mir einfach, wo Henner wohnt.«

Die Frau hielt inne. Aber sie sah sie nicht an. »Der Henner kommt doch. Er holt mich immer ab.«

»Wo wohnt er denn?«

»Na, auf dem Campingplatz«, sagte sie. »Weißt du das nicht?«

»Tut mir leid«, sagte Frida und spürte die feuchte Kälte, die vom Sand aufstieg. Die Frau musste völlig durchgefroren sein. Sie griff nach ihrer Hand. Sie war schmal und eiskalt. »Kommen Sie, ich helfe Ihnen hoch, dann gehen wir nach Hause.«

»Nein, der Henner kommt und holt mich ab. Wie jeden Tag. Mein Junge holt mich immer nach der Arbeit ab.«

»Kommen Sie, wir stehen erst einmal auf, sonst erkälten Sie sich. Und dann gehen wir Ihrem Sohn entgegen, da wird er sich freuen.« Sie fasste die alte Frau um die Hüfte und zog sie vorsichtig auf ihre Beine.

Frida hob ihr Smartphone vom Boden auf und schüttelte den Sand ab. Sie leuchtete über den Boden, für den Fall, dass die Frau eine Tasche bei sich gehabt hatte. Aber da war nichts.

Plötzlich spürte sie zwei kalte Hände im Gesicht. »Du bist

ganz kalt, mein Kind. Und dünn bist du, du musst mehr essen.«

»Kommen Sie …« Sie umfasste die Fremde fester und wankte mit ihr über den rutschigen Sandstrand in Richtung Straße. »Gleich sind wir zu Hause, dann wärmen wir Sie erst mal auf.« Wie lange hatte die alte Frau im kalten Sand gesessen? »Henner macht uns sicher einen heißen Tee.«

Als sie die Straße erreichten, fragte sich Frida, wohin sie gehen sollte. Linker Hand lag der Campingplatz, den sie bei ihrer Ankunft zuerst gesehen hatte, rechter Hand der Platz, der mit einer großen Leinwand für Wohnmobilplätze warb.

»Wohin gehen wir?«, fragte sie.

Die alte Frau sah sie fragend an. »Henner kommt gleich. Er holt mich immer ab.«

Frida erinnerte sich vage, dass sie auf dem linken Campingplatz einen Mann gesehen hatte, der am Tor etwas reparierte. Dort würde sie es zuerst probieren. Aber das war sicherlich ein Kilometer Fußweg, kaum zu schaffen mit der verwirrten Frau, die sich zitternd an sie presste. Sie führte sie zum Parkplatz. An ihrem Wagen angekommen, zog die Fremde am Türgriff.

»Warum ist der Henner nicht hier?«

»Kommen Sie, wir fahren nach Hause. Er wartet dort schon.« Frida schloss auf und öffnete die Beifahrertür.

Ganz selbstverständlich setzte die Frau sich ins Auto.

Wenige Minuten später hielt Frida vor dem Metalltor des Campingplatzes. Sie stieg aus. Das Gelände hinter dem Zaun war dunkel, das Tor verschlossen. Sie rüttelte daran.

Plötzlich stand ein Mann neben ihr, der irgendwoher aus der Dunkelheit aufgetaucht war. »Was machen Sie da?«, fragte er barsch.

Im Licht der Scheinwerfer sah sie ein bärtiges Gesicht unter einer Wollmütze. Die Augen lagen im Schatten, aber sie spürte seinen unruhigen Blick.

»Kennen Sie einen Mann, der Henner heißt?«, fragte Frida statt einer Antwort.

»Was wollen Sie von ihm?« Er wirkte feindselig.

»Ich habe seine Mutter am Strand gefunden. Sie sitzt in meinem Auto.«

Er drehte sich zum Jeep um. Ohne eine Antwort ging er an ihr vorbei und öffnete die Beifahrertür. »Mutter, ich hab dich überall gesucht!« Er half der alten Frau auszusteigen. »Komm, du bist schon wieder ganz durchgefroren.«

Neben Frida blieb er einen Moment stehen. »Danke! Sie ist ein bisschen durcheinander und weiß dann nicht mehr, wo sie ist.«

»Gern geschehen!«

Er tippte einen Finger an die Mütze, schloss das Tor auf und führte seine Mutter auf den Platz. Hinter sich schloss er das Tor wieder ab. »Allerlei Gesindel unterwegs, da weiß man nie«, sagte er, und sie verschwanden in der Dunkelheit.

Der nächste Tag war weniger windig, und es blieb trocken. Frida machte einen langen Strandspaziergang, bevor sie zum Frühstück ins Hotel ging. Sie hatte nach ihrem nächtlichen Ausflug gut und fest geschlafen und genoss nun den Blick aufs Meer, während sie von ihrem Toast abbiss. Wie belebend allein dieser Anblick war, das Meer, das Aufschäumen der Brandung und das Aufsteigen der Seemöwen zu beobachten. Hier spürte sie sich wieder, konnte richtig durchatmen, ohne den Druck, endlich eine berufliche Entscheidung fällen zu müssen. Nur die Sorge um Jo hing ihr nach. Wo war ihre Freundin, seit dem letzten Telefonat, bei dem sie Jo kaum verstanden hatte?

Das Haus in Drei hatte sich als Sackgasse erwiesen – wenngleich dieses Bluthus sie nicht mehr losließ. Sie konnte nicht abreisen, ohne zu wissen, was es damit auf sich hatte, warum es diesen Namen trug. Vielleicht war es Jo ebenso gegangen. Möglicherweise war sie doch hier auf Holnis?

Frida beendete das Frühstück und entschied, zuerst noch einmal zum Campingplatz zu gehen. Unter dem Vorwand, nach der alten Frau sehen zu wollen, würde sie ihrem Sohn ein paar Fragen zum Bluthus stellen. Er war gestern nicht sehr gesprächig gewesen, aber er schien wirklich erleichtert, dass sie seine Mutter zurückgebracht hatte.

Der Campingplatz lag zwischen dem Haus an der Küste und dem Ort Drei. Wenn der Mann von Holnis stammte, konnte er ihr sicher mehr über das verlassene Reetdachhaus und seine Geschichte erzählen.

Sie ließ den Jeep stehen und lief an der Straße entlang bis zum Campingplatz. Das Tor war geöffnet, und Frida ging hinein. Linker Hand zog sich ein breiter, von Wind und Wetter zerzauster Rasenstreifen bis weit hinten zum Zaun. Hier standen im Sommer wahrscheinlich die Zelte. Im restlichen Bereich des Campingplatzes waren in militärischer Ordnung Holzbungalows errichtet worden, die ihrem verwitterten Aussehen nach schon einige Jahre hier standen und die jetzt, in der Nebensaison, nicht bewohnt waren. Das ganze Gelände wirkte auf Frida verlassen.

Sie ging weiter und entdeckte ein größeres Holzgebäude, in dem sich offensichtlich die Verwaltung befand. Die Eingangstür war nur angelehnt, sie trat ein. »Hallo?«

Stille. Ein penetranter Geruch nach frischer Farbe stieg ihr in die Nase. »Ist hier jemand?« Sie trat zum Tresen, hinter dem Landkarten von Deutschland, der Halbinsel Holnis und ein Lageplan des Campingplatzes mit den nummerierten Bungalows und Zeltstellplätzen an die Wand gepinnt waren. Frida betätigte die Klingel, die auf dem Tresen stand, aber nichts rührte sich. In die Stille hinein schrillte ein Telefon. Der Klingelton wurde durch einen Lautsprecher verstärkt, der über den gesamten Campingplatz gellte. Sie wartete, ob jemand das Telefonat annahm.

Eine Tür wurde aufgestoßen, und der bärtige Mann vom gestrigen Abend trat hinter den Tresen. Er warf ihr einen überraschten Blick zu und nahm den Hörer ab.

»Campingplatz Drei, Jansen.« Unwirsch warf er den Hörer wieder auf die Gabel. »Mist, verdammter!«

Er blickte Frida wenig freundlich an. »Ja, bitte?« Dann schien er sie zu erkennen. »Ach, Sie sind das. Moin!«

Sie lächelte ihn an. War er hier der Eigentümer, der Platzwart oder beides? Er wirkte wie der Campingplatz, verlottert und ziemlich in die Jahre gekommen. Unter seiner Wollmütze schauten graue Locken hervor, Bart und Augenbrauen waren ungepflegt. Er trug Arbeitskleidung, auf der Frida weiße Farbflecke ausmachte.

»Moin, Herr Jansen«, sagte sie. »Ich wollte mich nur kurz erkundigen, wie es Ihrer Mutter geht. Sie war ja ziemlich durcheinander und durchgefroren gestern Abend.«

»Ihr geht es gut. Sie ist drüben im Haus.« Er stockte und musterte Frida. Es schien ihm zu gefallen, was er sah. »Wollen Sie einen Kaffee mit uns trinken? Ich konnte mich gestern Abend noch gar nicht richtig bei Ihnen bedanken.«

Normalerweise hätte sie abgelehnt. Seine Person wirkte alles andere als einladend. Aber da sie Informationen wollte und diese vielleicht von ihm bekommen konnte, lächelte sie. »Sehr gern!«

Erneut begann das Telefon zu schrillen. Henner Jansen nahm den Hörer ab und warf ihn sofort wieder auf den Apparat. »Kommen Sie! Mutter wird sich freuen, wenn ich Sie mitbringe. Wir kriegen hier selten Besuch außerhalb der Saison.« Er führte sie durch die Tür, auf der ein Schild mit der Aufschrift *Privat. Betreten verboten* angebracht war, durch einen Flur, in dem es nach frischer Farbe roch. »Ich habe gerade die Türen gestrichen. Fassen Sie bitte nichts an!«

»Ist viel zu tun über den Winter, oder?«

»Dies und das ist immer. Ich bin allein, da hat man jeden Tag die Hände voll zu tun. Aber das Leben hier hat auch seine Vorteile. Niemand redet mir rein.« Er lachte und zeigte ein paar schiefe Zähne. An manchen Stellen am Oberkiefer war das Zahnfleisch braun. Er kaute regelmäßig Kautabak, vermutete Frida.

Sie verließen das Haus auf der anderen Seite und gingen auf einen großen Bungalow zu, der durch einen Holzzaun vom restlichen Campingplatz abgetrennt war. Rauch stieg aus dem Schornstein. Der Mann nahm seine Wollmütze vom Kopf, als er eintrat.

»Mutter? Wo biste?«

Frida blieb einen Moment auf der Schwelle stehen und sah sich um. Auf der linken Seite war das Wohnzimmer. Die Möbel sahen alt und abgewohnt aus. Nur der überdimensionale Smart-TV-Fernseher passte nicht ins Bild. Von einem Flur gingen einige Türen ab, wahrscheinlich zum Bad und den Schlafzimmern. Auf der rechten Seite führte eine Tür zur Küche, in der Frida ein Poltern hörte.

»Ich hab dir doch gesagt, dass du Kartoffeln schälen sollst, Mutsch.«

Frida ging hinein. Die alte Frau saß am Küchentisch und bearbeitete mit einem Sparschäler ein Stück Holz. »Sind so hart, Junge«, sagte sie und sah ihn hilfesuchend an.

Henner Jansen nahm ihr das Holz aus der Hand und legte es zu den anderen neben den Kamin, in dem ein Feuer knackte.

»Wo sind denn die Kartoffeln? Ich hatte sie dir schon hingelegt.« Er zuckte die Schultern und drehte sich zu Frida. »Wir haben Besuch, Mutsch. Die nette Frau, die dich gestern nach Hause gebracht hat.«

Jansens Mutter sah Frida fragend an. »Warum schaut sie mich so an?«, flüsterte sie.

»Sie hat dich gestern Abend am Strand gefunden, weißt du nicht mehr?«

Jansen suchte die Küche ab, während er sprach. Er öffnete Schranktüren und schob sie wieder zu, machte schließlich die Kühlschranktür auf. »Mutter!« Er zog ein Netz Kartoffeln heraus. »Warum legst du sie in den Kühlschrank?« Er stöhnte und schüttete das Netz in der Spüle aus. »Ich mach uns erst mal einen Kaffee, und du kannst dich ein bisschen mit unserem Besuch unterhalten.«

»Guten Tag Frau Jansen, ich bin Frida.« Sie hockte sich vor die alte Dame, deren Blick Verwirrung und Freude ausdrückte. »Wir haben uns gestern Abend gesehen, wissen Sie das noch? Ich habe Sie zu Henner gebracht.«

Ein kurzer Moment des Erkennens, dann überschattete die Verwirrung ihren Blick. »Ist das Karin?«, fragte sie mit brüchiger Stimme und sah ihren Sohn an, der Kaffee aus einer Thermoskanne in zwei Henkelbecher füllte.

»Nein, das ist Frida. Du hast sie gestern Abend am Strand getroffen.« Er warf seinem Gast einen entschuldigenden Blick zu. »Karin ist eine entfernte Verwandte.«

Sie hatte längst verstanden. Mutter Jansen litt an einer frühen Form der Demenz, die in einem Stadium war, dass sie offensichtlich noch nicht in einem Pflegeheim leben musste.

»Hier, Mutsch, dein Tee. Ich habe eine Extraportion Honig reingetan. Das magst du doch so gern.« Er stellte ihr die Tasse hin und gab Frida einen der beiden Kaffeebecher.

Mutter Jansen freute sich wie ein kleines Kind und rührte im Tee, während Frida und der Campingwart sich zu ihr an den Tisch setzten. Der Kaffee schmeckte weitaus besser, als Frida erwartet hatte.

»Ich mahle ihn noch mit der Hand«, sagte er stolz. »Die Mischung der Bohnen ist mein Geheimnis. Trinken Sie!« Er zwinkerte ihr zu.

»Herr Jansen …«, setzte Frida an.

»Einfach Henner. So nennt mich jeder hier.«

»Also, Henner … darf ich Sie was zu dem verlassenen Haus da drüben an der Küste fragen?«

Er schwieg, rührte lange im Kaffee. »Was ist damit?«

»Können Sie mir sagen, warum die Anwohner es das Bluthus nennen?«

†

In den Achtziger- und Neunzigerjahren war Haverkorn häufiger in Köln gewesen, schon, um seinen Studienfreund Hans zu besuchen. Er mochte die Stadt am Rhein. Sie war gewiss keine Schönheit. Stark zerbombt im Zweiten Weltkrieg und verbaut mit Wohngebäuden aus der Nachkriegszeit, die nicht selten den Charme einer riesigen Patchwork-Siedlung hatten, war sie für ihn damals keine Liebe auf den ersten Blick gewesen. Dennoch hatte er sofort das Flair gespürt, weil die Stadt und ihre Menschen Herz und Seele am rechten Fleck hatten. Die Einwohner liebten ihr Köln. Ihr Stolz, waschechte Kölner zu sein, war vererbter Patriotismus und manchmal schon eine gelebte Provokation Fremden gegenüber. Aber nur, wenn man an ihrer Ehre kratzte. So offen und »jeck« war niemand sonst, der rheinische Frohsinn der Kölner hatte selbst ihn, den kühlen Norddeutschen, schnell angesteckt. Wer erst mal in einer

Kneipe stand und Kölsch aus den schmalen Gläsern trank, die Haverkorn im Stillen Damengläser nannte, wurde schnell aufgenommen in den inneren Kreis. Den man erst wieder verließ, wenn man zur Tür hinauswankte.

Mit Hans war er damals so manche Nacht versackt im Kwartier Latäng, dem Studentenviertel, in der Südstadt oder in Nippes in Hans' Stammkneipe, *Antons Eck*. Ihre Jugend war eine sorgenfreie Zeit gewesen. Oder, fragte sich Haverkorn, dachte man das immer über die frühen Jahre seines Lebens?

Er lenkte den Passat auf der Autobahn an einem der zahlreichen LKW vorbei und spürte ehrliche Vorfreude. Einmal natürlich darauf, Hans wiederzusehen, nach bestimmt zwanzig Jahren, in denen sie sich aus den Augen verloren hatten. Und auch darauf, der Stadt einen Besuch abzustatten, in der er damals bei Halvem Hahn und Kölsch geschworen hatte, Polizist mit Leib und Seele zu werden und den Beruf unweigerlich an den Nagel zu hängen, wenn sich diese Einstellung je änderte.

Während er sich fünfzig Kilometer vor seinem Ziel in einen Stau einreihte, dachte er darüber nach, ob dieser Zeitpunkt nicht längst gekommen war. Ob seine Zeit als Polizist vorüber war. Hatte er noch diesen Biss und Instinkt, die ihn all die Jahre in der Mordkommission vorangetrieben hatten? Oder war seine Arbeit nur noch Routine und das Warten auf seine Pensionierung?

Die Fahrzeuge vor ihm setzten sich in Bewegung, und der Verkehr lief einige hundert Meter, bis er wieder stand. Haverkorn war früh in Itzehoe gestartet, lag gut in der Zeit. Er hatte um vierzehn Uhr einen Termin beim stellvertretenden Direktor im Landeskriminalamt NRW in Düsseldorf. Ob er dort die Antworten bekam, die er dringend brauchte, wagte er zu bezweifeln. Die geschlossene Akte Catrin Conradi war ein blinder Fleck in dem Mordfall, der ihm sauer aufstieß. Warum mauerte das LKA? Dass die rechte Hand des Direktors ihn heute empfing, war ein kollegiales Zugeständnis, aber ob dieser Termin mehr bringen würde als ein paar ausgetauschte Floskeln und Händeschütteln, würde sich zeigen.

Für Haverkorn war das Treffen mit Conradis ehemaligem Chef Ludger Preuss das wahre As im Ärmel. Er war seit Jahren in Pension und stand nicht mehr in der Hierarchie des LKA. Dieser Mann hatte damals Conradi geführt. Er wusste, woran sie vor ihrem Ausscheiden aus dem Dienst gearbeitet und wie sie getickt hatte. Preuss' Adresse hatte Haverkorn von Andreas Vollmer bekommen, und er hatte sich entschlossen, ihn ohne Voranmeldung aufzusuchen. Diese Art spontaner Besuche war meist sehr aufschlussreich, da das Gegenüber sich nicht darauf vorbereiten konnte. Auch wenn Preuss ein alter Hund im Umgang mit Polizeikollegen und ein hervorragender Kriminalist war – das jedenfalls hatte Vollmer in Erfahrung gebracht –, würde das Überraschungsmoment auf Haverkorns Seite sein. Ein Vorteil, hoffte er.

Eine Stunde später erreichte er endlich Düsseldorf, wo sich das LKA NRW seit seiner Gründung im Jahre 1946 befand. Der hochmoderne und fast zweihundert Meter lange und siebzig Meter breite Gebäudekomplex in der Völklinger Straße beherbergte eines der größten Landeskriminalämter Deutschlands mit über eintausend Mitarbeitern. Ein wahrer Koloss gegen das Bezirkskriminalamt in Itzehoe.

Haverkorn parkte den Wagen auf einem Besucherstellplatz, stieg aus und streckte sich. Er sah auf seine Armbanduhr – höchste Zeit! Er nahm seine Aktentasche vom Beifahrersitz, in der die Ermittlungsakte Conradi lag, und lief los. Die Sonne spiegelte sich für einen Moment im Glasbau des Foyers und blendete ihn. Aber schon Sekunden später verdeckten die Wolken die Sonne, und der kurze Hauch des Frühlings wurde von trübem Grau verdeckt.

Haverkorn atmete durch. Jetzt würde er Feingefühl und Nervenstärke brauchen, um endlich einen Durchbruch in der Leichensache der ehemaligen Polizistin zu schaffen.

†

»Kommen Sie!«, sagte Henner Jansen. »Wir gehen lieber raus.« Er wandte sich zu seiner Mutter. »Mutsch, ich zeige der Frida mal den Platz. Du trinkst schön deinen Tee aus!«

Frida stellte die Tasse ab und stand auf.

»Das regt sie nur wieder auf«, flüsterte der Campingwart. »Die alten Geschichten sind nichts für ihre schwachen Nerven.«

Frida folgte ihm. Jansen ging zurück zum Verwaltungsgebäude und führte Frida zum Tresen. Sie lehnte sich neugierig darauf, während er in ein paar Schubladen herumwühlte. Dann schien er zu finden, was er gesucht hatte. »Hier!« Er legte den Umschlag eines Fotoateliers vor ihr hin. »Schauen Sie rein!«

Frida zog einige Fotos heraus. Das Reetdachhaus an der Küste sah auf diesen Farbfotos nicht so verwahrlost aus. Die Fenster waren nicht mit Brettern vernagelt, das Reet war entmoost. »Das sind Fotos von 1993. Die habe ich damals im Auftrag des Eigentümers Arne Peters gemacht, vier Jahre vor dem Mord.«

Frida sah alle Bilder durch. Es waren auch welche vom Garten darunter, der ebenfalls gepflegt wirkte. »Ein Mord?«

»Eigentlich mehrere. Im Herbst 1997 ist da eine Familie umgebracht worden. Vater, Mutter und Sohn. Nur die zwölfjährige Tochter hat überlebt. Sie war am Strand unterwegs, als es passiert ist.«

»Schrecklich!« Frida schob die Fotos wieder zu einem Stapel zusammen. »Wer hat die Familie getötet?«

»Das weiß bis heute keiner. Im Dorf gibt es allerlei Gerüchte, vom erweiterten Selbstmord des Vaters bis zum Profikiller. Jeder hat seine eigene Theorie. Aber alle meiden das Bluthus seitdem.«

»Und welche Theorie haben Sie?«

Jansen zuckte die Schultern. »Klar, man macht sich schon so seine Gedanken. Das Mädchen kam in der Nacht zu mir gelaufen und hat uns alle aus dem Bett geholt. Die Kleine war panisch, stand völlig unter Schock. Es hat ewig gedauert, bis ich ein paar anständige Sätze aus ihr rausbekommen hatte. Dann hat sie mich und ein paar Lehrer, die hier mit ihrer Schulklasse untergebracht waren, zum Haus geführt.« Er schluckte aufgewühlt. »Sie lagen im Wohnzimmer. Der Vater hatte einen aufgesetzten Kopfschuss. Der Mutter hatte man in den Rücken geschossen. Sie hatte sich schützend über ihren achtjährigen Sohn geworfen. Aber die Schüsse haben beide getötet.« Er sah Frida an. »Sie waren abends beim Fernsehen überrascht worden.«

»Und warum wurden sie umgebracht?«

Er zuckte die Schultern. »Keine Ahnung. Ich kannte die Leute nicht.«

»Es waren doch aber Ihre Nachbarn?«

»Die Nachbarn haben damals so oft gewechselt. Manchmal stand das Haus wochenlang leer. Dann plötzlich waren wieder Leute da, ein paar Tage, manchmal ein paar Wochen.«

»Das war ein Ferienhaus?«

Henner Jansen sah sie lange nachdenklich an. »Welches Ferienhaus wird regelmäßig von der Polizei abgeriegelt?«

†

Haverkorn suchte sich eine bequeme Haltung auf seinem Stuhl im Büro des stellvertretenden Direktors, Jens Tilling. Dieser hatte ihn herzlich empfangen und in sein Büro geführt. Tilling hatte schon bei der Begrüßung gesagt, dass er leider nur eine halbe Stunde für ihn hatte einplanen können, aber die erste Viertelstunde war mit Small Talk vergangen. Dann konnte Haverkorn endlich auf den Grund seines Besuches zu sprechen kommen.

»Catrin Conradi, ja«, sagte Tilling und legte eine Pause ein, als müsste er sich sammeln. »Sie war lange Zeit vor mir beim LKA. Damals hieß sie noch Schill. 1997 hat sie ihren Dienst quittiert. Ich kenne sie nicht mehr persönlich, habe mir aber natürlich für diesen Termin ihre Personalakte kommen lassen.« Sein Gesicht drückte Bedauern aus. »Aber die kennen Sie ja bereits, sie wurde Ihrer Dienststelle zugestellt. Der Rest der Akte ist seit 1997 beim D.I.E. unter Verschluss, wo sie bisher nicht freigegeben worden ist.«

D.I.E. Das Dezernat für Interne Ermittlung. Das war gar nicht gut. Haverkorn war sofort klar: Bevor man dort Informationen bekam, musste man Geduld und einen guten Grund haben. Das würde dauern. »Die Interne? Gab es Probleme mit Catrin Conradi?«, fragte er.

»Offensichtlich, sonst hätte es damals keine Ermittlungen gegeben. Aber ich kann Ihnen nicht sagen, welcher Art. Das ist nach wie vor Verschlusssache. Und die damalige Führungskraft von Conradi ist schon lange in Pension. Der Mann hat das Dezernat 46 bis 2012 geleitet.«

»Ludger Preuss, ja«, warf Haverkorn ein.

»Sie kennen ihn?«, fragte der stellvertretende Direktor überrascht.

»Nur flüchtig«, wich Haverkorn aus. »Hatte sie damals schon ein Alkoholproblem?«, bohrte er nach.

»Auch das weiß ich nicht. Tut mir leid, Kollege. Aber wir

müssen uns hier alle gedulden, bis das D.I.E. die Akte öffnet. Der Antrag läuft, wie Sie ja wissen. Wir tun alles, was in unserer Macht steht.« Tilling setzte ein Lächeln auf und sah demonstrativ auf seine Armbanduhr. Der nächste Termin wartete wohl bereits.

Haverkorn trank einen Schluck Wasser. »Sie sagten, Ludger Preuss habe das Dezernat 46 über viele Jahre geleitet. Welchen Aufgabenbereich umfasst es?«

Tilling sah ihn an und schien abzuwägen, was er preisgeben durfte. »Dezernat 46 ist zuständig für verdeckte Ermittlungen und Zeugenschutz.« Er stand auf und gab Haverkorn damit ein Zeichen, dass das Gespräch beendet war. »Es wird seinen Grund haben, dass das D.I.E. die Akte Conradi seit zwanzig Jahren unter Verschluss hält.«

†

Das Meer rauschte zu ihren Füßen. Frida hatte sich nach dem Gespräch mit Henner Jansen einen einsamen Platz am Strand, unterhalb des Bluthus', gesucht, um nachdenken zu können. Endlich verstand sie, warum das alte Reetdachhaus diesen Namen hatte und warum die Einwohner so abweisend auf ihre Fragen reagierten. Der Dreifachmord an einer Familie. Das hatte damals garantiert eine Menge Staub aufgewirbelt. Die Presse war sicher von Haus zu Haus gegangen, jede Information war eine Schlagzeile wert gewesen.

Aber warum hatte Jo ein Bild dieses Hauses besessen? Und was hatte ihre Klientin Miriam Wössner damit zu tun?

Sie dachte über die Worte von Henner Jansen nach. Warum hatte die Polizei damals das Haus für Feriengäste abgeriegelt? Was für spezielle Gäste waren das gewesen, die Polizeischutz brauchten?

Plötzlich fügten sich die Puzzleteile wie von selbst ineinander. Natürlich! Der Zeugenschutz brachte Menschen, die ins Zeugenschutzprogramm sollten, auch ganze Familien, in Schutzhäusern unter. Das Haus war ideal dafür. Abgelegen und in einiger Entfernung vom Ort, im Norden die Ostsee. Das restliche Gelände um das Haus herum war flach und gut einsehbar. War das Bluthus in den neunziger Jahren ein Schutzhaus der Polizei gewesen?

Frida spürte ihre Aufregung. Sie musste mit jemandem darüber reden. Ihr fiel nur ein Name ein. Sie zog ihr Smartphone heraus und wählte Haverkorns Nummer.

»Hallo, Frida!« Es klang, als säße er im Auto. »Hast du Neuigkeiten von Johanna Arndt?«

»Leider noch nicht. Aber ich frage mich die ganze Zeit, an welchem Fall sie zuletzt arbeitete.«

»Und? Hast du eine Idee?«

»Eine vage Idee. Bjarne, kannst du herausfinden, ob ein Objekt Mitte der Neunziger ein Schutzhaus der Polizei war?«

Schweigen. Sie hörte einen Blinker klacken. »Wo bist du?«, fragte er, und sie spürte, wie angespannt er plötzlich klang.

»Auf Holnis an der Ostsee.«

»An der Ostsee?« Schweigen. »Jetzt keine Ausflüchte, Frida! Warum bist du da?«

Sie erzählte Haverkorn, warum sie nach Holnis gekommen war, verschwieg lediglich, dass sie das Foto des Hauses während der Wohnungsdurchsuchung in Jos Wohnung an sich genommen hatte. »Wenn ich zurück bin, komme ich zu dir ins Büro.«

»Ich bin noch in Düsseldorf.«

»Düsseldorf?«

»Ich komme gerade vom LKA NRW. Und das, was ich dir jetzt sage, bleibt unter uns, Frau Kollegin. In Ordnung?«

»Natürlich!«

»Catrin Conradi, das Mordopfer von Seester, hat bis 1997 beim Zeugenschutzteam des LKA in Nordrhein-Westfalen gearbeitet.«

»Sie war beim Zeugenschutz?« Frida spürte ihre Aufregung. Sie dachte fieberhaft nach. »Und Jo hatte vielleicht ein Foto von einem ehemaligen Schutzhaus.«

»Du weißt, was das bedeutet, Frida.«

Sie schloss die Augen. Die Enttäuschung schmerzte. »Jo wusste genau, wer die Tote war. Sie hat uns beide angelogen.«

13

Arne Peters konnte als Urgestein der Halbinsel gelten. Ihm gehörten einige Ferienhäuser, Appartements in Drei und das Bluthus. Henner Jansen hatte Frida erzählt, dass der Eigentümer das Haus nach der Bluttat nicht hatte verkaufen wollen. Dass er es hätte verkaufen können, stand außer Zweifel. Einen Markt für Häuser an der Küste gab es immer. Ob dort ein Mord passiert war oder nicht.

Frida fragte sich in Drei durch und fand das sorgsam gepflegte Reetdachhaus mit Blick auf die Ostsee kurz vor dem Ortsausgang. Sie blieb beeindruckt stehen. Das Haus war sicherlich schon über hundert Jahre alt. Es hatte kleine Fenster mit Fensterkreuzen, eine niedrige Eingangstür aus Holz und den Charme eines Gebäudes, das schon eine Menge Stürme und den ein oder anderen Eigentümer überlebt hatte.

Frida betätigte die kleine Glocke an der Eingangstür. Es brauchte einen Moment, bis diese geöffnet wurde und ein Mann vor ihr stand, der, vom Alter gebeugt, zu ihr aufsah.

»Moin, Herr Peters!« Frida schwenkte ihren Dienstausweis. Sie ging davon aus, dass es leichter war, ihr Anliegen in einem offiziellen Ton zu unterbreiten. »Polizeihauptmeisterin Frida Paulsen. Darf ich Ihnen ein paar Fragen stellen?«

»Worum geht es denn?« Er sah sie lauernd an.

»Um das Haus, in dem 1997 die Familie erschossen wurde. Wir ermitteln ja immer noch, und ich hätte da ein paar Fragen.«

»Na, da kommen Sie mal rein.« Er schob die Tür auf und hinkte, auf einen Stock gestützt, vor ihr in die Stube.

Frida setzte sich auf die Couch und sah sich um. Die Räume waren klein und niedrig. Dunkle Holzbalken, weiße Wände, gemütliche Möbel, ein Ensemble aus modernen und antiquierten Stücken, die liebevoll zusammengestellt worden waren.

»Meine Frau ist einkaufen. Allein schaffe ich das mit dem Kaffee nicht.« Er ließ sich mühsam in einen Sessel sinken und stellte den Stock zur Seite.

»Danke, Herr Peters. Machen Sie sich keine Umstände! Es ist nett, dass Sie mit mir sprechen wollen.«

»Was gibt es denn noch? Ich habe der Polizei alles gesagt, was ich weiß.«

Frida nickte. »Ich möchte mir trotzdem noch einmal persönlich einen Einblick verschaffen. Jede Kleinigkeit hilft, verstehen Sie?«

Er nickte und betrachtete sie. »Sind Sie nicht ein bisschen jung, um in so einem alten Fall zu ermitteln? Und überhaupt, was wollt ihr Frauen in solchen Berufen?« Er seufzte leise und schüttelte leicht den Kopf. »Also, was wollen Sie wissen?«

»Kannten Sie die Familie, die dort damals erschossen wurde?«

»Ich kannte niemanden, der da ein und aus gegangen ist. Die Polizei hat mit mir einen mehrjährigen Mietvertrag für das Haus abgeschlossen und ihn 1998 gekündigt.«

»Warum haben Sie das Haus nicht verkauft?«

»Ach, ich hatte über die Jahre viele Anfragen. Filmemacher, Geisterjäger und Immobilienhaie wollten das Haus mieten oder kaufen. Aber ich wollte das nicht. Solange der Mord an der Familie nicht gesühnt ist, soll niemand dort wohnen. Und solange ich lebe, wird es den Eigentümer nicht wechseln. Was nach meinem Tod damit geschieht, entscheiden meine Erben. Dann können sie mit dem Bluthus tun, was sie wollen.«

»Sie können mir also nicht sagen, weshalb die Familie dort untergebracht war?«

»Das sollte doch aber in Ihren Akten stehen, oder?« Er war plötzlich auf der Hut.

Sie musste vorsichtig sein. »Da es hier um geschützte Personen ging, hat nur die Behörde darauf Zugriff, die das Haus damals gemietet hatte.«

Er überlegte. »Nein, ich kannte die Leute nicht. Nur die Tochter war noch mal hier. Vielleicht vor zehn Jahren.«

»Die Tochter der Familie? Die einzige Überlebende?«

Er nickte. »Ja, die Miriam. So hieß das Mädchen. Sie wollte das Haus besichtigen, in dem ihre Familie zu Tode gekommen ist. Ich habe ihr den Schlüssel gegeben, weil sie allein hingehen wollte.« Er schluckte. »Sie wollte wohl Abschied nehmen.«

Frida stand unter Strom. »Miriam hieß das Mädchen? Wissen Sie noch den Nachnamen?«

»Nein, das ist zu lange her.«

»Hieß sie vielleicht Miriam Wössner?«

Er sah sie an und schüttelte den Kopf. »Keine Ahnung, tut mir leid.«

»Hat sie Ihnen erzählt, wo sie heute lebt? Oder hat sie eine Adresse hinterlassen?«

»Nein, nein …« Er sah zum Fenster hinaus und blickte auf das Wasser. »Viel gesprochen hat sie ja nicht. Stand plötzlich vor mir, so wie Sie heute. Aber ihre Augen waren so traurig. Das arme Ding!«

»Dürfte ich das Haus noch einmal besichtigen? Es wäre wirklich wichtig.«

Arne Peters seufzte und stand mühsam auf. Frida sprang auf und reichte ihm seinen Stock, mit dem er zu einer Kommode hinkte.

»Aber bringen Sie mir den morgen wieder!« Er drückte ihr einen schweren Schlüssel in die Hand. »Und seien Sie vorsichtig. Da draußen treiben sich seltsame Leute herum. Das Bluthus zieht sie an wie das Aas die Schmeißfliegen.«

Der Wind war aufgefrischt. Es roch nach Algen und Fisch, als sie vor dem Haus aus dem Jeep stieg. Frida fröstelte. Sie zog den Reißverschluss ihrer Jacke hoch und lief los. Der Schlüssel in ihrer Hand war wie ein Schlüssel zum Geheimnis, das diesen Mord umgab. Nachdem sie sich von Arne Peters verabschiedet hatte, war sie sofort hinüber zum Bluthus gefahren. Dass die Überlebende dieses Massakers Miriam hieß und noch einmal hier gewesen war, setzte alles in ein anderes Licht. Diese Art von Zufällen gab es nicht. Jos Klientin hieß Miriam und das überlebende Mädchen ebenfalls. Frida war klar, dass es ein und dieselbe Person war, da Jo nicht ohne Grund ein Foto des Tatorts besessen hatte.

Was würde eine junge Frau tun, deren Familie kaltblütig erschossen worden war? Sie würde nach Antworten suchen, sie würde die Mörder ihrer Familie zur Verantwortung ziehen wollen. Und was tat sie, wenn die Polizei den Täter auch nach zwanzig Jahren nicht gefunden hatte? Sie würde sich wahrscheinlich professionelle Hilfe holen. Von einer privaten Ermittlerin, einer Detektivin. Im besten Fall von einer Frau, die selbst diesen Verlust erfahren hatte. Deren Familie bei einem Brand ums Leben gekommen war.

Für Frida stand fest, dass Jo zusammen mit Miriam Wössner diesen Dreifachmord hatte aufklären wollen und dass sie die ehemalige Personenschützerin Catrin Conradi aufgespürt hatten. Jo war in jener Nacht nicht zufällig in der Marsch gewesen. Aber Frida konnte und wollte sich nicht vorstellen, dass sie die Frau umgebracht hatte. Das ergab gar keinen Sinn.

Sie ging die kleine Steintreppe hinauf und trat vor die Haustür, steckte den Schlüssel hinein und schloss auf. Dann bemerkte sie den Riegel, der über der Haustür angebracht und mit einem weiteren Schloss gesichert war. Mist, diesen Schlüssel hatte ihr Arne Peters nicht ausgehändigt.

Sollte sie noch einmal zurückfahren? Sie ging zu ihrem Jeep, nahm den größten Schraubendreher aus dem Werkzeugset und hebelte den Riegel aus dem Holz. Sie würde morgen einen neuen besorgen.

Das Holz der Tür war aufgequollen. Sie schabte über den Boden, als sie diese nach innen aufstieß. Frida schaltete die Stablampe an, die sie ebenfalls aus dem Jeep mitgebracht hatte. Sie ging hinein und stand in einer Diele. Die Luft im Inneren roch muffig. Es war dunkel in den Räumen. Alle Fenster waren fest vernagelt, nur durch die Tür fiel Licht in die Diele. Eine dicke Staubschicht lag auf dem Eichenparkett. Frida sah einige Fußabdrücke, die recht frisch wirkten. Vielleicht hatte Arne Peters jemanden hergeschickt, um ab und an nach dem Haus zu sehen. Sie ging weiter. Rechter Hand befand sich das Wohnzimmer. Weiße Laken waren über den Möbeln ausgebreitet. Der Campingwart hatte gesagt, dass die Familie damals beim Fernsehen überrascht worden war. Dann war dieses Zimmer hier der Tatort. Frida leuchtete es aus. Auch hier war das Fenster von innen mit Brettern vernagelt. Wahrscheinlich, um Gaffer abzuwehren. Vielleicht auch die Geisterjäger, von denen Arne Peters gesprochen hatte. An Orten wie diesen bauten sie ihre Apparaturen auf und suchten nach ruhelosen Seelen.

Vorsichtig zog Frida eines der Laken herunter. Staub wurde aufgewirbelt. Die Couch kam zum Vorschein. Dunkle Flecken auf dem Polster. Das Blut von Mutter und Sohn, dachte Frida, und ihr stellten sich die Nackenhaare auf. An einer Stelle war Stoff herausgetrennt worden. Wahrscheinlich waren das die Kollegen der Spurensicherung gewesen.

Auch auf dem Sessel, wo der Vater gesessen hatte, fand sie

alte Blutflecke. Sie deckte die Möbel wieder ab und ging weiter. Gegenüber dem Wohnzimmer befand sich die Küche. Rustikale Möbel im Neunzigerjahre-Stil. Frida öffnete die Schränke. Verstaubtes Geschirr, uralte Dosen, eine Kakaobüchse.

Ein Kratzgeräusch ließ sie erstarren. Dann war es wieder still. Welches Tier hatte sich in diesem Haus eingerichtet? Sie verließ die Küche, ging die Treppe hinauf. Die Stufen knarrten unter ihrem Gewicht. Oben gab es vier Schlafräume. Auch hier waren die Möbel abgedeckt. Die Fenster waren nicht vernagelt, trugen aber einen Schmutzfilm von vielen Jahren. Sie konnte von hier oben die Ostsee sehen.

Frida ging durch alle Räume und blieb schließlich in der Diele stehen. Sie hatte genug gesehen, fühlte sich nicht wohl in diesem Haus. Zwar glaubte sie nicht an Geister, aber die Vorstellung, dass hier zwanzig Jahre zuvor drei Menschen umgebracht worden waren, verfolgte sie auf Schritt und Tritt. Sie sah sich ein letztes Mal um, dann ging sie hinaus. Sie zog die Tür zu, schloss ab und füllte ihre Lungen mit frischer Seeluft.

Dieses Haus war wie eine offene Wunde, die nie aufgehört hatte zu bluten, solange der Mörder dieser Familie nicht gefasst war.

†

Oktober 1997

Es ist wieder sonnig, der Wind hat sich gelegt. Die Männer, die Papa vor ein paar Tagen abgeholt haben, kommen am Morgen. Sie flüstern mit Catrin, und sie schlägt vor, einen Strandspaziergang zu machen. Papa bleibt mit den Männern im Haus. Sie müssen etwas Wichtiges besprechen, sagt er.

Miriam freut sich, rauszukommen. Vielleicht gehen sie ja am Campingplatz vorbei, und sie sieht Kelly endlich wieder.

Mama hat ein paar Sachen für ein Picknick eingepackt, und sie wandern los. Der Strand unterhalb des Campingplatzes ist leer. Keine Kinder, die Beachvolleyball spielen. Keine Kelly.

Miriam ist so enttäuscht, dass ihr die Tränen kommen.

»Was ist denn los, Miri?«, fragt Mama, die sofort bemerkt hat, dass etwas mit ihr nicht stimmt. »Die Badesaison ist leider vorbei. Aber wir machen es uns trotzdem schön, oder?«

»Spielen wir dann Mau-Mau?«, fragt Lukas. Mit seinem Kartenspiel quengelt er schon den ganzen Morgen.

Miriam legt einen Schritt zu. Sie will nicht Mau-Mau spielen und schon gar nicht reden. Sie will bei Kelly sein.

»Dahinten machen wir ein Picknick, was sagt ihr?«, versucht es Catrin und lächelt.

Miriam mag sie nicht. Warum muss sie immer und überall dabei sein? Warum können sie nicht mal allein etwas machen? Das Haus gehöre ihr, hat Mama ihr erklärt. Catrin habe sie alle an die Ostsee eingeladen. Aber Miriam wäre lieber in eine der Ferienanlagen gefahren, wenn sie ehrlich ist. In diesem alten dunklen Haus fühlt sie sich nicht wohl.

Catrin legt eine Decke an den Strand. Als sie diese ausbreitet, öffnet sich kurz ihre Jacke. Ein Holster mit einer Pistole wird sichtbar. Miriam starrt darauf. Ihr Körper versteift sich. Dann richtet Catrin sich wieder auf, und die Jacke verdeckt die Waffe.

14

Das *Antons Eck* hatte sich in den letzten zwanzig Jahren kaum verändert, und Haverkorn verspürte einen Anflug von Melancholie, als er darauf zuging. Wann war er das letzte Mal über diese Schwelle getreten? Irgendwann Ende der Neunziger?

Hans erwartete ihn bereits an ihrem alten Stammplatz am Tresen. Er war nicht mehr so drahtig wie früher, und seine Haare lagen in einem grauen Kranz um den Kopf. Aber sein Händedruck war immer noch so fest und verbindlich wie schon vor zwanzig Jahren. Er freute sich ehrlich und klopfte Haverkorn auf den Rücken.

»Bjarne, mein Hamburger Jung! Endlich verschlägt es dich wieder mal an den Rhein. Ich hab schon mal eine Runde bestellt.«

»Ich hoffe, das Kölsch schmeckt noch so wie früher!«

Hans Lohmann winkte der Bedienung und zeigte auf einen Tisch in der Ecke. »Wir gehen da rüber. Ist in unserem Alter nicht mehr gut für den Rücken, stundenlang auf einem Barhocker zu sitzen. Da drüben können wir auch was essen.«

Die Bedienung brachte zwei Kölsch und die Karte. Haverkorn entschied sich für einen Salatteller, Hans für Currywurst mit Pommes. Er hielt das Glas hoch. »Auf uns und dass es bis zum nächsten Treffen nicht wieder zwanzig Jahre dauert.«

»Prost!« Haverkorn genoss das obergärige Bier und nahm noch einen weiteren großen Schluck.

»Erzähl mal, was führt dich her?« Hans Lohmann trank aus und bestellte eine neue Runde.

Haverkorn berichtete kurz vom Treffen beim LKA.

»Ja, der Tilling hat einen Stock im Arsch. Er ist heiß auf den Posten vom großen Chef. Aber da beißt er sich die Zähne aus. Das Format, Direktor des Landeskriminalamtes zu werden, hat er nicht.«

»Ich hatte die ganze Zeit das Gefühl, er wüsste mehr, als er gesagt hat.«

»Wenn die Akte beim D.I.E. ist, dann hat er wahrscheinlich auch nicht mehr Informationen als ihr. Aber er liebt den großen Auftritt. Vielleicht hast du ihm nicht genug geschmeichelt, um weitere Informationen zu bekommen. Ich kann es dir nicht sagen.«

»Ich war noch bei Ludger Preuss, aber er war nicht zu Hause. Ich versuche es morgen Vormittag noch mal.«

Hans Lohmann nickte. »Bei Preuss wirst du auf Granit beißen. Der ist nicht politisch ambitioniert und durchschaubar wie Tilling. Der weiß genau, wenn du ihm was vormachst. Da musst du ausgeschlafen sein, wenn du ihn knacken willst.«

»Hast du mal mit Preuss gearbeitet?«

»Nein, zum Glück nicht. Obwohl er wirklich ein guter Kriminalist war. Er hat 'ne Menge guter Leute verbrannt, wenn sie nicht mitgezogen haben. Er ist ein Alphatier und Narzisst. Der hat seine Speichellecker befördert und die Kritiker den Wölfen vorgeworfen.«

Haverkorn schwieg. »Kanntest du Catrin Conradi?«, fragte er dann.

»Conradi?« Lohmann warf ihm einen fragenden Blick zu.

»Sie hieß vor ihrer Heirat Catrin Schill.«

»Ach, die Schill.« Er dachte nach. »Ist 'ne Weile her, sie ist ja Ende der Neunziger ausgestiegen. Sie war eine wirklich gute Polizistin und hat unter Preuss Karriere gemacht. Doch dann muss was schiefgelaufen sein. Es wurde gemunkelt, die Interne hätte sie auf dem Schirm. Danach hat sie recht schnell gekündigt und ist aus NRW weggezogen. Seitdem habe ich nichts mehr von ihr gehört.«

»Sie hat die letzten Jahre auf dem Land bei Hamburg gelebt, mit Mann und einem Sohn, der gerade Abitur macht.«

»Dann hat sie es ja ganz gut getroffen.«

»Nicht wirklich. Sie war schwere Alkoholikerin.«

»War?«

»Wegen ihr bin ich hier«, erklärte Haverkorn. »Sie wurde letzte Woche mit einem Bajonett erstochen. Es war eine regelrechte Hinrichtung. Ich vermute, es hat was mit ihrem alten Job beim LKA zu tun.«

Die Bedienung brachte zwei frische Kölschstangen, und Lohmann trank schweigend einen Schluck.

»Deshalb muss ich Preuss dringend sprechen. Ich muss wissen, woran sie vor ihrem Ausscheiden beim LKA gearbeitet hat.«

Lohmann nickte nachdenklich. »Geh da behutsam ran, Bjarne. Preuss ist pensioniert, aber er hat immer noch genügend Kontakte nach ganz oben.«

Haverkorn trank einen Schluck und wischte sich den Schaum von den Lippen. »Es spricht nichts dagegen, wenn ich ihm die Nachricht vom Tod seiner ehemaligen Mitarbeiterin persönlich überbringe. Bei der Gelegenheit stelle ich ihm ein paar Fragen.«

»Sicher. Aber vielleicht solltest du noch etwas über Preuss wissen, bevor du ihn triffst.« Sein Studienfreund sah ihn an. In Lohmanns Augen lag plötzlich etwas Raubtierhaftes. »Er hat sich im LKA an den Frauen abgearbeitet, obwohl er verheiratet war. Nach außen hat er immer den aufopferungsvollen Ehemann gegeben. Seine Frau hat MS, sitzt seit Jahren im Rollstuhl. Aber insgeheim hat er nichts anbrennen lassen. Wenn eines seiner Mädels im Team Karriere machen wollte, musste sie ihn mal ranlassen. Und es gab einige über die Jahre, wahrscheinlich auch die Schill.«

»Woher weißt du das alles?«

Hans Lohmann sah Haverkorn an und zögerte, bevor er antwortete. »Er hat es auch bei meiner Frau getan. Deshalb bin ich heute geschieden. Preuss hat meine Ehe auf dem Gewissen.«

†

»Wir haben den ganzen Tag dieses kleine Kaff in der Marsch abgeklappert«, erzählte Nova am Telefon und gähnte. »Niemand kennt eine Miriam Wössner oder hat sie hier gesehen.«

»Fahrt morgen noch mal raus«, erwiderte Frida. »Du musst sie finden. Vielleicht kannst du mit dem Arzt sprechen, der ihr das Migräne-Rezept ausgestellt hat. Oder frag die Sprechstundenhilfe. Die Wössner weiß ganz bestimmt, wo Jo ist. Da bin ich mir sicher.«

»Sagst du mir endlich, was eigentlich los ist, wenn ich weiterhin den Laufburschen spielen soll?« Novas Ton war gereizt.

Frida erzählte ihr alles. Von dem Haus auf dem Foto, das sie auf Holnis entdeckt hatte, und dem Mord, der dort vor vielen Jahren passiert war. Von der überlebenden Tochter, die vor einigen Jahren noch einmal hier gewesen war und die Miriam hieß.

»Scheiße!« Nova verstand sofort den Zusammenhang. »Dann hat Jo hinter meinem Rücken an diesem alten Mordfall ermittelt?«

»Wahrscheinlich.«

»Wir haben immer gesagt, dass wir nicht in Strafsachen ermitteln. Warum macht sie das jetzt?«

»Vielleicht hat sie dieser Fall gereizt?«

Nova schwieg. »Aber warum hat sie das allein durchgezogen? Ich hätte ihr doch bei den Recherchen helfen können. Warum hat sie so ein Geheimnis daraus gemacht?«

»Ich hoffe, das kann sie uns bald beantworten. Ich gehe morgen im Ort noch einmal mit ihrem Foto los. Vielleicht hat sie kürzlich jemand hier gesehen. Und du suchst bitte weiter nach Miriam Wössner! Diese Frau ist wichtig.«

»Ja, okay! Ich sag dir Bescheid, wenn ich was habe. Bye!«

Frida legte das Smartphone neben sich auf das Bett und schloss die Augen. Haverkorn hatte sie gebeten, zurückzukommen und weitere Recherchen in Drei bleiben zu lassen. Doch bevor sie sich auf den Rückweg nach Deichgraben machte, wollte sie noch ein paar Anwohner nach Jo befragen. War sie noch einmal hier gewesen? War es das gewesen, was Jo ihr hatte am Telefon sagen wollen, dass sie unterwegs war »... nach Drei«? Aber wenn dem so war, was hatte Jo auf Holnis gewollt? Der Mord an der Familie war über zwanzig Jahr her, die Polizei war den Tätern nie auf die Spur gekommen. Was also hatte Jo geplant, um gegenüber Haverkorn ihre Unschuld im Fall der getöteten ehemaligen Polizistin zu beweisen?

†

Am Morgen fühlte Haverkorn sich übernächtigt. Er duschte kalt, bis er richtig munter war, nahm seine Medikamente und ging zum Frühstück. Danach fuhr er nach Köln-Höhenhaus. Ludger Preuss wohnte in einer Siedlung von modernen Holzhäusern im skandinavischen Stil nahe der Dellbrücker Heide.

Haverkorn klingelte und wartete. Hoffentlich war Preuss nicht verreist. Hinter der Tür bewegte sich etwas, dann wurde sie geöffnet. Der Mann, der ihn fragend ansah, musste um die siebzig sein. Er hatte volles graues Haar und trug Jeans und ein kariertes Hemd.

»Guten Tag, Herr Preuss.« Haverkorn hielt seinen Dienstausweis hoch. »Kriminalhauptkommissar Bjarne Haverkorn. Haben Sie einen Moment für mich?«

Preuss nahm den Dienstausweis in die Hand und betrachtete ihn länger als nötig. »Itzehoe?« Er gab ihm den Ausweis zurück. »Kommen Sie rein!« Er öffnete die Tür und ging voran.

Die Holzbauweise war im Inneren nicht mehr als solche zu erkennen. Haverkorn befand sich in einer Diele, die auf der linken Seite in ein helles und geräumiges Wohnzimmer führte. Couchgarnitur, Esstisch und daneben ein Kamin, auf dem viele gerahmte Fotos standen. »Gemütlich haben Sie es hier«, sagte er, um das Gespräch zu eröffnen.

»Kommen wir gleich zur Sache«, sagte Preuss. »Wie kann ich dem Kollegen aus dem Norden weiterhelfen?«

Er wies auf die Couch und setzte sich auf den Sessel am Fenster. Sein Gesicht lag im Schatten, das seines Gastes wurde gut ausgeleuchtet. Kein Zufall, das war Haverkorn klar. Preuss hatte in seiner Karriere unzählige Zeugen verhört und wusste im Gesicht seiner Gesprächspartner zu lesen.

»Ich ermittle im Mordfall Catrin Conradi.«

Preuss sah ihn fragend an.

»Sie hieß vor ihrer Heirat Catrin Schill.«

Der Pensionär nickte. »Catrin Schill, ja. Sie wurde ermordet?«

»Letzte Woche. Auf einem verlassenen Hof in Schleswig-Holstein, in der Nähe von Seester.«

»Sie lebte im Norden?«

»Ja genau, seit sie von Düsseldorf weggezogen ist. Hatten Sie nach ihrem Ausscheiden aus dem Dienst noch mal Kontakt zu ihr?«

»Nein, sollte ich?« Ein abschätzender Blick. »Ich war ihr Vorgesetzter, kein Freund. Sie hat das LKA verlassen, und danach habe ich nie wieder etwas von ihr gehört.« Er schlug seine Beine übereinander und machte es sich bequem. »Wie genau kann ich Ihnen denn nun helfen, Herr Haverkorn?«

»Soweit wir aus der Personalakte von Catrin Conradi … Catrin Schill …«

»Nennen Sie sie ruhig Conradi. Das haben wir ja nun geklärt.«

»Soweit wir aus ihrer Personalakte wissen, war sie damals Ihnen im Zeugenschutzteam unterstellt. Können Sie mir sagen, woran sie vor ihrem Ausscheiden gearbeitet hat?«

Ein halbes Lächeln. »Herr Kollege, wenn das nicht in der Akte steht, ist das noch immer streng geheim. Dass ich nicht über meine damalige Tätigkeit sprechen darf, ist Ihnen, denke ich, klar.«

»Es handelt sich um einen Mordfall, Herr Preuss.«

»Das ist mir bewusst. Aber ich würde es zu schätzen wissen, wenn Sie sich Informationen zur Tätigkeit von Catrin direkt beim LKA besorgen.«

Haverkorn nickte, als habe er verstanden. »Kannten Sie Catrin Conradi eigentlich näher?«, wagte er einen letzten Vorstoß.

Sein Gegenüber sah ihn lange an. »Was soll das, Herr Haverkorn? Ich habe die Kollegin Schill, oder Conradi, seit über zwanzig Jahren nicht mehr gesehen. Es tut mir sehr leid, was ihr zugestoßen ist, aber ich kann Ihnen in Ihren Ermittlungen nicht helfen.« Er sah auf die Uhr an der Wand. »Ich muss jetzt auch aufbrechen. Wir sind durch, denke ich.« Er erhob sich aus dem Sessel.

»Ludger? Haben wir Besuch?«, fragte eine weibliche Stimme an der Tür.

Haverkorn wandte den Kopf, und sein Blick fiel auf eine

Frau im Rollstuhl. Sie mochte in Preuss' Alter sein, aber ihr Lächeln hatte etwas Jugendliches. Sie war auffallend dünn, was wahrscheinlich der Krankheit geschuldet war, die sie an den Rollstuhl fesselte. Ihre feinen Gesichtszüge unterstrich sie mit einem dezenten Make-up, und die Haare, die ihr auf die Schultern fielen, waren brünett gefärbt. Eine attraktive Frau, sie musste einmal eine Schönheit gewesen sein.

»Liebling, darf ich dir einen Kollegen aus dem Norden vorstellen? Das ist Kriminalhauptkommissar Haverkorn aus Itzehoe.«

Sie rollte heran und reichte ihm ihre auffällig schmale Hand. Haverkorn ergriff sie vorsichtig, als könne er sie zerbrechen.

»Das ist meine Frau Marion«, erklärte Preuss.

»Guten Tag, Frau Preuss. Ich hoffe, ich störe Sie nicht!«

Marion Preuss lächelte. Es war das Lächeln einer attraktiven Frau, die wusste, dass sie trotz Alter und Krankheit noch immer eine besondere Aura umgab.

»Ganz und gar nicht! Wir freuen uns immer über Besuch, Herr Haverkorn.« Sie sah ihren Mann an. »Ich will euch nicht stören. Denkst du nur an meinen Termin in der Stadt?«

»Ja, natürlich, mein Engel. Es dauert nicht mehr lange. Magst du in der Küche auf mich warten? Komm, ich mache dir schnell einen Kaffee.« Er sah Haverkorn an. »Möchten Sie auch einen?«

Preuss lenkte ein. Ein gutes Zeichen. »Sehr gern! Milch, kein Zucker«, sagte Haverkorn.

Preuss nickte und schob den Rollstuhl mit seiner Frau aus dem Zimmer. Haverkorn stand auf und betrachtete all die Bilder im Raum, Fotos aus jungen Jahren, die Marion Preuss' Schönheit zeigten und auch die, auf denen die Krankheit schon sichtbar war. MS, hatte Hans gesagt. Multiple Sklerose. Wie hatte diese Diagnose auf einen Schlag das Leben von Marion

Preuss verändert? Und natürlich das ihres Mannes? Ein schwerer Schicksalsschlag für beide. Aber seine Frau hatte sich nicht unterkriegen lassen, wirkte heute stark und schwach zugleich.

Haverkorn ging ein Stück zur Seite zu den Fotos an der Wand. Das junge Ehepaar im Urlaub. In der Wüste vor Kamelen, beim Angeln irgendwo in Skandinavien, mit Skiern vor verschneiten Bergen. Auf einem Foto befanden sie sich in New York auf einem Ausflugsboot. Im Hintergrund die Freiheitsstatue und die Twin Towers. Sie stützte sich auf Krücken, mochte damals um die vierzig gewesen sein, in der Blüte ihrer Jahre. Auf dem nächsten Bild saß sie bereits in Rollstuhl. Immer war ihr Mann bei ihr. Und obwohl Haverkorn an die Worte seines Freundes Hans über Preuss' Untreue denken musste, war für ihn offensichtlich, dass diese beiden Menschen sich liebten.

†

Frida betrat den Bäckerladen in Drei, der gleichzeitig ein Stehcafé war. Es roch nach frischem Backwerk und gemahlenem Kaffee. Sie war die einzige Kundin im Laden und trat an die Theke.

»Moin! Zwei Milchhörnchen bitte.«

Die Verkäuferin setzte ihr Routinelächeln auf und packte zwei Hörnchen in eine Papiertüte. »Noch was?«

Frida zog ihr Smartphone hervor und hielt es hoch. Auf dem Display war Jos Porträt zu sehen, das sie von der Homepage ihrer Detektei heruntergeladen hatte. »Ja, eine Frage. Haben Sie diese Frau hier schon mal gesehen?«

Die Verkäuferin sah sich das Foto an. »Nein, sie kommt mir nicht bekannt vor.«

»Danke schön!« Frida verabschiedete sich, ging hinaus, nahm ein Hörnchen aus der Tüte und biss hinein.

Wo sollte sie noch nach Jo fragen? Sie hatte sich im Hotel umgehört, bei Henner Jansen und bei den Spaziergängern am Strand. Auch einige Einwohner von Drei, denen sie begegnet war, hatte sie Jos Foto gezeigt. Niemand hatte sie hier gesehen.

Frida stieg in den Jeep und fuhr zum Ortsausgang, klingelte bei Arne Peters. Sie wollte ihm den Schlüssel zurückbringen. Den Riegel an der Haustür hatte sie noch nicht reparieren können. Aber sie würde ihn natürlich ersetzen.

»Die Frau Kommissarin, kommen Sie doch bitte herein!«, sagte Arne Peters und führte sie wieder in die gemütliche Stube. »Und, haben Sie gefunden, was Sie suchten?«

»Ich habe mir einen Eindruck vom Tatort gemacht.«

Er nickte und bot ihr einen Platz an.

»Danke!« Frida setzte sich zu ihm. »Herr Peters, ich muss Ihnen noch etwas beichten. Ich habe den Riegel an der Eingangstür des Hauses aufgehebelt, weil mir der Schlüssel dafür fehlte.«

»Sie hatten doch den Schlüssel!«

»Nur den für das Türschloss. Aber die Tür war zusätzlich mit einem Riegel und einem Vorhängeschloss gesichert.«

»Von einem Vorhängeschloss weiß ich nichts.«

Frida war erleichtert, dass er sich offensichtlich nicht daran erinnerte. »Dann ist es ja nicht tragisch, dass es nun defekt ist.« Sie reichte ihm den Schlüssel. »Vielen Dank für Ihr Vertrauen!«

Er nahm ihn entgegen. »Und wie geht es nun weiter? Wird der Fall neu aufgerollt?«

»Ich kann Ihnen leider nichts versprechen. Die Spur zu dem oder den Tätern ist nach zwanzig Jahren natürlich längst kalt. Aber Tötungsverbrechen werden nie ad acta gelegt. Wir ermitteln weiter.«

Er seufzte leise. Die Antwort befriedigte ihn nicht.

»Noch eine Frage, Herr Peters. Haben Sie diese Frau schon

einmal hier gesehen?« Sie zog ihr Smartphone heraus und zeigte ihm Jos Bild.

Arne Peters blickte lange darauf. »Natürlich! Das ist sie doch, die Miriam!«

Frida starrte ihn ungläubig an. »Miriam?«

»Ja!« Er kniff die Augen zusammen. »Hier auf Ihrem Foto ist sie ein paar Jahre älter. Aber das ist eindeutig die junge Frau, die vor einigen Jahren noch einmal hier war.«

Frida brauchte einen Moment. »Sie meinen, das ist Miriam, die Überlebende aus dem Bluthus?«

»Damals waren ihre Haare nicht ganz so lang. Aber diese traurigen Augen habe ich nie vergessen. Ein hübsches Ding. Jammerschade, dass sie so eine Tragödie erleben musste.«

15

Oktober 1997
Miriam sitzt auf der Picknickdecke, starrt schlecht gelaunt auf die Ostsee und sieht den Segelbooten zu. Sie wünscht sich, dort mitfahren zu können. Einfach weg von ihren Eltern, die sie die ganze Zeit belügen.

Warum fahren sie in einen Urlaub, der gar keiner ist? Warum ist die ganze Zeit eine Frau mit einer Pistole bei ihnen? Dass sie eine Freundin ihrer Eltern ist, ist doch glatt gelogen. Sie hat vorher nie von Catrin Schill gehört, und jetzt machen sie Urlaub in ihrem Haus? Das können sie Lukas erzählen, aber doch nicht ihr! Und warum holen diese Männer Papa ab? Mama weint ständig, und Lukas nervt den ganzen Tag. Miriam ahnt, dass in ihrer Familie etwas richtig im Argen liegt. Hat Papa Mist gebaut? Stehen sie deshalb hier unter Hausarrest? Aber warum sagen sie es ihr nicht? Sie ist schon groß, sie versteht das doch! Lukas ist zu klein dafür, aber dass ihre Eltern sie für dumm verkaufen, tut weh. Sie ist kein Kind mehr! Warum behandeln sie sie wie eines?

»He, Großstadtgirl!« Kelly steht neben der Decke und lacht ihr ins Gesicht. »Macht ihr Picknick?«

Miriam spürt einen heißen Stich in ihrem Magen. Ihr Herz schlägt aufgeregt. »Mama, das ist Kelly. Ich hab sie am Strand kennengelernt.«

»Hallo, Kelly!« Mama wirft Catrin einen schnellen Blick zu. Sie nickt und lächelt.

»Möchtest du dich zu uns setzen? Schau mal, wir haben Brötchen, Bockwürste und Salat.«

Das Mädchen im Pullover sieht Miriam an. »Klar, gebongt!« Sie setzt sich zu ihnen auf die Decke.

Jetzt hat auch Miriam Appetit. Ihre Hand streift Kellys, als sie gleichzeitig nach einem Pappteller greifen. Sie lächeln sich an. Und Miriam weiß, dass sie noch nie jemanden so sehr gemocht hat wie dieses Mädchen mit den dunklen Augen. Und dass sie alles für Kelly tun würde.

†

Ludger Preuss hatte den Kaffee gebracht und sich wieder in den Sessel am Fenster niedergelassen. Nun saßen sie sich, die Porzellantassen in den Händen, gegenüber. Sie belauerten sich, keiner sagte etwas.

»Hat sie gelitten?«, fragte Preuss plötzlich, und Haverkorn brauchte einen Moment für die Antwort.

»Sie ist mit einem Bajonett richtiggehend hingerichtet worden. Sie war nicht sofort tot, wenn Sie das meinen.«

Preuss rührte nachdenklich in seiner Tasse. »Ich bitte Sie, das, was ich Ihnen nun sage, vertraulich zu behandeln.« Er sah seinen Gast an.

Haverkorn nickte. »Natürlich.«

»Ermittelt das D.I.E. noch?«

»Ja.«

»Gut, dann wissen Sie, wie brisant die Geschichte ist. Ich möchte, dass Sie den Täter finden. Er muss zur Rechenschaft gezogen werden. Sie war eine großartige Polizistin, auch wenn sie vorzeitig ihren Dienst quittiert hat. Und sie hat es ganz sicher nicht verdient, so zu sterben.« Er schwieg und trank Kaffee. Dann begann er zu erzählen.

»Wir bekamen im Oktober 1997 den Auftrag, eine Familie aus Köln ins Zeugenschutzprogramm zu bringen. Der Vater war Finanzmanager bei Vulcan Bastekis gewesen.« Er wartete auf Haverkorns Reaktion. »Sagt Ihnen nichts, der Name? In den Neunzigern nannte man ihn den ›Paten von Köln‹. Das LKA ermittelte schon Jahre gegen ihn, konnte ihm jedoch nichts nachweisen. Drogen, Menschenhandel, Prostitution und natürlich Körperverletzung und einige Auftragsmorde. Wir hatten ihn im Visier, aber er war uns immer einen Schritt voraus. Bis wir seinen Finanzmanager festnahmen. Er war sein Berater, verwaltete und verteilte das Geld des Paten, schlug ihm Investitionen vor. Bei einem Subventionsbetrug ging er uns ins Netz. Er wäre sicher ein paar Jahre eingefahren. Aber wir wollten nicht diesen kleinen Fisch, sondern den Hai, Bastekis.

Seinen Finanzheini konnten wir dazu bringen, gegen den Paten als Kronzeuge auszupacken. Im Gegenzug bot ihm der Staatsanwalt Straffreiheit an. Er hatte Angst, und es war ein Drahtseilakt, ihn zur Aussage zu bewegen. Letztlich ist es uns gelungen, und er bestand darauf, mit seiner Familie ins Zeugenschutzprogramm zu gehen.« Preuss trank einen Schluck Kaffee. »Vulcan Bastekis wurde wegen millionenschwerer Steuerhinterziehung und Geldwäsche angeklagt. Ein paar Jahre Knast wären für ihn drin gewesen. Meine Abteilung bekam den Auftrag, alles zu organisieren und die Familie des Finanzmanagers ins Zeugenschutzprogramm zu begleiten. Sie musste umgehend aus Köln weggebracht und bis zum Prozess versteckt werden. Ich habe entschieden, sie sofort in eines unser Schutzhäuser zu schicken.«

Haverkorn nickte, sagte jedoch nicht, dass er wusste, wo sich dieses Schutzhaus befand.

»Von dort aus sollte die Familie an einen neuen Standort und in ihr neues Leben verpflanzt werden. Catrin bekam von mir den Auftrag, die Familie zu begleiten und sie auf das Zeugenschutzprogramm vorzubereiten. Die Eltern bestanden darauf, dass die Kinder erst mal von einem ganz normalen Ostseeurlaub ausgingen. Also haben wir ihnen gesagt, dass Catrin eine Freundin der Eltern ist.« Er stellte seine Tasse ab und sah nachdenklich auf den Tisch. »Alles lief problemlos. Wir brieften Hannes Wössner, den Vater, für den Prozess. Der Familie ging es gut. Catrin kam ganz prima mit ihnen klar. Dann wurde sie krank.«

»Krank?«, fragte Haverkorn.

»Ja, ein Magen-Darm-Virus. Ihr ging es innerhalb von Stunden sehr schlecht. Wir mussten sie auswechseln. Ich habe Catrin zum Arzt geschickt, damit sie die Familie nicht ansteckte, und einen anderen Kollegen zum Schutzhaus beordert. Er sollte am nächsten Morgen vor Ort eintreffen. Für ein paar Stunden war die Familie auf sich allein gestellt. Kein Problem unter normalen Umständen.«

»Was ist passiert?«

Preuss sah ihn an. Ein verletzlicher Zug lag in seinem Gesicht. »Die größte Tragödie meiner Karriere. Die Familie, bis auf die zwölfjährige Tochter, wurde an jenem Abend erschossen. Der Mord trug ganz klar Bastekis' Handschrift. Er saß zwar in U-Haft, aber er hat den Mord angeordnet, da bin ich mir ziemlich sicher. Aber auch diesen Auftragsmord konnten wir ihm nicht nachweisen. Er kam schließlich auf freien Fuß.«

»Woher wusste er, wo sich die Familie befand?«

Preuss seufzte und rührte nachdenklich im Kaffee. »Das ist die Eine-Million-Euro-Frage. Es ist nie aufgeklärt worden, wer das Schutzhaus verraten hat. Gegen Catrin wurde natürlich ermittelt. Das D.I.E. fand die Umstände, warum Catrin ihren Posten im Schutzhaus so kurzfristig aufgeben musste, bedenklich. Aber ein ärztliches Attest bestätigte, dass sie wirklich sehr krank war. Der Kontakt zu Bastekis konnte ihr nie nachgewiesen werden, und sie stritt es vehement ab. Ich habe ihr geglaubt und mich für sie starkgemacht, denn sie war immer eine zuverlässige Polizistin gewesen. Aber ich denke, diese Ermittlung und der Restzweifel, der blieb, hat sie dazu getrieben, ihren Dienst zu quittieren. Insgeheim hat sie sich immer Vorwürfe gemacht, dass sie die Familie im Stich gelassen hat. Wer das Schutzhaus verraten hat, ist bis heute ein großes Fragezeichen.«

»Deshalb gibt das D.I.E. die Akte nicht heraus, weil die Ermittlungen nicht abgeschlossen werden konnten. Weil der Maulwurf in den Reihen des LKA nie gefasst wurde.«

Preuss blieb ihm die Antwort schuldig.

»Und die Tochter des Finanzmanagers hat das Attentat überlebt?«

»Ja, genau.«

»Hat sie den Mord beobachtet?«

»Nein, sie war nicht im Haus. Sie war am Strand, als es passierte. Hat sich davongeschlichen, um ein anderes Mädchen zu treffen. Als sie ins Haus zurückkam, hat sie die Leichen ihrer Eltern und ihres Bruders gefunden.«

»Furchtbar! Was ist mit ihr danach passiert?«

»Wir haben lange überlegt, ob Miriam allein ins Zeugenschutzprogramm gehen soll. Aber dieser Schritt ist ein riesiger Eingriff ins Leben eines Menschen, vor allem einer Minderjährigen. Wir haben uns schließlich dagegen entschieden. Zu ihrem Schutz haben wir eine Namensänderung erwirkt, und sie wurde in einem Internat in Süddeutschland untergebracht. Dort ist sie in Sicherheit aufgewachsen.«

»Können Sie sich erinnern, wie das Mädchen heute heißt?«

Preuss antwortete nicht sofort. »Sie denken, der Mord an Catrin hat mit diesem Attentat 1997 zu tun?«

»Ich denke gar nichts, aber ich ermittle in alle Richtungen. Ich werde mit dieser Überlebenden sprechen müssen. Sie dürfte ja heute um die dreißig Jahre alt sein.«

Preuss nickte, was wohl hieß, dass er genauso vorgehen würde. »Miriam Wössner erhielt den Mädchennamen ihrer Mutter, Arndt, und ihren zweiten Vornamen als Rufnamen, Johanna.«

Haverkorn starrte ihn an. Seine Hände zitterten leicht, und er stellte die Kaffeetasse ab. »Johanna Arndt, sind Sie sicher?«

»Ganz sicher! Ich habe sie ein paar Jahre später noch mal im Internat besucht. Dieser Fall hat mir nie Ruhe gelassen. Immerhin habe ich das Zeugenschutzteam damals angeführt. Ich fühlte mich mitschuldig an dieser Tragödie.«

Haverkorn schluckte. Johanna Arndt, die Detektivin, war die Überlebende eines Attentats, bei dem ihre ganze Familie ausgelöscht worden war. Und nun, knapp zwanzig Jahre später, war sie am Tatort, wo die Frau ermordet wurde, die damals das Schutzhaus verlassen hatte, bevor der Mord geschah. Er hatte sich geirrt. Mit dieser Vorgeschichte war sie durchaus in der Lage gewesen, Catrin Conradi zu ermorden. Sie war klug genug, das Messer in der Jauchegrube des Hofes zu versenken, hatte den Notarzt gerufen und auf die Polizei gewartet. Eine großartige Inszenierung! Niemand war dahintergekommen, dass die Täterin beim Opfer auf die Polizei wartete. Dann war sie nach ihrer Zeugenvernehmung verschwunden und abgetaucht, weil sie Haverkorns Zweifel an ihrer Geschichte gespürt hatte. Und er hatte sie laufen lassen.

»Vielen Dank, Herr Preuss«, sagte er. »Das reicht mir erst mal. Ich melde mich, wenn ich weitere Fragen habe.« Er nickte Preuss zu, der ihn überrascht ansah, ging hinaus und schloss die Tür hinter sich.

An der frischen Luft blieb er stehen und wischte sich den kalten Schweiß von der Stirn. Ludger Preuss hatte Johanna Arndt soeben das lang gesuchte Mordmotiv verschafft.

16

Frida verließ die Halbinsel und fuhr in Richtung Flensburg. Ihr war flau im Magen. Sosehr sie es auch versuchte, sie schaffte es nicht, weiterhin an Jos Unschuld zu glauben. Alles sprach gegen ihre Freundin. Ihre wahre Identität, das jahrelange Schweigen über den Mord an ihrer Familie, ihre Lüge, Catrin Conradi nicht gekannt zu haben, und natürlich ihr plötzliches Verschwinden. Ganz offensichtlich hatte sich Jo dem Haftbefehl entziehen wollen. Vielleicht war sie längst irgendwo im Ausland untergetaucht.

Das Smartphone piepte. Sie nahm das Gespräch an. »Nova?«

»Frida, ich habe Miriam Wössner gefunden.«

Sie erstarrte. Dann erinnerte sie sich, dass Nova die verschwundene Frau aus Bad Bramstedt suchen sollte.

»Du hattest recht. Die Sprechstundenhilfe hat sich erinnert, dass sie mit einer Einwohnerin von Seestermühe hier beim Arzt war. Ich bin zur Adresse dieser Frau gefahren. Miriam Wössner ist bei ihr, einer engen Freundin, untergekommen. Ihr Mann hat ihr gedroht, sie umzubringen, wenn sie nicht zu ihm zurückkehrt. Dieses Arschloch!«

»Nova, ich …«

»Das ist nicht alles! Wir lagen völlig daneben, denn sie kennt Jo gar nicht. Sie hatte noch nie Kontakt zu ihr oder zur Detektei. Ich denke, ich habe die falsche Miriam Wössner ins Visier genommen. Mein Fehler. Tut mir echt leid!«

»Nova, ich habe die richtige Miriam Wössner gefunden.«

»Was? Wo denn?«

»Es ist besser, wenn ich dir alles in Ruhe erkläre. Wo bist du jetzt?«

»Noch in Seestermühe. Aber ich fahre mit Richie wieder zurück nach Hamburg.«

»Wer ist Richie?«

»Einer unserer freien Mitarbeiter.«

»Könnt ihr zum Hof meiner Eltern fahren? Ich sage ihnen Bescheid, dass ihr kommt. Meine Mutter macht euch was zu essen, während ihr auf mich wartet. Sie freut sich immer über Besuch. Fahrt nach Deichgraben, fragt dort nach dem Paulsen-Hof.«

»Okay!«

»Ich beeile mich, bis gleich.« Sie legte auf.

Frida warf einen letzten Blick auf die Ostsee. Ein Lichtreflex auf dem Wasser blitzte auf, als wollte ihr die See einen Abschiedsgruß senden. Für einen Moment wünschte sie, nie nach Drei gefahren und Jos dunklem Geheimnis auf die Spur gekommen zu sein.

Frida fuhr auf den Hof und stellte ihren Jeep neben dem Mietwagen von Nova und Richie ab. Sie stieg aus und steckte das Smartphone in die Jeans. Als sie zum Haus ging, hörte sie über sich das Geschnatter eines Schwarms Graugänse, der sich wahrscheinlich einige hundert Meter weiter auf dem Gänserastplast niederlassen würde. Sie beobachtete die Formation, bis sie hinter dem Haus verschwand.

Die Marsch war Lebensraum für mehr als zweihundert Vogelarten. Hier an der Binnenelbe befanden sich die Brut- und Rastplätze von vielen Gänse- und Entenarten. Kormorane, Graureiher und sogar Seeadler lebten hier. In den Obsthöfen hörten sie immer wieder die Rufe von Fasanen, vor allem jetzt im Frühjahr in der Balzzeit. Frida war froh, wieder zu Hause zu sein.

Aus der Küche hörte sie Gelächter, als sie in die Diele trat. Sie stellte ihren Rucksack ab und trat ein. Arthur sprang sofort unter dem Tisch auf, um sie zu begrüßen.

»Frida! Schön, dass du wieder da bist, mein Mädchen.« Marta erhob sich vom Tisch, wo neben ihr und Fridtjof die beiden Gäste saßen, Nova und ein blasser Mann im Karohemd.

»Nette Freunde hast du. Warum hast du sie uns nie vorgestellt?« Marta brachte ein weiteres Gedeck zum Tisch. »Hier, es ist noch genug Rindfleischeintopf vom Mittag da.« Sie ging zum Küchentresen, um Brot zu schneiden.

Nova rückte auf der Bank ein Stück zur Seite, damit Frida sich setzen konnte. »Das ist Ricardo, aber wir nennen ihn Richie. Er studiert Wirtschaftsinformatik in Hamburg. Und manchmal springt er für die Detektei ein.«

Frida begrüßte ihn mit einem festen Handschlag. »Hallo, Richie.«

Er lächelte schüchtern. »Hallo.«

Frida löffelte die Suppe, während Nova von ihren Erlebnissen in der Detektei erzählte. »Da war dieser Banker, ein feiner Hamburger Pinkel. Er wollte, dass wir seine Verlobte beschatten, weil er dachte, dass sie ihn betrügt. Aber sie ging heimlich zu Treffen der AS.«

»Ich kenne nur die AA. Die Anonymen Alkoholiker«, sagte Fridtjof.

»AS sind die Anonymen Sexaholiker!« Nova schlug mit der Hand auf den Tisch. »Anonyme Sexaholiker! Könnt ihr euch das vorstellen?«

»Was es alles gibt«, sagte Marta.

»Und wie hat der Banker darauf reagiert?«, fragte Fridtjof.

»Wir haben es ihm nicht gesagt. Jo war der Meinung, wer seine Sucht bei den Programmen der Anonymen Süchtigen bekämpft, der muss auch anonym bleiben.«

Nova trank Bier, während Richie bei Wasser blieb. Fridas Vater gab ein paar Begebenheiten von der Arbeit auf seinem Hof zum Besten. Nur Frida sagte nichts. Ihre Gedanken kreisten um Jo.

»Ich glaube, wir lassen die jungen Leute jetzt mal allein«, sagte Fridtjof, der ein gutes Gespür für seine Tochter hatte. »Komm, Marta, wir gehen zu Hetfield und Cobain. Der Esel schreit schon den halben Tag nach ein paar Streicheleinheiten.«

Frida schob den Teller zur Seite und trank einen Schluck Bier aus der Flasche. »Richie, würde es dir etwas ausmachen, meine Eltern zu begleiten? Ich muss allein mit Nova sprechen.«

»Klar. Ich hab noch nie einen echten Esel gesehen.« Der Student stand auf, und Frida war überrascht, wie groß er war. Er nahm sich seine Wasserflasche vom Tisch und ging mit Marta und Fridtjof hinaus.

»Was ist denn los?«, fragte Nova und kramte eine Zigarette aus der Packung. Sie steckte sie an und nahm einen tiefen Zug. »Du tust so geheimnisvoll. Was soll Richie nicht hören?«

»Ich habe herausgefunden, dass Jo früher Miriam Wössner hieß.«

Nova starrte sie an, dann rauchte sie hektisch ein paar Züge. »Jo hieß Miriam Wössner?«

»Genau!« Frida erzählte ihr von ihren Recherchen auf Holnis. Sie ließ nichts aus. Zuletzt zeigte sie ihr auf dem Smartphone die Fotos vom Bluthus und erzählte, dass Arne Peters auf Jos Foto eindeutig die Überlebende von damals erkannt hatte. »Jetzt macht das alles auch Sinn. Jo hat immer nach der Frau gesucht, die ihre Familie in den Neunzigern in diesem Schutzhaus betreut hat. Vielleicht ist sie deshalb von München nach Hamburg gezogen. Weil sie sie hier in der Marsch aufgespürt hat.«

»Du willst doch nicht sagen, dass Jo sich gerächt und diese Conradi umgebracht hat?« Nova klopfte wütend die Asche auf Fridas Teller ab. »Denkst du das wirklich?«

»Jo hat uns alle belogen. Ich kenne sie, seit wir dreizehn waren. Aber ich dachte immer, ihre Familie sei bei einem Hausbrand gestorben. Sie hat nie von dem Mord gesprochen.«

»Vielleicht durfte sie nicht darüber reden, hast du daran schon mal gedacht? Die oder der Täter sind immer noch da draußen. Vielleicht war es das Beste, einfach die Klappe zu halten.«

»Ja, wahrscheinlich. Aber glaubst du an einen solchen Zufall, dass ausgerechnet Jo die sterbende Catrin Conradi auf dem abgelegenen Hof gefunden hat?«

Nova drückte die Kippe aus und zündete sich noch eine an. »Nein.«

»Und ist es nicht seltsam, dass sie ein Foto von dem Schutzhaus in ihrer Wohnung hatte? Nach zwanzig Jahren? Was wollte sie damit?«

Nova rauchte schweigend. Sie konnte Frida nicht ansehen.

»Warum hat Jo uns nicht eingeweiht, als sie noch einmal in der Detektei war, bevor sie verschwand? Sie hat nicht nur die Polizei, sie hat auch uns beide angelogen.«

»Jo vertraut nun mal nur sich selbst.«

Frida nickte und trank einen Schluck Bier.

»Was machen wir jetzt?«, fragte Nova. »Wir können doch nicht einfach warten, bis die Bullen Jo finden.«

»Niemand findet sie, wenn sie nicht gefunden werden will. Sie ist längst weg, wahrscheinlich irgendwo im Ausland. Sie hat das alles auf lange Sicht geplant.«

Jos Assistentin drückte die halb gerauchte Zigarette aus. »Verdammt, Frida! Das ist alles? Sie ist weg, es ist vorbei?« Sie stand auf.

»Was willst du denn tun?« Frida zog sich eine Zigarette aus Novas Packung. »Sag schon! Wie willst du Jo finden?«

In Novas Gesicht arbeitete es. Sie gab Frida Feuer, blieb ihr jedoch die Antwort schuldig.

Frida rauchte und hatte das Gefühl, es beruhige ihre Nerven. »Fahrt erst mal nach Hause. Richie erzählst du nichts davon. Es reicht, wenn wir beide Jos wahre Identität kennen.« Fridas Smartphone meldete sich. Sie zog es aus ihrer Jeans und sah, dass Haverkorn der Anrufer war.

»Hallo, Bjarne!«

»Frida, wo bist du?«

»Wieder zu Hause in Deichgraben. Und du?«

»Ich bin noch in Nordrhein-Westfalen.« Er räusperte sich, und Frida wusste in diesem Moment, dass etwas nicht in Ordnung war. »Ich habe gerade einen Anruf meiner Kollegen bekommen.«

»Und?« Frida sah Nova an, die mit versteinertem Gesicht am Küchentresen stand.

»Die Harley von Johanna Arndt wurde gefunden«, sagte Haverkorn.

Frida zog nervös an ihrer Zigarette. »Wo?«

Haverkorn zögerte. »An einem Wanderweg zur Holnisspitze, der steil nach unten führt. Im Wasser.«

Frida spürte ihren Herzschlag. »Im Wasser?«

»Die Maschine wird gerade geborgen und anschließend nach Itzehoe verbracht. Sie ist ja immer noch ein Beweisstück im Mordfall Conradi.«

»Und wo ist Jo?«

»Ich weiß es nicht, Frida. Die Kollegen der Schutzpolizei sagen, das Motorrad sei von oben ins Wasser gestürzt. Es sieht nicht gut aus.«

Frida schluckte. »Was willst du damit sagen?«

»Wir müssen davon ausgehen, dass Johanna Arndt ebenfalls da draußen ist. Die Küstenwache tut alles, um sie zu finden.«

†

Haverkorn öffnete das Gartentürchen in dem weißen Holzzaun und ging über den Kieselweg. Das Haus im Bungalowstil hatte große, fast schaufensterartige Fenster, die vermutlich von innen einen schönen Blick auf die hohen Pappeln am Zaun und den akkurat gepflegten Garten freigaben. Haverkorn sah auf seine Armbanduhr. Kurz vor zwei Uhr. Er hatte Hunger, und es zog ihn zurück in den Norden. Nachdem das Motorrad von Johanna Arndt auf Holnis entdeckt worden war und die Kollegen aus Flensburg dies gemeldet hatten, nahm der Fall wieder Fahrt auf. Andreas Vollmer hatte ein Teammeeting am Abend angesetzt. Daran wollte er gern teilnehmen. Jeden Moment erwartete er den Anruf, dass man auch Johanna Arndt gefunden hatte. Er ging nicht davon aus, dass sie diesen Sturz ins Wasser überlebt hatte.

Haverkorn stieg die zwei Stufen zur Eingangstür hinauf. Andreas Vollmer hatte auf seine Bitte hin nachgeforscht, was aus dem »Paten von Köln« geworden war. Sein Vorgesetzter hatte im Polizeisuchprogramm POLAS herausgefunden, dass Vulcan Bastekis 2002 wegen schwerer Körperverletzung und Anstiftung zum Totschlag verurteilt worden war und achteinhalb Jahre in der Justizvollzugsanstalt Dortmund eingesessen hatte. Er hatte damals zehn Jahre bekommen, war jedoch wegen guter Führung achtzehn Monate früher entlassen worden. »Heute lebt er resozialisiert im Bergischen Land«, hatte Vollmer gesagt. »Er scheint seit seiner Entlassung tatsächlich ein unbescholtenes Leben zu führen.«

Haverkorn klingelte, aber im Haus tat sich nichts. Ging

Bastekis einer Arbeit nach? Er sah sich um und bemerkte eine Bewegung im Garten. Ein Mann kam mit einer Harke den Weg herauf und blieb überrascht stehen. Er trug einen Strohhut und eine Gärtnerschürze. Vulcan Bastekis sah aus wie ein sonnengebräunter Rentner, der seine Tage im Garten verbrachte.

»Herr Bastekis?« Haverkorn hielt ihm seinen Dienstausweis vor die Nase.

Der ehemalige Pate sah nur kurz darauf. »Polizei? Habe ich einen Strafzettel nicht bezahlt?« Sein Lachen zeigte eine Reihe gebleichter Zähne. Nicht nur deshalb wirkte sein Lachen gekünstelt. In seinem geöffneten Hemd blitzte eine breite Goldkette auf.

»Haben Sie vielleicht ein Glas Wasser für mich?«, bat Haverkorn. Er wollte Bastekis nicht zwischen Kompost und Blumenbeeten befragen.

»Kommen Sie! Ist ja auch mal eine Abwechslung, wieder mit der Polizei zu sprechen.« Vulcan Bastekis führte ihn ins Haus. Seine Gummistiefel ließ er vor der Tür stehen.

Haverkorn wollte seine Schuhe ebenfalls ausziehen, aber der Hausherr winkte ab. »Lassen Sie mal, Sie haben ja nicht im Schlamm gewühlt.«

Er führte ihn in den offenen Wohnraum, der Küche und Wohnzimmer vereinte. Die großen Fenster ließen viel Licht herein. An den Wänden gab es eine Menge Bücherregale. Haverkorn ließ den Raum auf sich wirken. So stellte er sich sein kleines Reich nach der Pensionierung vor. Blick ins Grüne, viele Bücher, eine gemütliche Couch. Bastekis hatte Geschmack, das musste er zugeben. Oder war das Haus lediglich Fassade wie sein Gärtneroutfit?

»Nur Wasser oder auch einen Espresso oder Kaffee?«

Haverkorn drehte sich um. Bastekis stand in der modernen Küche vor einem Giganten von Kaffeemaschine. »Sagen Sie lieber ja. So einen guten Kaffee bekommen Sie so schnell nicht wieder.«

»Sehr gern Kaffee, danke!«

»Nehmen Sie bitte Platz! Und erzählen Sie mir, was Sie hier ins beschauliche Bergische Land führt.«

Haverkorn setzte sich und versank in den Polstern. Er sah die Buchrücken durch. Tolstoi, Brecht, Sokrates, Coelho, Stefánsson, Irving.

»Eine gute Mischung haben Sie da im Regal stehen.«

»Seit meiner Zeit in der JVA lese ich viel. Es entspannt mich, genauso wie die Gartenarbeit.« Bastekis stellte eine Tasse Kaffee und ein Kännchen Milch vor Haverkorn auf den Couchtisch. »Zucker?«

»Nein danke.«

Bastekis setzte sich mit einer Tasse Espresso ihm gegenüber. »Also, was führt Sie zu mir, Herr Haverkorn?«

Er wunderte sich, dass Bastekis sich den Namen gemerkt hatte. »Kennen Sie Catrin Schill oder Catrin Conradi?«

Der ehemalige Pate zuckte die Schultern. »Nicht, dass ich wüsste. Woher sollte ich sie denn kennen?«

»Sie hat Mitte der Neunziger beim LKA Nordrhein Westfalen gearbeitet.«

»Und?«

»1997 wurde ein enger Mitarbeiter von Ihnen erschossen aufgefunden, Hannes Wössner.«

»Ich erinnere mich. Tragische Geschichte. Es hieß, er habe erst seine Frau, seinen Jungen und dann sich selbst umgebracht. Erweiterter Suizid im Urlaub. Nicht zu fassen!«

»Oder er wurde ermordet, weil er gegen Sie aussagen wollte.«

Bastekis zeigte sein künstliches Gebiss. »Die alte Geschichte! Es gab damals keine Beweise dafür, und auch heute klopfen Sie nur auf den Busch.«

»Kennen Sie diese Frau?« Er zog ein Foto von Johanna Arndt aus der Tasche.

Sein Gegenüber blickte lange darauf. »Hübsches Ding. Leider kenne ich sie nicht. Wer ist sie?«

»Die Tochter der Familie, die das Massaker damals überlebt hat.«

»Das ist die kleine Wössner?« Er sah sich das Foto noch einmal an. »Tut mir sehr leid, was ihrer Familie damals passiert ist. Es war sicherlich nicht leicht für sie in den letzten Jahren. Wo ist sie aufgewachsen?«

»In einem Internat.«

Haverkorn sah Bastekis prüfend an, aber er zeigte keine Regung. Er trank einen Schluck Kaffee, der hervorragend war.

»Diese Frau hat Sie nie aufgesucht, nachdem Sie aus dem Gefängnis entlassen wurden?«

»Warum sollte sie das tun?« Bastekis lächelte. »Nein, sie war nie hier. An eine solche Frau würde ich mich sicherlich erinnern.«

Haverkorn glaubte ihm nicht. Seine resozialisierte Erscheinung war eine gut inszenierte Fassade. Menschen wie er änderten sich nicht. Jedenfalls nicht so grundlegend. Bastekis war glatt wie ein Aal. Eine direkte Konfrontation mit dem Dreifachmord an der Familie von Johanna Arndt machte ihn weder unsicher noch aggressiv. Er genoss es, den unbescholtenen Bürger zu mimen.

»Wovon leben Sie jetzt, Herr Bastekis? Fast zehn Jahre JVA. Wie konnten Sie sich dieses Haus leisten? Hat jemand Ihr Blutgeld verwaltet?«

Das Lächeln des Hausherrn verschwand. »Sie sind mein Gast, Herr Haverkorn. Aber treiben Sie es nicht zu weit.«

»Diese Frage müssen Sie sich schon gefallen lassen. Immerhin wurde damals während des Prozesses Ihr gesamtes Vermögen eingefroren und nach dem Schuldspruch an die geprellten Gläubiger verteilt. Also, wer finanziert Sie heute so großzügig?«

Bastekis schwieg. Sein Blick war eiskalt. Das Raubtier war noch immer da, Haverkorn sah in seine hässliche Fratze. Doch dann lehnte der ehemalige Pate sich entspannt zurück und verschränkte die Hände hinter seinem Kopf.

»Ich habe gute Freunde und eine intakte Familie. Sie haben mir achteinhalb Jahre die Treue gehalten. Die Zeiten sind rau, mein Freund. Ich hoffe, Sie können sich mit Ihrer Familie so glücklich schätzen wie ich.« Er stand auf. »Und jetzt raus hier!«

†

Am Rand der Absturzstelle wehte das polizeiliche Flatterband. Ein paar Schaulustige waren ebenfalls stehen geblieben und sahen hinunter aufs Wasser. Jos Harley war geborgen und weggebracht worden. Die Polizeitaucher hatten die Suche abgebrochen, als Frida hier angekommen war. Wenn Jo mit der Maschine ins Wasser gestürzt war, dann hatte die Strömung sie längst in die offene See getragen. Jetzt konnten sie nur warten, dass die Küstenwache sie fand. Aber Frida wollte nicht warten, sie wollte etwas tun! Sie hatte Nova trotz ihres Protests mit Richie zurück nach Hamburg geschickt und war sofort wieder nach Holnis gefahren. Auf dem Hof hätte sie keine ruhige Minute mehr verbracht. Wenn die Küstenwache Jo fand, wollte sie bei ihr sein.

»War das Ihre Freundin?« Henner Jansen war neben ihr stehen geblieben und blickte mit ihr auf die Ostsee. »Jeder im Ort redet nur noch über diesen Selbstmord.«

»Sie hat sich nicht umgebracht.«

Der Campingwart schwieg. »Es ist gut, Hoffnung zu haben.« Er sah sie verlegen von der Seite an.

Sie fröstelte und schlang die Arme um ihren Körper.

»Es wird bald dunkel.«

Frida starrte aufs Wasser. Sie wollte hier nicht weg.

»Haben Sie ein Zimmer?«

Daran hatte sie noch gar nicht gedacht. Sie schüttelte den Kopf.

»Kommen Sie. Sie können bei uns auf dem Campingplatz übernachten. Mutter freut sich auch, wenn wir einen Gast haben.«

Sie war froh, dass Jansen ihr die Suche nach einer Übernachtungsmöglichkeit abnahm. Sie ging mit ihm zurück zum Jeep, neben dem ein alter Lada Niva parkte. Er hatte dieselbe dunkle Farbe wie ihr Wagen. War Jansens Mutter deshalb so selbstverständlich bei ihr eingestiegen, als sie sie am Strand gefunden hatte? Und war sie die Gestalt gewesen, die sich auf dem Parkplatz an ihrem Auto zu schaffen gemacht hatte?

Frida setzte den Wagen zurück und folgte Henner Jansens Lada. Sie würde hier auf der Halbinsel bleiben, bis die Küstenwache Jo fand. Tot oder lebendig.

17

»Wir können nicht einen zwanzig Jahre alten Fall aufrollen. Vor allem nicht, wenn er in einer ganz anderen Zuständigkeit liegt.« Andreas Vollmer lehnte sich in seinem Bürostuhl zurück. »Das LKA NRW wird uns durch die Mangel drehen, wenn die merken, dass wir in einem ihrer Altfälle ermitteln. Nichts für ungut, Bjarne, aber wir müssen in der Leichensache Conradi vorwärtskommen. Und Johanna Arndt wurde noch immer nicht gefunden.«

Haverkorn atmete durch. »Das hängt doch alles zusammen. Vulcan Bastekis hat mich angelogen. Er kennt sie, da bin ich mir sicher. Er ist ein wichtiges Puzzleteil. Catrin Conradi hat damals das Schutzhaus verlassen, kurz bevor die Familie liquidiert wurde. Und der Einzige, dem dieser Mord etwas nützte, war Bastekis. Wir müssen die Verbindung zwischen der Conradi und dem ehemaligen Paten finden.«

»Wir müssen zuallererst Johanna Arndt finden. Sie ist unsere Hauptverdächtige. Hoffentlich lebt sie noch.«

Haverkorn nickte. Die Küstenwache suchte seit den Mittagsstunden nach der Harley-Fahrerin. Aber bisher hatten sie nichts gefunden. »Lass mich wenigstens eine Funkzellenabfrage im Umkreis von Bastekis' Haus machen. Es gibt eine Nummer auf der Telefonliste von Catrin Conradi, die wir noch immer nicht zuordnen können. Das Prepaid-Handy, das am Vorabend der Tat nur für einen einzigen Anruf benutzt wurde.«

»Gut, mach das, wenn du dann ruhiger schlafen kannst. Ich

kläre das mit den zuständigen Kollegen in Köln ab. Aber unsere Priorität liegt auf Johanna Arndt!«

»Wir brauchen endlich die vollständige Akte von Conradi. Kann nicht der BKI-Leiter noch mal Druck beim D.I.E. in Düsseldorf machen?«

»Ich spreche mit ihm.« Vollmer notierte sich etwas. »Mach dich auf den Heimweg. Du siehst müde aus.«

»Es geht schon. War eine lange Fahrt.« Haverkorn erhob sich. »Ist die Leiche von Catrin Conradi schon freigegeben worden?«

Sein Vorgesetzter nickte, während er etwas notierte. »Ja, gestern. Die Beisetzung ist am Donnerstag. Willst du hingehen?«

Haverkorn brauchte einen Moment. »Ich denke schon. Immerhin war sie eine Kollegin.« Sein Handy vibrierte in der Tasche. Er zog es heraus, sah eine Hamburger Nummer.

Vollmer schloss sein Notizbuch. »Geh ruhig ran, wir sind durch.«

Er nahm das Gespräch an. »Haverkorn.«

»Herr Haverkorn, hier ist Dr. Ahrendt. Können Sie morgen früh ins Krankenhaus kommen?«

»Was ist denn los?«

»Wir müssen uns dringend unterhalten.«

†

Oktober 1997

Endlich haben sie ein paar Stunden Zeit ohne Catrin. Sie hat beim Frühstück gesagt, dass sie einen Termin in Flensburg hat. Erst am Abend wird sie wieder zurück sein.

Weil es draußen regnet, hat Papa vorgeschlagen, Mau-Mau zu spielen. Lukas ist Feuer und Flamme. Mama verliert immer und versucht, gute Miene zum bösen Spiel zu machen. Und Lukas schummelt ständig. Wenn Miriam aufbegehrt, beschützt ihn Mama. »Das ist doch nur ein Spiel, Miri, verdirb ihm doch nicht die Freude!«

Miriam wirft die Karten auf den Tisch. »Dann spielt doch allein!«

»Jetzt reiß dich mal zusammen!«, sagt Mama streng.

Papa nickt Miriam zu. »Na komm! Nimm deine Karten, ohne dich macht es keinen Spaß!«

»Ich spiele mit, wenn ich dann ein paar Stunden rüber zu Kelly zum Campingplatz darf.«

Papa nickt, aber Mama verzieht das Gesicht. »Was hast du nur mit diesem Mädchen? Sie gefällt mir nicht, Miriam! Sie hat keinen guten Einfluss auf dich.«

»Nur weil ich mit ihr und den anderen gern zusammen bin?«

Mama seufzt. »Sie ist doch viel zu alt für dich! Such dir ein paar Freunde in deinem Alter.«

Miriam springt auf. »Ich will keine anderen Freunde! Kelly ist cool. Und ich mag sie!«

»Seit du dieses Mädchen getroffen hast, bist du völlig aus dem Häuschen. So kenne ich dich gar nicht!«

»Nun lass sie doch!«, mischt sich Papa ein. »Wir können Kelly doch mal zu uns zum Essen einladen.«

»Du willst sie hierher einladen?« Mama sieht ihn vorwurfsvoll an. »Das sollten wir erst mit Catrin besprechen!« Sie stockt.

»Wieso denn Catrin? Warum soll die denn entscheiden?«

»Immerhin ist es ihr Haus!«

Miriam wird laut. »Ich kann sie nicht leiden! Warum ist die ständig überall dabei?«

»Sie ist bei uns, weil wir zu Gast in ihrem Haus sind. Und wenn du dich nicht zusammenreißt, siehst du deine Freundin gar nicht wieder!« Mama sieht sie böse an. »Kannst du dich nicht einmal am Riemen reißen? Immer deine Extrawürste hier! Ich hab es so satt!«

»Weißt du, was ich satthabe? Dass Lukas euer kleiner Liebling ist. Und dass alles, was ich mache, falsch ist.«

Lukas sieht seine Schwester an und fängt an zu weinen.

Auch Miriam kommen die Tränen. »Dieser Urlaub ist einfach nur scheiße! Und ihr verheimlicht uns die ganze Zeit was!«

»Miriam, Schluss jetzt!«, ruft Mama.

»Denkt ihr, ich merke das nicht? Von wegen Catrin ist eure Freundin! Die trägt eine Pistole unter der Jacke!«

Sie sieht die überraschten Gesichter ihrer Eltern.

Langsam erhebt sich Papa. »Miri, kann ich mal allein mit dir reden?«

Miriam wischt sich mit dem Ärmel Tränen und Schnodder aus dem Gesicht. Sie hatte gar nicht sagen wollen, was sie gesehen hat. Es ist ihr einfach so rausgerutscht. Sie steht auf und folgt Papa.

Er öffnet die Wohnzimmertür zur Diele. Da steht Catrin vor ihnen. Sie sieht furchtbar aus. Sie ist völlig durchnässt und kreidebleich im Gesicht, stützt sich am Türrahmen ab. Alle starren sie an. In diesem Moment krümmt sie sich und übergibt sich vor ihnen auf den Teppich.

†

Mutter Jansen freute sich über den Besuch, auch wenn sie Frida immer noch für eine Bekannte namens Karin hielt. Sie tätschelte ihr beim Essen die Hand. »Iss, mein Kind. Du bist zu dünn!«, sagte sie und aß selbst nur wenige Löffel von der Gulaschsuppe, die Henner Jansen zubereitet hatte. Frida war überrascht, wie gut er kochen konnte. Er hatte sogar das Brot selbst gebacken. Vor allem aber überraschte sie, wie liebevoll er mit seiner kranken Mutter umging. Auf den ersten Blick war er ihr nicht sympathisch gewesen, aber das änderte sich an diesem Abend. Er gab sich Mühe mit ihr und seiner Mutter, und er hatte einen ganz eigenen Humor.

»Mutsch, ich zeige Frida, wo sie schlafen kann. Lass das Geschirr stehen, ich kümmere mich später darum.« Henner Jansen half ihr beim Aufstehen. »Komm, du gehst in deinen Sessel.« Er führte die alte Dame ins Wohnzimmer, und als sie gemütlich mit ihrem Strickzeug im Sessel saß, ging er mit Frida hinüber zu den Bungalows.

»Ich hoffe, Sie haben keine Angst so allein hier draußen. Ich habe überall Bewegungsmelder installiert. Aber meistens werden sie nur von den Karnickeln in Gang gesetzt.« Er lachte. »Sie bekommen die gemütlichste und kleinste Behausung, die ich habe. Außer Sie lieben Doppelstockbetten.« Er lachte und zeigte auf die langen barackenähnlichen Bungalows, in denen wahrscheinlich die Schulklassen untergebracht wurden.

»Ich denke, diese Phase habe ich hinter mir«, sagte Frida. »Ich bin sehr froh, dass ich hierbleiben kann. Vielen Dank, Henner!«

Er führte sie zu einem der vier Wohnwagen abseits der Bungalows, über die eine feste Bedachung gebaut worden war.

»Das ist purer Luxus hier.« Der Campingwart schloss einen der Wohnwagen auf, und sie traten ein. Er schaltete das Licht an. »Das Wasser in der Toilette funktioniert. Aber wenn Sie duschen wollen, gehen Sie bitte rüber zu den öffentlichen Anlagen. Das ist gleich schräg gegenüber.« Er zeigte auf einen langen Sanitärbau.

»Okay, danke!«

Er öffnete einen Schrank und holte Bettwäsche und Handtücher heraus. »Alles frisch gewaschen.« Dann half er Frida,

Tisch und Couch in ein Bett umzufunktionieren. »Wenn Sie noch etwas brauchen, wissen Sie ja, wo Sie mich finden. Frühstück ist um acht Uhr fertig.«

»Das ist ja wie Urlaub.« Frida setzte ihre Tasche ab.

»Sie können gern länger bleiben. Ab der zweiten Nacht kostet diese Villa fünfzehn Euro. Frühstück kostet extra.« Er zeigte seine schiefen Zähne. Dann lüftete er seine Mütze und ließ sie allein. »Gute Nacht!« Er schloss die Wohnwagentür hinter sich.

Frida sah sich um. Die Gardinen mit Blümchenmuster an den Fenstern ließen Erinnerungen aufkommen. Einmal hatte sie mit ihren Eltern in so einem Wohnwagen Urlaub an der Ostsee gemacht. Es waren wunderschöne Tage gewesen. Sie und ihr Vater hatten das Campen geliebt, ihre Mutter hatte die Enge, vor allem in der kleinen Küche, gehasst, also hatte Fridtjof den Wohnwagen nach besagtem Urlaub wieder verkauft. Zu Fridas Leidwesen.

Sie schloss die Gardinen und bezog das Bett. Alles duftete nach frischer Wäsche. Auch wenn Henner Jansen einen etwas schluderigen Eindruck machte, diese kleine Behausung war ordentlich und sauber.

Frida verließ den Wohnwagen und ging hinüber in den Sanitärtrakt, um zu duschen. Ein Karnickel sprang davon, als sie über den Weg lief. Sie trat in den Duschbereich und knipste das Licht an. Es roch nach Seife und Desinfektionsmittel. So wie damals. Es war ein eigenartiges Gefühl, allein in diesem großen Gebäude zu sein. Sie konnte zwischen zehn Duschen wählen, die im Sommer sicherlich voll ausgelastet waren. Frida sah sich um und legte Handtuch und Kulturbeutel auf einer Holzbank ab. Auch die Sanitäranlagen waren gepflegt und sauber. Sie duschte lange und heiß. Kurz nach zehn lag sie im Bett und schlief sofort ein.

Frida erwachte und brauchte einen Moment, um sich zurechtzufinden. Dann erinnerte sie sich an den letzten Abend und setzte sich im Bett auf. Nur Vogelgezwitscher war draußen zu hören. Sie zog die Gardinen auf. Wie lange hatte sie geschlafen? Sie sah auf ihre Uhr. Es war fast neun Uhr.

Frida stand auf und schob die Tür auf, atmete die frische Seeluft ein. Ein Karnickel sprintete im Zickzack über den Platz. Ein anderes saß auf der Wiese und äste Gras, ohne sich von Frida stören zu lassen. Leise rauschte die Ostsee auf der anderen Seite der Straße. Lange hatte sie nicht mehr so gut geschlafen. Vielleicht verlängerte sie ihren Aufenthalt tatsächlich noch um ein paar Tage.

Dann erinnerte sie sich, warum sie zurück nach Drei gekommen war. Ein unruhiges Gefühl überkam sie. Ob die Küstenwache Jo schon gefunden hatte? Ihr Smartphone zeigte keine entgangenen Anrufe an. Haverkorn hätte sie informiert, wenn es etwas Neues gäbe. Sie wählte trotzdem seine Nummer, aber er ging nicht dran.

»Na, gut geschlafen?« Henner Jansen kam mit einer Harke über den Hauptweg gelaufen. »Frische Brötchen, selbst gemachte Marmelade und Kaffee gibt es in der Küche.«

»Klingt toll! Ich putze mir die Zähne, dann komme ich.«

Er stützte sich auf der Harke ab. »Schön hier draußen, oder?«

Frida lächelte. »Sie leben da, wo andere Urlaub machen. Aber im Winter ist es doch sicher sehr einsam hier …?«

Er schürzte die Lippen. »Ach was! Im Winter mache ich es mir mit Mutsch auch gemütlich. Warum sollte ich irgendwohin fahren, wenn ich das alles hier habe?«

†

Haverkorn hatte kaum geschlafen. Dr. Ahrendt hatte am Telefon keine weiteren Angaben zum Zustand von Henrikje machen wollen. Er hatte ihn auf das Gespräch heute Morgen vertröstet. Wie stand es um seine Tochter? Gab es vielleicht bereits einen Spender über die Organspenderliste? Sollte er deshalb so dringend ins Krankenhaus kommen?

Auch der Arzt schien keine gute Nacht verbracht zu haben. Er sah übernächtigt aus, hatte dunkle Augenringe. Er wies auf einen der Besucherstühle. »Bitte setzen Sie sich doch, Herr Haverkorn. Möchten Sie einen Kaffee?«

»Danke, nein. Kommen wir gleich zur Sache.«

Dr. Ahrendt nickte und zog eine Akte heran, blätterte langsam und sah ihm dann direkt in die Augen. »Die Werte von Henrikje Kallus sind besorgniserregend. Wir müssen in den nächsten zwei Wochen einen Spender finden, sonst kann ich leider nichts mehr für Ihre Tochter tun.«

Haverkorn schluckte. »Dann finden Sie doch bitte einen Spender für sie!«, sagte er lauter, als er gewollt hatte.

»Das versuchen wir! Aber es gibt bisher kein kompatibles Organ für Ihre Tochter.«

»Hat sich denn Henrikjes Schwester endlich testen lassen?«, fragte Haverkorn in einer plötzlichen Eingebung.

Dr. Ahrendt deutete ein Kopfschütteln an. »Leider nein. Jutta Köster sagte mir, dass sie für eine Spende nicht zur Verfügung steht.« Er erwiderte Haverkorns enttäuschten Blick. »Leider!«

»Dann spreche *ich* noch mal mit ihr.«

»Einen Versuch ist es wert. Sagen Sie ihr, dass ich mir jederzeit Zeit für sie nehme, wenn sie Fragen zur Spende oder zum Testprogramm hat.«

»Ich verstehe nicht, was zwischen den beiden vorgefallen ist, dass sie es so vehement ablehnt, Henrikje zu helfen.«

»Ihre Frau sagte mir, dass Frau Werner große Angst vor den Folgen der OP hat. Ein Gespräch mit mir könnte ihr diese möglicherweise nehmen. Aber sie ist dazu nicht bereit.«

»Ich rede mit ihr.« Entschlossen stand Haverkorn auf und drückte dem Arzt die Hand, bevor er ging.

†

Ein loses Ende des polizeilichen Absperrbandes flatterte im auflandigen Wind. Noch immer war die Unfallstelle abgesperrt, obwohl hier an der Holnisspitze längst nicht mehr nach Jo gesucht wurde. Frida starrte den Abhang hinunter auf das Wasser. Das Rauschen der Wellen und das hungrige Kreischen der Möwen war eine Geräuschkulisse, die sie beruhigte. Die Raubvögel flogen dicht an ihr vorbei. Aber Frida rührte sich nicht von der Stelle.

Haverkorn hatte auf ihre Anrufe nicht reagiert. War das ein gutes oder schlechtes Zeichen? Hatte er noch immer keine Neuigkeiten? Oder hatte die Küstenwache Jos Leiche längst gefunden, und er zögerte es so lange wie möglich hinaus, ihr diese Nachricht zu übermitteln?

Frida fror in ihrer Lederjacke. Wie hatte es zu dieser Tragödie kommen können? Warum war Jo allein nach Holnis gefahren und hatte sich ihr nicht anvertraut? Frida dachte an ihr Gespräch im Apfelhof vor einigen Tagen. Hatte sie es dort im Regen versucht, war sie deshalb raus in die Marsch gekommen? Frida versuchte, sich genau an ihre Worte zu erinnern. Hatte sie falsch reagiert, dass Jo nicht mit der Sprache herausgerückt war? Sie wusste es nicht. Und selbst wenn, es war zu spät.

Sie zog ihr Smartphone aus der Tasche, um Nova anzurufen, die bereits zwei Anrufe auf der Mailbox hinterlassen hatte. Aber was sollte sie ihr sagen? Dass Polizei und Küstenwache bisher vergebens Jos Leiche in der Ostsee suchten? Das Wasser hatte heute höchstens vier Grad. Wenn Jo wirklich im Wasser war, war sie längst nicht mehr am Leben. Aber Jo war zäh. Vielleicht hatte sie es nach dem Sturz von der Klippe doch an Land geschafft und sich irgendwo verkrochen. Frida konnte und wollte die Hoffnung nicht aufgeben.

Sie steckte das Smartphone wieder ein. Hier konnte sie nichts tun, aber sie konnte die Halbinsel auch nicht verlassen, bevor sie wusste, wo ihre Freundin war.

Frida stieg in den Jeep und fuhr in Richtung Festland.

Auf der Polizeidienststelle in Glücksburg wurde sie freundlich empfangen, als sie ihren Dienstausweis vorzeigte. Aber niemand konnte oder wollte ihr etwas zur Suchaktion in der Flensburger Förde sagen. Sie trank einen Kaffee mit den Kollegen und hinterließ ihre Handynummer.

Wie froh sie war, dass sie bei Henner Jansen untergekommen war. Der Wohnwagen war gemütlich und preiswert. Selbst der seltsame Kauz und seine demente Mutter wuchsen ihr langsam ans Herz. Sie hielt an einem Supermarkt und kaufte einige Lebensmittel ein. Heute Abend würde sie für die Jansens kochen, das hatte sie am Frühstückstisch vorgeschlagen. Sie wollte noch einmal mit ihnen über das Bluthus sprechen.

Zurück auf dem Campingplatz brachte sie die Einkäufe zum Haus. Mutter Jansen öffnete. »Karin! Das ist eine Freude!« Sie hielt Frida die Tür auf.

»Wir kochen heute was Leckeres, Frau Jansen.« Sie ging in die Küche, und die Mutter des Campingwarts half ihr, die Tüte auszuräumen.

»Ach, Mutsch!«, sagte Henner Jansen, als er plötzlich in der Küche stand. »Du kannst doch das Hackfleisch nicht in den Küchenschrank legen.«

Er nahm die Packung aus dem Fach und verstaute sie im Kühlschrank. »Was gibt es denn?«

Frida stellte demonstrativ eine Dose Kapern vor ihm ab.

»Hackfleisch und Kapern? Königsberger Klopse?«

Sie nickte und legte ein Netz Rote Beete daneben. »Und ein paar Vitamine. Ich hoffe, Sie essen das ebenfalls gern?«

»Wir essen eigentlich alles, Mutsch. Ne? Vor allem, wenn es so hübsche junge Frauen kochen.« Er zwinkerte ihr zu und führte seine Mutter zu ihrem Stricksessel.

»Ich komme heute gegen sechs wieder, wenn das okay ist«, sagte Frida beim Rausgehen.

Jansen machte eine zustimmende Geste und legte seiner Mutter eine Decke über die Knie. »Königsberger Klopse, Mutsch. Das haben wir lange nicht mehr gegessen, stimmt's?«

Frida lief hinüber zu ihrem Campingwagen, nahm den Laptop aus der Tasche und ging ins Internet. Jansen hatte ihr beim Frühstück das Passwort für den kostenlosen WLAN-Zugang gegeben. Sie suchte in einer Suchmaschine nach den Schlagzeilen, die den Unfall an der Holnisspitze betrafen. Aber die Presse wusste offensichtlich noch weniger als sie selbst. Es wurden nur Mutmaßungen angestellt, was passiert sein könnte. Vom tragischen Unfall bis hin zum geplanten Suizid.

Frida klappte den Laptop zu. Sollte sie die Küstenwache anrufen? Die würden ihr vermutlich auch keine Auskunft geben. Außer, sie spielte die Polizeikarte aus. Sie nahm ihr Smartphone und wählte nochmals Haverkorns Nummer.

Er meldete sich sofort. »Frida, entschuldige. Ich habe es noch nicht geschafft, zurückzurufen.«

»Gibt es was Neues von Jo?«

»Nein, bisher nicht. Es tut mir leid!«

»Suchen sie noch nach ihr?«

»Natürlich! Die Küstenwache ist heute Morgen wieder

rausgefahren. Aber die Strömungen an der Küste sind tückisch. Wir haben auch die MHV, also die dänischen Kollegen, informiert.«

»Denkst du, dass sie noch gefunden wird?«

»Mir ist bewusst, dass du dir große Sorgen machst. Ich melde mich, sobald ich was weiß!«

»Ich dreh hier bald durch!«

Er hustete. »Ich weiß, was es heißt, sich um jemanden Sorgen zu machen, den man sehr gernhat. Wie ohnmächtig man sich fühlt, wenn einem die Hände gebunden sind.«

»Gibt es einen Ansprechpartner bei der Küstenwache? Bitte sag mir, was ich tun kann!«

Er schwieg einen Moment. »Wenn es dir hilft, eine Aufgabe zu haben, dann versuche doch bitte herauszufinden, was Johanna Arndt auf Holnis wollte. War sie noch einmal in diesem alten Schutzhaus? Hat sie mit jemandem gesprochen? Was hat sie in Drei gesucht?«

Frida stöhnte. Als ob sie das nicht längst versucht hatte. Aber Haverkorn hatte recht. Alles war besser, als auf eine Nachricht von Jo zu warten. Und wenn sie die ganze Halbinsel auf den Kopf stellen musste – sie würde herausfinden, weshalb Jo hierhergekommen war.

18

Haverkorn sah die Spurenberichte seiner Kollegen im Fall Conradi durch. Aber seine Gedanken waren immer wieder bei Henrikje. Sie hatte geschlafen, als er nach dem Gespräch mit Dr. Ahrendt in ihr Zimmer gegangen war. Eine Weile hatte er neben ihrem Bett gesessen und sie angesehen. Ihr Gesicht war noch blasser gewesen als beim letzten Mal. Tiefe Schatten lagen unter ihren Augen, und sie wirkte noch dünner als sonst. Und er hatte in diesen Minuten gespürt, wie eng verbunden sie beide nach so kurzer Zeit schon waren. Dass er es nicht ertragen würde, sie doch noch zu verlieren. Er war nach einigen Minuten gegangen und nach Itzehoe gefahren, um sich mit Arbeit abzulenken. Nun saß er seit einer Stunde hier und hatte keine zwei Seiten gelesen. Die Buchstaben verschwammen, seine Konzentration war auf dem Tiefpunkt.

Schwerfällig stand Haverkorn auf, ging in die Kaffeeküche und schenkte sich Kaffee nach. Dann schaute er kurz bei seinen Kollegen vorbei. Ihre unzufriedenen Gesichter spiegelten den Ermittlungsstand wider. Es gab noch immer keine durchschlagenden Neuigkeiten im Fall Catrin Conradi. Johanna Arndt blieb verschwunden. Und der Antrag auf die Funkzellenabfrage bei Vulcan Bastekis musste erst in Köln von der zuständigen Behörde abgenickt werden. Haverkorn hatte das Gefühl, dass sie wieder einmal auf der Stelle traten.

»Bjarne? Du hast Besuch!« Seine Kollegin Anja Schlüte stand vor seinem Schreibtisch.

Er hatte gar nicht bemerkt, dass sie hereingekommen war.

»Ihr Name ist Jutta Köster.«

»Ach, Jutta! Stimmt.« Er stand auf und ächzte leise. Sein Ischias machte ihm seit dem Morgen wieder Probleme. »Wo ist sie?«

»Sie sitzt im Flur. Soll ich sie herbringen?«

»Ich komme, Anja. Danke dir!«

Jutta sah müde aus. Sicherlich hatte Dr. Ahrendt sie ebenfalls informiert, dass Henrikjes Zustand sehr bedenklich war.

»Jutta! Gut, dass du kommen konntest.«

»Hallo, Bjarne.« Ihre Hand war ganz kalt, als sie sie ihm reichte. »Ich weiß nicht, was ich noch tun kann.« Sie wischte sich eine Träne aus dem Augenwinkel.

»Komm, wir gehen raus und suchen uns ein kleines Lokal. Wir müssen über unsere Tochter sprechen. Und über ihre Schwester.«

†

Frida zog den Radius ihrer Befragungen weiter. Hatte sie sich erst nur auf die Anwohner von Drei konzentriert, so fuhr sie nun noch ein Stück hinaus in Richtung der Steilküste. Sie parkte am Fährhaus Holnis. Die Sonne zeigte sich immer öfter und wischte die letzten nassen und kalten Tage schnell aus ihrem Gedächtnis. Frida erkundete das parkähnliche Grundstück. Das schneeweiß gestrichene Haus mit Reetdach und die Nebengebäude waren alt, sicher weit über hundert Jahre. Es war heute ein Hotel mit einem hauseigenen Restaurant. Frida ging hinein und bestellte sich einen Ostfriesentee, genoss den Ausblick über die Flensburger Förde durch die großen Panoramafenster. Aber auch hier im Restaurant waren nur einige Touristen und Wanderer eingekehrt, die weder das Bluthus noch Jo kannten. Sie zahlte und ging hinaus, lehnte sich an ihren Jeep und genoss die Sonne, die ihr Gesicht wärmte. Sie kam kein Stück weiter. Wenn Jo tatsächlich hier auf Holnis gewesen war, wo hatte sie eine Spur hinterlassen? Frida angelte eine Flasche Wasser aus dem Jeep und trank ein paar Schlucke.

Wenn sie wüsste, was Jo in Drei gewollt hatte, könnte sie nachvollziehen, wo sie gewesen war. Ausschließen konnte sie, dass sie nochmals bei Arne Peters und somit im Bluthus gewesen war. Sie stockte. Konnte sie das wirklich ausschließen? Was, wenn Jo vor zehn Jahren, als sie den Schlüssel von Arne Peters bekommen hatte, einen Nachschlüssel hatte anfertigen lassen? Zuzutrauen wäre ihr das definitiv.

Sie musste noch einmal ins Bluthus. Beim letzten Mal hatte sie sich nur ganz allgemein umgesehen, war von den Spuren der Bluttat abgelenkt gewesen. Frida stieg ein und startete den Jeep. Sie musste zu Arne Peters, um den Schlüssel zu holen. Und dann würde sie das Haus vom Dach bis zum Keller durchsuchen. Wenn Jo vor Kurzem dort gewesen war, würde sie das herausfinden.

†

Jutta hatte sich einen Kräutertee bestellt, Haverkorn einen Kaffee. Er würde nie wieder Pfefferminztee trinken können, ohne an das Gespräch mit Jutta zu denken, bei dem sie ihm von Henrikje erzählt hatte.

»Wenn ich Henni da liegen sehe, ist es so schwer, nicht in Tränen auszubrechen. Was machen wir denn jetzt?« Juttas Stimme transportierte ihre Verzweiflung. Sie wischte sich eine Träne aus dem Augenwinkel.

»Wir haben noch eine Option«, sagte Haverkorn ruhig. Er musste seine Worte vorsichtig wählen, denn er brauchte Jutta auf seiner Seite. »Würdest du noch mal mit deiner anderen

Tochter sprechen? Es ist wichtig, dass sie sich im UKE testen lässt.«

Jutta schüttelte ihren Kopf. »Ich habe Ilka schon bekniet, Henni zu helfen. Sie will es einfach nicht.«

»Sie wird das irgendwann bereuen, wenn ihre Schwester stirbt.«

»Das nimmt sie in Kauf, sagt sie.«

»Warum hasst sie Henrikje so?«

»Sie hasst sie nicht. Nur ist ihre Angst stärker, dass sie selbst sterben wird. Eine Operation bedeutet immer ein Risiko. Und Ilka ist einfach ein ängstlicher Mensch. Ganz anders als Henni.« Sie trank einen Schluck Tee. »Manchmal denke ich, Henni hat viel von dir. Und Ilka viel von ihrem Vater. Sie sind so verschieden, obwohl beide meine Töchter sind.«

»Wir müssen Ilka überzeugen. Du kennst sie am besten. Sag mir, wie wir das schaffen können.«

Jutta schwieg. Sie sah hoffnungslos aus, zuckte die Schultern. »Ilka ist unglaublich ängstlich, und ihr Mann bestärkt sie in ihrer Angst. Ich kann sie nicht umstimmen. Vielleicht gelingt es dir.«

»Ich werde mit ihr sprechen.« Haverkorn sah Jutta an und fragte sich, was gewesen wäre, wenn er damals von der Schwangerschaft gewusst hätte. Wäre er bei ihr geblieben? Bis zur Geburt, ein paar Jahre danach, vielleicht bis heute? Er hätte seine Tochter aufwachsen sehen können. Vielleicht hätte es sogar mit Jutta funktioniert. Mit Ursula hatte er sich auch arrangiert, obwohl ihre Ehe kinderlos geblieben war.

»Woran denkst du?«, fragte Jutta.

»An unser Gespräch in der Pizzeria.« Er ließ sie diesen Themenwechsel verdauen. »Ich frage mich, wie unser Leben verlaufen wäre, wenn du es mir damals gesagt hättest.«

Ihre Stimme zitterte, als sie antwortete. »Weißt du, wie oft ich mich das gefragt habe? Und wie oft ich kurz davor war, dich aufzusuchen und dir von deinem Kind zu erzählen?«

»Warum hast du es nie getan, verdammt noch mal! Du hast mir meine Tochter vorenthalten. Vierzig Jahre!«

Sie schluckte, und Haverkorn sah, dass ihr wieder Tränen in die Augen traten. Das war alles zu viel für sie. Er griff nach ihrer Hand auf dem Tisch und drückte sie sanft. »Wir sprechen ein anderes Mal darüber, ja? Wir schaffen das, Jutta. Wir werden einen Spender für Henni finden!«

†

»Frau Paulsen!« Arne Peters schien sich zu freuen, dass sie schon wieder vor seiner Tür stand.

Frida folgte ihm ins Haus.

»Heute kann ich Ihnen auch meine Gattin vorstellen.« Im Wohnzimmer stand eine Frau am Fenster und goss die Blumen. Sie mochte gut zwanzig Jahre jünger sein als Peters. »Elke, das ist die Polizistin, von der ich dir erzählt habe.«

»Frida Paulsen, guten Tag!«

Elke Peters stellte die Gießkanne weg. »Sie wollen den Mord im Bluthus tatsächlich noch mal aufrollen?« Unverhohlene Skepsis schlug Frida entgegen. »Warum interessiert man sich zwanzig Jahre später noch dafür? Gibt es nicht genügend neue Morde aufzuklären?«

»Natürlich. Aber ein Mord verjährt nicht. Auch in Altfällen wird weiterhin ermittelt, wenn es neue Ansätze gibt.«

»Neue Ansätze?« Elke Peters wies auf die Couch. »Bitte setzen Sie sich doch. Trinken Sie einen Kaffee mit uns?«

Frida nickte und nahm Platz. »Gern.«

»Was denn für neue Ansätze?«, fragte Arne Peters, der sich in seinen Sessel gesetzt hatte.

»Tut mir leid, darüber darf ich leider nicht sprechen. Aber ich versichere Ihnen, dass wir diesen Mehrfachmord noch immer sehr ernst nehmen. Deshalb möchte ich Sie bitten, mir ein letztes Mal den Schlüssel zum Haus zu überlassen.«

»Sie wollen allein da rein?« Entsetzen lag in der Stimme von Elke Peters. »Ich würde keinen Fuß mehr über diese Schwelle setzen.«

»Das ist doch ihr Beruf, Liebes. Frau Paulsen passt schon auf sich auf.« Peters sah sie an. »Und was suchen Sie dieses Mal?«

»Das darf ich leider nicht sagen.«

»Sie machen es aber spannend!« Elke Peters brachte ein Tablett mit Kaffee und Keksen. »Wo sind Sie eigentlich in Drei untergekommen?«

»Auf dem Campingplatz bei Henner Jansen.«

Die Eheleute blickten sich an.

»Bei Henner Jansen?«

»Ja, warum?«

»An Ihrer Stelle würde ich sofort meine Sachen packen. Sie können gern in einer unserer Ferienwohnungen unterkommen.«

»Machen Sie sich keine Umstände, es gefällt mir dort. Sind ja nur ein paar Nächte, da reicht die Ausstattung völlig.«

»Wir reden doch nicht von der Ausstattung!« Elke Peters vergaß den Kaffee. »Niemand würde freiwillig bei diesem Jansen unterkommen.«

»Worauf wollen Sie hinaus?«

»Dieser Typ ist nicht geheuer. Vor vielen Jahren ist ein Mädchen von seinem Zeltplatz verschwunden.«

»Was für ein Mädchen?«

»Eine Schülerin, die mit ihrer Schulklasse auf dem Zeltplatz Urlaub gemacht hat. Sie verschwand und wurde nie gefunden. Jeder im Dorf weiß, dass Jansen seine Hände im Spiel hatte.

Der hat schon immer jungen Mädchen nachgestellt. Schon früher, als er noch ein Junge war.«

»Hat man ihm denn etwas nachweisen können?«

Arne Peters warf seiner Frau einen verärgerten Blick zu. »Nein, die Suche wurde irgendwann eingestellt. Sie war eine typische Ausreißerin, hieß es später. Jansen wurde nicht mal verhaftet.«

»Ist das Mädchen wieder aufgetaucht?«

»Nicht, dass ich wüsste.« Er seufzte leiste. »Die Polizei hatte damals auch anderes zu tun, als nach einer Abgängigen zu suchen. In der Nacht, in der die Schülerin vom Zeltplatz verschwunden ist, wurde die Familie im Bluthus ermordet.«

†

Haverkorn betrat die Etage der Mordkommission und hörte erregte Stimmen im Besprechungszimmer. Er ging hinüber. Die Anspannung im Raum konnte man schon an der Tür spüren.

»… ganz falschen Ansatz!«, sagte Anja Schlüte. Das Team war vollzählig. Nur der Leiter der Mordkommission, Andreas Vollmer, fehlte. Alle starrten ihn an. »Bjarne, da bist du ja! Ich habe dich mehrfach angerufen«, sagte Anja und warf ihm einen erleichterten Blick zu.

»Entschuldige, ich hatte mein Handy auf lautlos«, sagte Haverkorn und dachte daran, dass er den Ton nach dem Gespräch mit Jutta nicht wieder angestellt hatte. »Was gibt es denn?«

»Wir haben gerade den Blutspurenbericht vom LKA Kiel bekommen.«

»Wurde ja auch Zeit«, brummte Haverkorn, setzte sich an den Konferenztisch und goss sich einen Kaffee aus der Thermoskanne ein.

»Die Analyse der Blutmuster an den Kollisionsflächen ist

recht eindeutig. Catrin Conradi wurde von vorn angegriffen und mit effizienten Stichwunden tödlich verletzt«, führte die Kollegin weiter aus.

»So weit waren wir schon«, sagte Haverkorn.

»Aber der Experte hat sich auch mit den zahlreichen Fußspuren am Boden befasst. Wir hatten ihm die Fotos der KTU und die Sohlenprofile aller anwesenden Personen zugestellt, die im Blut herumgewatet sind.«

Schweigen in der Runde. Haverkorn spürte ein Kribbeln im Nacken. Was hatten sie entdeckt?

»Die Abdrücke konnten in mühsamer Kleinarbeit den einzelnen Personen zugeordnet werden«, sagte Anja und gab ihm eine Mappe, in der blutige Fußspuren mit entsprechenden Vergleichsabdrücken und Namen verzeichnet waren. Aber es gibt auch zwei Abdrücke, die nicht eindeutig von einer der uns bekannten Personen am Tatort stammen konnten.«

»Nicht eindeutig? Was heißt das?«

»Das heißt, dass sich diese Abdrücke mitten zwischen den anderen befanden. Und auffällig ist, dass sie keinerlei Sohlenprofil haben. Als hätte die Person Überzieher getragen.«

»Wurden die Fotos gemacht, nachdem die KTU schon am Tatort war?«

»Nein, ich habe bei den Kollegen nachgefragt. Der Fotograf war als Erster bei der Leiche, nach den Schutzpolizisten.«

Haverkorn blätterte in der Mappe des LKA und fand die entsprechende Seite. »Und weiter?«

Anja Schlüte stockte. »Außerdem haben wir einen ähnlichen Abdruck neben der Jauchegrube gefunden. Ein Abdruck ohne Profil. Nach der Größe zu urteilen, Schuhgröße 46.« Sie hielt das Foto eines Abdrucks im Schlamm hoch. »Spur Nr. 106. Von Johanna Arndt kann der Abdruck nicht stammen, sie hat Schuhgröße 39.« Sie legte das Foto auf den Tisch.

»Dann war also noch jemand am Tatort«, sagte Haverkorn und griff nach dem Foto. »Warum sind wir der Spur an der Jauchegrube bisher nicht nachgegangen?«

Betretenes Schweigen.

»Es sind einfach zu viele Schuhabdrücke vom Hof, die gesichtet werden müssen. Wir haben uns bisher auf Johanna Arndt konzentriert«, sagte Klaus Behrens.

»Und deshalb die Spuren vernachlässigt, die sie entlasten?«, fragte Haverkorn ungehalten. Er atmete tief durch. »Es gibt also den neuen Ansatz, dass eine Person mit Schuhgröße 46 noch vor den Rettungskräften am Tatort war. Möglicherweise sogar vor Johanna Arndt. Und dass diese Person auch neben der Jauchengrube gestanden hat, in der die Tatwaffe gefunden wurde.« Er sah in die Runde. »Ich möchte, dass alle Fotos vom Tatort noch einmal gründlich überprüft werden. Ich wiederhole: *alle* Fotos! Dieser Abdruck muss sich noch an anderen Stellen des Hofes finden lassen. Ich will wissen, wo der oder die Unbekannte in der Nacht überall herumgelaufen ist. Los geht's!«

Das Meeting löste sich auf. Nur Haverkorn blieb sitzen und starrte aus dem Fenster. Hatte Johanna Arndt tatsächlich die Wahrheit gesagt? War vor ihr jemand zusammen mit Catrin Conradi auf dem Hof gewesen? Hatte diese Person die ehemalige Polizistin umgebracht und das Bajonett in der Grube versenkt?

Haverkorn dachte an Frida, die auf Holnis darauf wartete, eine Nachricht ihrer Freundin zu bekommen. Was, wenn Johanna Arndt unschuldig war? Warum hatte sie sich dann in die Ostsee gestürzt? Oder war das gar kein Suizid gewesen? War die Detektivin jemandem zu nahe gekommen, der auch vor einem weiteren Mord nicht zurückschreckte? Er dachte an Bastekis und dessen selbstzufriedenes Grinsen.

Er stand auf, und ein Stich fuhr vom Ischias ins Bein. Langsam schlurfte Haverkorn zu seinem Büro. Er musste dringend eine Schmerztablette nehmen, sonst würde er sich heute Abend gar nicht mehr bewegen können.

»Bjarne?« Anja Schlüte stand in ihrer Tür. Ihr Gesichtsausdruck verhieß nichts Gutes. »Ich habe soeben einen Anruf der Küstenwache Flensburg bekommen. In Brunsnæs in Süddänemark ist eine weibliche Leiche angelandet. Der ersten Inaugenscheinnahme nach könnte es sich um Johanna Arndt handeln.«

19

Frida sah hinauf zu den leeren Schwalbennestern unter dem Dach. Ob die Singvögel bald hierher zurückkehren und ihre Jungen aufziehen würden? Nahm hier, wo vor vielen Jahren das Leben einer Familie ausgelöscht worden war, die Natur ganz selbstverständlich ihren Lauf? Sie schloss die Eingangstür auf und schaltete die starke Stablampe an, die sie mitgebracht hatte. Wenn es in diesem Haus einen Hinweis auf Jo gab, würde sie ihn finden!

Der Geruch der Verlassenheit schlug ihr entgegen. Sie ließ die Tür offen, damit frische Luft hereinströmte. Sie brauchte einen Moment, um sich an die fremde Umgebung zu gewöhnen. Und an den Gedanken, dass hier der Tod so greifbar nahe war.

Frida begann in der Küche, durchsuchte jeden Schrank, jedes Regal. Die Luft war schwer vom Staub, und ihre Arme und Hände waren schon nach wenigen Minuten völlig verdreckt. Sie fand nichts außer Küchenutensilien und längst abgelaufenen Vorräten. Als sie fertig war, trank sie einen Schluck aus der Wasserflasche, die sie mitgebracht hatte.

Ein Geräusch im Haus, sie hielt inne. Dann ging sie in die Diele, lauschte. Es war wieder still. Frida ging ins Wohnzimmer, zog die Laken von den Möbeln. Staub tanzte in der Luft und machte ihr das Atmen schwer. Sie leuchtete alles aus, jedes Polster, jede Ritze dazwischen. Sie fand eine Skatkarte in der Couch, zwischen Sitzfläche und Polster. Ein Relikt der Familie, die hier ihre letzten Tage verbracht hatte? Sie hielt inne und starrte auf die Karte. Herzdame. Ihre Lieblingskarte als Kind. Sie steckte sie in die Jeanstasche und suchte weiter. In der Schrankwand fand sie viel Nippes und noch mehr Geschirr. Ihre Hände klebten bald, und sie hatte das Bedürfnis, den Dreck der letzten zwanzig Jahre rasch abzuwaschen. Aber sie suchte weiter wie im Fieber. Auch im Wohnzimmer fand sie nichts, was auf Jo hinwies.

Sie ging nach oben, betrat das erste Schlafzimmer. Offenbar war es das der Eltern gewesen. Das Bettgestell stand noch da, die Matratze war entfernt worden. Der Schrank war leer. Das nächste Zimmer musste ein Kinderzimmer gewesen sein. Das Bettgestell war klein. Hatte hier der Junge geschlafen? Oder seine ältere Schwester Miriam?

Frida lehnte sich an das Fensterbrett, sah durch die verdreckte Scheibe hinaus zur Ostsee. Jo hatte einen jüngeren Bruder gehabt. Wie hatte sie seinen Verlust verkraftet? Wie den ihrer Eltern? Hier in diesem Haus hatte sie ihre Kindheit verloren, nicht nur ihre Familie.

Sie war mit dreizehn ins Internat nach Freising gekommen, wahrscheinlich hatte sie da schon ein Jahr Trauerarbeit und Traumatherapien hinter sich gebracht. Hatte man Jo ganz gezielt mit ihr zusammen in ein Zimmer gesteckt? Sie selbst, die ihre beste Freundin kurz vorher durch einen Mord verloren hatte? Oder war es ein Zufall gewesen, dass sie beide so schwere Verluste erlitten hatten?

Sie hatten sich die ersten Monate gehasst. Das gemeinsame Zimmer war anfangs nicht groß genug gewesen für den Schmerz, den sie beide mitgebracht hatten. Aber nach und nach hatten sie sich aneinander gewöhnt. Wie zwei Hunde im Tierheim, die man in denselben Käfig gesteckt hatte. Überleben hieß zusammenhalten gegen die Welt da draußen. Irgendwann hatte es funktioniert.

Frida spürte, wie sehr Jo ihr fehlte. Sie sah hinaus aufs Wasser. War Jo da draußen und schon längst nicht mehr am Leben? Die Welt würde plötzlich so viel leerer sein ohne diese eigensinnige Frau, die ihr immer vorsichtig Avancen gemacht hatte, obwohl Frida nicht auf Frauen stand. Sie hatte Jos Nähe genossen. Was würde sie darum geben, noch einmal mit ihr ein Bier zu trinken! Mit ihr zu reden, zu streiten, sie im Arm zu halten.

Frida spürte Tränen aufsteigen und versuchte, sich abzulenken, indem sie alle anderen Schlafzimmer durchsuchte. Die persönlichen Dinge waren längst alle entfernt worden. Nur die Möbel standen noch hier, als warteten sie auf eine neue Familie.

Frida ging langsam die Treppe hinunter in die Diele. Die Stufen knarrten unter ihren Füßen. Sie nahm das Brecheisen, das sie vorsorglich für die Kellertür mitgebracht hatte, und hebelte das Schloss auf. Die Tür sprang auf. Frida legte das Eisen weg und spähte hinunter in die Dunkelheit. Die Luft war feucht und roch nach Schimmel. Sie leuchtete mit der Stablampe die Steintreppe aus, die vor Feuchtigkeit glänzte.

Ihr Smartphone meldete sich, und sie zog es aus der Jeans. Es war Haverkorn. Sie schob die Kellertür wieder zu, froh über den Aufschub.

»Frida?« Sie hörte ihn schwer atmen.

Sie stützte sich an einer Wand ab, wusste, was er sagen würde. »Ja?«

»In Dänemark wurde eine weibliche Wasserleiche gefunden …«

»Ist es Jo?«, fiel sie ihm ins Wort.

»Sie wissen es nicht.«

»Konnte ihre Kleidung nicht identifiziert werden?«

»Sie trug lediglich Unterwäsche.«

»Oh mein Gott!« Frida schloss die Augen. Hatte Jo im

Überlebenskampf im Wasser ihre Kleidung abgestreift? »Wo ist sie?«

»Im Rechtsmedizinischen Institut in der Uniklinik Odense.«

»Okay. Ich fahre gleich los.«

»Das ist keine gute Idee.«

»Ich will sie sehen!«

Haverkorn zögerte. »Wenn sie identifiziert und nach Deutschland überführt wurde, kannst du von ihr Abschied nehmen.«

Frida konnte nicht glauben, dass er sie hinhalten wollte. »Bitte, Bjarne! Ich *muss* Jo sehen! Sofort! Nicht erst in ein paar Tagen!«

Er seufzte und dachte nach. »Ein Rechtsmediziner aus Hamburg fährt nach Odense, um den Kollegen dort bei der Identifizierung zu helfen. Ich frage ihn, ob du ihn begleiten kannst.«

»Ich fahre gleich los nach Hamburg!«

»Er ist schon auf dem Weg. Ich bitte ihn, dich abzuholen. Ist ja kein großer Umweg.«

»Wie heißt er?«

»Dr. Torben Kielmann.«

»Kommt mir bekannt vor.«

»Ihr habt euch im Herbst auf dem Hof deiner Eltern kennengelernt. Er hat die Brandleiche untersucht.«

»Ja, ich erinnere mich.«

»Wenn es tatsächlich Johanna Arndt ist, kann ihre Leiche erst nach der Autopsie nach Deutschland überführt werden. Deshalb fährt Dr. Kielmann nach Odense. Er assistiert bei der Obduktion.«

Frida schwieg. Sie sah Jos leblosen Körper in einem Leichensack liegen. »Bjarne …« Sie wischte über ihre Augen. »Warum hat sie das getan?«

Haverkorn schwieg. Er schien ihr etwas sagen zu wollen, schaffte es jedoch nicht. »Ich spreche mit Dr. Kielmann und melde mich bei dir. Pack schon mal ein paar Sachen für die Übernachtung in Dänemark ein. Und denk an deinen Dienstausweis!«

Dr. Torben Kielmann sah müde aus, als er aus dem Volvo stieg. »Hallo, Frau Paulsen! Erinnern Sie sich an mich? Ist schon eine Weile her …«

Sie drückte seine Hand. Er trug Jeans, Pullover und Sneakers. Wie schon damals auf dem Hof hätte sie ihn auch heute nicht für einen Rechtsmediziner gehalten.

»Wollen wir?« Er stellte ihren Rucksack auf die Rückbank. »Wir brauchen gut zwei Stunden. Die Kollegen in der Uniklinik in Odense warten auf uns.«

»Ja, fahren wir.« Sie stieg in seinen Wagen.

»Wir haben zwei Tage vor uns. Wie wäre es, wenn wir das Sie weglassen?«, fragte er nach den ersten Kilometern. »Ist einfacher.« Er lächelte sie kurz an, dann konzentrierte er sich wieder auf den Verkehr.

»Gern, ich bin Frida.«

»Torben.«

Bis Odense lagen gut einhundertachtzig Kilometer vor ihnen. Frida hatte ihren Rucksack gepackt und das Abendessen bei den Jansens abgesagt. Henner Jansen hatte sie beim Abschied erzählt, weshalb sie nach Dänemark fuhr. Er hatte überrascht ausgesehen. Wahrscheinlich fand man Wasserleichen an der Ostsee in der Regel nicht so schnell wieder.

»Wolltest du schon immer mit Toten zu tun haben?«, fragte sie Torben nach ein paar Minuten des Schweigens.

»Nein. Ich wollte eigentlich Internist werden.«

»Und dann?«

Er überlegte einen Moment, während er einen anderen Wagen überholte. »Dann hat mich die Pathologie doch mehr interessiert, vor allem die forensische.«

»Kommst du aus einer Arztfamilie?«

»Ja. Meine Eltern sind Allgemeinmediziner, meine Schwester ist Zahnärztin. Alle sind unglücklich, dass ich zur Rechtsmedizin gewechselt bin. Eigentlich sollte ich die elterliche Praxis übernehmen.«

»Mein Vater hofft, dass ich seinen Obsthof in der Marsch übernehme.«

Ein angedeutetes Lächeln. »Hast du mal darüber nachgedacht?«

»So wenig wie du, in die Praxis deiner Eltern einzusteigen.«

Sein Nicken war Antwort genug. Er hatte weggewollt aus der elterlichen Umklammerung. Genau wie sie.

»Was weißt du über die Wasserleiche in Odense?«, wechselte sie abrupt das Thema.

Er schwieg einen Moment. »Sie ist eins siebzig groß, hat lange, dunkle Haare. Ihr Alter schätzen die Kollegen zwischen fünfundzwanzig und fünfunddreißig.«

»Wie lange war sie im Wasser?«

»Einige Tage. Es wird schwer, das bei der geringen Wassertemperatur genau zu bestimmen.«

»Wer hat sie gefunden?«

»Spaziergänger am Strand. Sie hatte sich an den Buhnen verfangen.«

Frida schloss die Augen und versuchte, Jos totes Gesicht aus ihren Gedanken zu verbannen. »Stimmt es, dass sie nur Unterwäsche trug?«

»Ja, das stimmt.« Er sah sie von der Seite an.

Sie legte ihren Kopf an die Scheibe. »Ich will nur, dass es endlich vorbei ist. Und dass diese Ungewissheit aufhört.«

Torben Kielmann schwieg, und sie hielt dieses Schweigen aus, weil es keine Erwiderung darauf gab.

Anderthalb Stunden später fuhren sie in Dänemark auf die Insel Fünen und erreichten Odense, die drittgrößte Stadt in Dänemark. Sie brauchten einige Zeit durch den Stau, bis sie die Universitätsklinik erreichten.

Torben parkte den Wagen und suchte in seinem Smartphone nach einer Nummer. Er telefonierte auf Englisch und kündigte sie an. Am Eingang der Rechtsmedizin erwartete sie ein Sektionsassistent, der sich als Nils vorstellte und sie wortlos durch die Gänge führte.

In einem Raum, der offenbar ein Kaffeeraum des Personals war, stand ein schmaler Mann. Frida sah, dass er eine Schusswaffe am Gürtel trug, jedoch keine Uniform. Er kam ihnen entgegen. *»Mr. Kielmann?«*

Torben nickte. *»Yes, and this is Police Officer Frida Paulsen.«*

»Politiassistent Emil Bollesen«, sagte der Polizist und erklärte, dass er einer speziellen Einheit angehöre, die sich um Identifikationen kümmere. Der Leichnam sei noch in der Leichenhalle im Keller, werde aber vom Sektionsassistenten nach oben in einen Klinikraum gebracht.

Torben Kielmann redete einen Moment mit ihm. Frida war froh, dass er sie begleitete. Für Small Talk mit dem dänischen Kollegen hätte sie momentan keinerlei Sinn gehabt. Ihre Hände waren klamm und kalt, obwohl sie schwitzte. Sie wollte so schnell wie möglich wieder zurück an die frische Luft.

»Möchtest du einen Kaffee?«, fragte Torben und wies auf eine Kaffeemaschine.

Frida nickte, und er holte ihnen einen Becher Kaffee.

Kurz darauf führte Nils sie in einen weiß gekachelten Raum und ließ sie allein. Der Geruch nach starkem Desinfektionsmittel überlagerte alles andere. Frida war heilfroh darüber. Sie sah sich um. Ein Arbeitstisch aus Edelstahl an der Wand, daneben hohe Kühlschränke, ein paar Hängeschränke. Emil Bollesen erklärte, es gäbe noch einen anderen Raum für Angehörige. Frida verstand. Sie beide waren als offizielle Abordnung der deutschen Behörden hier. Dafür reichte die kühle klinische Aufmachung dieses Raumes aus. Der Polizist erläuterte ihnen das weitere Prozedere. Da die Obduktion noch nicht stattgefunden hatte, durften sie den Körper nicht berühren. Erst nach der Autopsie durch die dänischen Kollegen werde die Leiche freigegeben und könne nach Deutschland überführt werden – sollte es sich überhaupt um Johanna Arndt handeln.

Nils kam zurück und rollte einen Körpertransporter herein. Über dem Leichnam war ein grünes OP-Tuch ausgebreitet.

»Please don't touch«, wies sie der Polizist noch einmal an.

Torben stellte sich neben sie und sah sie fragend an. Sie nickte.

Der Sektionsassistent hob das Tuch am Kopf an und legte es oberhalb der Brust ab. Frida starrte auf das Gesicht. Es war nicht so sehr aufgeschwemmt, wie sie erwartet hatte. Nur die Haut wirkte weiß, beinahe gläsern. Die Augen der Toten waren geschlossen. Die dunklen Haare flossen hinter dem Kopf auf den Edelstahltisch.

Niemand bewegte sich, niemand schien zu atmen.

Frida stöhnte auf und spürte, dass ihr die Tränen kamen. »Das ist sie nicht«, rief sie und sah Torben an. »Das ist nicht Jo! Diese Frau kenne ich nicht.«

20

Haverkorn hatte sich dagegen entschieden, seinen Besuch anzukündigen. Er wollte nicht, dass Ilka Werner sich ihre Antworten schon zurechtlegte. Henrikjes Halbschwester wohnte mit ihrem Mann und der vierjährigen Tochter in einer Wohnung in Niendorf. Sie arbeitete bei einer Autovermietung am Flughafen, ihr Mann war Fluglotse. So viel hatte er von Jutta erfahren.

Als er klingelte, hörte er die Stimme einer Frau an der Gegensprechanlage, die vom Krakeelen eines Kindes unterbrochen wurde. Dann wurde der Türsummer betätigt. Etwas leichtsinnig, dachte Haverkorn, da er noch gar nicht gesagt hatte, wer er war und warum er geklingelt hatte. Er trat in den Flur und stieg nach oben. Das Gebrüll des Kindes hörte er bereits im Treppenhaus und näherte sich dem richtigen Stockwerk. Die Frau in der Tür sah ihn überrascht an.

»Frau Werner?«

»Ja?«

Ein Mädchen im Vorschulalter schlüpfte durch die Tür. »Bist du der Pizzamann?«

»Nein, das bin ich nicht.«

»Aber wir warten auf den Pizzamann.«

»Der kommt sicher gleich.« Er sah Henrikjes Halbschwester an. »Frau Werner, können wir uns einen Moment unterhalten?«

»Wer sind Sie?«

»Bjarne Haverkorn, Henrikjes Vater. Ihre Mutter hat sicherlich schon von mir erzählt.«

Ilka Werner versteifte sich. Sie schien abzuwägen, ob sie ihn hereinbitten sollte. Sie schob ihre Tochter in die Wohnung. »Ja, klar. Kommen Sie. Mein Mann müsste auch gleich da sein.«

Haverkorn trat ein. Fast wäre er über ein blaues Stofftier gestolpert, das im Flur lag.

»Luisa, nimm mal dein Kikaninchen und geh ins Zimmer spielen.« Sie drückte ihrer Tochter das Stofftier in den Arm. »Du darfst auch das Hörspiel zu Ende hören.«

Kurz darauf saß sie ihrem Besuch gegenüber. »Entschuldigung, kann ich Ihnen etwas anbieten?«

»Danke, nein.« Haverkorn betrachtete Ilka Werner. Sie war ein paar Jahre jünger als Henrikje und hatte ebenfalls Juttas Augen und ihre brünetten Haare. Aber sie war kleiner als ihre Halbschwester und nicht so schlank. Vielleicht war sie die Schwangerschaftspfunde nicht wieder losgeworden. »Ich möchte mit Ihnen über Henrikjes Zustand sprechen.«

»Nicht schon wieder«, sagte sie, hob abwehrend die Hände und lehnte sich zurück. »Ich habe das schon so oft mit meiner Mutter durchgekaut. Die Antwort ist Nein!«

»Henni wird sterben, wenn Sie ihr nicht helfen.«

Ilka blinzelte, veränderte ihre Sitzposition aber nicht. »Das tut mir sehr leid.«

»Sie müssen sich nur testen lassen. Ich habe es schon gemacht, und es ist gar nicht tragisch.«

»Und was ist, wenn ich als Spenderin in Betracht komme?«, rief sie. »Was dann?« Ihr Gesicht glühte vor Aufregung. »Ich werde meine Leber nicht spenden!«

»Es ist nur ein Teil der Leber und nicht gefährlich.«

»Es ist lebensgefährlich!«, widersprach sie. »Jede OP ist das. Ich habe eine Familie! Eine kleine Tochter, die mich braucht.«

»Ich kann mir vorstellen, wie Sie sich fühlen. Aber wollen Sie Ihre Schwester wirklich sterben lassen?«

Sie schwieg und sah auf den Couchtisch, wo ein paar Zeitschriften lagen. Frauenzeitschriften, die Henrikje vermutlich nicht interessieren würden. Haverkorn hatte ihr beim letzten Besuch die *GEO* mitgebracht.

»Die Medizin ist heutzutage so weit entwickelt, dass das Risiko, bei einer Leberspende zu sterben, sehr gering ist.«

»Ich habe auch recherchiert!« Sie fing an zu gestikulieren. »Null Komma null neun Prozent der Lebendspender sterben daran!« Herausfordernd sah sie ihn an.

»Das sind neun von zehntausend!«, sagte er ruhig.

»Ganz genau. Neun Menschen!«

»Auf der anderen Seite sterben null Komma fünf Prozent der Empfänger. Also fünf von eintausend.« Sie räusperte sich. »Wenn ich also einen Teil meiner Leber spende, könnten ich oder Henni daran sterben.«

Haverkorn blinzelte. »Henni stirbt zu einhundert Prozent innerhalb der nächsten vier Wochen, wenn wir keinen Spender finden.«

Ilka starrte ihn an. Plötzlich sprang sie auf. »Sie können nicht einfach herkommen und mich beschuldigen, meine Schwester umzubringen!«

»Das tue ich nicht. Ich bitte Sie nur darum, sich testen zu lassen. Möglicherweise kommen Sie gar nicht als Spenderin in Betracht.«

»Und wenn doch? Wissen Sie, wie es sich anfühlt, dann einen Rückzieher zu machen?«

»Nein, das weiß ich nicht. Aber ich weiß, wie es sich anfühlt, sein Kind zu verlieren. Und das möchte ich kein zweites Mal erleben.«

†

Das Hotel *Scandic Odense* war ein kantiger Achtziger-Jahre-Beton-Bau, der an eines der vielen gesichtslosen Autobahnhotels erinnerte. Im Inneren jedoch schien in den letzten Jahren eine grundlegende Sanierung stattgefunden zu haben. Der Innenausstatter hatte auf gedeckte Farben, Leder und Holz gesetzt. Gigantische Kugellampen hingen über der Rezeption, und dunkelrote Raumteiler schufen eine gewisse Wohnlichkeit.

Frida war es völlig egal, wo sie übernachteten. Sie wollte allein sein und schlafen, wollte endlich die Erinnerung an die Stunden in der Rechtsmedizin abstreifen. Und die Angst, Jo tot nach Hause holen zu müssen.

Nachdem Nils den unbekannten Leichnam wieder hinausgeschoben hatte, hatte Torben mit einem dänischen Kollegen die mitgebrachten Zahnunterlagen ausgewertet. Sie bestätigten Fridas Aussage, dass es sich bei der Toten nicht um die verschwundene Johanna Arndt handelte. Frida hatte sich von Emil Bollesen verabschiedet und war nach oben zum Wagen gegangen, um eine Zigarette zu rauchen. Auch wenn sie ihr Glück kaum hatte fassen können, dass es nicht Jo gewesen war, war ihr speiübel gewesen. Auf dem Parkplatz hatte sie sich in die Büsche übergeben, bis nur noch saurer Magensaft kam. Danach hatte sie sich besser gefühlt.

»Wir beziehen unsere Zimmer, dann gehen wir was essen?«, fragte Torben und reichte sein Anmeldeformular an die Rezeptionistin weiter.

»Ich kann heute nichts mehr essen.«

»Aber du solltest. Als Grundlage für die Drinks an der Bar.«

Er überraschte sie mit einem Lächeln, das ihr durch und durch ging. Sie mochte den Rechtsmediziner, auch wenn sie sich wieder einmal zur falschen Zeit am falschen Ort getroffen hatten.

»Okay, einen Gin Tonic könnte ich schon vertragen.«

»Acht Uhr im Restaurant. Keine Widerrede!«

Frida willigte ein. Als sie geduscht hatte und auf dem Bett lag, fielen ihr die Augen zu. Lautes Klopfen an der Zimmertür ließ sie hochfahren.

Im Bademantel ging sie zur Tür. Torben lehnte im Türrahmen. »Doch keinen Gin Tonic mehr?«

»Entschuldige, ich bin eingeschlafen. Gib mir zehn Minuten.«

»Ich gebe dir fünf.« Er lachte und ging den Gang hinunter. »Ich warte unten.«

Frida zog sich an und föhnte die Haare. Das Make-up ließ sie weg. Sie war kaum in der richtigen Laune, um mit Torben zu flirten. Sie waren nach einem offiziellen Termin gemeinsam im Hotel. Und auch wenn sie nun ein paar Drinks kippen würden, hatte es nichts zu bedeuten.

Sie aß ein paar Bissen vom *Smørrebrød*, um Torben zu beruhigen. Er hatte sich ein Rumpsteak und Salat bestellt.

»Hast du Haverkorn schon Bescheid gegeben?«, fragte Frida.

»Ja, ich habe ihn gleich aus der Rechtsmedizin angerufen. Ich soll dich von ihm grüßen.«

Frida nickte und biss von ihrem belegten Brot ab.

»Er ist erleichtert, dass es nicht Johanna Arndt ist.« Torben sah sie an. »Willst du mir von ihr erzählen?«

»Von Jo?« Frida sah den Rechtsmediziner an. »Macht es dir etwas aus, wenn wir über ein paar belanglose Dinge reden?«

»Wie du möchtest. Du kannst mir ja erzählen, warum eine Bauerntochter Polizistin geworden ist.«

Frida musste lächeln. »Bauerntochter?«

»Du weißt, was ich meine. Warum willst du zur Kripo?«

Sie seufzte und trank einen Schluck Carlsberg. Sie wollte abblocken und sagen, dass sie nicht sicher wäre, ob sie überhaupt wieder in den aktiven Dienst zurückgehen würde. Doch dann fing sie an, von ihrem Job zu erzählen. Und endlich war da wieder ein Funke der Leidenschaft, weshalb sie zur Polizei gegangen war.

»Und was kommt als Nächstes? Kriminaldauerdienst? Mordkommission?«

»Ein Gin Tonic, schätze ich«, lenkte sie ab. »Und was trinkst du?«

»Bin dabei.«

Sie wechselten an die Bar, und als die Drinks kamen, erzählte Torben von seinem Berufsalltag in der Rechtsmedizin. Frida hörte ihm gespannt zu.

»Bist du verheiratet?«, fragte sie plötzlich.

»Nein, und du?«

»Nein.«

Sie sahen sich an und tranken.

»Wie reagieren die Frauen auf deinen Beruf?«, fragte Frida.

»Unterschiedlich. Einige finden es abstoßend und melden sich nie wieder. Andere finden es furchtbar spannend. Eine wollte sogar mal bei einer Obduktion zuschauen.«

Frida lächelte und nippte an ihrem Cocktail. »Und, hat sie?«

»Wir haben uns vorher getrennt.«

»Tut mir leid.«

»Wirklich?« Er lachte sie offen an. Dann bestellte er die nächste Runde.

Als Frida erwachte, tat ihr schon die erste Bewegung weh. Sie blieb ruhig liegen und blinzelte. Ihr Hals war trocken und rau. Auf dem Nachttisch stand eine Flasche Wasser. Langsam richtete sie sich auf. Der Schmerz in ihrem Kopf pulsierte. Sie versuchte, sich zu erinnern, wie sie auf ihr Zimmer gekommen war. Aber die letzten Erinnerungsfetzen endeten in der Hotelbar.

Sie nahm die Wasserflasche und setzte sie durstig an.

»Lass etwas für mich übrig«, sagte Torben und richtete sich neben ihr im Bett auf.

Frida starrte auf seinen nackten Oberkörper.

Er nahm ihr die Flasche ab und trank.

»Haben wir …?«

Er wischte sich mit der Hand über die Lippen. »Du erinnerst dich nicht daran?«

Sie schwieg, um nichts Falsches zu sagen.

»Ich könnte jetzt sagen, dass nichts passiert ist. Dass ich es nicht mehr in mein Zimmer geschafft habe …«

Sie schluckte trocken. »Aber …?«

»Dafür war es einfach zu gut.«

Sie spürte in ihren Erinnerungen nach, die langsam an die Oberfläche stiegen. Torben hatte sie in der Nacht nach oben gebracht und an der Zimmertür geküsst. Sie hatte den Kuss erwidert und hatte ihn ins Zimmer gezogen. Selten war sie so hungrig gewesen wie in dieser Nacht. Hungrig nach Leben und nach körperlicher Nähe.

»Ich gehe besser …« Er stand auf und präsentierte ihr auf dem Weg ins Bad seinen nackten Hintern.

»Nein, ist schon okay.« Erst betrank sie sich mit ihm, dann landeten sie im Bett? Die Kopfschmerzen brachten sie fast um.

»Wir sollten dann los. Ich habe am Nachmittag noch eine Autopsie in Hamburg.«

Sie hörte die Klospülung und stand auf, fingerte eine Kopfschmerztablette aus der Tasche. Ihre Sachen lagen im Zimmer verstreut. Sie suchte sie zusammen und zog sich an.

Torben stand hinter ihr, schlüpfte in seine Jeans.

»Das mit uns …«, begann sie.

»Lass gut sein, Frida. Es war eine tolle Nacht.« Er fuhr mit einer Hand durch ihr Haar. »Aber ich weiß, dass es nur der Moment war. Lass uns zurückfahren.«

†

Die Trauergemeinde war nicht sehr groß. Jonas und Harald Conradi führten eine betagte Frau in die erste Reihe der Kirche. Wahrscheinlich die Mutter oder Schwiegermutter von Catrin Conradi. Ein paar Freunde waren gekommen und einige Nachbarn. Nicht mehr als zwanzig Leute, keine Pressevertreter. Die Beisetzung war auf Wunsch der Familie nicht öffentlich bekannt gegeben worden.

Haverkorn fragte sich, wer einmal alles an seinem Grab stehen würde. Viele Freunde hatte er nicht, seine Nachbarn kannte er kaum. Er dachte an Henrikje und spürte einen Stich in der Brust. Die Kirchenglocken läuteten ihre Abschiedsmelodie, jeweils ein kräftiger Schlagton, gefolgt von einem Summen, das lange nachhallte. In der St.-Johannes-Kirche kehrte Stille ein.

Haverkorn saß hinter allen anderen Trauergästen neben einer älteren Dame, die ihn keines Blickes würdigte. Gerade, als der Pastor zur Rede ansetzte, fiel die Tür ins Schloss. Alle Köpfe drehten sich um. Ludger Preuss blieb einen Moment stehen, dann erkannte er Haverkorn im Zwielicht der Kirche und schob sich zu ihm in die Bank. Er nickte ihm einen Gruß zu und sah nach vorn, wo der Pastor weitersprach. Ein leichtes Echo hallte wider. »Der Herr ist mein Hirte, mir wird nichts mangeln. Er weidet mich auf einer grünen Aue und führet mich zum frischen Wasser. Er erquicket meine Seele. Er führet mich auf rechter Straße um seines Namens willen. Und ob ich schon wanderte im finsteren Tal, fürchte ich kein Unglück; denn du bist bei mir …«

»Ich wusste gar nicht, dass Catrin zur evangelischen Kirche konvertiert ist«, raunte Preuss seinem Sitznachbarn zu.

Haverkorn zuckte die Schultern. Darüber hatte er sich bisher keine Gedanken gemacht. Auch wenn Catrin Conradi lange Zeit Atheistin gewesen war, schien eine Konvertierung naheliegend. Sie trank seit fast zwanzig Jahren. Vielleicht hatte sie in Gott ihren Erlöser gefunden.

Nach der Trauerrede des Pastors, die sehr einfühlsam gewesen war und die Verstorbene als wunderbare Ehefrau und Mutter beschrieb, die jedoch eine schwere Zeit der Krankheit durchgemacht hatte, stand ihr Sohn auf und ging mit gesenktem Kopf zum Pult. Jonas hatte einen Zettel in der Hand, von dem er jedoch nicht ablas. Er hob den Blick und räusperte sich. »Mama, ich stehe heute hier, weil ich dir nicht Auf Wiedersehen sagen konnte, als du dein Fahrrad genommen hast und weggefahren bist. Und dabei hätte ich dir noch so viel sagen wollen.« Er stockte, kämpfte mit den Tränen. »Du hast mir immer gesagt, dass du stolz auf mich bist. Und dass du den Tag herbeisehnst, wenn ich auf eigenen Beinen stehe. Den Tag, an dem ich dich nicht mehr brauche.« Er wischte sich über die Augen. »Diesen Tag wird es nie geben, Mama. Du wirst nicht bei mir sein, wenn ich mein Abitur mache und mein Studium beginne. Du wirst nicht da sein, wenn ich irgendwann heirate und Kinder bekomme. Dabei hast du dich jetzt schon auf deine Enkel gefreut ...« Seine Stimme zitterte, und er hielt einen Moment inne. »Aber ich verspreche dir, dass ich an all diesen wichtigen Tagen in meinem Leben, die du nicht mehr erleben kannst, an dich denken werde. Du fehlst mir, Mama.« Er trat vom Pult zurück. Auf dem Weg zur Bank hielt er den Blick gesenkt.

Haverkorn schluckte bewegt. Auch wenn er schon einige Trauerfeiern während seiner Jahre in der Mordkommission erlebt hatte, waren die Worte von Jonas Conradi ihm zutiefst nahegegangen. Er sah sich um. Den anderen Trauergästen schien es ähnlich zu gehen. Eine Frau presste gerührt ein Taschentuch an ihre Augen, ein Mann hinter ihr räusperte sich ergriffen.

Nach Jonas hielt Harald Conradi eine kurze Rede und dankte seiner Frau für all die Jahre an seiner Seite. Schließlich trug Jonas Conradi die Urne zum Grab. Der Trauerzug folgte ihm über den Friedhof. Es regnete wieder. Haverkorn blickte auf eine Wand aus schwarzen Regenschirmen. Preuss und er hatten die Mantelkragen hochgeschlagen und liefen mit ein wenig Abstand hinter den Trauernden her.

»Der Junge kann einem nur leidtun«, sagte Preuss. »Ihr Mann trägt es ja mit Fassung.«

»Wie haben Sie von der Beisetzung erfahren?«, fragte Haverkorn.

»Catrins Mutter hat mich angerufen. Die alte Dame zwischen Vater und Sohn. Wir kennen uns von früher. Sie hat mich informiert.«

Er warf Haverkorn einen langen Blick zu. »Haben Sie mittlerweile die Tatverdächtige gefunden?«

»Woher wissen Sie davon?«

»Ich habe noch einige Kontakte in den Reihen der Polizei. Sie haben Haftbefehl beantragt für eine gewisse Johanna Arndt. Es war nicht schwer, zwei und zwei zusammenzuzählen.«

Haverkorn blieb stehen, damit die Trauergäste in Ruhe die Urne beisetzen konnten. »Es gibt nicht nur eine Tatverdächtige.«

»Nicht?« Preuss schien überrascht.

»Herr Preuss, Sie wissen, dass ich Sie über das laufende Ermittlungsverfahren nicht informieren darf.«

»Schon gut, Herr Kollege. Ich will euch da nicht reinreden. Aber wenn ich in irgendeiner Form helfen kann, bin ich gern bereit. Unser Start war ein wenig unglücklich.« Er reichte Haverkorn die Hand. »Lassen Sie es mich wissen, wenn Sie etwas brauchen.« Er ging in Richtung des Urnengrabs. Dann drehte er sich noch einmal um. »Übrigens, meine Frau lässt Sie herzlich grüßen!«

Haverkorn blieb noch einen Moment stehen, bis die Urne beigesetzt war. Er sah, dass Preuss die Mutter der Verstorbenen begrüßte, die ihn wie einen engen Freund umarmte. Er hatte genug gesehen, wandte sich ab und verließ den Friedhof. Als er in seinen Wagen stieg, hoffte er inständig, nicht bald seine Tochter zu Grabe tragen zu müssen.

†

Die Rückfahrt verlief sehr schweigsam. Frida hatte ihre Jacke an die Scheibe gelegt und ihren Kopf daran gelehnt. Sie hatte die Augen geschlossen und schlief die meiste Zeit. Die letzte Nacht war kein Thema mehr zwischen ihnen. In Drei verabschiedete sich Frida von Torben wie von einem Kollegen. Sie reichte ihm die Hand.

Er erwiderte ihren Blick, ergriff ihre Hand jedoch nicht. »Pass auf dich auf!« Dann stieg er in den Volvo und fuhr davon.

Frida holte sich den Schlüssel des Wohnwagens bei Henner Jansen, der sich offensichtlich freute, dass sie zurück war. Aber sie wimmelte ihn freundlich ab und ging hinüber zu ihrer kleinen Behausung, um mit Bjarne Haverkorn zu telefonieren. Er war nicht erreichbar, und so legte sie sich aufs Bett und starrte an die Decke.

Wie nun weiter? Sollte sie darauf warten, ein Lebenszeichen oder die Todesnachricht von Jo zu erhalten?

Sie sehnte sich nach ihrem gemütlichen Zimmer auf dem Hof und nach ihren Eltern. Sie würde morgen früh ihre Zelte hier abbrechen und nach Hause fahren. Heute Abend würde sie das Essen bei den Jansens nachholen. Das war sie ihnen für ihre Gastfreundschaft zumindest schuldig.

Frida stand auf und fuhr ein letztes Mal zu der Stelle an der Küste, wo Jo mit der Harley ins Wasser gestürzt war. Mittlerweile war auch das Absperrband entfernt worden. Nichts deutete mehr auf die Tragödie hin, die hier stattgefunden hatte. Sie setzte sich auf eine Bank, blickte über das Wasser hinüber nach Dänemark. Es fühlte sich an wie ein Abschied.

Auch wenn sie sich lange gegen den Gedanken gewehrt hatte, war ihr mittlerweile klar, dass Jo nicht mehr am Leben war. Sie wusste, dass tote Körper im Wasser erst einmal auf den Boden sanken, bis sie genügend Faulgase entwickelt hatten, die sie wieder an die Oberfläche aufsteigen ließen. Hier herrschten starke Westwinde und Strömungen. Würde man Jos Leiche überhaupt finden? Würde es irgendwann ein Grab geben, an dem sie um ihre Freundin trauern konnte?

Ihr Smartphone spielte die Anrufmelodie. »Hallo, Bjarne«, begrüßte sie Haverkorn.

»Wie geht es dir?«

»Ich bin froh, dass es nicht Jo war.« Sie blickte hinüber nach Dänemark. »Aber die Ungewissheit ist fast noch schlimmer.«

»Frida, es gibt Neuigkeiten.« Er ließ ihr Zeit, sich darauf vorzubereiten. »Es gibt neue Erkenntnisse, was den Tathergang angeht. Entweder war Johanna nur eine Mittäterin, oder sie ist sogar unschuldig.«

Frida richtete sich auf. »Wie kommt ihr darauf?«

Haverkorn berichtete von der Blutspurenanalyse des LKA. »Schuhgröße 46. Es war eine weitere Person am Tatort. Bei dieser Schuhgröße höchstwahrscheinlich ein Mann.«

»Aber wenn das stimmt, warum sollte sich Jo dann in die Ostsee gestürzt haben?« Sie blickte den Hang hinab zur Brandung, wo die Harley gefunden worden war. »Scheiße! Das hieße ja …«

Haverkorn hustete ins Telefon. »Wir wissen nicht, was mit Johanna auf Holnis passiert ist. Es wäre gut, wenn du von dort verschwindest.«

»Denkst du ernsthaft, ich bin in Gefahr?«

»Ich will es nicht herausfinden.«

»Ich fahre morgen früh nach Hause.«

»Mir wäre lieber, du fährst sofort los, Frida.«

Sie entschied sich dagegen. »Ich muss mich heute Abend noch bei zwei Einheimischen bedanken. Sie haben mich auf ihrem Campingplatz beherbergt. Ich habe ihnen ein Essen versprochen.«

»Aber bleib die ganze Zeit in ihrer Gesellschaft. Nimm das nicht auf die leichte Schulter, Frida. Wir wissen nicht, mit wem wir es zu tun haben.«

†

Haverkorn machte das Handy aus und zog sich Handschuhe und Mundschutz über. Dann betrat er Henrikjes Krankenzimmer. Seine Tochter war wach und sah ihm lächelnd entgegen. Sie wirkte noch dünner. Ihre Haut hatte einen leichten Gelbton angenommen.

»Bjarne!« Sie hob die Hand, um ihn zu begrüßen.

Haverkorn zog sich einen Stuhl ans Bett. »Wie geht es dir?« Er wusste, wie abgedroschen die Frage klang, aber er meinte sie ernst. Wie viel Zeit hatte Henni noch? Dr. Ahrendt hatte keine Aussage treffen können. Es sah nicht gut aus für seine Tochter. Er sprach nur noch von Wochen, nicht mehr von Monaten.

»Erzähl mir etwas. Was hast du heute gemacht?«

Er konnte ihr schlecht von der Beerdigung erzählen. »Nur

trockene Ermittlungstätigkeiten. Erzähl mir lieber von dir. Von deiner Zeit in Westafrika.«

Ihre Augen strahlten. »Wie viel Zeit hast du?«

»Alle Zeit der Welt«, log er.

Henrikje begann zu erzählen, warum sie damals nach Mali geflogen war. Sie erzählte ihm von ihrer Ehe und der schmerzhaften Trennung von ihrem Mann, der sich neu verliebt und sie verlassen hatte.

»Nach der Scheidung wollte ich weg aus Deutschland. Ich habe hier keine Luft mehr bekommen. Das Deutsche Rote Kreuz suchte damals Mitarbeiter für einen Afrika-Einsatz. Weil ich mal Krankenschwester war, haben sie mich sofort eingestellt.« Sie blickte nachdenklich zum Fenster hinaus. »Ich war nicht vorbereitet auf so viel Armut und Leid. Aber auch nicht auf eine solche unglaubliche Dankbarkeit, die wir dort erfahren haben.« Henrikje erzählte, und ihre Augen strahlten bei den Erinnerungen. Ihm wurde das Herz schwer, wenn er darüber nachdachte, dass sie dieses Bett vielleicht nie wieder lebend verlassen würde.

»Wir haben einem Jungen das Leben gerettet. Er hatte Diphtherie, und seine Atemwege waren verschlossen. Es war kein Arzt in der Nähe, also habe ich den Luftröhrenschnitt gemacht.« Sie sah ihren Vater an. »Der kleine Dzifa hat überlebt.«

»Das ist großartig, Henni!« Er drückte ihre kalte Hand.

»Weißt du, was Dzifa bedeutet?« Sie sah ihn an. »›Friedliches Herz!‹ Seit ich Dzifa kenne, ist mein Herz friedlich. Es gibt nichts Größeres im Leben, als einem Kind das Leben zu retten. Auch wenn ich jetzt sterbe, dieser Junge wird weiterleben.«

»Du wirst nicht sterben! Das darfst du nicht einmal denken!«

Es klopfte an der Tür. Ilka Werner trat ins Zimmer. Erschrocken sah sie Haverkorn an. »Oh, störe ich? Ich kann später wiederkommen.«

Henrikje schien ebenso überrascht, dass ihre Halbschwester sie besuchte. »Ilka! Komm rein!«

Haverkorn stand auf. »Ich muss jetzt auch los. Ihr habt bestimmt eine Menge zu bereden.«

Ilka Werner kam näher. Sie warf Haverkorn einen kühlen Blick zu. »Ich bin nicht hier, um mich testen zu lassen.« Sie sah zu Henrikje. »Ich möchte mich verabschieden.«

21

Henner Jansen half Frida beim Kartoffelschälen. Mutter Jansen saß strickend in ihrem Sessel und summte immer wieder dieselbe Melodie. Irgendwann erkannte Frida die Titelmelodie von *Dallas*.

»Darf ich Sie mal was fragen, Henner?«

Er nickte und warf die Kartoffelschalen in einen Eimer.

»Ich habe da im Dorf was gehört. Von einem verschwundenen Mädchen.« Sie unterbrach ihre Arbeit, wartete seine Reaktion ab.

»Ach dieser alte Hut.« Er griff sich die nächste Kartoffel. »Was wollen Sie wissen?«

»Stimmt es, dass ein Mädchen hier vom Campingplatz verschwunden ist?«

»Ja, das ist richtig.«

»In der Nacht, als der Mord drüben im Bluthus passiert ist?«

Sein Brummen war wohl eine Zustimmung.

»Die Leute sagen, Sie hätten dem Mädchen nachgestellt.«

»Die Leute reden viel Unsinn hier. Glauben Sie denen etwa?« Verärgert warf er die Schalen in den Eimer.

»Nein, eigentlich nicht.«

Er stand auf und wusch sich an der Spüle die Hände. »Ich bin Junggeselle, und ich lebe mit meiner alten Mutter allein auf diesem Platz. Was glauben Sie, was hier alles für Geschichten über uns im Umlauf sind? Das Mädchen, um das es da geht, war kein Kind mehr. Sie war sechzehn, lehnte sich gegen jeden auf. Gegen ihre Eltern, ihre Lehrer …« Er holte hörbar Luft. »Kelly war eine typische Ausreißerin. Die wäre sowieso abgehauen. Es ist ein merkwürdiger Zufall, dass sie ausgerechnet an jenem Abend über alle Berge ist, als der Mord passiert ist.«

»Ist sie wieder aufgetaucht?«

Er zuckte die Schultern, setzte sich zu ihr und schälte weiter. »Weiß ich nicht. Die Polizei war mehrfach hier, hat Fragen gestellt. Die Schulklasse und die Lehrer sind ein paar Tage später abgereist. Ich habe keinen von ihnen je wieder gesehen. Keine Ahnung, was aus der Geschichte geworden ist.« Er ließ die Kartoffel sinken und sah Frida an. »Denken Sie wirklich, ich würde ein Mädchen anrühren, das hier auf meinem Campingplatz Urlaub macht?«

Sie machte eine abwehrende Geste. »Entschuldigung, Henner. Sie und Ihre Mutter sind so gastfreundlich, und ich komme mit so einer Räuberpistole an.«

Henner Jansen nahm den Topf mit den geschälten Kartoffeln und füllte Wasser auf. »Ich kenne ja die Leute im Dorf. Jedes Jahr lassen die sich eine andere Geschichte einfallen, um uns loszuwerden. Die mögen uns nicht. Am liebsten würden sie den Campingplatz abschaffen und noch mehr Ferienhäuser hier bauen. Aber das Grundstück kriegen die nur über meine Leiche!«

†

Oktober 1997

Papa fährt Catrin zum Arzt nach Glücksburg. Käseweiß war sie im Gesicht, als sie vom Klo kam.

»Ihr Kreislauf ist im Keller«, erklärt Mama. »Sie hat sich bestimmt den Magen verdorben.«

Miriam sieht ihr an, dass sie sich große Sorgen macht. Als

sie im Wohnzimmer Mau-Mau spielen, klingelt es an der Tür. Mama fährt erschrocken zusammen.

»Ihr bleibt hier!«, sagt sie streng. Sie geht in die Diele. Miriam und Lukas lauschen.

»... besser, du gehst jetzt! Miriam darf heute nicht mehr raus.«

»Ich dachte, ich kann sie hier mal besuchen.«

Das ist Kellys dunkle Stimme. Sie ist hergekommen. Miriams Magen flattert vor Aufregung.

»Tut mir leid! Heute geht das nicht ...«

»Kelly!« Miriam steht hinter Mama. »Wie toll! Willst du reinkommen?«

Das Mädchen lacht sie an. »Klar, gern!«

Mama will sie nicht im Haus haben, aber sie lässt sich überstimmen. »Okay!« Einen Moment schaut sie sich draußen um, bevor sie die Tür ins Schloss zieht. Sie schließt zweimal ab.

Miriams Herz schlägt aufgeregt, als sie Kelly ins Wohnzimmer führt. »Lukas kennst du ja schon. Papa ist nicht da. Er fährt Catrin zum Arzt.«

»Wer ist Catrin?«

»Die Freundin meiner Eltern, der das Haus gehört.«

»Ist sie krank?«

»Sie hat in die Diele gekotzt«, flüstert Miriam. »Die hat irgendwas mit dem Magen.«

Sie spielen gemeinsam Mau-Mau. Kelly sitzt neben Miriam. Lukas gewinnt, weil er schon wieder schummelt. Aber das ist Miriam heute egal. Sie spürt plötzlich etwas in ihrer Hand. Kelly hat ihr heimlich eine Karte zugesteckt. Die Herzdame. Sie wirft Miriam einen langen Blick zu. Miriam spielt mit Herzklopfen weiter. Sie hält die Karte fest, dann steckt sie diese hinter sich zwischen die Polster. Diese Karte wird sie nie mehr hergeben. Denn sie ist Kellys Herzdame. Nur sie allein.

»Magst du uns beim Abendessen helfen, Kelly?«, fragt Mama und steht auf. »Wir wollen Pizza machen.«

»Klar, gern.«

Sie gehen in die Küche. Lukas mault, weil er lieber Karten spielen möchte.

»Was kann ich tun?«, fragte Kelly.

Mama holt ein paar Sachen aus dem Kühlschrank. »Schneidest du die Paprika?«

Sie haben Spaß beim Pizzamachen. Sogar Mama entspannt sich und lacht irgendwann, als Lukas sich mit Kelly um die letzte Paprika kabbelt. Als die Pizza im Ofen ist, kommt Papa allein zurück. Er flüstert mit Mama in der Diele.

»Kelly, tut mir leid. Aber du musst jetzt gehen«, sagt Mama.

»Aber wieso denn?« Miriam stellt sich vor ihre Freundin. »Es gibt doch gleich Pizza!«

»Wir müssen etwas Wichtiges mit euch besprechen«, sagt Papa.

»Das können wir doch auch nach dem Essen!« Miriam ist den Tränen nahe.

»Jetzt reiß dich zusammen, Miri! Kelly geht jetzt. Ihre Klassenkameraden warten sicher schon auf sie.«

»Bringst du mich noch zur Tür?«, fragt Kelly und zwinkert Miriam zu.

Sie folgt ihr und versucht, ihre Tränen zurückzuhalten. Sie möchte nicht, dass Kelly geht. Sie möchte bei ihr sein.

An der Tür beugt sich das Mädchen zu ihr. »Heute Abend um zehn am Strand? Unterhalb vom Campingplatz? Wir hauen ab. Nur du und ich!«

Miriam sieht sie erschrocken an.

»Nur für ein paar Tage«, flüstert Kelly. »Bring ein paar Klamotten mit. Dann machen wir einen Roadtrip nach Hamburg. Du und ich! Wie Bonnie und Clyde.«

Ihr Blick bohrt sich in Miriams. Ihr Herz pumpt vor Aufregung. Durchbrennen mit Kelly. Sie weiß nicht, wer Bonnie und Clyde sind. Aber es klingt nach Abenteuer. Nur sie und Kelly. »Okay«, sagte sie. »Um zehn am Strand.«

Kelly umarmt sie und geht hinaus. Von dort wirft sie ihr einen letzten Blick zu.

Miriam geht in die Küche, wo ihre Eltern mit Lukas auf sie warten.

»Catrin musste nach Hause fahren«, sagt Papa ernst. »Sie hat einen schlimmen Magen-Darm-Virus.«

»Was ist ein Virus?«, fragte Lukas.

»Das ist eine ansteckende Krankheit. Und damit wir diese Krankheit nicht bekommen, ist Catrin nicht mehr bei uns.«

»Aber heute Abend kommt ein Freund von Catrin hierher. Er bleibt dann bei uns.«

»Warum denn?«, fragte Miriam und kreuzt ihre Arme vor dem Körper.

»Es ist besser, wenn wir hier im Haus nicht allein bleiben.«

»Und warum?«

»Weil ich der Polizei helfe, einen bösen Mann zu fangen. Und damit uns der böse Mann nichts tut, sind wir hier, und die Polizei beschützt uns.«

»War ja klar, dass Catrin keine Freundin ist«, sagt Miriam.

»Ich hab Angst!«, jammert Lukas.

»Das musst du nicht, mein Großer! Niemand weiß, dass wir hier sind. Und heute Abend kommt ein Mann, der auf uns aufpasst, okay?«

Lukas nickt. »So jemand wie Superman?«

»Genauso!« Papa wirft ihn in die Luft. »Und jetzt habe ich Hunger.«

»Komm! Wir haben Pizza gemacht, Papa!«

Lukas strahlt vor Stolz und kapiert wieder mal gar nichts.

Aber das ist ihr egal. Morgen ist sie mit Kelly längst auf dem Weg nach Hamburg.

†

Haverkorn passte Ilka Werner ab, als sie aus Henrikjes Krankenzimmer kam. Sie versuchte, ihm auszuweichen.

»Mein Mann und meine Tochter warten unten. Ich bin schon spät dran.«

»Einen Moment noch, Ilka!« Er nannte sie bei ihrem Vornamen, um die Distanz zwischen ihnen aufzubrechen. »Würden Sie sich bitte noch mal kurz zu mir setzen?«

Ilka starrte ihn an, dann deutete sie ein Nicken an. »Nur ganz kurz!«

Haverkorn sah ihr ins Gesicht. »Ich freue mich, dass Sie Henrikje besucht haben. Das bedeutet ihr viel.«

Sie wich seinem Blick aus.

»Sie hat mir erzählt, dass sie in den letzten Jahren oft auf Reisen war und kaum Zeit für Sie hatte.« Er sah sie an, bis sie seinen Blick erwiderte. »Und dass ihr das sehr leidtut.«

Ilka schluckte, schwieg jedoch.

»Ich weiß, ihr hattet keinen sehr engen Kontakt. Aber ihre Familie ist Henni wirklich wichtig. Sie würde gern Zeit mit Ihnen und ihrer Nichte verbringen.«

»Hören Sie auf!«, flüsterte sie.

»Aber vielleicht bleibt ihr diese Zeit nicht mehr.« Haverkorn verharrte und ließ seine Worte wirken. Er wollte Ilka Werner nicht bedrängen, aber er musste ihr deutlich machen, dass Henrikje in akuter Lebensgefahr schwebte. Er wollte weitersprechen, als Ilka aufschluchzte.

»Ich würde ihr doch helfen …« Sie nestelte ein Taschentuch aus ihrer Handtasche.

Haverkorn war überrascht von ihrem Gefühlsausbruch. Er sah ihr stumm ins Gesicht.

»Ich wollte mich testen lassen, das müssen Sie mir glauben.« Sie wischte die Tränen weg. »Aber mein Mann ...« Sie sah ihm in die Augen. »Er hat gesagt, dass das unverantwortlich ist. Dass ich an ihn und unsere Tochter denken müsste. Dass ich sterben könnte ...«

»Ihr Mann hat Ihnen diesen Floh ins Ohr gesetzt?«

»Jörg ist kein schlechter Mensch. Er hat Angst um mich. Er will nicht, dass Luisa als Halbwaise aufwächst.«

»Ilka«, er ergriff ihre Hand, in der sie das Taschentuch knüllte. »Ja, es gibt Risiken. Bei jeder Operation. Aber die moderne Chirurgie ist heute so weit entwickelt! Eine Lebertransplantation gehört zur Routine. Sie sind eine junge und gesunde Frau. Wenn man Ihnen einen Teil der Leber entnimmt, wird sich diese innerhalb von einigen Monaten wieder neu ausbilden, bis sie so groß ist wie vorher.«

»Sie wächst wieder nach?«

»Natürlich!« Er sah sie ungläubig an. »Sie haben doch gesagt, Sie hätten über die Transplantation recherchiert?«

Ilka senkte den Blick.

»Das hat Ihr Mann für Sie gemacht, stimmt's?«

Sie schwieg.

»Ilka, Henni wird in wenigen Tagen an ihrer Leberzirrhose sterben! Bitte lassen Sie sich testen! Es ist fünf vor zwölf! Sie können vielleicht Ihre Schwester retten. Ihre Tochter wird eine Tante haben, Ihre Mutter beide Töchter.«

»Und was sage ich meinem Mann?«

»Ich rede mit ihm.«

»Das ist keine gute Idee. Er wird schnell ... wütend.«

Haverkorn verstand. »Ich rede mit ihm. Machen Sie sich keine Sorgen. Er wird es verstehen.«

»Kann ich kurz allein sein?« Sie schnäuzte in das Taschentuch. »Bitte!«

Haverkorn stand auf. »In Ordnung. Dr. Ahrendt ist noch im Haus. Ich begleite Sie zu ihm, wenn Sie möchten. Noch ist es nicht zu spät!«

†

Sie aßen die Königsberger Klopse, auch wenn Frida kaum Appetit hatte.

»Dann war das also nicht Ihre Freundin da drüben in Dänemark?«, fragte Henner plötzlich und schenkte Frida vom Weißwein nach.

»Nein, das war eine unbekannte Frau. Aber sie sah meiner Freundin schon auf eine gewisse Art ähnlich.«

»Und wer war diese Frau?«

»Keine Ahnung, ob sie schon identifiziert wurde.«

»Hm«, brummte er und nahm sich noch einen Klops. »Es schmeckt großartig, nicht wahr, Mutsch?«

Mutter Jansen hatte kaum etwas gegessen. Aber sie nickte. »Dein Vater kommt bald nach Hause. Er wird hungrig sein von der Arbeit.«

Henner nahm ihr die Gabel aus der Hand, mit der sie auf dem Teller herumstocherte, ohne etwas zu essen. »Papa ist schon lange tot, Mutsch. Schon über zehn Jahre.«

»Er wird hungrig sein, Junge«, beharrte sie.

»Komm, Mutsch, iss noch den Klops auf.« Er zerteilte ihr das Fleisch und spießte ein Stück auf die Gabel.

Frida warf ihm einen anerkennenden Blick zu. Es berührte sie, wie einfühlsam er sich um seine Mutter kümmerte.

Er schien ihren Blick gedeutet zu haben. »Mutsch war ihr Leben lang für mich da. Ich werde mich so lange um sie kümmern, wie ich kann«, sagte er. »Nicht, Mutsch? Wir zwei machen es uns hier schön.« Er steckte sich ein Stück Kartoffel in den Mund, kaute und sprach weiter. »Wo haben Sie sich eigentlich kennengelernt? Sie und Ihre Freundin?«

Frida lehnte sich zurück. »Im Internat in Freising.« Sie sah Henner Jansen an. »Sie kennen sie ebenfalls!«

»Ich? Nein! Ich sagte doch, die Frau auf dem Foto kenne ich nicht.«

»Nein, nicht als Frau! Sie haben sie als Kind gekannt. Sie hieß früher Miriam und wohnte mit ihrer Familie drüben im Bluthus.«

Henner Jansen starrte sie an. »Wollen Sie damit sagen, dass Ihre Freundin die Überlebende ist? Das Mädchen, das mich damals nachts aus dem Bett geholt hat?«

»Genau!«

Er schob sich ein Stück Fleisch in den Mund, kaute einen Moment. »Warum ist sie hergekommen?«

»Ich weiß es nicht.« Frida trank einen Schluck Wein. »Ich denke, sie hat immer noch nach den Mördern ihrer Familie gesucht.«

»Nach zwanzig Jahren?«

»Was sind schon zwanzig Jahre, wenn es um die eigene Familie geht.«

Henner Jansen erhob sich und stellte seinen Teller in die Spüle.

Frida stand ebenfalls auf. »Es war ein langer Tag. Ich gehe jetzt schlafen. Morgen früh fahre ich nach Hause. Ich danke Ihnen sehr, dass ich hier unterkommen konnte.«

»Sie können jederzeit wiederkommen.« Henner Jansen machte eine Geste, als habe er etwas vergessen. »Warten Sie! Ich habe noch etwas für Sie. Als Andenken!« Er ging hinaus.

Mutter Jansen zog an ihrer Hand. »Die Lütte …«

Frida drehte sich zu ihr um. »Ja, Frau Jansen?«

»Die Lütte, die Miriam.« Sie wiegte aufgeregt den Kopf. »Die Lütte ist drüben. Sie ist drüben im Bluthus.«

»Nein, Frau Jansen. Das ist zwanzig Jahre her. In dem Haus wohnt heute niemand mehr.«

Mutter Jansen fasste sie fest am Arm. »Die Miriam, sie ist drüben im Haus. Da unten ist es so dunkel und kalt!«

Die Haustür knarrte. Sie ließ Frida los. Henner Jansen kehrte zurück.

»Tschüss, Frau Jansen!« Sie lächelte der alten Frau zu, die auf einen imaginären Punkt starrte und ihren Mund bewegte.

In der Diele stand Jansen und hielt ein Windspiel aus Muscheln und Treibholz in der Hand. »Hier ist es! Als Andenken an Holnis!«

Frida nahm die filigrane Arbeit in die Hand. »Danke schön! Ist das selbst gemacht?«

Er sah sie verlegen an. »Na ja, die bastele ich im Winter. Wenn ich draußen nichts tun kann.«

Frida hielt das Windspiel in die Luft. Das leise Klirren der Muscheln machte sie etwas wehmütig. »Von Ihrer Mutter habe ich mich schon verabschiedet. Ich glaube, sie ist heute besonders durcheinander«, sagte sie. »Sie denkt, dass Miriam noch drüben im Haus wohnt.«

»Ja, es wird schlimmer!«, Henner warf einen besorgten Blick in die Küche. »Immer öfter erzählt sie von Vater. Dabei ist er schon seit Jahren tot. Lange werde ich sie wohl nicht mehr hierbehalten können.« An der Tür reichte er ihr die Hand. »Gute Heimfahrt, Frida! Sie sind jederzeit hier willkommen!«

Frida sieht nur einen Schemen vor sich. Obwohl sie die Person vor sich nicht erkennt, weiß sie, dass es Jo ist, der sie folgt. Frida läuft schneller, greift nach ihr, will sie festhalten, aber sie erreicht sie nicht. Sie will sie rufen, aber kein Wort kommt aus ihrem Mund. Jo führt sie durch lange Gänge, Stufen hinauf und hinab. Es ist unheimlich an diesem Ort. Dunkel und kalt.

Frida erwachte. Es war ein Traum gewesen, nur ein Traum! Aber das Gefühl, Jo ganz nah zu sein, verflüchtigte sich nur langsam. Sie schmiegte sich hinein wie in eine warme Decke.

Irgendwann war sie hellwach. Ihr Smartphone zeigte 4.13 Uhr an. Zu früh, um aufzustehen. Zu spät, um noch mal einzuschlafen.

Den Rucksack hatte sie schon am vergangenen Abend nach dem Essen mit den Jansens gepackt. Sie schob die Decke weg und stand auf. Es war kalt im Wohnwagen. Mit schnellen Handgriffen zog sie ihre Kleidung an und putzte sich in dem winzigen Bad die Zähne. Am Schluss legte sie das Bettzeug ordentlich zusammen.

Frida schulterte den Rucksack und trat hinaus. Die Kälte, die ihr entgegenschlug, ließ sie kurz in der Tür verharren. Sie hörte hinter der Straße das Meer rauschen – wohl das letzte Mal für lange Zeit.

Ein Hausrotschwanz schlug an, als sie zu ihrem Jeep lief. Harte, gepresste Laute. Als sie ein Kind war, hatte ihr Vater ihr die genaue Abfolge der Vogeluhr erklärt. Es gab eine feste Gesangsreihenfolge. Die Vogelstimmen vor Sonnenaufgang waren am leichtesten zu bestimmen. Sangen nach dem Hausrotschwanz die Rotkehlchen oder die Amseln? Sie wusste es nicht mehr.

Ein Rascheln ließ Frida herumfahren. Ein dunkler Schatten bewegte sich auf dem Weg zu den Sanitärräumen. Sicher eines der Karnickel, die hier draußen lebten. Sie blieb stehen, dachte an Jo und den Traum. Er war so intensiv gewesen. Als habe Jo ihr etwas mitteilen wollen.

»Wo bist du?«, flüsterte sie und sah sich auf dem dunklen Campingplatz um.

Die Lütte ist drüben. Sie ist drüben im Bluthus. Die Miriam, sie ist drüben im Haus. Mutter Jansen musste Jo als Kind ebenfalls gekannt haben. So verwirrt war die alte Frau lange nicht gewesen. Sie sprang auf einmal Jahre zurück in ihrer ganz eigenen Realität. Erst zehn Jahre zu ihrem verstorbenen Mann, nun sogar zwanzig ins Jahr 1997, als Jo noch ein Kind gewesen war. *Die Miriam, sie ist drüben im Haus. Da unten ist es so dunkel und kalt!*

Was hatte sie mit »unten« gemeint? Miriam hatte doch oben geschlafen, in einem der Kinderzimmer. Unten war nur der Keller ...

Frida dachte an die feuchte Kälte, die vom Keller aufgestiegen war. An die seltsamen Geräusche.

Frida lief los. Es dauerte viel zu lange, bis sie das Tor an der Einfahrt geöffnet hatte. Sie stieg in ihren Jeep und warf den Rucksack nach hinten. Ihr Herz schlug aufgeregt. Sie gab Gas und ließ das Tor einfach offen stehen. Nur wenige Minuten später hielt sie vor dem Bluthus. Frida nahm den Schlüssel aus dem Handschuhfach. Sie hatte ihn Arne Peters noch nicht zurückgegeben, sondern wollte ihn heute Morgen auf der Rückfahrt in seinen Briefkasten werfen. Sie griff nach dem Smartphone und stieg aus. Im Kofferraum lag die Stablampe. Sie schaltete sie an und ging auf das Haus zu. Im Garten tickste ein Rotkehlchen. Dann sang es doch vor der Amsel.

Frida schloss die Tür auf und lauschte. Im Haus war es still. Sie war kein ängstlicher Mensch, aber dieses Gebäude jagte ihr kalte Schauer über den Rücken. Es gab einige solcher unheimlichen Gebäude. Abrisshäuser, durch die der Wind pfiff. Sie musste an die verfallenen Heilstätten in Beelitz denken. Diese hatten bei der Besichtigung in ihr eine ähnliche Abwehrhaltung ausgelöst. Frida verharrte an der Tür, hörte einen Moment dem hohen perlenden Gesang des Rotkehlchens zu, das sie beruhigte. Dann ging sie hinein. Sie würde jetzt herausfinden, was dort unten im Keller war. Erst dann konnte sie Drei verlassen.

Frida schaltete die Stablampe an und ging hinein. Das Brecheisen lag noch neben der Kellertür. Sie hatte das Haus nach Haverkorns Telefonat so eilig verlassen, dass sie nicht mehr daran gedacht hatte. Nun war sie froh, dass sie es hier vergessen hatte. Sie hob es auf, schob die Kellertür auf und leuchtete die Stufen aus. Vorsichtig stieg sie hinunter, Stufe für Stufe. In der einen Hand die Stablampe, in der anderen das Brecheisen. Am Fuß der Treppe blieb sie stehen und lauschte. Aber es war nichts zu hören. Nicht das Meer und nicht das Rotkehlchen. Als sei sie von der Welt da oben abgeschnitten. Die Luft war stickig, ihr fiel das Atmen schwer. Sie ging weiter. Der Boden bestand aus bröckeligem Beton.

Vom Gang führten drei Türen ab. Frida schob die erste auf, eine Holztür, die schräg in der Angel hing. Dahinter lag ein Kellerraum. Das Fenster war mit Brettern vernagelt. Alte Gartenmöbel standen darin, zwei Sonnenschirme, deren Stoff von Mäusen zerfressen war. In der Ecke lag ein verrosteter Weihnachtsbaumständer. Es roch nach Schimmel und Mäusekötteln. Frida trat wieder in den Gang, ließ die Tür zufallen.

Der nächste Raum war bis zur Decke mit Regalen vollgestellt. Lebensmitteldosen, Einmachgläser und allerlei Gerümpel. Daneben Holzkisten mit Weinflaschen, die eine dicke Staubschicht trugen. Sie stolperte über eine rostige Milchkanne. Das metallische Geräusch schreckte eine Ratte auf, die durch ein Loch in der Wand verschwand. Frida wich zurück.

Die letzte Tür war verschlossen. Riegel und Vorhängeschloss. Beides sah neu aus, wie Riegel und Schloss oben an der Eingangstür. Arne Peters war überrascht gewesen, als sie davon erzählt hatte. Wer, wenn nicht er, hatte die neuen Schlösser hier angebracht?

Frida legte die Stablampe auf den Boden, die einen runden Lichtkegel über die Tür legte. Sie begann, mit dem Brecheisen den Riegel zu bearbeiten. Er saß fest. Frida kam ins Schwitzen. Endlich konnte sie ihn aus dem Holz hebeln. Sie hob die Stablampe auf und öffnete die Tür.

Hier drinnen war die Luft völlig verbraucht, und es stank widerlich, obwohl der Raum etwas größer war als die anderen. Auch in diesem Kellerverschlag war die Fensterluke fest mit Holz vernagelt und zusätzlich mit Bauschaum abgedichtet. Aber er war leer. Nur ein Bündel mit alten Decken und Lumpen lag in einer Ecke.

Frida atmete erleichtert aus. Was hatte sie hier unten erwartet? Jos Leiche?

Sie ging zurück zur Tür, wollte so schnell wie möglich zurück nach oben und dieses Haus verlassen. Ein seltsames Geräusch ließ sie verharren. Es klang wie ein Seufzer. Frida ging zurück, leuchtete auf den Lumpenberg. Nichts.

Plötzlich eine Bewegung unter den Decken. Frida brauchte einen Moment, um zu begreifen. Zwei Schritte, sie hockte sich hin, zog die alten Decken weg.

»Oh mein Gott!«

Jo lag in Embryonalstellung auf einer alten Matratze. Die Haare waren verdreckt und strähnig, verdeckten ihr Gesicht. Frida berührte vorsichtig ihren Hals, fühlte ihren flachen Puls. Sie kniete sich neben sie und wischte ihr vorsichtig die Haare fort. Jos Gesicht war eingefallen, die Lippen trocken und rissig. Sie stöhnte leise, als sie die Berührung spürte, und öffnete die Augen. Sie blinzelte ins Licht der Lampe. Wie lange hatte Jo hier unten in diesem dunklen Gefängnis gelegen? Wie lange hatte sie nichts mehr gegessen und vor allem getrunken?

Frida strich ihr über das Gesicht. »Jo, ich bin's, Frida! Hörst du mich?«

Jo lag ganz ruhig, während sie ihre Wange streichelte. »Jetzt wird alles gut! Ich hole dich hier raus.« Tränen stiegen ihr in die Augen, aber sie ließ sie nicht zu. Sie musste stark sein, musste Jo sofort ins nächste Krankenhaus bringen. Aber zuerst musste sie ihr etwas zu trinken geben.

Sie dachte an ihre Wasserflasche im Wagen. Vorsichtig bettete sie Jo auf die Decke und lief hinauf. Noch war es dunkel, aber das Anthrazitgrau des Himmels kündigte die Dämmerung an. Sie nahm die Wasserflasche aus ihrem Wagen und griff auch die Tüte mit dem vertrockneten Milchhörnchen vom Bäcker, die auf dem Rücksitz lag. Frida lief zurück ins Haus. Vor der Kellertür stoppte sie und zog ihr Smartphone aus der Hosentasche. Sie wählte die 112.

»Lægevagten. Hvad kan jeg gøre for dig?«

Frida stockte. »Hallo?«

»Hvad kan jeg gøre for dig?«, fragte die Frau erneut.

Mist! Offensichtlich hatte sich ihr Smartphone hier am Strand ins dänische Netz eingewählt, und sie erreichte nur den dänischen Rettungsdienst.

»Sorry, I'm wrong.« Frida legte auf. Was nun? Frida konnte nicht klar denken. Sie musste Jo so schnell wie möglich etwas Wasser einflößen. Mit zitternden Händen wählte sie Haverkorns Nummer. Es funktionierte, sie hörte seine Stimme. Aber sie erreichte nur seine Mailbox.

»Hallo, Bjarne, ich habe Jo gefunden! In dem alten Schutzhaus. Sie lebt, aber sie ist völlig am Ende. Bitte ruf mich sofort an!«

Frida steckte das Smartphone ein und lief die Kellertreppe hinunter. Sie rutschte von einer Stufe ab, fing sich an der Wand ab. Weiter! Jo lag noch so da, wie sie sie verlassen hatte. Frida legte die Stablampe auf den Boden. Das Licht strahlte die nasse Wand an, von der großflächig der Putz abblätterte.

Sie drehte den Verschluss der Mineralwasserflasche auf. Mit dem Finger befeuchtete sie Jos Lippen. Sie bewegte sich nicht.

»Jo, du musst was trinken, komm!« Sie nahm ihren Kopf auf ihren Schoß und träufelte ein bisschen Wasser in ihren Mund.

Jo hustete.

Frida hielt sie fest. »Du musst trinken!«

Sie versuchte es erneut. Endlich schluckte Jo, und Frida half ihr. Wasser floss aus ihren Mundwinkeln, und immer wieder hustete ihre Freundin. Aber sie schluckte einen Großteil des Wassers herunter.

»Das ist erst mal genug.« Frida stelle die Flasche weg. Sie nahm die Tüte mit dem Milchhörnchen und pulte etwas Teig heraus, steckte es Jo in den Mund. »Komm, iss!«

Jo reagierte nicht. Dann begann sie langsam zu kauen.

»Ja, so ist es gut!« Frida wiederholte die Prozedur, gab Jo erneut zu trinken.

Später saßen sie nebeneinander. Frida streichelte Jo über die Haare, die ihre Augen geschlossen hatte. Frida zog erneut das Smartphone aus ihrer Jeans. Warum meldete sich Haverkorn nicht zurück? Als sie es in der Hand hielt, war Jo wieder weggedämmert. Sie sah auf das Display. Kein Netz hier im Keller. »Scheiße!«

Behutsam legte sie Jo auf der Decke ab und lief noch einmal nach oben. Langsam setzte die Dämmerung ein, das Vogelkonzert hatte zugelegt und begrüßte einen neuen Tag am Meer. Frida atmete wie süchtig die frische Luft ein und wählte Haverkorns Nummer. Wieder nur die Mailbox. Sie brauchte dringend Hilfe. Jo musste sofort in ein Krankenhaus! Henner Jansens Telefonnummer hatte sie nicht. Sollte sie rüber zum Campingplatz fahren? Jo war erst einmal versorgt, aber sie wollte sie unter keinen Umständen hier allein lassen. Was, wenn der Entführer zurückkam und Jo erneut verschleppte?

Sie versuchte, sich zu beruhigen, atmete tief durch. Ihr fiel ein, dass sie auch über das dänische Netz den deutschen Rettungsdienst erreichen konnte. Sie musste lediglich die deutsche Vorwahl vor die Nummer setzen. Sie tippte 0049 …

Die Bewegung hinter der Eingangstür bemerkte sie zu spät. Der Schlag traf sie hart an der Stirn. Das Smartphone fiel zu Boden. Frida stürzte ins Dunkel.

22

Haverkorn frühstückte in der Cafeteria des Krankenhauses. Das Angebot war besser, als er erwartet hatte. Selbst der Kaffee schmeckte. Er war am letzten Abend spät im Bett gewesen, hatte kaum geschlafen und war früh aufgestanden, um Ilka Werner zu Hause abzuholen und ins UKE zu bringen. Sie durchlief nun dasselbe Testprogramm wie er.

Das Gespräch mit Ilkas Mann war einfacher gewesen, als er gedacht hatte. Jörg Werner war jener Typ Mann, der es schaffte, seine Frau zu manipulieren und einzuschüchtern. Er brauchte diese Macht über seine Familie. Aber wenn sein Gegenüber ein starker Charakter war, noch dazu ein Polizist, fiel es ihm schwer, diesem überhaupt in die Augen zu schauen. Haverkorn hatte ihm klargemacht, dass seine Frau sich entschieden hatte, sich testen zu lassen. Und dass die Familie sie dabei unterstützte. Wenn er Einwände hätte, dann sollte er sie ihm nennen. Jörg Werner hatte eingeschüchtert den Kopf geschüttelt, aber Haverkorn hatte gesehen, wie es in ihm arbeitete. Er würde es Ilka nicht leicht machen, sich durchzusetzen.

Kurz vor acht rief Andreas Vollmer an und informierte ihn, dass die Funkzellenabfrage im Umkreis von Vulcan Bastekis' Haus genehmigt worden war. Außerdem hatten die Kollegen weitere Abdrücke der Schuhgröße 46 auf den Fotos vom Hof gefunden. Anja Schlüte erstellte ein Bewegungsprofil der unbekannten Person. Es ging in kleinen Schritten vorwärts.

Haverkorn erklärte seinem Vorgesetzten die Situation im Krankenhaus und bat darum, heute bei seiner Tochter bleiben zu dürfen. Vollmer gab ihm den Tag ohne Diskussion frei. Haverkorn sah, dass Frida ihn angerufen und auf die Mailbox gesprochen hatte. Wahrscheinlich wollte sie ihm sagen, dass sie wieder zu Hause angekommen war. Er würde sie im Lauf des Tages zurückrufen.

Die nächsten Stunden saß Haverkorn an Henrikjes Bett. Sie sprachen viel und lachten. Sie wechselten sich ab mit ihren Fragen, füllten die weißen Stellen im Lebenslauf des anderen auf.

Später saß auch Ilka bei ihnen, während sie auf die Testergebnisse warteten. Am Nachmittag kam Jutta dazu. Es fühlte sich an wie eine richtige Familie, die Hoffnung und Angst vereinte.

Irgendwann stand Dr. Ahrendt im Krankenzimmer. Sein Gesichtsausdruck war ernst. »Ich habe eine gute und eine schlechte Nachricht«, sagte er.

Henrikje drückte Haverkorns Hand. Jutta fing an zu weinen.

†

Sie öffnete die Augen und sah: nichts. Vollkommene Dunkelheit umgab sie. Sie hatte einen seltsamen metallischen Geschmack im Mund. Jetzt etwas trinken und den Mund ausspülen. Sie wollte den Kopf heben, aber der Schmerz überrollte sie wie ein Tsunami.

Was war passiert?

Frida lag ganz ruhig, bis sie sich erinnerte. Die Bilder in ihrem Kopf wurden abgespult wie bei einem Daumenkino. Die Erinnerung, wie Jo zusammengekauert wie ein kleines Kind unter diesen schmutzigen Decken gelegen hatte, machte sie hellwach.

»Jo?« Ihre Stimme war rau. Sie erkannte endlich den Geschmack in ihrem Mund, es war Blut. »Jo, bist du hier?« Sie bewegte sich erneut, der Schmerz bremste sie, aber Frida hielt ihn aus. Sie würde sich nicht von ihm unterkriegen lassen.

Wie war sie hier heruntergekommen? Sie hatte telefoniert … Jemand hatte hinter ihr gestanden. Dann wusste sie nichts mehr. Ein kaum hörbares Seufzen in der Dunkelheit. Frida tastete mit einer Hand danach und fand ihre Freundin. Vorsichtig berührte sie Jos Körper, versuchte, ihre Lage zu erkunden. »Jo, ich bin bei dir. Ich bin's, Frida!«

»Fri… a?«, flüsterte Jo und hustete.

»Ich bin hier.« Sie fühlte Jos Gesicht und schlang die Arme um ihren Körper, um sie zu wärmen. Sie musste mehr trinken. Die halbe Flasche Mineralwasser war viel zu wenig. Ob die Flasche noch da war?

»Du musst was trinken. Ich lasse dich los, okay?«

Jo stöhnte.

Frida biss die Zähne zusammen und krabbelte um das Lager. Jetzt wurde ihr der Gestank, der von den alten Decken aufstieg, erst so richtig bewusst. Vorsichtig suchte sie den Boden ab.

»… i … da«, hörte sie Jo flüstern.

»Ich bin bei dir.«

»… ommt er … ieder?«

»Ob er wieder kommt? Ich weiß es nicht. Aber wir schaffen es hier raus, hörst du?«

Ihre Finger befühlten die feuchte Kellerwand. Sie tastete sich weiter. Irgendwo neben der Wand hatte sie die Flasche abgestellt. Frida rutschte auf Knien über den kalten Boden, die Hände in der Dunkelheit. Sie riss sich an einer Kante einen Nagel ab. Zentimeter für Zentimeter suchte sie den Boden ab. Dann stieß sie gegen einen Gegenstand, der umfiel. Die Plastikflasche! Frida nahm sie in die Hand, drehte den Deckel ab und trank einen Schluck. Dann gab sie Jo zu trinken. »Vorsichtig! Nichts verschütten!«

Wer hatte sie hier unten eingeschlossen und ihrem Schicksal

überlassen? Wer wollte sie sterben lassen? Frida konnte noch ein paar Tage durchstehen. Aber Jo war am Ende ihrer Kräfte. Sie würde nur noch ein paar Stunden durchhalten.

†

»Zuerst die gute Nachricht.« Dr. Ahrendt sah in die angespannten Gesichter. »Frau Werner, Sie können einen Teil Ihrer Leber spenden. Jedenfalls nach allen medizinischen Gesichtspunkten. Wenn Sie das wirklich wollen, ruft das Krankenhaus umgehend die Ethik-Kommission zusammen, aber da Sie Geschwister sind, gibt es da sicherlich keine Probleme.«

»Und die schlechte Nachricht?«, fragte Haverkorn.

»Frau Kallus, bei Ihnen wurde leider eine leichte Lungenentzündung diagnostiziert. Wir müssen Sie jetzt mit Antibiotika behandeln, um überhaupt operieren zu können. Sie bekommen dreimal am Tag eine Infusion. Morgen wissen wir, ob die Behandlung anschlägt.«

Es war still im Raum. Aber die schockierten Gesichter sagten alles. Nur Henrikje riskierte ein Lächeln.

»Jetzt schaut doch nicht so traurig. Noch bin ich am Leben!« Sie wandte sich an den Arzt. »In Ordnung. Wann fangen wir an?«

»Schwester Claudia bringt Ihnen gleich die erste Infusion.« Er nickte ihr zu. »Morgen wissen wir schon mehr.« Er ging aus dem Zimmer.

Jutta schluchzte leise und drückte das Taschentuch an ihre Augen. »Henni bleibt auch nichts erspart.«

Ilka saß kerzengerade auf dem Stuhl und starrte aus dem Fenster. »Ich hab zu lange gewartet. Ich bin schuld, wenn du stirbst.«

»Jetzt hört auf damit!«, sagte Henrikje schwach. »Ich brauche keine Jammerlappen um mich herum. Noch atme ich. Und es gibt eine gute Chance, dass das Antibiotikum anschlägt. Jammern könnt ihr, wenn ich unter der Erde liege.«

Jutta schluchzte gedämpft auf.

»Henni hat recht«, sagte Haverkorn. »Es ist ernst, aber nicht hoffnungslos. Wir schaffen das!«

Er verließ das Zimmer, um etwas Luft zu schnappen. Dem Drang, eine Zigarette zu rauchen, widerstand er, auch wenn die Sucht sich in ihm aufbäumte. Haverkorn lehnte sich an sein Auto, atmete tief ein und sah hinauf zu den Fenstern des Krankenhauses. Hier würde sich in den nächsten Stunden entscheiden, ob seine Tochter leben würde. Er wünschte sich nichts so sehr, als im Sommer mit ihr irgendwo im Grünen zu sitzen.

Ihm fiel auf, dass er seine Zukunft mit seiner Tochter sah, nicht mit seiner Frau. Mit Ursula hatte er schon seit Tagen nicht mehr gesprochen. Sein letzter Besuch lag vierzehn Tage zurück. Wenn sie aus der Klinik in Schleswig entlassen wurde, würde er aus der gemeinsamen Wohnung ausziehen. Sie hatten es nie ausgesprochen, aber ihre Ehe war am Ende. Sie schoben die Scheidung seit Wochen vor sich her, obwohl sie die einzige Option war, die sie noch hatten: sich freundschaftlich zu trennen und so den Respekt voreinander zu behalten.

Er wollte endlich seinen Traum wahr machen und auf die Suche nach einem kleinen Haus in der Marsch gehen. Die Hälfte seiner Ersparnisse der letzten dreißig Jahre würde als Anzahlung reichen. Er würde für sich und Henni einen Rückzugsort suchen. Sein Leben würde endlich einen neuen Sinn bekommen. Vorausgesetzt, seine Tochter überlebte.

†

Frida hatte sich an Jos Körper unter den Decken geschmiegt, um sie beide warm zu halten. Aber die Kälte kroch vom Boden durch die Matratze, und Frida war völlig durchgefroren. Sie wusste nicht, wie lange sie schon hier unten in diesem Kellerverschlag lag. Wie lange war sie bewusstlos gewesen? Sie hielt die Augen geschlossen und hörte auf Jos flache Atemgeräusche. Ihre Freundin war in ihren Armen eingeschlafen, lag ganz ruhig neben ihr. Frida hoffte, dass die paar Schlucke Wasser, die Jo getrunken hatte, ihr ein zusätzliches Zeitfenster verschafften.

Sie hatte den Keller nach einem Werkzeug abgesucht, um die fest verschlossene Tür oder das vernagelte Fenster aufhebeln zu können. Aber der Raum war leer bis auf die Matratze und die alten Decken, die ihnen etwas Wärme spendeten. Die leere Plastikflasche war zu nichts zu gebrauchen. Frida hatte versucht, mit bloßen Händen einen Fluchtweg zu schaffen, hatte sich mit Gewalt und unter Schmerzen an der Tür abgearbeitet. Ihre Nägel waren abgebrochen, ihre Hände bluteten. Es nützte nichts, ohne Werkzeug kamen sie hier nicht raus. Sicherlich hatte Jo dieselbe Idee gehabt und war daran gescheitert.

Immer wieder rief Frida laut um Hilfe. Ihre Schreie gellten im Raum wider, aber niemand kam und befreite sie. Zu weit draußen lag das Haus, als dass man sie im Ort hören konnte. So wie sie die Entfernung einschätzte, würde ihre gedämpften Rufe aus dem Keller auch niemand unten am Strand hören können. Da musste sich schon jemand direkt hierher verirren. Und wer ging schon freiwillig zum Bluthus?

Von den Jansens hatte sie sich bereits am Abend verabschiedet. Sie hatte ihren Rucksack mitgenommen und am Morgen den Campingplatz verlassen. Die würden sie nicht vermissen. Ihre einzige Hoffnung war Haverkorn. Sicherlich hatte er längst die Mailboxnachricht abgehört und würde eine Streife zum Haus schicken. Aber nichts passierte, niemand kam, um sie aus dem Keller zu befreien. Frida schloss die Augen und schlief erschöpft ein.

†

Im Krankenhaus konnte Haverkorn momentan nichts tun. Während Henni mit Antibiotika behandelt wurde, fuhr er nach Hause. Er wollte raus aus den verschwitzten Klamotten. Er duschte und zog sich um. Danach fuhr er zur BKI, um im Büro vorbeizuschauen und zu fragen, was es Neues gab.

In der zehnten Etage ging es hektisch zu. Auf dem Gang lief er Anja Schlüte in die Arme.

»Bjarne! Gut, dass du kommst …« Sie blieb stehen. »Alles okay bei dir? Andreas sagte, du hättest einen familiären Notfall?«

Er seufzte leise. »Ich erzähle es dir mal irgendwann in Ruhe.«

Sie wirkte betroffen. »Ich wollte nicht neugierig sein.«

»Bist du nicht.« Er setzte ein Lächeln auf. »Nur heute möchte ich nicht mehr darüber sprechen. Gibt es bei euch was Neues?«, lenkte er ab.

»Ja, die Kollegen aus Köln haben uns die Ergebnisse der Funkzellenabfrage rübergeschickt. Bingo!« Sie strahlte ihn an.

»Die unbekannte Prepaid-Nummer von Conradis Telefonliste?«

»In der Funkzelle, in der Vulcan Bastekis' Haus liegt. Am Abend vor dem Mord!«

»Endlich ein Indiz, dass er beteiligt war. Hat Andreas einen Haftbefehl beantragt?«

»Er telefoniert gerade mit dem zuständigen Ermittlungsrichter.«

»Gut!« Haverkorns Laune hatte sich schlagartig gehoben. »Noch was zu dem Unbekannten am Tatort?«

»Keine daktyloskopischen Spuren, keine Gewebespuren. Nur die Fußabdrücke. Leider!« Sie warf Haverkorn einen nachdenklichen Blick zu. »Welche Schuhgröße hat Vulcan Bastekis? Da hast du bei deinem Besuch nicht zufällig drauf geachtet?«

Haverkorn sah in seiner Erinnerung Bastekis' schlammige Gummistiefel vor seiner Haustür stehen. Nein, die waren definitiv zu klein gewesen für eine 46. »Der würde sich die Hände selbst nicht schmutzig machen, Anja. Der hatte schon damals seine Männer für die Drecksarbeit. Daran wird sich nichts geändert haben. Bastekis war sicher nicht persönlich auf dem Hof, um Catrin Conradi auszuschalten. Wir müssen ihn anders festnageln. Zum Beispiel über ein Telefonat mit Conradi. Mir gegenüber hat er abgestritten, sie zu kennen. Ich gehe mal kurz bei Andreas vorbei. Vielleicht weiß er schon mehr.«

Er klopfte an der Bürotür seines Vorgesetzten und trat ein. Andreas Vollmer telefonierte, winkte ihn jedoch herein.

»Verstehe. Nichts für ungut, Herr Hellenbrück.« Er hörte seinem Gesprächspartner zu. »Wir tun unser Bestes. Auf Wiederhören.« Vollmer legte auf.

»Und?«, fragte Haverkorn und setzte sich auf den Besucherstuhl.

»Hast du es schon gehört?«

»Ja, Anja hat mich auf Stand gebracht. Stellt der Richter einen Haftbefehl aus?«

»Nein. Was wir haben, ist zu dürftig. War mir fast klar. Er würde uns gern helfen. Hellenbrück kennt Bastekis noch von früher. Damals war er Staatsanwalt in Köln und hatte verschiedene Ermittlungsverfahren gegen ihn laufen. Aber schon damals war Bastekis aalglatt. Das Telefonat mit Conradi reicht nicht aus. Wir können ja nicht mal nachweisen, dass er diese

Prepaid-Nummer persönlich benutzt hat. Es kann sonst wer in der Nähe seines Hauses telefoniert haben.«

»Verdammt! Was machen wir? Beantragen wir eine Überwachung?«

»Habe ich schon versucht. Die Kölner Kollegen sind völlig überlastet. Auch dafür ist unsere Spurenlage viel zu dünn. Es wäre natürlich sehr hilfreich, wenn wir endlich Johanna Arndt finden würden.«

»Wir brauchen andere Spuren, um Bastekis zu überführen. Ich glaube kaum, dass Johanna Arndt noch lebt. Wenn sie etwas wusste, hat er sie längst beseitigen lassen.«

Vollmer deutete ein Nicken an.

Haverkorn sah seinem Vorgesetzten in die Augen. »Ich will gleich wieder ins Krankenhaus. Es gibt einen Lebendspender für meine Tochter.«

»Das ist großartig, Bjarne. Wann wird die Transplantation stattfinden?«

»Das ist noch nicht sicher. Henni ist momentan nicht in der Verfassung für einen solchen Eingriff. Die Ärzte tun ihr Bestes. Wir können nur warten. Und auf ein Wunder hoffen.«

Haverkorn erwachte in der Nacht durch ein Geräusch neben Henrikjes Bett. Er richtete sich im Stuhl auf und dehnte seine Schultern, die von der unbequemen Haltung schmerzten. Dr. Ahrendt war hereingekommen und sah nach seiner Patientin, die schlief. Er drehte sich zu ihm um. »Herr Haverkorn, es gibt gute Nachrichten«, sagte er gedämpft. »Die Werte Ihrer Tochter haben sich nach der letzten Infusion stabilisiert. Morgen früh können wir operieren.«

Haverkorn stand auf und drückte ihm die Hand. Er war ungemein erleichtert. »Wie groß ist die Chance, dass sie es schafft?«

Ihre Blicke trafen sich. »Ihre Tochter ist geschwächt. Es ist schwierig, eine Prognose abzugeben. Aber Frau Werner hätte sich keinen Tag später für eine Spende entscheiden dürfen. Sie ist benachrichtigt und auf dem Weg in die Klinik. Morgen acht Uhr beginnen wir mit der Transplantation.«

Haverkorn trat ans Bett seiner Tochter. »Wir hatten viel zu wenig Zeit«, flüsterte er nachdenklich.

Dr. Ahrendt trat neben ihn. »Sie sollten nach Hause fahren und schlafen. Hier können Sie nichts für Ihre Tochter tun. Ruhen Sie sich aus. Ich rufe Sie nach der OP an.«

Haverkorn drückte fest die Hand des Arztes, blieb noch einen Moment am Bett stehen, als dieser hinausging. Lange sah er in Henrikjes schlafendes Gesicht und hoffte, dass das nicht ihre letzten gemeinsamen Stunden gewesen waren. Dann verließ er ihr Zimmer.

Er zog das Handy aus der Tasche. »Jutta? Es geht los. Morgen früh um acht operieren sie. Dr. Ahrendt meldet sich, sobald die Mädchen aus dem OP kommen.« Er schluckte, als er Jutta vor Freude weinen hörte. »Es wird alles gut gehen, ganz sicher! Gute Nacht!« Er drückte das Gespräch weg und dachte an Fridas Mailboxnachricht. Die hatte er heute völlig vergessen. Er hörte sie auf dem Gang zum Fahrstuhl ab. »Sie haben eine neue Nachricht«, sagte eine automatische Frauenstimme. »Empfangen um fünf Uhr fünfundzwanzig.« Eine kurze Pause, dann hörte er Fridas aufgeregte Stimme. »Hallo, Bjarne, ich habe Jo gefunden! In dem alten Schutzhaus. Sie lebt, aber sie ist völlig am Ende. Bitte ruf mich sofort an!«

Haverkorn blieb stehen. Die Fahrstuhltür öffnete sich vor ihm und schloss sich wieder. Er wählte Fridas Nummer. Es ging sofort die Mailbox ran. Dann versuchte er es bei Andreas Vollmer, ließ es lange klingeln, aber sein Vorgesetzter nahm nicht ab. Wie, verdammt, sollte er kurzfristig die Adresse des Schutzhauses in Drei bekommen?

Preuss!

Er ließ sich über die Auskunft mit seiner Festnetznummer verbinden. Niemand hob ab. Haverkorn ließ sich die Nummer nennen und probierte es noch einmal, während er über die Treppe nach unten lief.

»Preuss?« Eine verschlafene Stimme.

»Hier ist Haverkorn …«

»Wissen Sie, wie spät es ist?«, fiel ihm der ehemalige LKA-Beamte ins Wort.

»Das ist ein Notfall! Ich brauche sofort die Adresse dieses Schutzhauses!«

Schweigen.

»Das ehemalige Schutzhaus in Drei auf Holnis! Nun reden Sie schon, Preuss!«

»Woher wissen Sie, dass das Schutzhaus in Drei war?«

»Das ist jetzt unwichtig! Ich brauche die genaue Adresse!«

»Sagen Sie mir, was los ist. Dann gebe ich sie Ihnen.«

Haverkorn seufzte. »In diesem Schutzhaus wurde Johanna Arndt gefunden.«

»Die Frau, die Catrin umgebracht hat? Was macht sie da?«

»Ich habe keine Zeit für Erklärungen. Jetzt geben Sie mir endlich diese Adresse!«

Preuss nannte sie ihm. »Wann sind Sie vor Ort?«

»Ich fahre gleich los. In zwei Stunden bin ich dort.«

»Ich komme ebenfalls hin! Sagen Sie mir, wo wir uns treffen!«

»Sie wollen nach Holnis kommen?«

»Es geht um ein Schutzhaus, das ich damals ins Programm aufgenommen habe. Und um eine Kollegin, die brutal ermordet wurde. Ich will dabei sein.«

Haverkorn widersprach ihm nicht. Vielleicht war es gar keine schlechte Idee, Preuss einzubinden. Er konnte ihnen vor

Ort helfen, konnte Fragen zum Schutzhaus und zum Mord von 1997 beantworten. »In Ordnung! Rufen Sie mich an, wenn Sie da sind.« Er nannte ihm seine Handynummer. Im Wagen telefonierte er mit den Kollegen in Glücksburg und gab ihnen die Adresse durch, die er von Preuss bekommen hatte. Sie sicherten ihm zu, eine Streife nach Drei zu schicken.

†

Sie lagen ganz still. »Wie hast … du mich gefunden?«, flüsterte Jo.

»Ich habe dich seit Tagen in Drei gesucht. Alle dachten, du wärst in die Ostsee gestürzt.«

»Warum?« Jos Stimme war schwach.

»Weil deine Harley neben einem Steilufer im Wasser gefunden wurde.«

Jo stöhnte. »Er hat sie dort hingebracht.«

Frida versteifte sich. »Wen meinst du?«

»Der Typ, der mich hier seit Tagen festhält.« Jo hustete. Ein rasselndes Geräusch, was darauf schließen ließ, dass sie sich erkältet hatte.

»Kennst du ihn?«

Sie brauchte einen Moment. »Nein. Ich hab ihn hier am Haus getroffen. Er hatte einen Schlüssel. Sagte, er hätte das Bluthus kürzlich gekauft.«

»Sehr komisch. Arne Peters, der Eigentümer, will es gar nicht verkaufen.«

Jo stieß laut die Luft durch die Nase. »Dann hat er mich verarscht.«

»Hat er dir seinen Namen gesagt?«

Jo überlegte. »Ich erinnere mich nicht mehr. Irgendwas Norddeutsches. Eigentlich schien er ganz nett zu sein. Sagte, er stamme von hier. Wir sind ins Gespräch gekommen, und ich habe ihn nach einem Mädchen gefragt, das ich früher mal gekannt habe. Es ist vor vielen Jahren aus Drei verschwunden.«

»Du meinst das Mädchen vom Zeltplatz? Kelly?«

Jo versuchte, sich aufzurichten. Frida half ihr, sich an die Wand zu lehnen.

»Was weißt du von Kelly?«, fragte Jo.

Frida erzählte ihr, was sie von der verschwundenen Schülerin gehört hatte. »Der Campingwart hat mir gesagt, sie wäre eine typische Ausreißerin gewesen.«

»Das ist die offizielle Version, ich weiß. Aber ich glaube nicht daran.« Sie hing einen Moment ihren Gedanken nach. »Kelly war meine erste Liebe, weißt du? Ich war zwölf, sie sechzehn. Wir hatten uns abends am Strand verabredet. Wir wollten gemeinsam nach Hamburg abhauen. Aber sie ist nicht gekommen. Also bin ich zurück ins Haus und …«

Frida nahm ihre kalte Hand. »Ich weiß«, flüsterte sie. »Ich weiß, was mit deiner Familie passiert ist.«

»Ich hab sie hier gefunden«, flüsterte sie. »Lukas war noch so klein. Und wir haben uns die ganze Zeit gestritten. Dabei habe ich meinen Bruder geliebt.«

Es gab keine Worte, die Jo trösten konnten. Frida lehnte ihren Kopf an den der Freundin. Dann dachte sie an die Herzdame, die sie in ihre Jeans gesteckt hatte. Sie fand sie in ihrer Tasche und drückte sie ihr in die Hand.

»Was ist das?«

»Eine Skatkarte, die Herzdame. Ich habe sie in den Polstern der Couch gefunden.«

Jos Stimme zitterte. »Die habe ich dort versteckt. Kelly hat sie mir geschenkt. Am Abend, bevor …« Sie stöhnte leise. »All die Jahre habe ich gedacht, dass sie ohne mich gegangen ist, weil ich nicht gut genug war. Dass sie nie mit mir gemeinsam nach Hamburg wollte.« Jo schluckte hörbar. »Aber sie hat mir an jenem Tag das Leben gerettet.«

»Warum hat der Typ dich hier runter in den Keller geschleppt?«

Jo hustete. »Ich habe ihm gesagt, dass ich die Geschichte um Kellys Verschwinden noch einmal aufrollen will. Dass es seltsam ist, dass sie an jenem Abend verschwunden ist, als der Mord hier im Haus geschah.«

»Wie hat er darauf reagiert?«

»Eigentlich ganz interessiert. Er schien es auch seltsam zu finden, dass sie ausgerechnet in dieser Nacht verschwunden ist. Dann hat er mir angeboten, das Haus gemeinsam mit ihm noch einmal zu besichtigen.« Sie hielt einen Moment inne, bevor sie weitersprach. »Wir sind reingegangen, und als ich abgelenkt war, hat er mir von hinten etwas um den Hals geschlungen.« Sie atmete aufgeregt. »Seinen Gürtel oder ein Seil, ich weiß es nicht. Er hat mich gewürgt. Ich habe mich gewehrt, aber ich hatte keine Chance. Irgendwann sind mir die Lichter ausgegangen, und dann bin ich hier unten aufgewacht.«

»Vielleicht war er es, der damals Kelly verschleppt hat.«

Sie schwiegen lange.

»Deine Harley hat der Typ in der Ostsee versenkt. Wir haben alle gedacht, du hättest dich umgebracht.«

»Warum hätte ich das tun sollen?«

»Weil wir lange davon ausgehen mussten, dass du Catrin Conradi ermordet hast.«

»Du hast mir also auch nicht geglaubt«, flüsterte Jo.

»Es tut mir so leid …« Frida nahm Jos Hand und hielt sie fest. »Warum warst du am Tag vor dem Mord bei mir auf dem Apfelhof?«

Jo entzog ihr ihre Hand. »Ich wollte dich um einen Gefallen bitten. Ich wollte dich bitten, mir eine Kopie von Conradis Polizeiakte zu besorgen. Ich wollte an die Hintermänner ran.«

»Und warum hast du mich nicht gefragt?«

»Weil du nicht im Dienst bist. Ich wollte nicht, dass du einen deiner Kollegen darum bittest. Zu viele Mitwisser.«

»Deshalb hast du Catrin Conradi beschattet?«

»Das war meine einzige Chance! Sie war mehr als nervös, als ich bei ihr war. Ich habe gehofft, dass sie zu jemandem von früher Kontakt aufnimmt. Als sie abends zu dem abgelegenen Hof gefahren ist, bin ich ihr gefolgt und habe gewartet. Aber ihr Kontakt muss schon vorher dort gewesen sein. Ich habe nur noch einen dunklen Wagen vom Grundstück wegfahren sehen. Conradi kam nicht aus dem Haus, also bin ich reingegangen, um nachzuschauen. Sie lag in der Diele des Hauses in all dem Blut.« Jo schwieg lange.

Frida gab ihr die Zeit, die sie brauchte, um weiterzusprechen.

»Ich habe alles getan, um sie zu retten. Aber ihre Verletzungen waren zu schwer.«

»Hat sie noch etwas gesagt?«

»Sie war sehr schwach. Aber ein paar Worte habe ich verstanden. Sie hat gesagt, dass sie meine Familie nicht verraten hat und dass ich das Handy finden muss.«

»Was für ein Handy?«

»Catrin Conradi hat hier in diesem Haus ein Handy versteckt. Wenn wir Glück haben, funktioniert die Audio-Datei noch. Hier in diesem Haus befindet sich der einzige Beweis, mit dem wir die ganze Verschwörung aufdecken können.«

23

Die Streife aus Glücksburg informierte Haverkorn, als er auf der A7 in Richtung Flensburg fuhr, dass sie am Haus an der Küste weder Personen noch etwas Auffälliges gefunden hatten.

»Das Haus ist seit Langem unbewohnt und verschlossen. Wir haben das Gelände abgesucht, aber dort war niemand.«

»In Ordnung, vielen Dank, Kollegen.«

Haverkorn ging davon aus, dass Frida Johanna Arndt in ein Krankenhaus geschafft hatte, da es ihr offensichtlich sehr schlecht ging. Er telefonierte während der Fahrt mit den umliegenden Krankenhäusern, aber niemand konnte ihm einen Neuzugang bestätigen, der auf seine Beschreibung passte. Er versuchte mehrfach, Frida auf dem Handy zu erreichen. Ohne Erfolg.

Auf Holnis angekommen, fuhr er sofort zu dem alten Schutzhaus, fand es jedoch vor, wie der Polizeikollege es ihm beschrieben hatte. Er umrundete mit seiner Stablampe das Haus und rüttelte an der verschlossenen Tür. Etwas unheimlich dieser Ort in der Nacht, dachte er. Zurück im Wagen sah er, dass Andreas Vollmer sich gemeldet hatte. Er unterrichtete seinen Vorgesetzten, dass Frida Johanna Arndt lebend gefunden hatte und dass er sich auf die Suche nach beiden gemacht habe. Es war vier Uhr früh. Momentan konnte er hier nicht viel ausrichten. Haverkorn fuhr zurück in Richtung Glücksburg und suchte sich ein Schnellrestaurant, das rund um die Uhr geöffnet hatte. Dort wartete er auf die Ankunft von Ludger Preuss.

Dieser traf gegen sechs Uhr ein. Haverkorn war übermüdet.

Ihn hielt nur noch der Kaffee wach, den er seit Stunden trank. Dagegen wirkte Preuss wie aus dem Ei gepellt. Er trug Jeans, Pullover und einen modernen Parka.

»Einen Kaffee, bevor wir starten?«, fragte Haverkorn und drückte ihm die Hand.

»Sehr gern.« Preuss setzte sich zu ihm, nachdem er sich einen Kaffee geholt hatte.

Haverkorn berichtete Ludger Preuss von Fridas Suche auf Holnis und von ihrem Anruf. »Im Schutzhaus sind sie nicht, ich war schon dort. Auch die Krankenhäuser sind eine Fehlanzeige.«

»Telefon?«

»Frida geht nicht ran. Ich habe meinen Vorgesetzten gebeten, ihr Handy orten zu lassen. Aber er hat mich soeben informiert, dass es ausgeschaltet ist. Er wird dafür sorgen, dass nach den beiden Frauen und dem Fahrzeug von Frida Paulsen gefahndet wird. Der Vollzug des Haftbefehls für Johanna Arndt wurde noch nicht ausgesetzt. Die Kollegen in Glücksburg schicken ein paar Streifenwagen zur Unterstützung.«

Preuss trank den Kaffee und verzog den Mund. »Wie gehen wir jetzt vor?«

»Frida hat mir etwas von einem Campingplatz erzählt, auf dem sie hier untergekommen ist. Vielleicht sind sie dort.«

Preuss schob den Kaffeebecher von sich. »Ich kenne den Campingplatz. Und den Besitzer. Dann mal los!«

»Schmeckt Ihnen der Kaffee nicht?«

»Das ist noch nett ausgedrückt. Ich weiß nicht, wie Sie diese Brühe ohne Herzrasen trinken konnten.«

Sie verließen das Schnellrestaurant und gingen zum Parkplatz. Preuss stieg zu Haverkorn ins Auto. Es war hell geworden, als sie den Ort an der Ostsee erreichten. Kurz vor dem Ortseingang kam ihnen ein Streifenwagen entgegen. Haverkorn gab den Kollegen ein Handzeichen, und sie stoppten. Er wies sich aus und fragte nach Resultaten der Suche. Nein, weder eine der beiden gesuchten Frauen noch Frida Paulsens Wagen waren gefunden worden. Die Schutzpolizisten verabschiedeten sich und fuhren weiter. Haverkorn und Preuss hielten kurz darauf am Campingplatz und stiegen aus.

»Kann ich Ihnen helfen?«, rief ihnen ein Mann zu, der mit einer Schaufel über den Platz lief. Er kam zum Tor.

Haverkorn hielt seinen Dienstausweis hoch. »Wir suchen eine Kollegin von mir, Frida Paulsen. War sie in den letzten Tagen hier bei Ihnen?«

Der Mann kratzte sich an seiner Mütze. »Ja, sie war hier. Aber sie ist gestern Morgen abgereist, wollte zurück nach Hause.«

»Da ist sie nie angekommen.«

»Kommen Sie doch rein.« Der Mann öffnete das Tor und drückte ihnen die Hand. »Henner Jansen, mir gehört der Campingplatz.«

Haverkorn stellte sie beide vor.

»Preuss? Ihr Name sagt mir was. Sie waren doch nach dem Mord hier.«

»Das stimmt, Herr Jansen.« Er schüttelte dem Campingwart die Hand.

»Einen Kaffee die Herren?«, fragte Jansen.

»Gern!«, sagte Ludger Preuss, obwohl Haverkorn ablehnen wollte.

Sie folgten Jansen zu einem etwas größeren Bungalow, wo er sie in die Küche führte. Eine alte Frau saß in der Wohnstube.

»Mutsch, das sind Bekannte von Frida«, rief der Campingwart ihr zu. Er bot ihnen einen Platz am Küchentisch an und schenkte Kaffee aus einer Thermoskanne ein. »Frida ist verschwunden, sagen Sie?«

»Ja, seit gestern Morgen.« Haverkorn sah sich in der Küche um. »Hat sie Ihnen gesagt, dass sie direkt nach Hause wollte?«

»Kann ich gar nicht sagen. Sie war schon weg, als wir aufgestanden sind.«

Ludger Preuss trank einen Schluck Kaffee. »Der ist hervorragend!«

»Ich mahle ihn noch mit der Hand!«

»Herr Jansen, es geht um das einsame Haus, drüben an der Küste«, begann Haverkorn.

»Das Bluthus meinen Sie?« Die beiden Besucher sahen ihn fragend an. »Das Haus, wo der Mord passiert ist?«

»Genau. Können Sie sich vorstellen, was Frida Paulsen dort gesucht hat?«

Jansen kratzte sich an der Stirn. »Wir haben über das Haus gesprochen. Die Geschichte dieses Mehrfachmordes an der Familie hat sie sehr interessiert. Mehr weiß ich nicht.«

»Lebt Arne Peters noch?«, mischte sich Ludger Preuss ein.

»Klar lebt der noch. Der alte Seebär ist nicht totzukriegen!«

»Wer ist das?« Haverkorn schob die Tasse weg. Er konnte keinen Kaffee mehr sehen.

»Der Eigentümer des Hauses, falls er es nicht längst verkauft hat.«

»Die alte Hütte gibt er erst her, wenn er mit den Füßen voran aus seinem Haus getragen wird.« Jansen grinste und zeigte seine ungepflegten Zähne.

Preuss trank aus. »Dann schlage ich vor, wir statten dem alten Mann mal einen Besuch ab. Ich habe mit ihm damals die Verhandlungen geführt. Und ich würde gern noch einmal das alte Schutzhaus besichtigen.«

†

Oktober 1997

Beim Essen redet niemand, nur Lukas macht Faxen an seinem Platz und schmiert sich Pizzasoße ins Gesicht.

»Musste das sein?«, mault Miriam. »Kelly ist meine Freundin. Hätte sie nicht wenigstens mit uns essen können?«

»Fräulein, es kann sich nicht immer alles um dich drehen!«, sagt Mama streng. »Und dieses Mädchen ... diese Kelly! Sie passt nicht zu uns. Es ist besser, ihr seht euch gar nicht wieder.«

Miriam springt auf. »Ich bin kein kleines Kind mehr! Du kannst mir nicht meine Klamotten und meine Freunde aussuchen.«

»Beruhigt euch!«, sagte Papa. Er bittet Miriam, sich wieder zu setzen. Sie sinkt auf den Stuhl. »Die Situation ist schwierig genug. Da müssen wir uns nicht auch noch streiten.«

»Deine Tochter fährt mir ständig über den Mund, und du bestärkst sie noch!« Mama fängt an, die Teller abzuräumen.

»Ich bin noch nicht fertig«, nörgelt Lukas.

Mama nimmt den verschmierten Teller weg, auf dem mehr Tomatensoße als Pizza ist. »Ab, Zähne putzen! Und dann geht's gleich ins Bett!«

»Ich will aber noch nicht ins Bett!«, jammert er.

»Lukas!« Mama hat den besonders strengen Ton angeschlagen, und er wagt es nicht, weiter zu widersprechen. Er rennt aus der Küche die Treppe hoch.

»Miriam«, sagt Papa. »Können wir uns mal in Ruhe unterhalten? Es bringt doch nichts, wenn wir uns alle hier aufreiben.«

»Ihr lügt mich die ganze Zeit an und denkt, ich merke das nicht«, beklagt sie sich. »Und Kelly ist der einzige Mensch, mit dem ich mal quatschen kann. Mama raucht wieder heimlich. Sie hat die ganze Zeit nur mit Catrin geredet, und du bist auch mit den Gedanken ganz woanders. Von wegen wir machen hier Urlaub!«

Papa seufzt. »Ja, ich weiß, es ist eine schwierige Zeit. Und ich mute euch eine Menge zu. Aber ich werde alles mit der Polizei regeln, und dann fangen wir ganz neu an.«

»Neu anfangen? Heißt das, wir fahren nicht mehr zurück nach Hause?«, fragt sie entsetzt.

»Nein, Miri, wir werden in Zukunft irgendwo anders wohnen. Dort, wo wir sicher sind.«

»Und das erzählt ihr mir so nebenbei? Dabei wisst ihr es schon die ganze Zeit, oder?« Miriams Stimme überträgt ihre Angst. »Ihr vermasselt mir die Klassenfahrt, belügt mich die ganze Zeit und wollt mich auch noch von Kelly fernhalten. Ihr kotzt mich echt an!«

»Junge Dame, du reißt dich endlich zusammen!«, sagt Mama laut. »Es geht hier nicht um dich! Wir haben ganz andere Probleme, als dass wir uns ständig um deine Sonderwünsche kümmern können. Wir stehen hier unter Polizeischutz, begreifst du das? Da kannst du nicht einfach kommen und gehen wie du willst und fremde Leute hier anschleppen.«

»Und wie lange soll das noch so gehen? Es ist so scheiße langweilig hier. Und dieses Haus ist so alt und dunkel. Ich will hier endlich weg!«

»Miriam!«, warnt Mama sie. »Du gehst jetzt rauf in dein Zimmer. Und du wirst diese Kelly nicht wiedersehen, ist das klar?«

»Was kann Kelly dafür, dass Papa Probleme mit der Polizei hat?«

Die Ohrfeige trifft sie unvorbereitet. Mama starrt sie wütend an.

Miriam greift sich an die schmerzende Wange. »Ich hasse euch! Ihr macht mein Leben kaputt!«, schreit sie.

Mama bricht in Tränen aus.

Papa schaut sie traurig an. »Du machst es uns wirklich nicht leicht. Aber du musst verstehen, dass es um viel mehr geht als um dein Wiedersehen mit diesem Mädchen, Miri. Du wirst andere Freunde finden! Wenn wir das alles hier durchgestanden haben.«

»Ich hasse das hier. Und ich hasse euch! Ich will euch nie mehr wiedersehen!« Sie rennt nach oben, knallt laut die Tür ins Schloss und wirft sich auf's Bett. Dort weint sie, aber niemand kommt, um sie zu trösten. Sie wischt die Tränen weg, steht auf und packt ihren Rucksack. Sie wird mit Kelly weggehen. Nicht nur ein paar Tage. Für immer. Dann können die mal sehen, wie es ohne sie ist.

Um halb zehn öffnet sie leise die Tür. Sie hört Stimmen. Eine fremde Männerstimme und die ihrer Eltern. Wahrscheinlich ist der neue Aufpasser schon da. Unten kommt sie nicht vorbei, ohne gesehen zu werden. Dann doch wieder über das Dach. Sie hat es schon einmal geschafft. Miriam öffnet das Fenster und zögert. Mist! Ihre Herzdame-Karte, die Kelly ihr zugesteckt hat, ist noch unten im Wohnzimmer, versteckt in der Couchritze. Schweren Herzens lässt sie sie zurück. Ihr Herz schlägt vor Aufregung. Gleich wird sie Kelly treffen, und dann werden sie zusammen abhauen. Wie Bonnie und Clyde.

†

Arne Peters sah sie an, als wären sie die Zeugen Jehovas. Er stand gebeugt in der Tür. »Ich verkaufe das Bluthus nicht! Ich habe schon gehört, dass Sie da rumgeschlichen sind.«

»Wir wollen das Haus nicht kaufen«, sagte Haverkorn und zeigte seinen Dienstausweis. »Wir suchen jemanden, der sich vor Kurzem in Ihrem Haus aufgehalten hat.«

»Ach, Sie meinen diese junge Polizistin? Sie hat mir meinen Schlüssel bisher nicht zurückgebracht!«, schimpfte er.

»Kennen Sie mich noch, Herr Peters?«, fragte Ludger Preuss plötzlich.

Der Hausbesitzer warf ihm einen argwöhnischen Blick zu. Dann schien er sich zu erinnern. »Ist lange her, aber jetzt weiß ich es! Sie haben mir das Bluthus damals für die Polizei abgeluchst! Herr Preuss, nicht wahr?«

»Sie haben ein gutes Namensgedächtnis! Dürfen wir Ihnen ein paar Fragen stellen?«

»Na, kommen Sie schon rein! Sonst denken die Nachbarn noch, dass wir hier eine Versammlung abhalten.«

Er führte sie ins Haus. Haverkorn sah sich begeistert um. Diese alte Reetdachkate war ganz nach seinem Geschmack, allerdings bei Weitem nicht erschwinglich, was seine Ersparnisse betraf. Das Haus musste in diesem Zustand und dieser Lage eine halbe Million Euro kosten. Sollte das überhaupt reichen.

Der Hausherr wies ihnen zwei Plätze zu. »Meine Frau ist nicht da, Kaffee kann ich Ihnen leider nicht anbieten.«

»Den hatten wir bereits. Wir benötigen ein paar Antworten«, sagte Haverkorn und übernahm die Gesprächsführung.

Arne Peters setzte sich zu ihnen. »Na, dann schießen Sie mal los!«

»Was hat Ihnen Frida Paulsen gesagt, als sie bei Ihnen war?«

Der Hausherr ließ sich Zeit mit der Antwort. »Hier weiß wohl die linke Hand nicht, was die rechte tut. Na, mir soll's egal sein. Ihre Kollegin wollte das Bluthus besichtigen. Sagte, sie ermittle in diesem alten Fall, weil es wohl neue Erkenntnisse gäbe.«

»Wann war das?«

Der alte Mann überlegte. »Fragen Sie mal einen Silberbuckel wie mich nach genauen Daten. Vor ein paar Tagen. Sie hat den Schlüssel geholt und wollte ihn mir wieder zurückbringen.«

»Hat sie etwas von einer Frau namens Johanna Arndt gesagt?«

»Nein, der Name sagt mir nichts.«

»Haben Sie diese Frau schon mal gesehen?«, fragte Haverkorn und hielt ein Foto der Detektivin hoch, das er aus seiner Tasche gezogen hatte.

»Ja, natürlich! Das habe ich Ihrer jungen Kollegin schon erzählt. Das ist die Miriam, die damals die Blutnacht überlebt hat. Sie war vor ungefähr zehn Jahren noch einmal hier, wollte sich das Bluthus anschauen.«

»Sie haben Miriam also vor zehn Jahren das letzte Mal gesehen? Sie war nicht noch einmal hier? Vor ein paar Tagen vielleicht?«

»Nein! Warum auch?« Er wirkte nachdenklich. »Ich habe mich oft gefragt, was gewesen wäre, wenn ich Ihnen mein Haus nie zur Verfügung gestellt hätte.« Er sah Ludger Preuss vorwurfsvoll an.

»Dann wäre der Mord in einem anderen Haus passiert, Herr Peters. Machen Sie sich keine Vorwürfe!«

»Diese Nacht hat das ganze Dorf verändert. Jeder misstraut jedem. Wird Zeit, dass der Täter gefasst wird!«

Preuss nickte Haverkorn zu. »Deshalb sind wir hier. Erlauben Sie uns, das Haus noch einmal zu besichtigen, Herr Peters?«

»Wenn das so weitergeht, stelle ich ein Kassenhäuschen auf dem Grundstück auf. Meinetwegen.«

»Haben Sie einen Ersatzschlüssel?«, fragte Haverkorn, der am Morgen an der verschlossenen Tür gerüttelt hatte.

Arne Peters stöhnte. Dann stand er schwerfällig auf. »Aber bringen Sie mir den ja wieder!« Er kramte in einer Kommode und reichte ihnen einen schweren Schlüssel.

Haverkorn nahm ihn entgegen. »Eine letzte Frage. Hat den

Schlüssel zum ehemaligen Schutzhaus außer den beiden Frauen noch jemand anderes von Ihnen bekommen?«

Arne Peters schüttelte den Kopf. »Sicher nicht! Ich habe sie alle abgewimmelt! Wollte nicht, dass sich dort im Haus Fremde herumtreiben. In den ersten Jahren sind immer wieder Leute zu mir gekommen, Immobilienhaie, Geisterjäger und sogar ein Krimiautor, der im Bluthus schreiben wollte. Keinem hab ich den Schlüssel gegeben.« Er schüttelte den Kopf und ging ihnen voraus zur Tür. »Aber warten Sie, das stimmt ja gar nicht. Der Henner Jansen, der vom Campingplatz, hatte früher mal einen Schlüssel. Er hat sich um das Haus und den Garten gekümmert, wenn niemand dort wohnte. Aber das ist ewig her, Mitte der Neunziger, noch vor dem Mord. Und bevor diese Schülerin von seinem Campingplatz verschwunden ist. Sie erinnern sich ja sicher daran, Herr Preuss. Danach haben wir ihm den Schlüssel für das Haus abgenommen. Wir wollten mit ihm nichts mehr zu tun haben.«

†

Frida starrte in die Finsternis, während sie Jos Atemzügen lauschte. Sie hob ihre Hand, aber es war so dunkel, dass sie nicht einmal Umrisse wahrnahm.

Wie lange würden sie in dieser schwarzen Hölle verharren müssen? Wann würde endlich Hilfe kommen?

Was, wenn die Polizei längst da gewesen war? Wenn der Typ alles so arrangiert hatte, als sei dieses Haus leer?

Sie hatte plötzlich Angst, dass sie hier verdursten würden. Dass das alles gewesen war, was das Leben für sie bereitgehalten hatte. Bereute sie etwas? Hätte sie Dinge anders gemacht, wenn sie jetzt die Möglichkeit hätte, sie zu ändern?

Vielleicht hätte sie sich irgendwann auf eine Beziehung

einlassen und nicht alle Männer wegschieben sollen, die ihr zu nahe gekommen waren. Sie dachte an die Nacht mit Torben. Das schien jetzt schon so weit weg, so unwirklich. Es war der letzte Abend gewesen, an dem sie wirklich Spaß gehabt hatte. Sie dachte an Torben, an seine Gesten und sein Lachen, seine Lippen, seinen Körper. Warum hatte sie ihn sofort wieder aus ihrem Leben verbannt, nachdem sie die Nacht mit ihm verbracht hatte? Warum hatte sie sich nicht eingestanden, dass es nicht nur Sex gewesen war, sondern dass sie ihn mochte?

»Bist du wach?«, flüsterte Jo.

»Ja.«

»Mir ist so heiß.«

Frida fasste Jo an die Stirn. Sie glühte. »Du hast Fieber!«

Jo musste trinken. Sie musste so schnell wie möglich in ein Krankenhaus. Wenn nicht bald Hilfe käme, wäre ihr Leben keinen Pfifferling mehr wert.

Ein Geräusch über ihnen.

Frida lauschte angespannt.

Ein Schlurfen. Waren das Schritte?

»Das ist er«, flüsterte Jo. »Er ist nur noch einmal hier gewesen. Er stand lange vor mir …«, Jo starrte auf die Kellerwand, »… und hielt eine Waffe auf mich gerichtet. Ich dachte, er bringt mich um.« Sie schluckte. »Seine Hände haben gezittert, er hat keinen Ton gesagt. Ich glaube, er hat es nicht fertiggebracht abzudrücken. Danach war er nicht mehr hier unten. Ich habe nur noch seine Schritte über mir gehört.«

Frida dachte daran, dass sie selbst in diesem Haus gewesen war. »Vielleicht hast du auch mich gehört.«

»Du warst hier?«

»Ja, zweimal. Aber nie im Keller.«

Sie hörten eine Tür, dann Schritte, die die Treppe herunterkamen. Endlich! Das musste Haverkorn sein! Er hatte sie gefunden. »Hier!«, schrie Frida. »Hier sind wir!«

Metall knirschte an der Tür, dann wurde sie aufgestoßen. Eine Person stand im Türrahmen. »Los, aufstehen! Sofort hier raus!«

Frida erkannte die Stimme von Henner Jansen und war fassungslos. Er war es, der sie beide hier unten eingesperrt hatte? Der Campingwart, bei dem sie übernachtet, mit dem sie am Tisch gesessen hatte, während Jo hier unten beinahe verdurstet war. Sie drückte ihre Freundin an sich, die im Schüttelfrost bebte. »Sie hat Fieber, wir brauchen sofort einen Arzt!«

»Quatsch nicht rum! Aufstehen!« Er wedelte im Licht mit einer Schusswaffe herum. »Ihr macht, was ich sage!«

Jo stöhnte leise. Sie schien zu schwach, um überhaupt aufzustehen.

Frida kniete sich vor sie. »Wohin bringen Sie uns?«

»Halt die Schnauze, Bullenschlampe!« Jansens Stimme überschlug sich.

»Sie suchen schon nach uns, nicht wahr? Sie sind auf dem Weg hierher.«

»Halt verdammt noch mal die Schnauze!«

Frida wusste, dass es ihre einzige Chance war zu überleben, wenn sie hier blieben. Wenn Jansen sie an einen anderen Ort brachte, würde sie niemand finden. War er bereit, sie zu töten?

Hätte er es dann nicht längst getan?

»Hören Sie, Henner. Noch können Sie all das hier beenden. Ich setze mich für Sie ein. Lassen Sie uns gehen, dann wird das die Polizei anerkennen!«

Er stand vor ihr, die Schusswaffe zitterte in seiner Hand.

»Das hat doch alles keinen Sinn! Ich bin Polizistin, Henner. Sie werden keine ruhige Minute mehr verbringen. Überall werden sie nach uns suchen.«

»Scheiße!«, brüllte er. »Warum musste diese Schlampe auch zurückkommen und in dieser alten Geschichte herumschnüffeln?«

»Dann haben Sie es getan?«

Er starrte sie an.

»Sie haben das Mädchen verschleppt und umgebracht?«, fragte Frida.

»Ich hab sie nicht umgebracht!«, schrie er und gestikulierte wild. »Die kleine Schlampe hat mich schier verrückt gemacht. Sie wollte, dass ich sie mir greife und es ihr mal besorge. Aber danach ist sie abgehauen, verstehst du? Sie ist weggerannt! Ich dachte schon, sie holt die Bullen. Aber …« Er lachte heiser. »Sie ist einfach nie wieder aufgetaucht.«

24

Ein Lada Niva stand vor dem Haus, als sie ankamen. Haverkorn parkte daneben.

»Ist das der Wagen Ihrer Kollegin?«, fragte Preuss.

»Nein, sie fährt einen Jeep.« Er stieg aus. »Schleswiger Kennzeichen. Der muss von hier sein.« Er wählte die Nummer seiner Dienststelle. »Ja, Klaus, Bjarne hier. Kannst du ein Kennzeichen für mich überprüfen?« Er gab es ihm durch und wartete, bis sein Kollege die Abfrage gemacht hatte. »Henner Jansen?«, wiederholte er und warf Preuss einen vielsagenden Blick zu. »Ja, danke! Ich bin auf Holnis. Andreas weiß Bescheid! Ich melde mich wieder.« Er steckte sein Handy in die Tasche. »Was macht der Campingheini hier?«

Sie gingen auf das Haus zu. Haverkorn sah es zum ersten Mal bei Tageslicht. Jetzt wirkte es nur noch wie ein verlassenes Gebäude in einem verwilderten Garten. Sie hörten das Meer rauschen, konnten es aber durch das Dickicht der Hecken und Bäume nicht sehen. Er blieb stehen und machte eine Geste, dass er hineingehen wollte. Preuss nickte. Haverkorn zog vorsorglich die Walther aus dem Holster. Die Eingangstür des Hauses war nur angelehnt. Der Schlüssel steckte. War es der Schlüssel, den Frida bekommen hatte? War sie doch noch hier?

Haverkorn ging lautlos hinein. Preuss blieb hinter ihm. Er wusste noch immer genau, wie er sich in einem Einsatz zu bewegen hatte.

»Los jetzt!«, hörten sie eine dumpfe männliche Stimme. »Sie soll endlich aufstehen!«

Eine Stimme antwortete. Sie sprach zu leise, um sie verstehen zu können.

Haverkorn wies auf die Tür, die in den Keller führte. Preuss nickte und folgte ihm. Vorsichtig schob Haverkorn die Tür zum Keller auf.

»Ihr macht, was ich sage, oder ich knalle euch ab. Los jetzt!«, schrie der Mann unten.

»Beruhigen Sie sich, Henner!«

Das war Fridas Stimme. Haverkorn zog erneut sein Handy heraus und wählte den Notruf. Eine dänische Stimme antwortete ihm. Scheiße, er war mit der Notrufnummer im dänischen Netz gelandet.

»Soll ich mit deiner Freundin anfangen?«, schrie die Stimme im Keller. Ein dumpfer Schlag.

»NEIN!«, schrie eine Frau.

Haverkorn musste sofort da runter. Er steckte das Handy ein und nahm die Walther in die Grundhaltung. »Rufen Sie die Kollegen hier im Revier!«, flüsterte er. »Und den Rettungsdienst. Sie sollen herkommen. Sie bleiben hier oben und warten. Ich gehe runter.«

Vorsichtig stieg er die Stufen hinab. Normalerweise hätte er auf Verstärkung warten müssen. Es war immer gefährlich und unkalkulierbar, allein einem Gewalttäter gegenüberzutreten. Aber bei Gefahr in Verzug durfte er keine Zeit verlieren.

Preuss würde die Kollegen rufen. Auf der Halbinsel waren einige Streifenwagen unterwegs. In ein paar Minuten würden sie hier sein. Er musste auf Zeit spielen und, wenn möglich, den Mann dort unten hinhalten.

Am Fuß der Treppe stoppte er und sah, dass eine Kellertür offen stand. Eine LED-Leuchte hing an einem Haken darüber, leuchtete den Raum aus. Haverkorn hatte den Vorteil, dass er aus der Dunkelheit kam. Schritt für Schritt ging er weiter.

»Scheiße! Sie haben sie umgebracht!« Fridas Stimme.

»Mit einer Ohrfeige?« Ein Lachen.

Haverkorn schlich näher. Der Boden unter seinen Füßen war uneben, er musste vorsichtig sein. Kurz vor der Tür sah er den Mann. Es war Henner Jansen. Er hielt eine Schusswaffe in der Hand. Neben ihm hockte Frida und beugte sich über eine andere Person. Das musste Johanna Arndt sein.

»POLIZEI! WAFFE WEG!«, rief Haverkorn und hielt seine Walther auf Jansen gerichtet.

Der fuhr erschrocken herum, wirkte einen Moment planlos.

Das Überraschungsmoment musste Haverkorn ausnutzen. »WAFFE WEG!«, rief er erneut und machte sich bereit, zu schießen, wenn der andere nicht reagierte.

Jansen starrte ihn an wie einen Geist. Die Lampe an der Decke blendete ihn, er blinzelte ins Licht. Dann ließ er die Waffe sinken.

»WAFFE FALLEN LASSEN!«

Jansen stand da wie versteinert und starrte ihn an.

Haverkorn sah sein Zögern. »FALLEN LASSEN!«

Endlich bewegte sich Jansen und legte die Waffe auf den Boden. »Nicht schießen, bitte!«, jammerte er. »Ich wollte ihnen doch nichts tun, das müssen Sie mir glauben.«

»Schieben Sie die Waffe mit dem Fuß zu mir rüber!«, verlangte Haverkorn. »Los!«

Jansen trat gegen die Pistole. Haverkorn nahm sie auf. Ein tschechisches Fabrikat, eine Česká zbrojovka ČZ 75. Wo hatte Jansen diese Waffe her? Aus alten Ostblock-Beständen? Er prüfte die Sicherung der Pistole, steckte sie in seine Jackentasche und zog eine Einmalfessel aus seiner Gürtelschlaufe. »Hinknien und die Hände auf den Rücken! Los!«

Jansen gehorchte. Haverkorn zog den Kabelbinder fest um seine Handgelenke.

Preuss tauchte hinter ihm auf. »Die Kollegen sind gleich da.«

Haverkorn nickte ihm zu. »Passen Sie auf ihn auf!«

Jansen sah zu Preuss, dann zu Haverkorn. »Ich wollte das alles nicht!«

Haverkorn kniete sich neben Jo und Frida.

»Jo hat hohes Fieber«, sagte Frida. »Sie muss sofort ins Krankenhaus!«

Sie halfen Jo auf und stützten sie die Kellertreppe hinauf.

»Bitte lassen Sie mich zu meiner Mutter!«, jammerte Jansen hinter ihnen. »Sie ist ein Pflegefall. Sie kann nicht allein sein!«

»Halten Sie endlich die Klappe!«, sagte Preuss, der hinter dem Campingwart lief und die Stableuchte vom Haken abgenommen hatte. Er hielt sie hoch, damit sie die Stufen fanden.

In der Diele blieben sie stehen. Haverkorn stützte Jo und wischte sich den Schweiß von der Stirn. »Und nun?«

»Legen wir sie erst mal auf die Couch!«, sagte Frida und wies auf die Wohnzimmertür.

Durch das Licht in ihrem Rücken konnten sie die Umrisse der Möbel ausmachen.

Preuss wies Jansen an, sich in den Sessel zu setzen, und hängte die Lampe an die Tür.

»Da setze ich mich nicht drauf. Da wurde der Mann erschossen!«

»Hinsetzen!«, sagte Preuss mit Nachdruck.

Jansen gehorchte und setzte sich, so gut es mit seinen auf den Rücken gefesselten Händen möglich war. Er konnte niemanden ansehen. Ein Häufchen Unglück.

Sie legten Jo auf die Couch, ohne die Abdeckung zu entfernen. Sie stöhnte leise. Ihr Gesicht glühte. Wieder bebte ihr Körper vom Schüttelfrost.

»Wie lange dauert das denn? Die Kollegen müssten doch längst hier sein!«, sagte Haverkorn.

»Bleiben Sie ruhig! Sie sind auf dem Weg.« Preuss stand neben Jansen und behielt ihn im Auge. »Sie werden jeden Moment hier sein!«

»Er wollte uns gerade wegbringen«, sagte Frida. »Jo war tagelang im Keller eingesperrt. Er hat sie überwältigt und hier im Haus festgehalten.«

»Was sollte das, Herr Jansen?«, fragte Haverkorn. »Warum haben Sie die Frau hier festgehalten?«

Der Campingwart blieb stumm.

Frida antwortete für ihn. »Er hat vor zwanzig Jahren eine Schülerin auf seinem Campingplatz vergewaltigt. Sie ist danach spurlos verschwunden. Genau in jener Nacht, als hier im Schutzhaus der Mord geschah.«

»Haben Sie sie umgebracht, Herr Jansen?«, fragte Haverkorn.

Der Campingwart schwieg. Er zitterte vor Anspannung.

»Wo ist die Leiche? Hier im Haus?«, fragte Frida.

»Ich habe sie nicht umgebracht«, wehrte er sich. »Sie ist abgehauen! Das müssen Sie mir glauben! Ja, ich hatte etwas Spaß mit ihr, aber ich bin kein Mörder!«

»Wir werden das Haus vom Keller bis zum Dach durchsuchen und den Garten umgraben. Wenn eine Leiche hier ist, werden wir sie finden. Besser, Sie sagen sofort, wo das Mädchen abgeblieben ist!«, wirkte Haverkorn auf ihn ein.

»Ich weiß es nicht!«, schrie Jansen aufgebracht.

Haverkorn nahm die Stableuchte von der Tür, ging in die Küche und suchte Tassen im Schrank. Er ließ Wasser aus dem Hahn laufen, das eine leichte rostbraune Farbe hatte. Als es klarer wurde, füllte er zwei Tassen und brachte sie ins Wohnzimmer. Er gab Preuss die Lampe und reichte Frida eine Tasse. Sie trank hastig, dann flößte sie Jo etwas Wasser ein. Ihr Gesicht war schweißgebadet.

Frida riss ein Stück Stoff aus dem Laken, das über die Couch gebreitet war, tränkte es mit Wasser und legte es auf Jos Stirn. »Sie glüht förmlich.« Frida stand auf. »Jo hat mir erzählt, was auf dem Hof passiert ist. Sie hat Conradi in jener Nacht beschattet, aber nicht umgebracht. Es war noch jemand dort, der mit einem dunklen Wagen weggefahren ist. Aber die Conradi hat ihr gesagt, dass sich hier im Haus ein altes Handy befindet, das den Hinweis auf den Mörder ihrer Familie gibt.«

»Ein Handy?«, fragte Haverkorn ungläubig.

»Ja, deshalb ist sie hergekommen. Catrin Conradi hat ihr Handy hier im Haus versteckt. Darauf ist eine Audio-Datei. Mehr weiß ich nicht.«

»Wo ist das Handy?«, fragte Preuss, der das Gespräch aufmerksam verfolgt hatte.

»Jo sagte, in einem der Kinderzimmer. Hinter einem Kleiderschrank, zwischen den Dachbalken.«

»Das kann unmöglich noch funktionieren nach zwanzig Jahren.« Haverkorn war skeptisch.

»Sie glauben nicht, was die Techniker vom LKA alles wieder zum Laufen bringen«, sagte Preuss. »Wenn das Handy trocken gelagert wurde, haben die Profis eine gute Chance.«

Haverkorn nahm die Lampe. Er deutete auf Jansen. »Behalten Sie ihn im Auge! Ich suche das Handy.« Schon war er auf der Treppe. Im ersten Kinderzimmer rückte er den Kleiderschrank zur Seite. Zwei Dachbalken wurden sichtbar. Zwischen ihnen klaffte eine tiefe Spalte. Er griff hinein und fühlte einen eckigen Gegenstand, zog ihn mit Mühe heraus. Als er wieder unten im Wohnzimmer war, legte er den Gegenstand auf den Boden und kniete sich darüber. Der Karton war mehrfach mit Klebeband umwickelt worden. Preuss hielt ihm ein Taschenmesser hin, und er schnitt den Karton auf. Ihm fielen Styroporschnipsel entgegen. Er gab Preuss das Messer zurück und hob einen schwarzen Gegenstand heraus. »Tatsächlich. Ein altes Siemens-Handy.« Er steckte das Gerät zurück in den Karton und stand auf. »Dann hoffen wir mal, dass das LKA so gut arbeitet, wie Sie sagen!«

»Wenn das Gerät noch in Betrieb genommen werden kann, können die Techniker die alten Daten sicherlich abrufen«, erwiderte Preuss überzeugt.

Haverkorn sah auf seine Armbanduhr. »Verdammt, wo bleiben die Kollegen?« Er zog sein Handy aus der Tasche. »Das dauert mir zu lange.«

Preuss stellte sich neben ihn. Mit einem schnellen Griff zog er ihm die ČZ 75 aus der Jackentasche und hielt sie ihm an die Schläfe. »Ganz ruhig!«

Haverkorn rührte sich nicht, starrte Preuss perplex an.

Der nahm ihm das Handy ab und steckte es ein. »Jetzt Ihre Walther!«

Haverkorn reagierte nicht.

»Ihre Waffe, sofort!«, verlangte Preuss mit Nachdruck.

Haverkorn sah die Entschlossenheit in seinem Blick. Dieser Mann hatte ihn vollkommen getäuscht. Und er würde Ernst machen, um seine Ziele zu erreichen. Langsam nahm er die Walther aus dem Holster und überreichte sie ihm.

»Schön ruhig bleiben!« Preuss nahm die Stableuchte und hängte sie an seine Jackentasche. Am Schluss hob er den Karton vom Boden auf, während er sie alle mit der Walther in Schach hielt. Rückwärts ging er zur Tür. »Ihr bleibt hier!«

»Sie? Sie sind der Verräter?«, fragte Haverkorn. »Sie haben diese Familie damals ans Messer geliefert?«

Preuss blieb stehen. Er schien abzuwägen, ob er gehen oder antworten sollte. »Bastekis hat verdammt gut gezahlt.«

Haverkorn schüttelte angewidert den Kopf. »Sie haben für Geld drei Menschen töten lassen?«

»Es ging mir nie um das Geld! Ich wollte meine Frau retten!« Die Waffe in Preuss' Hand bebte. »Sie haben meine Frau gesehen. Die Diagnose hat uns von einem Tag auf den anderen unser Leben geraubt. Und in den USA gab es diese revolutionäre Behandlung. Es war unsere Chance, die Krankheit zu stoppen! Es war ein Strohhalm, den ich ergreifen musste. Aber ich hatte innerhalb weniger Wochen fünfhunderttausend Dollar aufzubringen.« Er atmete stoßweise. »Sie wissen, was wir als Staatsdiener zur Seite schaffen können. Es hätte noch nicht mal für die ersten zwei Behandlungen gereicht! Meine Frau wäre heute tot, wenn ich mich nicht für diesen Weg entschieden hätte.«

»Und dafür haben Sie das Schutzhaus und drei Menschenleben geopfert?«

»Nur der Kriminelle sollte sterben, nur Bastekis' Finanzmanager! Ich habe darauf bestanden. Doch in der Nacht ist etwas schiefgelaufen.« Verzweiflung lag in seiner Stimme. »Ich habe nicht gewollt, dass die Frau und der Junge sterben! Niemals hätte ich Unschuldige geopfert!«

Haverkorn starrte Preuss an, dann spuckte er ihm vor die Füße. »Sie sind Abschaum, Preuss! Sie sind eine Schande für die Polizei! Sie haben dieses Schutzhaus und diese Familie verraten und wollten es Ihrer Kollegin in die Schuhe schieben, nicht wahr? Catrin Conradi sollte dafür in den Knast gehen, das war Ihr Plan! Aber dann hatte sie diesen Beweis gegen Sie in der Hand. Auf dem Handy sind Sie zu hören, Preuss, nicht wahr? Mit Bastekis, nehme ich an. Ist es nicht so?

Ludger Preuss schwieg. Hasserfüllt starrte er Haverkorn an.

»Deshalb haben Sie Catrin Conradi laufen lassen, und das D.I.E. hat nichts gefunden. Weil Ihre Kollegin Beweise gegen ihren eigenen Chef hatte. Aber was hatten Sie gegen Conradi in der Hand, dass sie nicht ausgepackt, sondern einfach ihren Dienst quittiert hat?«

Preuss wischte sich über das schweißnasse Gesicht. »Ich habe vorgesorgt. Es gab ein paar kompromittierende Kontoauszüge, die Catrin schwer belastet hätten. Bastekis hat ihr von einem verschlüsselten Konto Geld überwiesen auf ein Konto, das wir extra für sie eingerichtet hatten. Wenn sie mich hätte auffliegen lassen, wäre sie mit mir in den Knast gegangen. Ich hätte sie mitgerissen.«

Haverkorn spürte sein Herz bis zum Hals schlagen. Da stand ein ehemaliger Kollege und wollte ihm weismachen, dass er ein ehrbares Motiv für den Mord an drei Menschen gehabt hatte. Er musste ihn hinhalten, bis die Kollegen kamen. »Es sollte so aussehen, dass Conradi den Einsatz im Schutzhaus gezielt abgebrochen hat, um dem Attentat zu entgehen. Wie haben Sie das geschafft?«

Ein halbes Lächeln in Preuss' Gesicht. »Ich habe mich mit Catrin an jenem Tag in Flensburg getroffen und habe ihr einen Magen-Darm-Erreger ins Essen gemischt! Innerhalb weniger Stunden war sie dienstunfähig und musste das Schutzhaus verlassen. Daraufhin habe ich übernommen. Die Familie war froh, als ich da war.« Er ging rückwärts zur Tür.

»Sie haben die Kollegen gar nicht angerufen, nicht wahr?«, stellte Haverkorn fest. »Es wird niemand kommen.«

Preuss lächelte kalt. »Schlechter Empfang hier, tut mir leid.« Mit schnellen Schritten war er an der Ausgangstür, zog sie hinter sich ins Schloss und sperrte von außen ab. Sie saßen in der Dunkelheit.

†

Haverkorn bewegte sich zuerst. »Wir müssen raus hier!« Frida hörte seine Schritte, als er sich durch die Dunkelheit zur Tür tastete. Es polterte, als er irgendwo gegenstieß. Dann hörte sie ihn an der Tür rütteln. »Abgeschlossen! Wo ist der Schlüssel, den du von Peters hattest?«

»Den habe ich stecken lassen«, sagte Frida und stand auf. »Wo ist der Schlüssel, der an der Tür steckte, Henner?«

Sie hörte ihn schluchzen.

»Verdammt, wo ist der Schlüssel?«, schrie sie ihn an.

»Steckt im Schloss«, jammerte Jansen.

Sie überlegte fieberhaft. »Wie sind Sie sonst immer hier ins Haus gekommen?«

»Mit meinem Schlüssel«, sagte er leise.

»Peters hatte Ihnen einen überlassen?«, fragte sie überrascht.

»Der war nachgemacht.«

Frida bewegte sich in der Dunkelheit zum Stuhl, auf dem Jansen mit auf dem Rücken gefesselten Händen saß. »In welcher Tasche ist er?«

Der Campingwart schluchzte verzweifelt auf. »Der liegt in meinem Wagen. Die Tür war doch offen, als ich hier ankam.«

»Scheiße!«, fluchte sie. »Die Fenster sind fest mit Brettern vernagelt, dafür brauchen wir Werkzeug.« Sie versuchte, sich zu erinnern, wo das Brecheisen war. Sie wusste es nicht mehr.

»Hat jemand das Brecheisen gesehen?«

Niemand antwortete.

»Henner, haben Sie ein Handy?«

»Das hat dieser Kerl«, sagte er leise. »Hat er mir im Keller abgenommen.«

»Wir brauchen irgendwas, womit wir die Tür aufbrechen können!«, sagte Haverkorn ruhig. »Du warst hier im Haus, denk nach!«

Fridas Gedanken rasten. Sie sah die einzelnen Räume vor sich, in denen nur noch die Möbel standen. Die Schlafzimmer, dachte sie. »Ich gehe hoch! Die Fenster oben sind nicht vernagelt. Vielleicht kann ich über's Dach klettern!«

»Okay, los!«, sagte Haverkorn.

Frida tastete sich durch die Dunkelheit zur Treppe. Sie durchquerte die Diele, fand die Treppe. Sie stieg Stufe für Stufe hinauf und öffnete die erste Zimmertür. Licht traf sie. Sie blieb stehen und blinzelte. Dann lief sie zum Fenster. Zuerst sah sie die Rauchschwaden, dann nahm sie den Brandgeruch wahr. Durch das Fenster sah sie Flammen, die sich unaufhörlich auf dem ganzen Dach ausbreiteten. Sie wich zurück. Sie wusste vom Hof ihrer Eltern, wie schnell ein Reetdach in Flammen stand. Dieser Fluchtweg war eine Sackgasse. Sie waren in dem brennenden Haus eingeschlossen.

»Preuss hat Feuer gelegt. Das Dach brennt«, rief Frida und rannte die Treppe hinunter. »Wir müssen eins der Fenster hier unten aufbrechen. Oder die Tür. Los!«

Es roch nach verbranntem Reet.

»Scheiße!«, schrie Haverkorn. »Ich versuche, die Tür aufzubrechen. Frida, du probierst es an einem der Fenster.«

Jansen fing an zu lachen. »Wir werden hier verbrennen. Wir werden im Bluthus verbrennen!«

»Hören Sie auf!«

Dicke Qualmschwaden waberten von oben über die Treppe herab. »Wir ersticken, dann verbrennen wir«, faselte Jansen.

»Nasse Tücher!« Frida zerfetzte die Laken, die über den Möbeln hingen, und bewässerte sie in der Küche. Sie gab Haverkorn ein Tuch, band sich selbst, Jansen und Jo, die auf der Couch die Arme um sich geschlungen hatte, eines über Mund und Nase.

Das Untergeschoss füllte sich langsam mit Rauch. Frida hustete und machte sich am Fenster zu schaffen. Sie griff einen der Stühle am Esstisch und schlug ihn so lange auf den Boden, bis sie ein Stuhlbein in der Hand hielt. Damit bearbeitete sie das vernagelte Fenster. Sie sah nichts. Sie atmete in das nasse

Tuch. Ihre Augen brannten. Sie würden hier verbrennen, wenn sie nicht endlich dieses verdammte Fenster öffnete.

Mit aller Kraft arbeitete sie sich am Holz ab. Sie schwitzte, und ihre Kräfte schwanden. Aber sie schaffte es, das Stuhlbein zwischen Fensterrahmen und Holz zu stoßen. Sie brach ein Stück heraus. Zäh sickerte Licht ins Wohnzimmer. Qualm wurde durch das Loch gedrückt.

»Bjarne! Ich bin durch!«

»Gut!«, rief Haverkorn von der Tür.

Frida stemmte mit dem Stuhlbein als Hebel den Rest des Brettes aus dem Fenster. Als die Öffnung groß genug war, lief sie zur Couch. Haverkorn half ihr, Jo hochzuheben.

»Wo ist Jansen?«

»Ich weiß es nicht. Los, weiter!«

Sie schleppten Jo zum Fenster.

»Du gehst zuerst! Draußen nimmst du sie entgegen!«

»Okay!« Frida schob sich durch die Fensteröffnung. Über ihr knisterte das Feuer. Sie hoffte, dass keine brennenden Teile herabstürzen würden. Sie sprang hinaus. Das Tuch war ihr vom Mund gerutscht. »Los!«

Jo streckte Frida die Arme entgegen, dann wurde ihr Körper von Haverkorn hochgehoben. Frida griff zu und zog sie nach draußen, schleppte sie weg vom Haus und legte sie ab.

Sie streifte ihr das Tuch vom Mund. »Alles okay?«

Jo begann zu husten und deutete ein Nicken an.

Frida lief zurück zum Haus. »Bjarne! Los jetzt!«

»Jansen ist weg!«

»Lass ihn! Komm raus!«

»Ich suche ihn.« Haverkorn verschwand vom Fenster.

»Bjarne!« Frida hustete und blickte in den Qualm, der den ganzen Innenraum ausfüllte. Sie konnte nichts erkennen. »Bjarne! Du musst hier raus!«

Keine Antwort. Verdammt! Sie konnte hier nicht einfach herumstehen! Sie sah nach oben. Das Dach war nur noch eine Feuerkrone. Das Reet war völlig weggebrannt, die Dachbalken sahen aus wie verkohlte Streichhölzer. Das Feuer wütete bereits in den oberen Räumen.

»Bjarne!«, rief sie verzweifelt. Keine Antwort.

Haverkorn hatte ihr im Herbst das Leben gerettet. Sie konnte ihn hier nicht zurücklassen. Sie musste noch einmal ins Haus und ihn suchen! Aber wie sollte sie ihn durch das Fenster ziehen? Er war viel zu schwer für sie allein. »Scheiße!« Sie lief um das Haus herum zur Eingangstür. Preuss hatte den Schlüssel abgezogen. Verdammt! In diesem Moment dachte sie an Jansens Worte, dass sein Schlüssel in seinem Wagen lag. Sie drehte sich um. Sein alter Lada Niva stand auf dem Platz vor dem Haus. Sie lief los und sah sich um. Wenn Preuss noch hier war und sie überwältigte, würde Haverkorn in den Flammen sterben. Aber sie sah Preuss nirgendwo. Vielleicht war er längst auf der Flucht. Jansens Lada war nicht abgeschlossen. Frida öffnete die Fahrertür und beugte sich hinein. Ein schwerer Schlüssel lag auf dem Beifahrersitz. Sie nahm ihn und lief zurück zum Haus. Das brennende Dach hatte schon ein paar Bäume und Büsche in Brand gesetzt. Wenn sie Haverkorn nicht sofort rausholte, war es zu spät. Ihre Hände zitterten vor Aufregung, und sie brauchte länger als nötig, um den Schlüssel ins Schloss zu stecken. Endlich sperrte sie auf und öffnete die Tür. Das Feuer im Treppenaufgang bäumte sich durch die Sauerstoffzufuhr auf, und die Hitze schlug ihr mit Wucht entgegen. Frida riss ihren Arm vor das Gesicht und wich zurück. Jansen taumelte hustend an ihr vorbei ins Freie. Er sackte im Garten auf die Knie und übergab sich.

»Bjarne! Hierher!« Wo war er? Sie sah nichts, drückte sich gegen den Qualm, versuchte, flach zu atmen. Die Hitze, die ihr entgegenschlug, war kaum zu ertragen. »Bjarne!«, schrie Frida. Sie mussten schnellstens raus. Ein dumpfes Poltern über ihr. Jeden Moment konnte die Decke einstürzen. Sie tastete sich durch die Diele zum Wohnzimmer, stieß gegen Möbel. Aber sie fand ihn nicht.

»BJARNE!«, schrie sie verzweifelt und hustete. Dann wich sie zurück. Es hatte keinen Sinn. Sie musste das Haus sofort verlassen. Fast stürzte sie über ihn. Haverkorn lag auf dem Rücken neben der Couch. Das Tuch war ihm vom Gesicht gerutscht. Er bewegte sich nicht. »Bjarne!« Sie kniete sich neben ihn, rüttelte ihn, schlug ihm ins Gesicht. Haverkorn rührte sich nicht. Sie packte ihn an den Armen und schleifte seinen Körper mit Gewalt zur Tür. Er war schwer. Aber sie würde ihn hier nicht zurücklassen! Ihre Augen tränten, und sie bekam kaum noch Luft. Flammen schlugen bereits vom Obergeschoss die Treppe herab. Mit unbändigem Willen schaffte sie es, Haverkorns reglosen Körper zur Tür zu ziehen, über die Schwelle und ein paar Meter weg vom Haus. Frida riss sich das Tuch vom Mund. Sog wie eine Ertrinkende die frische Luft ein, tankte kurz Kraft. Sie zog Haverkorns Körper in den Garten und legte ihn neben Jo ab.

Ihre Freundin starrte ohne Regung auf das brennende Haus.

Frida schlug Haverkorn auf die Wangen. »Bjarne!« Tränen liefen über ihr Gesicht. »Bjarne, atme!« Sie fühlte seinen Puls. Nichts.

Ohne nachzudenken, presste sie ihre Lippen auf seine und beatmete ihn. Dann kniete sie sich neben ihn und riss sein Hemd auf, setzte ihren Handballen auf seinen Brustkorb, die andere Hand darüber. Sie legte ihr ganzes Gewicht in die Herzdruckmassage. Eins, zwei, drei, vier … Sie zählte bis zwanzig, beatmete ihn erneut.

Jo richtete sich langsam auf. »Ich beatme ihn, du übernimmst sein Herz! Los!«

Frida bearbeitete Haverkorns Brustkorb. Wenn sie innehielt, blies Jo Luft in seine Lungen. Frida begann erneut mit der Druckmassage.

»Warte!«, rief Jo.

Ein Gurgeln aus Haverkorns Mund. Plötzlich fing er an zu husten.

»Ja!«, schrie Frida erleichtert. »Bjarne!« Sie beugte sich über ihn und legte ihre Hände in sein Gesicht. Er sah sie beinahe ungläubig an.

Dachbalken brachen polternd ins Haus. Ein Funkenregen ging über ihnen nieder. Das Bluthus würde ausbrennen. Aber sie waren am Leben.

25

Die Justizvollzugsanstalt Köln befand sich in Ossendorf direkt neben der Autobahn und ganz in der Nähe eines Bürgerparks. Es war eine Untersuchungshaft- und Kurzstrafenanstalt. Niemand saß hier länger als vier Jahre ein, hatte Frida vor Antritt der Fahrt von Andreas Vollmer erfahren. Der Leiter der Mordkommission hatte sie an diesem Tag nach Köln begleitet. Auf Fridas Nachfrage hin hatte er ihr und Jo den heutigen Besuchstermin in der JVA in Köln organisiert. Dort wurden sie bereits erwartet. Während Vollmer sich mit der Anstaltsleiterin traf, füllten sie den Laufzettel aus, legten alle losen Gegenstände in ein Schließfach und unterzogen sich der Personenkontrolle. Sie hörten das schwere Schlagen von Stahltüren.

Jo zuckte zusammen. Wie fühlte es sich für sie an, hier in diesen Mauern, hinter verschlossenen Türen zu sein? Nova hatte Frida im Vertrauen erzählt, dass Jo seit ihrer Rückkehr ihre Bürotür nicht mehr zumachte. Selbst die WC-Tür war nur angelehnt, wenn sie darin war. Jo sprach nicht darüber, aber die dunklen Tage eingesperrt im Keller, in denen sie fast verdurstet war, hatten tiefe Spuren in ihrer Psyche hinterlassen. Mit ein paar Infusionen, Antibiotika und Nahrung war es ihrem Körper recht schnell wieder besser gegangen. Aber was war mit ihrer Seele? Frida wusste, dass Jo kaum schlief. Sie arbeitete noch mehr als früher, aß kaum etwas, redete nur das Nötigste, lachte nie. Wie lange würde sie das durchhalten?

Nach der Personenkontrolle, die Jo mit zusammengebissenen Zähnen über sich ergehen ließ, wurden sie in den Besuchsraum geführt. Er war leer. Vollmer hatte ihnen einen Termin außerhalb der regulären Besuchszeiten ermöglicht.

Frida sah sich um. Der Raum war vollgestellt mit Tischen und Stühlen. Auf einer Seite fiel gedämpftes Tageslicht durch eine Glasziegelwand herein. Dennoch waren die Deckenleuchten angeschaltet. Über ihnen hingen mehrere Überwachungsspiegel im Raum. Auch sie fühlte sich hier nicht wohl. Aber ab und zu war es gut, eine Justizvollzugsanstalt von innen zu sehen. Die Freiheit war eines der höchsten Güter, die ein Mensch besaß. Hier saßen auf engem Raum knapp eintausend Menschen ein, deren Leben für Monate, wenn nicht für Jahre, überwacht und kontrolliert wurde. Frida war froh, dass sie nach dem Besuch das Gebäude wieder verlassen konnten. Sie sah Jo an, die schon auf der Fahrt nach Köln nicht viel gesprochen hatte. Ihre Anspannung übertrug sich auf Frida.

»Alles okay bei dir?«

Jo nickte und setzte sich auf einen Stuhl an der Wand. Frida ließ sich neben ihr nieder. Dann warteten sie auf den Mann, der versucht hatte, sie umzubringen.

Sie hörten Schlüssel klappern, die Tür wurde geöffnet. Ein Justizvollzugsbeamter ließ Ludger Preuss zu ihnen hinein und setzte sich auf einen Stuhl an der Tür. Preuss trug zivile Kleidung, wie es den Untersuchungshaftgefangenen hier gestattet war. Er blieb einen Augenblick unschlüssig im Raum stehen und kam dann zu ihnen an den Tisch. Er nickte ihnen zu und setzte sich. Der ehemalige LKA-Beamte hatte abgenommen. Sein Gesicht war schmal geworden, und er sah müde aus. Er wirkte wie ein Großvater, den sie im Altenheim besuchten. Nicht wie ein skrupelloser Mann, der mehrere Menschen auf dem Gewissen hatte.

»Sie wollten mich unbedingt sprechen. Nun, hier bin ich«, eröffnete er das Gespräch.

Jo blickte zum ersten Mal auf, und ihre Blicke trafen sich.

»Also, was wollen Sie wissen? Ich habe bei der Staatsanwaltschaft ein umfassendes Geständnis abgelegt und werde die volle Verantwortung für mein Tun übernehmen«, sagte Preuss. »Fragen Sie mich, was Sie möchten, ich habe nichts zu verbergen.«

Er hatte mit fester Stimme gesprochen, aber Frida spürte seine Anspannung. Kleine Schweißtröpfchen standen auf seiner Stirn. Er war ganz und gar nicht so ruhig, wie er ihnen weismachen wollte.

Sie wusste, dass er am Abend nach dem Brand des Schutzhauses in seinem eigenen Haus in Köln festgenommen worden war. Er hatte keinen Widerstand geleistet, hatte eingesehen, dass es kein Entkommen gab. Für seine Frau musste an jenem Tag eine Welt zusammengebrochen sein.

»Warum?«, fragte Jo plötzlich. »Warum mussten sie alle sterben?« Ihre Stimme war rau. Sie räusperte sich. »Meine Mutter, mein Bruder …«

»Das habe ich nicht gewollt«, sagte Preuss »Ich hatte eine Vereinbarung mit Vulcan Bastekis, dass nur sein Handlanger aus dem Weg geräumt wird. Der Kronzeuge, nur er allein.«

»Mein Vater …«, sagte Jo leise.

»Ja, Ihr Vater. Er war ein Krimineller wie Bastekis, hat ihn jahrelang bei seinen Geldgeschäften unterstützt. Aber ich hatte Bastekis' Wort, dass seiner Frau und euch Kindern nichts geschieht.«

»Wie konnten Sie auf das Wort eines Verbrechers wie Bastekis etwas geben?«, fragte Frida vorwurfsvoll. »Solche Leute gehen über Leichen!«

Preuss warf ihr einen langen Blick zu. Dann nickte er. »Ich habe ihm nie vertraut. Deshalb habe ich darauf bestanden, dabei zu sein, wenn sie Hannes Wössner liquidieren. Ich wollte die Kontrolle haben.« Er verschränkte die Arme vor der Brust. »Als Catrin das Schutzhaus verlassen hatte, bin ich persönlich nach Drei gefahren.«

Jo schien sich zu erinnern. »Sie sind nach dem Abendessen angekommen. Ich habe eine fremde Stimme im Haus gehört, aber ich war oben in meinem Zimmer. Meine Eltern hatten mich hochgeschickt nach einem Streit.«

»Das ist richtig. Sie hatten gerade zu Abend gegessen. Kurz, nachdem ich gekommen bin, ist auch Ihre Mutter zu Bett gegangen. Ich habe lange mit Ihrem Vater über den Prozess geredet. Irgendwann sind wir von der Küche ins Wohnzimmer gewechselt. Oben war Ruhe eingekehrt. Da habe ich Bastekis' Männern ein Zeichen gegeben.« Er dachte einen Moment nach. »Ihr Vater saß vor dem Fernseher, als sie ins Haus kamen. Es ging alles sehr schnell. Die Schüsse hat niemand gehört, sie haben einen Schalldämpfer benutzt. Anschließend sollten sie mich anschießen und dort liegen lassen. Mein Alibi.« Er war offensichtlich aufgewühlt und atmete stoßweise. »Aber dazu ist es nicht mehr gekommen. Denn plötzlich stand dieses Mädchen in der Wohnzimmertür. Sie sah die Leiche und fing an, wie am Spieß zu schreien. Bevor jemand reagieren konnte, lief sie nach draußen.« Er sah Jo an. »Die Schreie alarmierten Ihre Mutter und Ihren Bruder, und sie kamen nach unten gelaufen. Sie standen plötzlich wieder im Wohnzimmer. Es war das blanke Chaos! Bastekis' Männer konnten sie nicht am Leben lassen.«

Jo starrte wieder auf die Tischplatte. Ihre Gesichtsmuskeln arbeiteten. Aber sie erwiderte nichts.

»Wer war das Mädchen an der Tür?«, fragte Frida, obwohl sie es ahnte.

Preuss sah sie an. »Die Schülerin vom Campingplatz, die danach als vermisst gemeldet wurde.«

Jo hob ihren Blick. »Kelly war in unserem Haus?«

»Ja. Sie platzte auf einmal herein. Sie sah mitgenommen aus. Ich sehe sie noch vor mir, wie sie versuchte, ihren zerrissenen Pullover mit den Händen vor dem Körper zusammenzuhalten. Ihre Lippe blutete.«

»Wahrscheinlich ist sie nach der Vergewaltigung durch Jansen zu eurem Haus gelaufen. Vielleicht dachte sie, du bist noch dort«, mutmaßte Frida.

»Ich weiß noch, wie sie mich angesehen hat. Sie erwartete Hilfe von mir, aber dann sah sie den Toten im Sessel und den Mann mit der Waffe in der Hand. Sie schrie und lief aus dem Haus. Sie war zur falschen Zeit am falschen Ort. Wir konnten sie nicht gehen lassen.«

»Wo ist Kellys Leiche?«, fragte Frida.

»Keine Ahnung! Sie ist weggelaufen, runter zum Strand. Einer der Männer hat sie verfolgt. Vielleicht hat er sie ins Meer geworfen. Oder irgendwo vergraben. Ich habe es nie erfahren. Er sagte nur, es sei erledigt, als er zurückkam. Ich stand total neben mir, weil wir statt einer plötzlich vier Leichen hatten. Unser Plan war völlig aus dem Ruder gelaufen. Wir haben das Haus und Holnis dann sofort verlassen.«

Angespanntes Schweigen hing zwischen ihnen. Irgendwo im Gebäude schlug eine Stahltür zu.

»Und warum musste Catrin Conradi sterben? Nach zwanzig Jahren?«, fragte Frida.

Preuss wischte sich über die Augen. »Catrin wollte auspacken, nachdem Sie bei ihr gewesen sind.« Er sah Jo an. »Sie hatten sie in Seester aufgespürt. Catrin war schwer alkoholkrank und psychisch labil, sie wollte nach dem Treffen mit Ihnen aussagen, wollte endlich ihr Gewissen erleichtern. Eines Abends rief sie mich an, lallte und weinte, dass sie den Druck nicht mehr aushielte und endlich die Wahrheit sagen würde. Sie wollte die Audio-Datei auf ihrem Handy dem LKA übergeben. Ich habe ihr gedroht, dass ich sie mitreiße, aber es war ihr egal, ob sie ebenfalls verurteilt würde. Sie durchlebte seit Jahren ihre ganz eigene Hölle. Catrin hätte uns alle auffliegen lassen, wenn ich sie nicht gestoppt hätte.«

»Sie haben sie abgestochen wie ein Stück Vieh!«, flüsterte Jo. »Ich konnte die Blutung nicht stoppen. Überall war ihr Blut, auf dem Boden, an den Wänden …«

Preuss schloss kurz die Augen. »In der Nacht auf dem Hof habe ich versucht, Catrin umzustimmen. Ich habe an ihre Gefühle zu mir appelliert. Aber sie hat mich angeschrien, gesagt, dass sie mich zutiefst verachtet. Dann fing sie an, über unsere Affäre zu sprechen und dass meine Frau dumm und blind gewesen sei, einem Mann wie mir zu vertrauen. Dass sie auch meiner Frau gegenüber endlich auspacken würde und was für ein mieses Schwein ich doch sei. Da habe ich das Messer gezogen und zugestochen.« Er blickte auf seine Hände. »Immer und immer wieder, bis sie still war.«

Keiner sagte ein Wort. Frida wollte nur noch nach draußen, wollte frische Luft atmen und diesen Mann nie wiedersehen.

Der Justizvollzugsbeamte hinter ihnen räusperte sich. Offenbar ein Zeichen, dass sich die Besuchszeit dem Ende zuneigte.

»Aber woher wusste Catrin damals überhaupt, dass Sie das Schutzhaus verraten haben?«, fragte Frida schließlich.

Preuss seufzte. »Sie hatte mich wohl sofort im Verdacht, weil sie nach dem Treffen mit mir in Flensburg schwer krank wurde und das Haus verlassen musste. Sie hat mich auf eigene Faust beschattet und schließlich auch zur Geldübergabe mit Bastekis in die Eifel verfolgt.«

»Geldübergabe?«, fragte Jo.

Preuss schürzte unzufrieden die Lippen. »Ein Geldkoffer.

Das war damals der sicherste Weg für mich, Bargeld auf ein Schweizer Konto einzuzahlen und von dort unbehelligt an die Klinik in den USA zu transferieren. Damals kam kein deutscher Steuerbeamter an diese Konten heran. Da gab es noch keine Whistleblower.«

»Wusste Ihre Frau davon? Wusste sie, wie Sie ihre Behandlung bezahlt haben?«, fragte Jo.

»Wo denken Sie hin? Sie ist all die Jahre davon ausgegangen, dass ich einen stinknormalen Bankkredit für ihre Behandlung aufgenommen habe.«

Frida warf Jo einen Blick zu. Sie dachten offenbar dasselbe. »Und warum haben Sie das nicht getan?«, stellte sie die Frage.

Preuss lachte auf. »Weil ich keinen Kredit bekommen habe. Ich war für diese Summe nicht kreditwürdig, können Sie sich das vorstellen? Mir fehlten die Sicherheiten! Auf unserem Haus lastete bereits eine Hypothek. Und mein Gehalt als Dezernatsleiter des LKA war der Bank nicht sicher genug.« Er schüttelte unwirsch den Kopf. »Ich war verzweifelt. Ich wollte meine Frau nicht verlieren. Schließlich blieb mir nur der Weg über Bastekis. Ich wusste, dass er mir schnell und ohne Aufsehen das Geld beschaffen konnte. Also nahm ich Kontakt zu ihm auf. Einen anderen Kriminellen dafür zu opfern war für mich ein geringes Übel.« Er atmete durch. »Wenn dieses Mädchen vom Zeltplatz in jener Nacht nicht im Schutzhaus aufgetaucht wäre, wäre alles nach Plan gelaufen. Ihrem Bruder und Ihrer Mutter wäre nichts passiert, Johanna.« Er ächzte leise und beugte seinen Körper nach vorn. »Ich habe mir mein Leben lang schwere Vorwürfe deswegen gemacht, das müssen Sie mir glauben. Und ich habe dafür gesorgt, dass Sie in Sicherheit sind und dass es Ihnen an nichts fehlt im Internat.«

Jo sah ihn mit unbewegter Miene an. Dann stand sie auf und

ging wortlos zur Tür. Erst als sie die JVA längst verlassen hatten, ließ sie ihre Tränen zu.

†

Frida trat an das Krankenbett und legte einen Strauß Blumen und ein Buch auf dem kleinen Nachttisch ab. Haverkorn schlief. Er trug eine Atemmaske, die ihn mit frischem Sauerstoff versorgte. Er war zusammen mit Jo mit dem Rettungshubschrauber nach Hamburg ins UKE geflogen worden, lag mit einer schweren Rauchvergiftung auf Station. Wie lange er hierbleiben musste, wusste niemand.

Frida zog sich einen Stuhl heran und lehnte sich zurück. Sie würde warten, bis Haverkorn aufwachte.

Wie viel Glück sie alle gehabt hatten, war ihr erst Stunden nach ihrem Entkommen aus dem Bluthus bewusst geworden. Preuss hatte dafür sorgen wollen, dass es keine weiteren Zeugen gab. Aber er hatte sich verrechnet, sie hatten sich befreit aus dieser Brandhölle.

»Wie lange … bist du schon hier?« Haverkorns Stimme klang rau, als hätte er ein paar Nächte Whisky und Zigarren konsumiert.

Frida öffnete die Augen. War sie eingenickt? »Bjarne!« Sie stand auf und drückte seine Hand. Er schenkte ihr ein halbes Lächeln. Die Atemmaske hatte er unter das Kinn geschoben. »Ich hab … schon mal besser … ausgesehen. Ich weiß«, flüsterte er.

»Aber so sexy war deine Stimme noch nie.« Sie rückte den Stuhl näher ans Bett. »Wie geht's dir?«

Er überlegte einen Moment. »Ich fühle mich ein bisschen wie gegrillt.« Er redete leise und mit Pausen, es strengte ihn sichtlich an.

»Du musst nichts sagen, ich wollte nur kurz vorbeischauen. Hab dir einen Krimi mitgebracht, magst du doch, oder?«

Er zog die Mundwinkel hoch. »Wie war es … bei Preuss?«

Frida erzählte ihm von dem Treffen in der JVA.

Haverkorn fing an zu husten, setzte sich die Atemmaske auf und atmete mehrmals ein und aus, bevor er sie sich wieder unter das Kinn klemmte. »Und Bastekis?«

»Er sitzt ebenfalls in Köln in U-Haft. Preuss' Aussage belastet ihn schwer. Er wird gegen ihn im Prozess aussagen.« Sie sah Haverkorn an und spürte unendliche Erleichterung. Auch wenn er eine schwere Rauchvergiftung davongetragen hatte und für viele Wochen ausfallen würde, er lebte. Sie drückte vorsichtig seine Hand.

»Was ist mit Jansen?«

»Er ist abgehauen, als ich mich um dich gekümmert habe.« Sie musste lächeln. »Er ist einem Streifenwagen, der zum Brand unterwegs war, direkt vor's Auto gelaufen. Sie haben den gefesselten Mann sicherheitshalber mitgenommen. Er wartet in der JVA in Flensburg auf seinen Prozess. Preuss hat ihn immerhin entlastet, was das spurlose Verschwinden der Schülerin angeht.« Sie sah ihren Kollegen lange an. »Ich kann dir nicht sagen, wie froh ich bin, dass wir jetzt hier reden. Ich dachte einen Moment, du schaffst es nicht.«

Er schluckte. »Danke, dass du noch mal in das Haus rein bist. Ich war ein solcher Idiot!«

»Ich verstehe dich! Henner Jansen, den du gefesselt hattest, war da drin. Du konntest ihn nicht zurücklassen.«

»Du bist genauso, Frida.« Sein Blick wurde weich. »Auch du hättest dort sterben können.«

»Du hast im Herbst mein Leben gerettet!«

Sie schwiegen und lauschten den Krankenhausgeräuschen auf dem Flur.

Haverkorn brachte sich in eine angenehmere Position. »Wie geht es Johanna?«

Frida lehnte sich auf dem Stuhl zurück. »Sie spricht nicht darüber, wirkt irgendwie verloren. Aber wenigstens weiß sie endlich, was mit ihrer Familie passiert ist und warum ihre Freundin damals spurlos verschwunden ist.«

»Hat man das Mädchen gefunden?«

»Nein. Die Kollegen haben mit Sonden und Leichenhunden das Gebiet rund um das Haus abgesucht. Aber sie haben nichts gefunden. Vielleicht haben Bastekis´ Männer sie ins Meer geworfen, wir werden es wohl nie erfahren.«

»Ich werde ein paar Wochen ausfallen«, sagte Haverkorn und sah Frida an. »Es wird also ein Stuhl frei in der Mordkommission.« Er atmete ein paar Sekunden in die Atemmaske. »Andreas Vollmer möchte ihn dir gern anbieten, wenn du Interesse hast.«

Frida sah ihn lange an. »Ich weiß, er hat auf der Fahrt nach Köln mit mir gesprochen. Ich denke darüber nach.«

»Ich möchte dir noch etwas erzählen.« Haverkorn lächelte glücklich und wies auf ein Foto auf seinem Nachtschrank. Mit einem Nicken gab er Frida zu verstehen, es in die Hand zu nehmen.

Die Frau auf dem Bild war um die vierzig und lächelte verträumt in die Kamera. »Wer ist das?«

»Meine Tochter Henrikje. Sie hat gerade eine Lebertransplantation überstanden.«

Frida brauchte einen Moment, um zu begreifen. »Ich wusste gar nicht, dass du eine Tochter hast.«

»Das ist … eine lange Geschichte. Erzähle ich dir … beim nächsten Besuch.« Haverkorn hustete.

Frida betrachtete nochmals das Foto seiner Tochter und erkannte, dass sie eine gewisse Ähnlichkeit mit Haverkorn hatte. Seine Nase, dachte sie und lächelte. »Ich lass dich jetzt mal allein.« Sie drückte Haverkorns Hand. »Ruh dich aus, ich komme bald wieder.«

Er nickte und schloss erschöpft die Augen.

Leise schloss Frida die Zimmertür hinter sich. Am Eingang der Station lief sie Torben Kielmann in die Arme. Ihre Blicke trafen sich.

Torben blieb stehen.

»Hi!« Sie sah ihn an, und ihr Herz schlug aufgeregt.

»Hi.« Er wirkte unsicher. »Ich habe gehört, was passiert ist. Wie geht es dir?«

Frida schwieg, sah die Sorge in seinem Blick. Er schaffte es, ihre Abwehr aufzubrechen. Endlich ließ sie es zu. »Alles okay, mir geht es gut.« Sie lächelte. »Bjarne ist ziemlich fertig, er schläft jetzt.«

»Gut, dann komme ich morgen wieder.«

Sie sah ihn vor sich stehen, und seine Unsicherheit wischte ihre letzten Zweifel fort. »Hast du noch ein bisschen Zeit? Gehst du mit mir in der Cafeteria einen Kaffee trinken?«

Torben zögerte. Er stand vor ihr und schien nicht zu wissen, was er erwidern sollte. »Vielleicht ein anderes Mal«, sagte er. »Mach's gut!« Er drehte sich um und ging den Flur hinab. Sie sah ihm nach, bis er hinter einer Automatiktür verschwunden war.

†††

Dank

Der Roman wäre nur ein halb fertiger Text, wenn mir nicht all die wunderbaren Testleser mit ihren konstruktiven Anmerkungen zur Seite gestanden hätten.

Ich danke meinen fachlichen Beratern Polizeihauptkommissar Andreas Kästner, Polizeikommissar Sascha Dürre, Dr. Chris Klecker und Forensic Pathologist Ph. D. Birgitte Schmidt Astrup für all die Mühe. Es war sicherlich ein kleiner Spagat, meine Ideen den realen Gegebenheiten ihrer Fachbereiche anzunähern. Sollten sich dennoch Fehler in der Geschichte im polizeilichen oder medizinischen Sinne eingeschlichen haben, bin ich allein dafür verantwortlich.

Ich danke meinem Schriftstellerkollegen Andreas Izquierdo, der immer mein erster Leser ist, die Schwachstellen im Text messerscharf erkennt und dessen Kritik und Motivation mir viel bedeutet.

Ich danke Ottfried und Kerstin Plüschau für die gemütlichen Grill- und Kaffeestunden, all die spannenden Geschichten über die Marsch, ihr immer offenes Ohr und das Entwirren so manches verwinkelten Problems im Plot. Ich danke Susanne Beyrich, Ira Scheidig, Harald Götz und Maik Hamann für ihre konstruktive Kritik, die akribische Fehlersuche und den beständigen Ansporn beim Mitlesen.

Was wäre ich nur ohne meine großartige Lektorin Gerke Haffner? Ich danke ihr für all die Inspirationen und Hinweise, die den Roman ungemein bereicherten. Und natürlich für die gemütlichen Begegnungen bei Essen, Wein und guten Gesprächen. Vielen Dank an Frau Dr. Ulrike Brandt-Schwarze für den letzten Feinschliff des Textes, der immer mit viel Freude und Liebe zur Sprache gemacht wird.

Mein besonderer Dank gilt Vorstand Klaus Kluge sowie Verlagsleiter Marco Schneiders, die etwas Ungewöhnliches wagten. Ich danke dem engagierten und begeisterten Team im Innen- und Außendienst von Bastei Lübbe: im Marketing, Vertrieb, Verkauf, in der Presse-, Lizenz- und Veranstaltungsabteilung, bei Lübbe Audio, Bastei Entertainment und der Lesejury. Ein Team, das mit Herzblut daran arbeitet, dass das Geschriebene viele Leser findet. Ihr seid einfach großartig!

Ich danke meinem Agenten Lars Schultze-Kossack, seiner Frau Nadja Kossack und dem gesamten Team der Agentur Kossack für all ihre Mühe, die Motivation, die immer richtigen Ratschläge, das familiäre Gefühl und die Begeisterung über meine selbst gebackenen Kuchen.

Ein ganz besonderer Dank gilt meinem Lebensgefährten Tom Völker, meinem Fels in der Brandung, der mir immer die nötige Ruhe und den Rückhalt für meine Arbeit gibt. Und ich danke meinen Eltern Renate und Karlheinz Fölck, meiner Schwester Katrin, der ich dieses Buch widme, und meinen Schwiegereltern Ulla und Sieghard Völker für den festen Zusammenhalt, der eine Familie ausmacht.